Sophia Herzinger

Das Erbe von Juniper House

Das Buch

England in den 1920er Jahren: Emma lebt auf Juniper House bei Tante und Onkel, einem reichen Fabrikanten. Obwohl sie aus ärmlichen Verhältnissen stammt, ist sie clever und arbeitet als Buchhalterin. Und dennoch scheint es kaum eine Perspektive für die junge Frau zu geben. Als sie den jungen Lord Hessby das erste Mal sieht, ist es um sie geschehen. Doch Emma ist nicht standesgemäß und die Liebe der beiden muss ein Geheimnis bleiben...

Hamburg 2004: Sara hatte stets nur sporadisch Kontakt zu ihrer Großmutter Emma. Daher besucht sie Emma eigentlich nur aus Pflichtgefühl. Und weil sie plötzlich nicht mehr weiß, ob ihr Plan vom Leben und ihr Freund der Richtige sind. Doch obwohl Emma unwirsch ist, merkt Sara bald, dass kaum jemand sie besser verstehen kann als die fast Hundertjährige. Denn mit ihr taucht Sara in die Geschichte ihrer eigenen Familie ein. Geheimnisse, die seit Jahrzehnte schlummerten, kommen plötzlich ans Tageslicht und verändern Saras Leben für immer.

Die Autorin

Sophia Herzinger wohnt in der Nähe von Hamburg, wenn sie nicht gerade im Großbritannien der 1920er Jahre unterwegs ist. Sie würde gerne den Charlston tanzen können, ist aber leider viel zu ungeschickt darin. Im Herzen ist sie dennoch ein echtes Flapper Girl. Vor ein paar Jahren hat sie das Schreiben zu ihrem Hauptberuf gemacht.

Sophia Herzinger

Das Erbe von Juniper House

Roman

FOREVER

Forever by Ullstein
forever.ullstein.de

MIX
Papier aus verantwortungsvollen Quellen
FSC® C083411
www.fsc.org

Originalausgabe bei Forever
Forever ist ein Digitalverlag der Ullstein Buchverlage GmbH, Berlin
August 2018 (1)

Umschlaggestaltung: zero-media.net, München
Titelabbildung: © FinePic®
Innengestaltung: deblik Berlin
Gesetzt aus der Quadraat Pro powered by pepyrus.com
Druck- und Bindearbeiten: CPI books GmbH, Leck

ISBN 978-3-95818-320-9

In my conscience, I believe that my heart
has been so oft on fire that it is absolutely vitrified.
Robert Burns

TEIL 1

1

Juni 1915, Oxfordshire

Später sagte er immer, er hätte es bereits an dem Knarzen der Treppenstufen gehört, das in seinen Ohren wie das Wimmern eines Kindes klang. Und an den Schritten vor unserer Wohnungstür, die abrupt innehielten, um gleich darauf von einem energischen Klopfen abgelöst zu werden. An dem Zögern des Jungen, der ihm das Telegramm mit gesenktem Blick in die Hand drückte. Meine Schwester Isobel kämmte mir gerade im Wohnzimmer das lange Haar, das sie immer *Drahtgeflecht* nannte, weil es sich so schwer bändigen ließ und meistens aussah, als wäre ich in einen Sturm geraten. Meine Mutter lag auf dem Bett in der Nische: aufrecht mit dem Rücken gegen einen Berg Kissen gelehnt, blätterte sie in einer Zeitschrift, die auf der nun deutlich sichtbaren Wölbung ihres Bauchs lag und bei jedem Atemzug ein Stück zur Seite rutschte.

Mein Vater stand wie angewurzelt im schmalen Flur, selbst als der Botenjunge schon längst weg war. Sein Weggang hatte eine gespenstische Stille hinterlassen, die nicht einmal das Ticken der Küchenuhr durchbrechen konnte. Um Punkt sieben Uhr war sie stehen geblieben.

Isobel legte die Bürste beiseite und strich mir mit der flachen Hand über das Haar, etwas, das sie seit Jahren nicht mehr getan hatte. Es hatte etwas Tröstendes an sich, und als mein Vater sich zu uns umdrehte und ich den Schmerz in seinen Augen sah, wusste ich, dass wir alle Trost brauchen würden. Isobel zuckte ganz leicht zusammen, als Vater sich in den Türrahmen stellte, immer wieder den Kopf schüttelte, während seine grünen Augen sich mit Tränen füllten. Das Telegramm fiel geräuschlos zu Boden – wie ein Staubkorn.

»Arthur? Wer war das?« Meine Mutter legte die Zeitschrift neben sich, richtete ihren Oberkörper kerzengerade auf und runzelte die Stirn, weil sie keine Antwort bekam. »Arthur?«

Ich weiß noch, dass ich die Luft anhielt, weil mich der Anblick meines Vaters so erschreckte, wie er zitternd zu Boden ging, den Mund lautlos geöffnet, nach Worten ringend, die einfach nicht herauskommen wollten. Bis er einen Schrei ausstieß, spitz und durchdringend, der unser aller Herzen durchbohrte.

»Artie. Es ist Artie, oder?« Die Stimme meiner Mutter klang ruhig, als sie die Füße vorsichtig aus dem Bett schwang und sich, stöhnend den Bauch haltend, aufrichtete.

»Nicht, der Arzt hat gesagt –«, rief Isobel, doch meine Mutter brachte sie mit einem strengen Blick zum Schweigen. Trotz ihrer äußeren Ruhe wirkte sie so zerbrechlich wie nie zuvor in ihrem langen Nachthemd mit den weißen Rüschen am Kragen, die sie extra angenäht hatte, damit die Narbe am Hals verdeckt wurde, von der sie nie erzählt hatte, woher sie stammte. Das dunkelblonde Haar war zu einem Zopf geflochten und fiel ihr bis über die schmalen Schultern. Die Wangen waren blass und eingefallen, die Lippen spröde. Seit Beginn der Schwangerschaft übergab sie sich mehrmals am Tag und verlor stetig an Gewicht. Der Arzt hatte ihr Bettruhe verordnet und gesagt, sie würde das Baby vermutlich verlieren, wenn sie noch mehr abnahm. Seitdem hatte sie erneut fast zwei Pfund verloren.

Mein Vater wischte sich mit der Hand über Augen und Mund, holte tief Luft und erhob sich schwerfällig. Seine Nasenflügel blähten sich, der Schnurrbart zitterte, und ich hörte seine Zähne klappern, obwohl ein Feuer im Kamin brannte. Mit zwei Schritten war er bei meiner Mutter und drückte sie sanft aufs Bett zurück. Er legte vorsichtig seine Hand auf ihre Schultern, schluckte schwer und wandte sich von ihr ab, bevor er sprach. Seine Stimme klang wie das Knistern von Folie, einige Silben verschluckte er gänzlich.

»Ein Luftangriff der Deutschen …« Er ging zurück Richtung Flur, bückte sich nach dem Telegramm und hielt es zwischen zwei Fingerspitzen, so als wollte er es am liebsten gar nicht berühren. »Der Dachstuhl des Hauses fing Feuer, das Haus wurde zerstört. Sie sind beide tot.«

Ich weiß noch, dass ich nicht verstand, von wem er sprach. Wir kannten keine Deutschen, die ein Haus hatten. Als meine Schwester zitternd ihre Arme um meinen Körper legte und mich an sich zog, dämmerte mir allmählich, dass ich ihn falsch verstanden haben musste. Meine Kehle schnürte sich zu; ich begann zu zittern. Isobel drückte ihren Kopf gegen meinen, ihre Tränen tropften auf meinen Scheitel und in meinen Nacken. Artie, mein kluger, immer zu Späßen aufgelegter Bruder, war tot.

• • •

Ich kannte Zeppeline nur von Fotografien. In der Buchhandlung unseres Vaters lagen ein paar Postkarten aus, die diese – in meinen kindlichen Augen – seltsam geformten Flugschiffe zeigten. Während mein Bruder Artie meinen Vater mit Fragen über Geschwindigkeit und die Ausstattung löcherte, jagte mir deren Anblick Angst ein. Ich empfand sie als bedrohlich und konnte nicht verstehen, wie so ein Ding in die Luft steigen konnte, wieso Menschen freiwillig damit fliegen sollten. Mir wurde bereits schwindelig, wenn ich auf einen Hocker steigen musste. Ich wäre allerdings nie auf die Idee gekommen, dass man Zeppeline dazu benutzen könnte, Brandbomben auf Häuser abzuwerfen.

»Damit kann man Ozeane überqueren, Emma«, sagte Artie eines Tages mit leuchtenden Augen und wedelte mit der Postkarte vor dem Tresen herum, bevor mein Vater sie ihm vorsichtig abnahm und zurück auf den Stapel neben die Kasse stellte.

»Das kann man auch mit einem Schiff«, war meine Antwort, woraufhin Vater mir über das Haar strich und zustimmend brummte. »Aber stell dir nur vor, wie aufregend es sein muss, so hoch über dem Boden zu fliegen.« Artie, der mit seinen fünfzehn Jahren fast genauso groß wie unser Vater war, stellte sich auf die Zehenspitzen, um einen weiteren Blick auf den Stapel Postkarten zu werfen. Manchmal durften wir uns eine Karte aussuchen und an die Pinnwand in die Küche hängen. Es hingen schon welche aus Paris und London und zwei von einem Automobil dort. »Na, schön, nimm dir schon eine«, sagte Vater seufzend. Ich erinnere mich, dass Artie fast einen Luftsprung gemacht hatte, bevor er die Karte vom Stapel nahm und vorsichtig in seiner Westentasche verstaute. Später hing die Postkarte mit dem grässlichen Zeppelin über seinem Bett. Oft starrte er sie minutenlang nach dem Aufwachen an und verpasste dadurch beinahe das Frühstück. Mehrmals wurde ich von unserer Mutter in sein Zimmer geschickt, um ihn zu holen. Da saßen wir oft noch ein paar Minuten auf seinem Bett, und er schwärmte vom Fliegen oder erzählte mir, welche Abenteuer er später erleben wollte. Mal war es eine Safari in Afrika, dann die Erforschung eines Ureinwohnerstammes auf einer Pazifikinsel. Artie las unheimlich viele Bücher und hielt sich anschließend nicht mit seinem neuen Wissen zurück, was Isobel mitunter dazu verleitete, ihn einen »unausstehlichen Besserwisser« zu nennen.

»Man fährt in einem Zeppelin und fliegt nicht, wusstest du das?«, fragte er eines Morgens, als wir nebeneinander auf seinem Bett lagen und die Postkarte an der Wand anstarrten.

»Nein, es fliegt doch«, sagte ich und wandte schnell wieder meinen Blick von dem monströsen Ding ab. Es verursachte mir eine Gänsehaut. Je länger ich die Karte anstarrte, umso bedrohlicher kam es mir vor. »Ich finde Flugzeuge schöner. Aber damit fliegen möchte ich auch nicht«, meinte ich.

»Zeppeline sind so viel besser als Flugzeuge«, erwiderte Artie verträumt, verstrubbelte mir das Haar und stand endlich auf, damit wir zum Frühstück gehen konnten. Obwohl ich die Postkarte hasste – und später nach seinem Tod noch viel mehr –, liebte ich diese zwei, drei Extraminuten mit meinem Bruder, in denen er mir das Gefühl gab, ein

Teil seiner Welt zu sein, in die er sonst kaum jemanden ließ. Wir hatten nicht viel gemein. Er war vier Jahre älter und verbrachte seine Freizeit am liebsten mit Lesen und dem Zeichnen von Automobilen. Manchmal spielten wir Verstecken zwischen den Regalen in der Buchhandlung, Isobel, Artie und ich, aber meistens war er für sich alleine. Unsere Mutter nannte ihn immer liebevoll ihren kleinen Einsiedler.

An dem Tag, an dem wir das Telegramm mit der Todesnachricht erhielten, rannte ich in sein Zimmer und riss die Postkarte von der Wand. Mit zittrigen Fingern zerriss ich sie in der Mitte, dann noch einmal und noch einmal, während heiße Tränen meine Wangen hinabrollten und auf den Kragen meines Kleides tropften. Am Ende war die Postkarte ein Meer aus grauen Schnipseln, einige wellig von meinen Tränen. Es hatte etwas Triumphales – wenn auch nur für einen sehr kurzen Moment –, die Überreste des Ungetüms mit der Hand auf den Boden zu fegen, wo sie wie Konfetti auf den Teppich rieselten. Doch dieses Aufflackern von Befriedigung verschwand mit einem Schlag, als mein Blick die kahle Stelle an der Wand streifte. Mir wurde bewusst, dass ich Arties wertvollsten Besitz zerstört hatte.

Das ist nicht nur eine Karte, Emma, es ist der Eintritt in eine andere Welt. Eine aufregende Welt.

Mit der flachen Hand strich ich über den rauen Putz an der Wand, malte mit dem Zeigefinger die Konturen der Karte nach und brach in Tränen aus. Mein Vater fand mich Minuten später auf dem Fußboden, wie ich verzweifelt versuchte, die winzigen Fetzen zu einem Ganzen zusammenzufügen. Ich wollte nicht einsehen, dass es zwecklos war, und schrie ihn an, dass er mir helfen müsse, weil Artie sonst böse auf mich sein würde. Ich schrie so laut, dass sich meine Stimme überschlug, verschluckte mich an meinem eigenen Speichel, hustete, während mir Tränen über das Gesicht liefen, und trat nach meinem Vater, als er mich aus dem Zimmer trug.

Am nächsten Morgen hing eine neue Postkarte über Arties Bett. Wir hatten sie alle unterschrieben. Isobel hatte ein Herz daraufgemalt und in ihrer schönsten Schrift den Satz »Wir vermissen dich« danebengeschrieben.

»Würde er sie immer noch mögen, die Karte?«, fragte ich meinen Vater, nachdem er das Zimmer meines Bruders betreten hatte, in dem ich seit einer halben Stunde gesessen und auf die Wand gestarrt hatte. Er strich sich mit dem Zeigefinger über den Schnurrbart, lehnte sich gegen den klobigen Eichenschrank und schwieg eine Weile, während er die Postkarte auf sich wirken ließ.

»Ich denke schon. Es war nicht der Zeppelin, der ihn getötet hat, sondern die Menschen darin, die eine Bombe auf das Haus von Tante Maisie warfen.«

Tante Maisie war die ältere und einzige Schwester unserer Mutter gewesen. Artie hatte sie besucht, weil sie sich bei einem Treppensturz ein Bein gebrochen hatte. Da meine Mutter das Bett nicht verlassen durfte, hatten meine Eltern beschlossen, Artie hinzuschicken, um Tante Maisie zu helfen.

Der Angriff erfolgte nachts. Die Bombe hatte den Dachstuhl in Brand gesetzt, und Artie war von einem Dachbalken erschlagen worden, als er Tante Maisie aus dem Bett hieven wollte, um sie in Sicherheit zu bringen. Sie war im Qualm erstickt. In der danebenliegenden Wohnung hatte der Nachbar nur drei seiner fünf Kinder retten können. Die Kleinsten starben in ihren Betten. Viele Kinder starben bei solchen Angriffen während des Großen Krieges, der seit einem Jahr tobte, viele weitere Opfer folgten.

2

Mai 2004, Hamburg

Immer, wenn sie in der Vergangenheit wühlte – in alten Fotoalben, Briefen und Urlaubserinnerungen –, überkam sie diese unbeschreibliche Sehnsucht nach etwas, das sie vermutlich gar nicht kannte. Nach einem Ort, an dem sie einfach so sein konnte, wie sie war, und dennoch geliebt wurde. Nach Menschen, denen sie nichts beweisen musste, vor allem nicht ihre Liebe, die sich nun einmal schwer beweisen ließ. Liebe war ein Gefühl, das man in sich trug, ohne es nach außen tragen zu können. Wieso verlangten manche Menschen überhaupt, dass man seine Gefühle wie auf eine Leinwand nach außen projizierte, nur damit andere sich besser fühlten, während man selbst leer zurückblieb? Die drei magischen Worte auszusprechen bewies gar nichts. Ein *Ich – liebe – dich* war entweder wahr oder falsch, vielleicht auch manchmal irgendwo dazwischen, aber oft war es nur eine leere Worthülse. Solange man sich nicht geliebt fühlte, nützten einem diese Worte gar nichts.

Mehr als einmal hatte Sara sich gefragt, ob man etwas herbeisehnen konnte, das man nie kennengelernt hatte, und jedes Mal fragte sie sich, wieso sie es nicht einfach gut sein lassen konnte. Ihre Hand zitterte leicht, als sie das Fotoalbum in die Hand nahm, das mit *Saras Schulzeit* beschriftet war, doch sie legte es gleich wieder in den braunen Pappkarton zurück. *Vielleicht leidest du einfach nur an Weltschmerz*, hatte ihre Mutter einmal gemeint, als Sara ihr erzählte, dass sie ganz oft so ein seltsames Gefühl befiel, das sich kaum in Worte fassen ließ. Als ob man gleichzeitig Hunger hatte und satt war, müde und doch wach war, die Gedanken durcheinanderwirbelten, obwohl im Kopf Stillstand herrschte.

Ihre Mutter hatte ihr oft gesagt, dass sie sie liebte. Immer dann, wenn Sara etwas geleistet hatte oder dem Willen ihrer Mutter gefolgt war. Nachdem sie zwanzig Umzugskartons in den dritten Stock geschleppt oder zwei Tage auf den Hund aufgepasst hatte. Der neue Job hingegen wurde nur nickend zur Kenntnis genommen, schließlich hatte sie sich damit ihrer eigenen Zukunft als Anwältin beraubt. Dass sie das Jurastudium abgebrochen und stattdessen Grafikdesign studiert hatte, hielt ihr ihre Mutter immer noch vor.

Der Mietvertrag für die schicke Wohnung mit riesigem Balkon und nagelneuer Einbauküche wurde sogar schlechtgeredet, weil die Wohnung viel zu weit entfernt war. *»Ich werde auch nicht jünger, stell dir vor, ich breche mir das Bein, dann musst du quer durch die Stadt fahren, um hierherzukommen!«*

Nein, sie litt nicht an Weltschmerz. Sie wusste nicht, wie sie ihre Sehnsucht genau in Worte fassen sollte, aber es betraf nicht die ganze Welt. Vielleicht vermisste sie einfach ein Zuhause. Als Kind war sie mit ihrer Mutter so oft umgezogen, dass sie nach dem dritten Umzug viele ihrer Sachen gar nicht mehr aus den Umzugskartons genommen hatte. Mit dreizehn bestand ihr Zimmer aus einem nagelneuen Bett, unter dem sechs Kartons mit Büchern und Krimskrams standen, einem Schreibtisch und einem Sitzsack. Die Wände waren weiß geblieben, weil das Geld für Farbe gefehlt hatte und überhaupt nicht feststand, ob und wie lange sie in der Wohnung blieben. Jeden Abend vor dem Schlafengehen hatte sie auf zwei Poster eines Schauspielers gestarrt, die sie mit Tesafilm über dem Bett befestigt hatte. Oft hatte sie ihre Freundinnen beneidet, die seit Ewigkeiten in ein und demselben Kinderzimmer schliefen. Ein halbes Jahr später hatte ihre Mutter geheiratet, und sie waren wieder umgezogen. Dieses Mal in ein großes Einfamilienhaus, in dem sie drei Jahre lang blieben. Die Wände hatte ihr Stiefvater – der zweite inzwischen – gelb gestrichen, obwohl Saras Mutter lachend gemeint hatte, das Kind bräuchte keine Farbe, es wäre bunt genug. Damit hatte sie auf Saras pinke Haare angespielt, die ihr ein »Wie soll man denn so ein Kind lieben?« entlockt hatten. Gefolgt von einem »Was soll ich denn den Nachbarn sagen? Dass mein Kind sich einer Gruppe von Clowns angeschlossen hat?«. Womit sie Saras Clique, die überwiegend aus Punks bestand, gemeint hatte.

Sara hatte in dem neuen Zimmer mit den gelben Wänden versucht Behaglichkeit hineinzubringen. Mit bunten Decken und zahlreichen Kerzen. Vieles hatte sie bei Freunden abgeguckt, in deren Zimmer sie sich immer wohler gefühlt hatte als in ihrem eigenen. Sie hatte Monate damit verbracht, ihrem neuen Zimmer ihren Stempel aufzudrücken, dennoch hatte sie sich immer wie ein Eindringling darin gefühlt.

»Was ist das?«

Sara schreckte aus ihren Gedanken, blinzelte ein paar Mal, um sich wieder in die Gegenwart zurückzuversetzen. Sie hatte ganz vergessen, dass Fabian früher von der Arbeit nach Hause kam, weil die Bankfiliale, in der er angestellt war, renoviert wurde.

»Das ist meine Kindheit in einem Karton. Fotoalben, Schulzeugnisse, Bilder aus dem Kindergarten. Meine Mutter hat ihn beim Aufräumen im Keller gefunden und gefragt, ob ich ihn mitnehmen will oder ob er mit dem anderen Krempel entsorgt werden soll.«

Auf Fabians Stirn zeigten sich Furchen, während er sein Hemd aus dem Hosenbund zog und glatt strich.

»Sie wollte deine Zeugnisse und Andenken aus dem Kindergarten wegwerfen? Liebreizend.« Er setzte sich neben sie und zog den Karton heran. »Ihr wart in Italien im Urlaub?«, fragte er mit Blick auf das grüne Fotoalbum, dessen Beschriftung *Italien 1986* bereits verblasste. Sara nickte und nahm einen Miniatur-Pisa-Turm aus Plastik heraus. »Ich weiß noch, dass sich meine Mutter an dem Tag, an dem wir den Turm besichtigt haben, ständig übergeben hat. Ich habe erst vor ein paar Jahren erfahren, dass sie damals schwanger war.« Vorsichtig legte sie den Turm zurück in den Karton.

»Was ist passiert?«

»Sie hat es verloren. Ein paar Wochen später.« Sie erschrak über ihre Gleichgültigkeit in ihrer Stimme.

»Wäre vielleicht einfacher gewesen mit Geschwistern.«

»Ja, möglich. Ich habe mir immer eine Schwester und einen Bruder gewünscht, aber meine Mutter war irgendwie zu sehr mit Heiraten beschäftigt.« Sara presste die Lippen fest aufeinander, als wollte sie die folgenden Worte am liebsten nicht aussprechen. »Sie heiraten nächste Woche, Hubert und meine Mutter.« So fest sie konnte, kickte sie den Karton mit der Schuhspitze zur Seite.

Fabian nickte leicht. »Kommt nicht überraschend, oder? Sie hatte Ostern ja schon Andeutungen gemacht.«

Sara schnaubte. »Der Termin steht seit Monaten fest! Als ich sie fragte, wieso sie mir erst jetzt davon erzählt habe, meinte sie, sie war sich lange Zeit nicht sicher, ob sie mich dabeihaben wolle. Ist das zu fassen?«

Fabian zuckte mit den Schultern. »Na ja, du hast ihr beim Osterbrunch deutlich gemacht, dass du ihre Erziehungsmethoden scheiße fandst. Sie mag ja vieles falsch gemacht haben, aber so etwas will keine Mutter hören, schon gar nicht vor ihrer neuen Flamme.«

»Scheint ihn ja nicht abgeschreckt zu haben«, bemerkte sie trocken, stand auf und stieß noch einmal gegen den Karton, bevor sie Fabian wütend anfunkelte. »Du verstehst das nicht, deine Eltern sind seit dreißig Jahren glücklich verheiratet. Du hast immer in demselben Haus gewohnt, hattest ein Zuhause, feste Ansprechpartner, Geborgenheit. Meine Mutter hat sich von meinem Vater scheiden lassen, als ich fünf war. Ein Jahr später hat sie diesen Spinner Arnold geheiratet, der so öko war, dass wir alle auf Bastmatten schlafen sollten anstatt in Betten. Als ich dreizehn war, heiratete sie Ulrich, der einzige ihrer Männer, von meinem eigenen Vater abgesehen, den es interessiert hat, wie es mir ging. Drei Jahre später verließ sie ihn, und wir zogen von einer Wohnung in die nächste, immer auf der Suche nach dem Mann, der es endlich mal ernst meinen würde.« Sie schüttelte den Kopf, verschränkte die Arme vor der Brust und lehnte sich gegen die schwere Kommode. »Mein

Vater hat es angeblich zu ernst gemeint, ihrer Meinung nach. Angeblich hielt sie seine Eifersucht nicht aus. Arnold war ein Öko-Spinner, von dem sie sich gar nicht früh genug hätte trennen sollen. Aber Ulrich war mehr, als sie verdient hatte. Fürsorglich, nett, er hat ihr die Welt zu Füßen gelegt, aber das war ihr dann wieder zu viel.«

»Es bringt doch nichts, sich darüber aufzuregen. Ja, es ist scheiße gelaufen, und sie hat sich wirklich nicht wie eine vorbildliche Mutter benommen. Aber hast du mal versucht, sie zu verstehen, anstatt sie nur zu verfluchen?«

»Ist das dein Ernst? Was soll man denn daran verstehen? Sie kann keine Liebe empfinden, nicht für einen längeren Zeitraum jedenfalls und immer nur zu ihren Bedingungen. Vielleicht kann sie auch keine Liebe ertragen. Ich weiß es nicht.« Sie warf die Hände in die Luft.

»Da muss doch mehr dahinterstecken«, insistierte Fabian.

Saras Blick glitt ins Leere. »Die Suche nach Liebe. Wie willst du etwas finden, das du nicht erkennen kannst?« Sie holte tief Luft, bückte sich und schob den Karton mit beiden Händen hinter die Couch.

»Sie hat den perfekten Mann gesucht. Aber den gibt es nicht, also wird ihre Suche nie enden.« Sie ging ein paar Schritte im Raum umher, blickte an die Wand mit den Urlaubsbildern, die Fabian und sie in New York, Toronto und Lissabon zeigten, nahm eins davon in die Hand und wünschte sich an den Tag zurück, an dem die beiden Hand in Hand durch den Central Park spaziert waren, damals noch frisch verliebt. Drei Jahre war das her, doch in diesem Moment fühlte es sich viel länger an. »Bist du glücklich? Ich meine ... mit mir?«, fragte sie, hängte das Bild zurück an seinen Platz und drehte sich zu Fabian um, der, die Hände in den Hosentaschen verstaut, einen Punkt an der Wand fixierte.

»Ja, denke schon. Und du?« Als er sie ansah, wirkten seine Augen dunkler als sonst, als läge ein Schatten darüber.

»Das klang jetzt nicht überzeugend«, sagte sie und spürte, wie sich Enttäuschung in ihr ausbreitete. Ihr Brustkorb brannte, zuerst nur ganz leicht, dann wurde es stärker und kroch die Speiseröhre hinauf. Sie schnappte nach Luft, ging zum halb geöffneten Fenster und atmete ein paar Mal tief durch.

»Was ist los?« Er trat hinter sie, doch sie winkte ab.

»Hab nur einen Krümel im Hals oder so.« Sie räusperte sich mehrmals, um die aufkommenden Tränen zu kaschieren. Er legte ihr die Hand auf die Schulter, doch sie ertrug seine Berührung nicht und trat zur Seite.

»Wir sind doch glücklich, oder nicht? Wir haben beide Jobs, die uns Spaß machen, wir streiten kaum, wir fahren zusammen in den Urlaub«, meinte er schließlich.

»Ist das Glück?«, fragte Sara, drückte mit den Fingern die Lamellen der Jalousien auseinander, um auf die Straße zu blicken. Eine Windbö fegte ein Stück zerknülltes Papier über den Kantstein, bis es unter ein parkendes Auto verschwand.

»Bist du denn nicht glücklich?« Er trat neben sie, suchte ihren Blick, doch sie wandte den Kopf zur Seite. Sie wollte nicht, dass er ihre Tränen sah. »Ich bin mir im Moment nicht sicher, wie sich Glücklichsein überhaupt anfühlt«, erwiderte sie matt.

Als er seufzte, spürte sie seinen Atem in ihrem Nacken. »Ich glaube, die Gespräche mit deiner Mutter bringen dich durcheinander. Du bist hinterher immer wie ausgewechselt.«

Sie hörte, wie er sich entfernte und seine Jacke von der Garderobe nahm. »Ich muss an die frische Luft.«

Sie nickte nur und zuckte zusammen, als die Wohnungstür ins Schloss fiel. Er hatte recht, die Gespräche mit ihrer Mutter wühlten sie auf. Und es schien von Mal zu Mal schlimmer zu werden. Als ob sie in eine Schwärze fiel, die sämtliche positiven Gefühle absorbiert, bis nur noch Zweifel und Fragen übrig blieben.

Sie hatte gerade die Geschirrspülmaschine ausgeräumt und war in Gedanken immer wieder das Treffen mit ihrer Mutter durchgegangen, als Fabian seinen Kopf zur Tür hereinsteckte. Das honigblonde Haar kräuselte sich hinter den Ohren, der Scheitel war schief, genau wie sein

Grinsen. »Ich habe nachgedacht«, sagte er, zog sich einen der Küchenstühle heran und setzte sich an den Tisch.

»Das klingt aber dramatisch«, witzelte sie, obwohl ihr gar nicht nach Späßen zumute war. Am liebsten hätte sie sich mit einem Buch ins Bett gelegt und gelesen. Jane Austens Romane schafften es immer, sie für kurze Zeit von ihren Problemen abzulenken. Ein Abstecher nach Longbourn House und Netherfield wäre jetzt genau das Richtige. Aber sie ahnte, dass sie dazu keine Ruhe finden würde.

»Lass uns heiraten und nach Irland gehen. Ich habe dir doch von der internen Stellenausschreibung in Dublin erzählt. Die ist zwar erst einmal nur auf ein Jahr befristet, kann aber verlängert werden. Als freiberufliche Grafikdesignerin kannst du ja von überall aus arbeiten.«

Sara stieß mit der sauberen Kaffeetasse versehentlich gegen die Anrichte, drehte sich um und starrte ihn mit halb offenem Mund an.

»Wie kommst du denn jetzt darauf?« Sie hatten nur einmal, ganz am Anfang ihrer Beziehung, über eine Hochzeit gesprochen, als sie über die verschiedenen Steuerklassen diskutiert hatten. Beide waren sich einig gewesen, dass sie keinen Trauschein brauchten, um glücklich zu sein. Sara hatte deutlich gemacht, dass eine Heirat für sie nur infrage kam, wenn beide es wirklich wollten und der richtige Zeitpunkt da war. Sie hatte an einen romantischen Abend gedacht mit Champagner, roten Rosen, Kerzenschein und einem Kniefall. In manchen Sachen war sie hoffnungslos altmodisch und kitschig.

Fabian sah sieh kurz an und zuckte mit den Schultern. »Wie gesagt, ich habe vorhin viel nachgedacht.«

»Wenn das ein Antrag war, dann war der echt schlecht.«

Er stöhnte. »Es geht doch um die Sache an sich, nicht um das Drumherum. Aber wenn dir das so wichtig ist, dann kann ich auch auf die Knie gehen«, sagte er gereizt.

»Die Sache, ja?« Sie schluckte, ihr Hals brannte, Tränen stiegen ihr in die Augen. »Ehrlich, wenn du dich hier besoffen mit nacktem Arsch hinstellen würdest, wäre das nicht unromantischer!« Kopfschüttelnd lief sie an ihm vorbei ins Wohnzimmer, schnappte sich die Fernbedienung von der Stereoanlage und stellte das Radio an. Sie kochte vor Wut.

»Findest du nicht, dass wir den nächsten Schritt gehen sollten?«, rief er, ging ihr nach und schaltete die Musik aus, bevor er sich mit verschränkten Armen vor der Couch aufbaute und sie herausfordernd anblickte. »Vorhin ist mir klar geworden, dass wir uns auf der Stelle bewegen. Ich glaube, du hast Angst vor dem nächsten Schritt, weil deine Mutter so oft geheiratet hat und nie lange glücklich war. Und nun denkst du, dir blüht das gleiche Schicksal, und –«

»Du weißt nicht, was ich denke!«, schrie sie lauter als beabsichtigt, nahm ein Kissen und drückte es an ihre Brust. »Das hat nichts mit meiner Mutter zu tun! Du und ich, wir haben immer gesagt, wir brauchen keinen Trauschein. Und jetzt kommst du auf einmal an und wirfst einfach so die Worte heiraten und nach Irland auswandern in den Raum und wunderst dich, dass ich nicht vor Freude in die Luft springe.«

»Ich bin dreißig, Sara, und du achtundzwanzig. Ist dir bewusst, dass wir das einzig verbliebende Pärchen in unserer Clique sind, das weder verheiratet ist noch Kinder hat?«

Sie hob beide Augenbrauen. »Jetzt geht es um Kinder? Was soll das denn auf einmal? Vor zwei Stunden hast du behauptet, du wärst glücklich.«

»Ja, das dachte ich zumindest, aber dann habe ich nachgedacht, und mir ist klar geworden, dass wir in einer Art Zeitschleife festhängen. Nichts verändert sich, weder zum Positiven noch zum Negativen. Jeder um uns herum entwickelt sich weiter, nur wir nicht.«

Sie öffnete den Mund und schloss ihn sogleich wieder. Seit knapp drei Jahren lebten sie zusammen in dieser Wohnung. Der Alltag hatte sich seitdem kaum verändert. Sie standen beide um sieben Uhr auf, er ging um acht zur Arbeit, sie setzte sich an den Schreibtisch in der Wohnzimmerecke und arbeitete bis vier Uhr. Dienstags und donnerstags ging Sara ins Fitnessstudio, Mittwoch trafen Fabian und sie sich mit der Clique im Biergarten oder beim Italiener. An den Wochenenden machten sie Ausflüge in die nähere Umgebung, gemeinsame Fahrradtouren oder verbrachten den Sonntag auf der Couch und schauten Filme. Während ihre Freunde nach und nach Kinder bekamen, sich die Gesprächsthemen von Schwangerschaftssymptomen zu Kitaplätzen und Elternabenden weiterentwickelten, beschränkten sich Fabians und ihre Unterhaltungen auf profane Alltagssituationen. Sie presste die Lippen aufeinander und vergrub ihr Kinn in das Kissen, das sie nun mit beiden Armen umklammert hielt.

»Ich habe das Gefühl, das Leben zieht an mir vorbei«, sagte Fabian leise und setzte sich schließlich auf das Ledersofa. »An uns.«

Sie wusste, was er meinte. Vor ein paar Jahren, als sie ihn noch nicht gekannt und ihre beste Freundin ein Baby bekommen hatte, war es ihr ähnlich ergangen. Doch seitdem hatte sich viel verändert. Sie war in eine große Wohnung gezogen, hatte jemanden gefunden, mit dem sie ihr Leben verbringen wollte, und im Job lief es besser denn je. Es gab so viele Aufträge, dass sie etwas Geld beiseitelegen konnte.

»Vielleicht brauchen wir eine Pause«, meinte sie und wusste nicht einmal, was sie damit überhaupt sagen wollte. »Ich meine ... um nachzudenken, uns zu sammeln, um ... ach, ich weiß auch nicht.« Sie vergrub den Kopf in das Kissen und schluchzte laut auf, doch kurz darauf fing sie sich wieder, wischte sich über die Augen und holte tief Luft.

»Ich will mich nicht trennen«, sagte er mit fester Stimme, umfasste ihre Schultern und sah ihr in die Augen, bis sie müde lächelnd den Kopf abwandte.

»Das will ich auch nicht. Aber vielleicht müssen wir uns beide darüber klar werden, was wir wollen und vom anderen erwarten.«

»Ich will dich. Mit dir glücklich sein.« Er streichelte ihr über die Arme, bevor er sie losließ und sich vor die Kommode stellte, die Arme vor der Brust verschränkt.

»Meine Mutter hat mich gebeten, mich um meine Großmutter zu kümmern, während sie mit Hubert in den Flitterwochen ist. Sie wird im September 101.«

»Die in Kiel im Altenheim lebt?«

Sara nickte. »Sie ist geistig ziemlich fit, aber sie hat Schwierigkeiten beim Gehen. Ich habe sie zuletzt vor einem halben Jahr besucht, als sie sich die Hüfte gebrochen hat. Meine Mutter ist fast jedes Wochenende dort.«

Er legte die Stirn in Falten. »Das wusste ich gar nicht. Ich dachte, sie sei etwas tüttelig.«

Sara schüttelte den Kopf. »Nein, aber sie ist eine schwierige Person. Ich habe nie einen Draht zu ihr gefunden. Na ja, sie war in meinen Augen einfach schon immer uralt.«

»Hundert«, sagte er, einen leisen Pfiff ausstoßend.

»Sie war weit über 40, als sie meine Mutter bekommen hat. Vermutlich war der Generationsunterschied zu groß. Die zwei sind noch nie besonders gut miteinander ausgekommen. In dem Punkt kann ich meiner Mutter mal keinen Vorwurf machen. Meine Großmutter kann kaum Gefühle zeigen. Ihr Lachen hat keine Wärme und erreicht nie ihre Augen. Als hätte sie es irgendwann verlernt...« Sie erinnerte sich mit Schaudern an die Sonntage, die sie als Kind bei ihr verbracht hatte. An dieses bellende Lachen, wenn Saras Mutter etwas vermeintlich Komisches erzählt hatte, während alle drei auf der Terrasse Äpfel für einen Kuchen schälten. Die Ermahnungen, bloß nicht so viel wegzuschneiden, weil es damals während der Kriege wenig zu essen gegeben hatte. Saras Großmutter war als Emma Georgina Doyle in einem kleinen Ort in der Nähe von Oxford in England geboren worden. Sie hatte kurz nach dem Zweiten Weltkrieg einen Deutschen geheiratet, was damals ein Skandal gewesen war. Seitdem lebte sie in Deutschland, aber einen leichten englischen Akzent hörte man immer noch heraus.

»Meine Großmutter hat ihr Haus behalten, in dem sie bis vor fünf Jahren noch gelebt hat. Es ist seit Jahren vermietet, aber die Einliegerwohnung ist frei. Ich überlege, ob ich eine Zeit lang dorthin ziehe. Arbeiten kann ich auch von dort aus, es gibt Internetzugang, und ich könnte etwas Zeit mit ihr verbringen.«

»Das wird ihr sicher gefallen«, sagte Fabian matt, stand auf und ging ein paar Schritte im Raum umher, bevor er sich vor das Bücherreal positionierte und sich durch das Haar strich, bis es so unordentlich aussah, als wäre er in einen Sturm geraten. Sie musste bei dem Anblick lächeln und war froh, als er nach einem kurzen Zögern das Lächeln erwiderte.

»Ich fahre nach der Hochzeit«, sagte sie mit fester Stimme. Er nickte. »Möchtest du, dass ich dich begleite? Zur Hochzeit?«

»Ja, ich denke, sonst stehe ich es nicht durch.« Sie erhob sich schwerfällig von der Couch, streckte sich und ging auf ihn zu. Einen Moment lang standen beide unschlüssig voreinander, keiner schien zu wissen, was er mit seinen Händen machen sollte. Sie biss sich auf die Lippe und schmunzelte, was er als Anlass nahm, sie in den Arm zu nehmen. Seine Umarmung fühlte sich gut an, sie genoss die Wärme und war sich erst jetzt bewusst, wie kalt es in der Wohnung war.

»Wir schaffen das«, flüsterte sie. »Wir brauchen nur ein bisschen Zeit und etwas Abstand, um uns zu finden.«

Er drückte sie fest an sich. »Wann haben wir uns verloren?«

»Ich weiß es nicht«, sagte sie leise. Heiße Tränen liefen über ihre Wangen und tropften auf seine Schulter.

»Ich verspreche dir, der nächste Antrag wird mit Rosen, Kniefall und einem Ring, versteckt in einem Kuchen in Herzform, sein, den du dann vermutlich verschluckst, und wo wir den Abend daraufhin in der Notaufnahme ausklingen lassen.«

Gegen ihren Willen musste sie lachen. »Sehr romantisch, ja.«

3

Mai 2004, Hamburg

Das Gesicht ihrer Mutter wirkte so übertrieben glücklich, dass Sara sich fragte, wie lange wohl diese Ehe halten würde. Die braunen Haare kunstvoll hochgesteckt, das Gesicht dezent geschminkt – lediglich etwas Mascara und Lipgloss –, stieß die frisch vermählte Braut ununterbrochen mit ihren Freundinnen, allesamt hysterisch gackernd, auf den neuen Mann an. Hubert Lang, dreiundsechzig, pensionierter Lehrer und leidenschaftlicher Golfspieler. *Nora Lang*, murmelte Sara, während sie ihr Sektglas zum Mund führte. Davor hieß sie Nora Jagert, Nora Ericksen und Nora Winter. Als Sara im letzten Jahr im Urlaub auf Zypern gewesen war, hatte sie beim Postkartenschreiben einige Minuten überlegen müssen, bevor ihr der Name ihrer Mutter eingefallen war. Eventuell war es der Hitze und den zwei Mojitos geschuldet, aber ab und zu kam sie ins Schleudern. Seit dem Jawort eine halbe Stunde zuvor versuchten Noras Lippen anscheinend einen Weltrekord im Dauerlächeln aufzustellen. Die Augen jedoch, bemerkte Sara, erreichte das Lächeln nicht.

»Hier bist du!«

Zwei starke Hände umfassten Saras Taille, bevor ihr Fabian einen Kuss auf die Wange gab. »Können wir bald abhauen?«, flüsterte er. Sara kicherte, trank ihren Sekt auf ex aus und drückte ihm das Glas in die Hand. »Ich fürchte, noch nicht.« Sie runzelte die Stirn und sah zu ihrer Mutter hinüber, die sich nun mit ihrem neuen Gatten vor das Fenster stellte und die Mundwinkel bis an die Ohren zog, während ihre Freundin, mit einer hochwertigen Spiegelreflexkamera in der Hand, immerzu »Sag Cheese, noch mal, Cheese. Cheeeeeese!« rief.

»Herrgott, die führen sich ja auf wie alberne Schulmädchen«, kommentierte Fabian die Szene.

»Cheeeeese! Los, einmal noch!«

Sara verdrehte die Augen. Die ganze Feier glich einer Farce. Es war die vierte Ehe ihrer Mutter, und keine der vorherigen Ehen hatte länger als fünf Jahre gehalten. »Was findet sie nur an ihm?«, fragte sie, als Fabian ihr ein neues Sektglas in die Hand drückte. Er umfasste sie von hinten und legte sein Kinn auf ihre Schulter, den Blick zum Fenster gerichtet, wo sich Nora und Hubert Lang nun innig küssten, während drei in rosa Tüllkleider gekleidete Frauen mit Kameras und Handys um sie herumliefen und Anweisungen wie »Kopf ein Stück höher« oder »Und jetzt mit geöffneten Augen« riefen.

»Vielleicht gibt er ihr genau das, was sie sich wünscht. Wahre Liebe ist manchmal nicht sofort zu erkennen.«

Sara schnaubte und zwang sich, den Blick von ihrer Mutter abzuwenden.

»Woran denkst du gerade?« Fabian lehnte sich gegen den Türrahmen, die Hände in den Hosentaschen. In den drei Jahren, in denen die beiden ein Paar waren, hatte sie ihn nie in einem Anzug gesehen. Selbst bei Taufen und Hochzeiten trug er seine geliebten schwarzen Jeans zu Hemd und Sakko. Nur für Saras Mutter, die auf einem Anzug bestanden hatte, machte er eine Ausnahme, aber es war ihm deutlich anzusehen, wie unwohl er sich fühlte. Eine Fliege hatte sie ihm nicht aufschwatzen können, und auch eine Krawatte hatte er verweigert.

»An meine Großmutter. Daran, dass sie ihren Mann so früh verloren hat. Er starb kurz nach der Geburt meiner Mutter. Soll die ganz große Liebe gewesen sein.«

»Muss es wohl. Damals einen Deutschen zu heiraten, so kurz nach dem Krieg ...«

»Es ist doch seltsam, dass meine Mutter das genaue Gegenteil ihrer

Mutter ist. Ich meine, Emma hat ein einziges Mal geheiratet und blieb nach dem Tod ihres Mannes alleine. All die Jahre.« Sie kniff die Augen zusammen, rechnete kurz. »Über fünfzig Jahre lang. Sie war Mitte vierzig, als ihr Mann starb, sie hätte doch wieder einen Mann finden können. Und dann guck dir meine Mutter an, die vom Heiraten nicht genug bekommen kann.«

»Vielleicht hatte sie ja eine Affäre, deine Großmutter.«

»Hm«, machte Sara und nippte von dem Sekt. »Vielleicht werde ich sie danach fragen.«

Mai 2004, Kiel

Das Pflegeheim, in dem ihre Großmutter untergebracht war, lag in der Nähe des Hafens, zu dem Sara zuvor einen Abstecher machte. Es war sonnig, beinahe schon sommerlich, bis auf die frische Brise, die vom Meer herüberzog und sie in ihrem ärmellosen Shirt frösteln ließ. Sie setzte sich auf eine mit Graffiti besprühte Bank und beobachtete, wie die Fähre nach Skandinavien ablegte. Eine Horde Kinder mit gelben Warnwesten, vermutlich Erstklässler, lief Hand in Hand mit ihrer Lehrerin über den Parkplatz. Ein Reisebus hupte, zwei der Kinder streckten dem Fahrer die Zunge heraus, bis die Lehrerin sie ermahnte, sich an die Seite zu stellen. Nachdem eine Reisegruppe älterer Herrschaften aus einem weiteren Bus gestiegen war, schwoll der Lärmpegel so stark an, dass das durchdringende Kreischen der Möwen erstickt wurde, die so dicht über Saras Kopf flogen, dass sie ihn mehrmals einziehen musste. Sie fragte sich, was ihre Mutter jetzt machte. Ob sie mit Hubert tiefsinnige Gespräche an der Cocktailbar führte? Er war ein ernster Mann, der sich viele Gedanken um das Weltgeschehen machte. Seit seiner Pensionierung engagierte er sich in der Obdachlosenhilfe. Sie konnte nicht genau sagen, ob sie den neuen Mann ihrer Mutter mochte. Er war freundlich, aber schwer zu durchschauen. Als ob er eine Mauer um sich herum aufgebaut hatte, um nichts über sich preiszugeben. Dann wiederum benahm er sich wie ein albernes Kind, wenn er mit ihrer Mutter über irgendwelche dummen Witze lachte. Er hatte zwei Seiten an sich, und beide passten nicht zusammen. Vielleicht fiel es ihr deshalb so schwer, zu sagen, ob sie ihn leiden konnte.

Ein Blick auf ihre Uhr verriet ihr, dass sie sich besser auf den Weg machen sollte. Sie hatte ihrer Großmutter vorsichtshalber telefonisch ihren Besuch angekündigt, für den Fall, dass die vielleicht andere Pläne hatte. Manchmal machte das Heim Ausflüge mit den Bewohnern. Ihre Großmutter spielte einmal in der Woche Skat mit der Tochter einer verstorbenen Bekannten. Auf Ausflüge ging sie selten mit, aber manchmal machte sie mit einer Pflegepraktikantin einen Spaziergang ins nahe gelegene Café.

Sara hatte sich für vierzehn Uhr angekündigt. Sie wusste, dass ihre Großmutter um Punkt zwei Uhr im Eingangsbereich auf sie warten würde, um sie in Empfang zu nehmen. Sie begrüßte ihre Gäste immer im Eingangsbereich im Erdgeschoss, nie in ihrem Zimmer. Das war einer dieser Spleens, über die sich Saras Mutter immer sehr aufregte. *Kann kaum laufen, aber besteht darauf, mich an der Eingangstür zu begrüßen. Als wenn es verwerflich wäre, in ihrem Alter, die Besucher vom Bett oder von der Couch aus zu begrüßen. Herrgott, sie geht auf die Hundert zu!*

Sara wusste, dass ihre Großmutter nur ins Pflegeheim gegangen war, weil sie niemandem eine Last sein wollte. Mit der schmerzenden Hüfte, die sie bei schlechtem Wetter manchmal ans Bett fesselte, hätte sie ihren Haushalt nicht mehr alleine gewuppt bekommen. Sie war schon immer zu stolz gewesen, Hilfe anzunehmen, und als sie nach einem Sturz fast einen halben Tag lang hilflos im Badezimmer gelegen hatte, hatte sie beschlossen, ihre Selbstständigkeit aufzugeben und in ein Heim zu gehen. Sich gehen lassen kam für sie allerdings nicht infrage. Sie richtete sich jeden Morgen so her, als ginge sie aus. Getönte Tagescreme, dezenter Lidschatten, ganz zarter Lippenstift in Rosé. Und sie würde ihre Gäste selbst noch im Eingangsbereich begrüßen, wenn sie vollständig auf einen Rollstuhl angewiesen wäre. Das konnte Sara sogar verstehen, und sie bewunderte ihre Großmutter heimlich für ihre Prinzipien.

In einer weißen Strickjacke und einem grünen Kleid, das ihr bis zu den Knöcheln reichte, saß Emma Schneider auf einem grauen Plastikstuhl vor der Heizung und rollte eine Zeitung auf ihrem Schoß zusammen. Die schneeweißen Haare waren zu einem Knoten im Nacken gebunden; Sara kannte sie gar nicht mit einer anderen Frisur, aber von alten Fotos wusste sie, dass sie als junge Frau ihre Haare meist schulterlang und offen getragen hatte. Um den Hals baumelte eine Lesebrille mit rotem Rahmen, befestigt an einer silbernen Kette, an der auch ein Medaillon hing. Sara wusste von ihrer Mutter, dass sie dort das einzige Bild von ihrem früh verstorbenen Bruder Artie aufbewahrte, gesehen hatte sie es allerdings noch nie.

Die blauen Augen leuchteten, die Wangen wirkten etwas eingefallen seit Saras letztem Besuch, aber für ihr hohes Alter hatte sie wenig Falten. An den Ohrläppchen baumelten goldene Ohrringe mit einem kleinen Schiff als Anhänger. Ein Geschenk ihres Mannes, der beim Hamburger Hafen beschäftigt gewesen war. Sie hatte ihren Großvater nie kennengelernt, da er ein Jahr nach Noras Geburt gestorben war.

»Wartest du schon lange?«, fragte Sara, nachdem sie sich zu der zerbrechlich wirkenden Frau gebückt und ihr einen Kuss auf die Wange gegeben hatte.

»Nur drei, vier Minuten. Es war ganz interessant. Die Polizei ist eben hier gewesen und hat einen Mann zurückgebracht, der ausgebüxt war.« Mit einem lauten Stöhnen erhob sich ihre Großmutter; die langgliedrigen weißen Finger krallten sich an der Sitzlehne fest, bis sie aufrecht stand. Mit ihren einsdreiundsiebzig war sie eine imposante Erscheinung. Sie war sehr schlank, und ohne ihren Gehwagen hätte sie sicherlich eine grazile Figur gemacht.

»Hast du etwas von deiner Mutter gehört?« Ihre Fingerknöchel traten weiß hervor, als sie die Griffe des Rollators fest umschloss. Feine, blaue Äderchen zogen sich über die blasse Haut.

»Sie macht eine Kreuzfahrt«, erklärte Sara, woraufhin sie einen scheelen Blick erntete.

»Ja, ich weiß. Aber mittlerweile kann man doch ganz einfach von einem Schiff mit der Außenwelt Kontakt aufnehmen, oder nicht? Mit den Handys und diesem Internet. Oder funktioniert das auf hoher See nicht? Dann bliebe allerdings immer noch die drahtlose Telegrafie, damit haben die Menschen vor hundert Jahren von einem Schiff aus kommuniziert.«

»Ich denke schon, dass die dort Internet haben. Aber sie hat sich nicht gemeldet.«

»Es ist manchmal erstaunlich, aber je älter man wird, umso länger dauert es, bis man eine einfache Frage beantwortet bekommt.« Sie setzte sich in Bewegung, zuerst etwas wackelig auf den Beinen, doch nach ein paar Schritten legte sich das wieder, und sie beschleunigte sogar ihre Schritte.

»Entschuldige, das war dumm von mir. Ich dachte, du hättest es vielleicht vergessen. Außerdem hat Mama sich noch nie aus ihren Flitterwochen gemeldet.«

»Das Einzige, was tadellos bei mir funktioniert, ist mein Gedächtnis, Sara. Langzeit und Kurzzeit, wobei mit dem Letzteren hier immer mehr Bewohner Schwierigkeiten haben. Wie war denn die Hochzeit?«

Sara nickte einer Altenpflegerin zu, die mit einer Bettpfanne auf einem Stapel Handtücher an ihnen vorbeilief. Ihre Großmutter hatte die Abwesenheit auf der Hochzeit mit ihrem hohen Alter begründet. Sara wusste, dass ihre Mutter insgeheim froh darüber war.

»Wie die anderen. Du hast nichts verpasst, Emma.«

Seit sie denken konnte, nannte sie ihre Großmutter beim Vornamen, weil diese weder die Kosenamen Oma, Omi oder das englische Granny mochte. Und Großmutter war selbst für Emma zu förmlich und steif. Es hatte Sara nie etwas ausgemacht, auch wenn Saras Freundinnen sie früher seltsam angeschaut hatten. Eine Nachbarin hatte sogar mal etwas von fehlendem Respekt dem Alter gegenüber erwähnt, doch Emma hatte sie gleich auf den Pott gesetzt und gesagt, ihre Enkelin nenne sie beim Vornamen und könne gleichzeitig gut erzogen sein, was man von der Nachbarstochter nicht behaupten konnte. Emma hatte noch nie ein Blatt vor den Mund genommen. So war es vermutlich kein Wunder, dass sie nie viele Freunde gehabt hatte.

»Wieso grinst du?«, fragte Emma, als Sara die Zimmertür am Ende des schmalen, nach Kohl und Essig riechenden Korridors aufzog.

»Ich musste nur gerade daran denken, wie du Frau Grunert die Meinung gesagt hast, als sie sich darüber echauffierte, dass ich dich beim Vornamen nenne.«

»Kannst du dir vorstellen, nach all den Jahren war ich für die immer noch *die Ausländerin*.« Sie verzog angewidert den Mund, schob sich mit ihrer Gehhilfe vorsichtig durch die Tür und verstaute den Rollator dahinter, bevor sie am Fenster auf einem der zwei Ledersessel Platz nahm. Sie bewohnte ein Einzelzimmer, das geräumig und hell war. Neben einem Bett, einem mit Holzrahmen, nicht diese furchtbaren Krankenhausbetten, war Platz für einen Schreibtisch und eine Sitzecke mit Couchtisch am Fenster. Der Blick ging in den Garten hinaus, ein parkähnliches Grundstück mit einem See. »Letztes Jahr haben dort Schwäne gebrütet. Du hättest mal die Leute sehen sollen, die an meinem Fenster vorbeirannten, weil sie dem Nest zu nahe gekommen sind«, erzählte Emma mit Blick auf den See, auf dem einige Enten schwammen. »Leg dich nie mit einem brütenden Schwan an. Wie geht es deinem Vater?«

Auch das war typisch für ihre Großmutter, unvermittelt das Gesprächsthema zu wechseln. Saras Vater lebte seit fast zehn Jahren in Köln, wo er eine große Werbeagentur leitete. Sie sahen sich selten, was auch an seiner neuen Frau lag, mit der sich Sara nicht verstanden hatte. Ingrid war Rechtsanwältin und eine furchtbare Besserwisserin. Sie fiel den Leuten ständig ins Wort und vertrat die Meinung, dass es nur eine richtige Meinung gab, nämlich ihre, und alle anderen falsch waren. Diskussionen mit ihr waren nervenaufreibend, und nicht selten hatte Sara abends das Weite gesucht, um ihre Ruhe zu haben.

»Er und Ingrid wollen im Herbst nach Tibet«, erzählte Sara.

Emma runzelte die Stirn. »Waren sie dort nicht vor ein paar Jahren?«

»Nein, das war Kambodscha.«

»Nun ja, mit deiner Mutter konnte er ja kaum reisen«, meinte Emma, zog ihre Strickjacke aus und legte sie über die Lehne des Sessels.

»Sie hat nun mal Flugangst«, erwiderte Sara und dachte an die vielen Streitigkeiten zurück, die ihre Eltern geführt hatten, weil ihr Vater gerne auf die Kanaren oder nach Zypern geflogen wäre und ihre Mutter auf einer Reise mit dem Auto, Zug oder Schiff bestand.

»Etwas, das wir gemein haben«, sagte Emma leise. Sie zeigte auf den Tisch, wo eine Schale mit Keksen stand. »Ingwerplätzchen. Greif zu, als Kind hast du die geliebt.«

Sara nahm sich ein Plätzchen und knabberte vorsichtig daran herum. Erst vor wenigen Tagen hatte sie sich ein Stück vom Zahn abgebrochen, als sie in ein Brötchen gebissen hatte. Als sie Emma davon erzählte, lachte diese laut auf. Ein kurzes raues Lachen, das an das Bellen eines Dackels erinnerte.

»Mir ist einmal ein ganzer Zahn abgebrochen, als ich einen Keks gegessen habe, der so alt war, dass man mit ihm eine Scheibe hätte einwerfen können.«

»Wieso hast du davon abgebissen? Hast du das nicht gemerkt?«

»Ich war fünf, und zum Glück war es nur ein Milchzahn. Mein Bruder hat mich angestiftet. Er dachte, ich traue mich nicht, von dem Keks zu probieren. Wir fanden ihn hinter dem Herd. Ich wollte ihm beweisen, dass ich kein ängstliches kleines Mädchen war.« Ihre Augen leuchteten bei dieser Erinnerung kurz auf.

»Dein Bruder Artie, der so jung starb?«, wagte Sara sich vor.

Emma nickte. Das Leuchten in ihren Augen erstarb so schnell, wie es gekommen war. Ihre Augen schienen eine ganze Nuance dunkler zu werden. »Er war erst fünfzehn. Und er hätte gar nicht in London sein sollen, aber unsere Tante ... die Schwester meiner Mutter war gestürzt und brauchte Hilfe. Unser Vater konnte wegen der Arbeit nicht weg, und unsere Mutter erwartete ein Baby und durfte nicht aufstehen.«

»Er ist in London gestorben?« Sara hatte nie erfahren, wie Artie ums

Leben gekommen war. Sie wusste nicht einmal, ob ihre Mutter die Hintergründe kannte.

»Bei einem Luftangriff. Das Haus fing Feuer. Er hatte wohl versucht, meine Tante zu retten, doch er schaffte es nicht, wurde von einem Dachbalken erschlagen. Sie starben beide.«

Sara rechnete kurz nach und runzelte die Stirn. »Luftangriff?«

»Ja, deutsche Zeppeline, die Brandbomben über britische Städte abwarfen. Es gab viele Luftangriffe während des Ersten Weltkriegs.«

»Das war mir gar nicht bewusst.«

»Das ist ja auch schon lange her«, seufzte Emma, nahm sich ebenfalls einen Keks und steckte ihn komplett in den Mund.

»Mama sagt, du hast ein Foto von ihm in dem Medaillon. Darf ich es mal sehen?«

Emma kaute hastig, griff nach der Kette und beugte sich ein Stück vor. »Aber natürlich.« Mit zittrigen Händen klappte sie den Deckel auf. Sara erkannte eine Schwarz-Weiß-Fotografie. Sie zeigte das Gesicht eines lächelnden Jungen um die dreizehn, mit sehr dunklen Haaren, Segelohren und Grübchen in den Wangen. »Er sieht so unbeschwert aus«, meinte sie zögerlich.

Emma nickte. »Er war ein Träumer.«

Auf einmal verspürte Sara eine tiefe Traurigkeit in sich. Als ob sie um etwas betrogen worden wäre, aber das war eigentlich albern. »Wirklich schade, dass er so früh starb. Es war sicherlich sehr schwer für dich.«

»Am schwersten war es für meine Mutter. Sie starb nur eine Woche danach. Die Wehen setzten ein, sie verblutete auf unserem Küchenboden.«

»Wie furchtbar«, sagte Sara mit belegter Stimme und fragte sich, wieso sie kaum etwas über das Leben ihrer Großmutter wusste. Aber welche ihrer Freundinnen wusste schon etwas über die Kindheit und Jugend ihrer Großeltern? Eigentlich niemand so richtig. Ob es nun daran lag, dass sich niemand mehr dafür interessierte, oder die alten Menschen einfach nicht mehr über die alten – meist schwierigen – Zeiten reden wollten, konnte sie allerdings nicht sagen. Vielleicht war es eine Mischung aus beidem.

»Das war es«, sagte Emma so leise, dass Sara sie kaum verstand. »Danach hat sich mein ganzes Leben mit einem Schlag verändert. Ich ertappe mich noch heutzutage oft bei der Frage, wie mein Leben verlaufen wäre, wenn Artie nicht gestorben wäre.«

»Was ist nach dem Tod deiner Mutter passiert?«, fragte Sara vorsichtig.

Emma ließ den Blick durch das Zimmer schweifen, setzte sich gerade hin und holte tief Luft.

4

Juni 1915, Oxfordshire

Die Beerdigung von Artie lag keine vier Tage zurück, als Nachbarn und entfernte Bekannte mich und meine Schwester in unserem Wohnzimmer über die Wangen streichelten und bedeutungslose Floskeln von sich gaben. Die alte Mrs Thorne aus dem Erdgeschoss brach in Tränen aus, als sie mir über das Haar strich. Sie musste von ihrer Tochter zu einem Stuhl gebracht werden, wo ihr sofort jemand einen dampfenden Teebecher in die Hand drückte. In meinem Leben habe ich nie so viele Leute so viel Tee trinken sehen wie an dem Tag, an dem wir meine Mutter unter die Erde gebracht haben.

Die Beileidsbekundungen wollten kein Ende nehmen, doch was noch viel schlimmer war, war diese Taubheit, die von mir in dem Moment Besitz ergriffen hatte, als fremde Männer meine Mutter aus der Wohnung getragen hatten. Auf einer Bahre. Ich erinnere mich noch, wie ich versuchte, das Laken von ihrem Gesicht zu ziehen, weil ich Angst hatte, dass sie keine Luft bekam, und wie mein Vater mich daran hinderte und murmelte, dass Mum nun an einem besseren Ort wäre. Ein besserer Ort als bei uns? Er hielt mich fest, als diese Männer mit meiner Mutter verschwanden. Mein Vater ertrug es nicht, seine Frau in unserem Haus aufgebahrt zu sehen. Sie brachten sie ins Krankenhaus, doch dort konnte man nichts mehr für sie tun, und so blieb sie in der Leichenhalle, bis die Beerdigung organisiert war. Nun lag meine Mutter zusammen mit Artie in einem Grab auf unserem Dorffriedhof hinter der

Kirche, während meine Tante neben ihrem lange verstorbenen Mann in London beerdigt worden war. Keiner von uns war auf ihrer Beerdigung gewesen, doch mein Vater hatte für Blumen gesorgt. »Die Zeiten des Krieges«, hatte er gemurmelt und uns erklärt, dass es der Tante nichts mehr ausmachen würde, dass wir sie nicht verabschiedeten. Isobel hatte sich den ganzen Tag zuvor übergeben, und unser Vater selbst war mit seinen Kräften am Ende gewesen, denn unserer Mutter war es immer schlechter gegangen. Zudem sollte Arties Beerdigung am nächsten Tag stattfinden. Es war uns nicht möglich, nach London zu fahren. Nicht einmal, um Abschied von Tante Maisie zu nehmen. Sie würde es verstehen, tröstete Vater mich, als ich ihm sagte, dass es doch traurig war, dass sich keiner von uns von ihr verabschieden würde. »Der Krieg fordert viele Opfer«, murmelte er nur. Und er hatte nun auch meine Mutter gefordert.

Unter den Trauergästen befand sich auch die wesentlich ältere Schwester unseres Vaters, die ich bis dahin nie kennengelernt hatte. Das dunkelbraune Haar war von grauen Strähnen durchzogen. Sie trug einen ausladenden Hut aus schwarzem Samt und eine perfekt geschnittene, knielange Jacke mit breitem Revers. Meine Mutter hätte sie als feine Dame bezeichnet. Ihre Kleidung wies im Gegenzug zu der der Nachbarn keinerlei Abnutzungsspuren auf. Die Kleider und Röcke der meisten Frauen im Raum waren an verschiedenen Stellen geflickt worden, bei einigen sah man deutlich, dass der Saum geweitet wurde, hier und da hingen lose Fäden. Aber es war nicht nur die feine Kleidung, die Tante Abigail von dem Rest der Trauergäste abhob. Sie bewegte sich so leichtfedrig, als trüge sie keinerlei Gewicht mit sich herum. Die Menschen traten zur Seite und bildeten eine Gasse, als sie durch den Raum schritt, den Kopf erhaben, der Blick kühl. Beinahe königlich.

Sie kniete sich zu mir und meiner Schwester, streichelte uns mit ihren behandschuhten Fingern über die Wangen, wobei sie einen Hauch von Kölnischwasser verströmte, das mir in der Nase kitzelte. Als sie lächelte, entblößte sie eine große Zahnlücke zwischen den oberen Schneidezähnen. Ihre tröstenden Worte hörten sich wegen ihres vornehmen Akzents seltsam fremd an, beinahe so, als beträfen sie ganz andere Menschen. Ich konnte mir nur schwer vorstellen, dass sie die Schwester unseres Vaters sein sollte, da sie keinerlei Ähnlichkeit mit ihm hatte, bis auf die dunkelgrünen Augen.

Mein Vater hatte sie kaum je erwähnt, also wussten wir nur, dass wir eine reiche Tante in Yorkshire hatten, die uns jedes Jahr eine Karte zu Weihnachten schickte und eine große Schachtel Pralinen, die in der Fabrik ihres Mannes hergestellt wurden. Die Pralinen waren spätestens am zweiten Weihnachtsfeiertag alle, aber manchmal schickte sie auch welche zu Ostern oder an Vaters Geburtstag. Sie hatte mit siebzehn eine Stelle in einem Geschäft angenommen und dort ihren Mann kennengelernt, der mit einer Prise Glück und viel Geschick binnen weniger Jahre ein Vermögen erwirtschaftet hatte. Mehr wussten wir nicht über die beiden.

»Es tut mir sehr leid, dass wir uns unter diesen Umständen kennenlernen«, sagte sie, nahm die behandschuhten Finger von meiner Wange und erhob sich wieder, nicht ohne mir vorher über das Haar zu streichen. Als ich meine Schwester Isobel ansah, erkannte ich die gleiche Frage in ihren Augen, die sich keiner von uns zu stellen traute. Wieso hatten wir sie nie kennengelernt? Uns war nicht bewusst, dass wir die Antwort recht bald darauf erfahren sollten, als die übrigen Trauergäste gegangen waren und Tante Abigail geblieben war, um beim Aufräumen zu helfen. Ihre Handschuhe lagen sorgfältig über der Lehne eines Küchenstuhls, während sie benutzte Kuchenteller stapelte und diese in die Spüle stellte.

»Das waschen Isobel und ich später ab«, sagte Vater, als er sah, dass Tante Abigail nach einer Spülbürste griff.

»Sei nicht albern. Wann hast *du* zuletzt abgewaschen?«, fragte sie und öffnete den Wasserhahn, der seit ein paar Tagen klemmte und die Angewohnheit hatte, das Wasser mit einem lauten Dröhnen auf einmal herauszuspritzen. Tante Abigail schrie auf und drehte den Hahn sofort wieder zu. Wir Mädchen lachten kurz, doch unmittelbar darauf überfiel mich ein schlechtes Gewissen. War es nicht eine Sünde, an dem Tag der Beerdigung seiner Mutter zu lachen? Doch dann sah ich vor meinem inneren Auge das Gesicht meiner Mutter, sah ihr Lächeln und war mir sicher, dass sie nichts gegen unser Lachen gehabt hätte. Im Gegenteil, uns so traurig zu sehen, hätte ihr das Herz gebrochen.

»Und wann hast *du* zuletzt in der Küche Hand angelegt?«, fragte Vater mit der Andeutung eines Lächelns. Es war das erste Mal seit Arties Tod, dass er so etwas wie ein Lächeln zustande brachte. Es wirkte etwas steif, doch das Blitzen in seinen Augen war unverändert. »Ihr habt doch Hausmädchen und Küchenmädchen, die das machen, nicht?«

Tante Abigail schürzte die Lippen, warf einen letzten Blick auf das schmutzige Geschirr in der Spüle und ließ sich seufzend auf einen Küchenstuhl fallen. Isobel und ich standen da in unseren dunklen Kleidern und hielten uns an der Hand, während Tante Abigail uns mit einem Stirnrunzeln betrachtete, wie die Lehrer in der Schule, wenn wir eine falsche Antwort gegeben hatten.

»Es tut mir leid, Arthur. Ich kann mir nicht vorstellen, wie furchtbar es sein muss, sein Kind und seine Frau so kurz nacheinander zu verlieren. Manchmal ist das Leben sehr ungerecht.«

Vater nickte nur, wischte sich die Hände an den Außenseiten seiner Hose ab, die am Saum voller Dreckspitzer war, und setzte sich ebenfalls.

»Möchtest du einen Tee?«, fragte er, doch sie schüttelte den Kopf. »Edmund wäre auch gekommen, aber die Firma ... im Moment geht alles drunter und drüber, viele Arbeiter sind freiwillig an die Front gegangen. Er hat Probleme, den Betrieb am Laufen zu halten.«

Vater nickte. »Der Bäcker an der Ecke muss seine Waren jetzt von einer Frau ausfahren lassen. Kannst du dir das vorstellen? Seine drei Söhne sind alle drüben in Frankreich. Es gibt kaum noch junge Kerle hier. Und die wenigen, die übrig geblieben sind, suchen sich einen gut bezahlten Job.«

»Ja, Edmund musste auch einige Frauen für die Bedienung der Maschinen einstellen. Drei Tage lang hat er sich in Rage geredet, aber es nützt ja nichts. Die Produktion muss weitergehen. Hoffen wir nur, dass sie bald alle wieder wohlbehalten nach Hause kommen.«

Vater schnaubte. »Edmund wird sich noch umgucken, wenn keiner mehr zurückkommt. Was macht er dann? Immer noch über die Frauen schimpfen?«

Tante Abigails ohnehin blasses Gesicht wurde weiß wie ein Laken. Sie fasste sich an die Brust. »Unsere Jungs ... sie werden wiederkommen«, sagte sie mit fester Stimme und nickte heftig zur Bekräftigung ihrer Worte. Vater riss den Kopf herum.

»Ich wusste nicht ... es tut mir leid, ich habe nur so vor mich dahingebrabbelt.« Er kniff die Augen zusammen, als fixierte er einen Punkt über der Spüle. »Neunzehn und zwanzig müssen sie ja schon sein. Wie die Zeit vergeht.«

»Ja, die beiden sind sehr schnell erwachsen geworden. Sie haben sich freiwillig gemeldet. Edmund hat getobt, aber dieses Mal haben sie sich durchgesetzt.« Sie zog ein Medaillon aus ihrem Ausschnitt, klappte es auf und hielt es Vater hin, der sich über den Küchentisch beugte und die beiden Fotografien darin betrachtete.

»Der Ältere ist Louis, oder? Er sieht aus wie Vater. Das gleiche blonde Haar. Dasselbe schmale Kinn.«

»Ja, er hat viel von ihm. Auch die ruhige Art und die Liebe zu Büchern. Robert hingegen ist ein Wildfang und kommt ganz nach Edmund.« Sie schmunzelte, klappte das Medaillon zu und steckte es zurück unter ihre Bluse. »Wir sollten uns über die Mädchen unterhalten«, sagte sie leise. Vater zuckte zusammen, als hätte er einen Schlag bekommen. Er hob so langsam den Kopf, als wäre er ihm zu schwer. Seine Augen wirkten müde, seine Mundwinkel zuckten leicht, als er erst Isobel, dann mich ansah. »Geht in euer Zimmer und lernt für die Schule.«

Wir gehorchten ohne Widerworte, denn die waren bei unserem Vater meist zwecklos, erst recht, wenn Besuch da war. Ich sah ängstlich zu Isobel, die nur mit den Schultern zuckte, aber vielleicht ahnte sie zu dem Zeitpunkt bereits, worum es meiner Tante ging.

Unser Zimmer, ein schlauchartiger Raum, in dem unsere zwei Betten nebeneinander quer zum Fenster standen, lag gegenüber der Stube, direkt neben Arties Zimmer, das nur unwesentlich kleiner war. Isobel legte den Zeigefinger über ihre Lippen und ließ die Tür einen Spaltbreit auf, dann setzte sie sich auf den Dielenboden und lauschte. Sie hatte nichts dagegen, als ich mich neben sie setzte, mein Ohr zum Türspalt drehte und gebannt die Luft anhielt. Einen Moment lang sahen wir uns direkt in die Augen, wie Beutetiere in ihrem Versteck, die sich der Gefahr der Raubkatze, die davor herumschlich, bewusst waren. Wir hörten das Schaben des Küchenstuhls und ein Kratzen, das vermutlich aus der Wohnung über uns kam, bevor unser Vater sprach. »Weiß Edmund überhaupt, dass du hier bist?«

»Natürlich. Wie gesagt, er wäre mit –«

»Nein, das wäre er nicht, das wissen wir beide! Er war es doch, der wollte, dass du alle Brücken deines alten Lebens hinter dir abbrichst, weil wir zu gewöhnlich sind für den feinen Herrn.«

Ich erschrak über die Gehässigkeit, die ich in Vaters Stimme hörte, sah zu Isobel, doch die legte wieder nur ihren Finger über die Lippen und schloss die Augen, als könnte sie dadurch besser hören. Ihr Atem streifte meine Wange, ich roch den Himbeerbonbon, den sie kurz zuvor gelutscht hatte und der mich an Artie erinnerte, weil er immer welche aus dem Glas im Buchladen stibitzt und nach dem Essen an uns verteilt hatte.

»Dabei ist er selbst nur der Sohn eines Gemischtwarenhändlers. Er hat ein Händchen fürs Geschäft, das muss ich ihm lassen. Diese Schokoladenfabrik aus dem Nichts aufzubauen und sich eine goldene Nase zu verdienen ... Aber sein Charakter ist schwach, Abigail.«

»Versteh doch, in welchen Kreisen er sich bewegt. Außerdem nimmt er dir immer noch dein Benehmen bei der Hochzeit übel. Wenn du dich doch nur entschuldigen würdest.«

Das laute Lachen unseres Vaters war eine Reaktion, mit der wir am allerwenigsten gerechnet hatten. Doch etwas an dem Lachen jagte mir einen Schauer über den Rücken. Isobel zog die Stirn in Falten und legte den Kopf schief.

»Er hat deinen und meinen Vater beleidigt, der sich nicht mehr wehren konnte. Welcher Mann redet schlecht über den toten Vater seiner Ehefrau, der ein verdammter Kriegsheld war?!«

»Er hat andere Ansichten über die Vorkommnisse im Krieg, das musst du ihm zugestehen ... «

»Andere Ansichten?! Er war doch gar nicht dabei in der Schlacht, die unseren Vater beinahe das Leben gekostet und die so viele Opfer gefordert hat. Er hat das Victoria Cross verliehen bekommen, verdammt noch mal! Ich lasse nicht zu, dass irgendjemand seinen Namen durch den Schmutz zieht.«

Wir hörten Tante Abigail so schwer und laut seufzen, als hätte sie vor unserer Tür gestanden.

»Das hat er doch gar nicht, Arthur. Du musst ihm aber eine kritische Meinung zugestehen.«

»Die Auszeichnung wäre mit Blut besudelt, hat er das gesagt oder nicht?« Vaters Stimme schwoll immer mehr an. »Er hat kein Recht, so über ihn zu urteilen oder über irgendjemanden, der diese Schlacht überlebt hat.«

»Er hat lediglich die hohe Zahl an Getöteten und Verwundeten kritisiert, Arthur. Papa selbst hat gesagt, dass es dem Wahnsinn glich ...«

»Genug davon!« Wir hörten, wie Vater mit schweren Schritten in der Küche umherging, während wir das leise Schluchzen von Tante Abigail wahrnahmen. Wie Mutter und eigentlich fast alle Frauen, die wir kannten, neigte auch sie zu Schluckauf, während sie weinte.

»Das Tal des Todes hat Tennyson es in seinem Gedicht genannt«, sagte er nun mit leiserer Stimme. »Die Bilder haben ihn sein Leben lang verfolgt. Nur wenn er getrunken hat, hat er sie für einen Moment lang vergessen können. Du weißt, dass der Alkohol ihn dahingerafft hat, auch wenn du jedem die Geschichte vom schwachen Herzen verkaufst. Er starb am Suff. Wenn jemand Blut an seinen Händen kleben hat, dann dieser verdammte Brudenell.«

Es war ungewohnt, Vater so wütend und fluchend zu erleben. Ich kann mich nicht daran erinnern, dass er jemals zuvor so oft hintereinander geflucht hatte. Nicht einmal, als Isobel mit einem blauen Auge von der Schule gekommen war, weil ein Junge sie verprügelt hatte. Doch über James Brudenell, den 7. Earl of Cardigan, fluchte er jedes Jahr am Todestag seines Vaters. Brudenell hatte als General die Leichte Brigade angeführt, in der Schlacht von Balaklawa, in der er zahlreiche seiner Männer verlor. Unser Großvater war in der Schlacht verwundet worden, als er versucht hatte, einem Kameraden das Leben zu retten. Wir mussten uns diese Geschichte jedes Jahr anhören, wenn Vater sein Glas erhob, um auf Großvater anzustoßen.

Ein paar Minuten herrschte Schweigen, dann schnäuzte sich Tante Abigail. »Lass uns bitte nicht streiten an einem solchen Tag. Die Mädchen …«

Mit weit aufgerissenen Augen schauten Isobel und ich uns an. Mein Herz hämmerte wie verrückt in meiner Brust. Einen Augenblick lang hatte ich geglaubt, unsere Tante hätte uns ertappt. Doch sie schob nur ihren Stuhl zurecht, der dröhnend gegen das Tischbein stieß.

»Wer kümmert sich um sie, wenn du den ganzen Tag arbeitest?«

»Sie gehen in die Schule, und nach der Schule kommen sie in die Buchhandlung.«

»Isobel kann dir mit ihren vierzehn Jahren sicherlich schon helfen, aber Emma ist noch so jung, sie braucht eine weibliche Hand, Arthur.«

Isobel fasste mich um die Taille und schob mich beiseite, dann schloss sie ganz vorsichtig die Tür. »Lass uns das Buch weiterlesen«, flüsterte sie, stand auf und ging zu ihrem Bett, das laut quietschte, als sie sich ans Fußende setzte.

»Was hat sie gemeint?« Ich saß immer noch im Schneidersitz vor der geschlossenen Tür und bewegte mich keinen Millimeter. »Sag schon!«

»Sie meint, dass dir Mum am meisten fehlen wird, weil du noch so klein bist. Nun, komm her«, sagte Isobel nachsichtig und klopfte auf das Laken. Ich wusste, dass sie log. Nicht nur, weil sie mich nicht ansah, während sie mit mir sprach. Sie redete immer viel schneller, wenn sie die Wahrheit verdrehte, wie sie es gerne nannte.

Auf einmal kamen mir wieder die Bilder von Maggie Peek in den Kopf, wie sie von einer fremden Frau aus der Klasse geholt wurde, weil ihre Mutter gestorben war. Die Frau hatte einen großen Hut aufgehabt und ein furchtbares Kleid mit Fransen am Saum getragen, das aussah, als wäre es aus einem Vorhang genäht worden. Ihre Stimme war ganz rau gewesen, als sie Maggies Namen rief und ihr befahl mitzukommen. Maggie war das kleinste Mädchen in unserer Klasse gewesen, einen ganzen Kopf kleiner als der Rest von uns. Das Gesicht war voller Sommersprossen, die Augen wirkten immer, als sei sie müde, doch ihr Verstand war hellwach. Sie war die Beste in Rechtschreibung und konnte sogar Klavier spielen. Wir sahen Maggie nie wieder, nachdem die Frau sie mitgenommen hatte. Später erfuhren wir, dass sie in ein Waisenhaus gebracht worden war. Sehr viel später erfuhr ich, dass sie mit zwölf an Typhus starb.

»Komme ich in ein Waisenhaus?«, flüsterte ich, weil ich Angst hatte, die Worte würden wahr werden, wenn ich sie laut aussprach.

»Natürlich nicht. Du bist doch keine Waise«, sagte Isobel, nahm ein Buch vom Nachttisch und schlug es in der Mitte auf. »Komm jetzt, wir lesen.«

»Maggie war auch keine Waise.«

»Aber ihr Vater war im Sanatorium und konnte sich nicht um sie kümmern.«

»Ich wünschte, Artie wäre nie zu Tante Maisie gefahren«, sagte ich auf einmal.

Isobel klappte das Buch wieder zu, dann stützte sie ihren Kopf mit den Händen ab und leckte sich über die Lippen, wie sie es oft tat, wenn sie nachdachte.

»Mum wollte mich hinschicken, aber Vater bestand darauf, dass ich hierbleibe, um ihr zur Hand zu gehen. Wenn sie nicht in anderen Umständen gewesen wäre, würde ich jetzt anstelle von Artie ...« Sie brauchte den Satz nicht zu beenden. Unmittelbar sprang ich vom Boden auf und setzte mich zu ihr aufs Bett. Sie zitterte. Ich strich ihr über das Haar, das nach Lavendel duftete, von den kleinen Duftsäckchen, die in unserem Kleiderschrank hingen.

»Komm, lass uns lesen«, sagte ich, griff nach dem Buch und legte es auf meinen Schoß. Doch Isobel starrte weiterhin mit glasigen Augen auf ihre Hände, als könne sie dort etwas sehen, das gar nicht da war.

5

Wir waren überrascht, als wir erfuhren, dass Tante Abigail in Arties Zimmer übernachten würde. Wir hatten angenommen, dass sie am späten Nachmittag oder frühen Abend mit dem Zug zurück nach Yorkshire fahren würde. Während des Abendessens sprach niemand von uns. Tante Abigail hatte aus dem Feinkostladen von Mr Williams Brot, französischen Käse, dessen Namen wir nicht aussprechen konnten, und hauchdünnen Schinken geholt, der so zart war, dass er auf der Zunge schmolz. Wir müssen ein merkwürdiges Bild abgegeben haben, wie wir so dasaßen an dem Esstisch. Vater in seinem weißen Hemd mit schwarzer Weste, Isobel und ich in unseren Nachthemden und Tante Abigail in ihrem eleganten Kleid und dem Hut, den sie nicht ablegen wollte.

Normalerweise aßen wir um halb sieben, wenn Vater aus dem Geschäft kam. Doch an diesem Tag war es bereits nach zwanzig Uhr, weil Tante Abigail erst in die Stadt gefahren war, um noch ein paar Dinge zu besorgen, weswegen meine Schwester und ich schon für die Nacht umgezogen waren. Am nächsten Morgen sollten wir wieder in die Schule gehen, doch es kam ganz anders.

Nachdem Isobel und ich – wie jeden Abend – in unserem Zimmer gebetet und ein extra Gebet für Mum und Artie gesprochen hatten, trat unser Vater ins Zimmer. Er schickte Isobel zu Tante Abigail, um ihr mit den Haaren zu helfen. Wie sich herausstellte, war sie ohne ihr Dienstmädchen nicht in der Lage, die Haare so anständig zu flechten, dass sie am nächsten Morgen nicht völlig verwüstet aussahen. Ich musste grinsen, als Vater das erzählte, doch ich wurde schnell ernst, als ich begriff, dass er gekommen war, um mit mir über etwas Wichtiges zu sprechen.

Ich kann mich nicht mehr an den genauen Wortlaut erinnern, was wohl auch daran liegen mag, dass er oft ins Stottern geriet, den Blick abwandte oder etwas Undeutliches murmelte. Woran ich mich erinnern kann, sehr gut sogar, ist sein Blick, als er mir über die Wange strich und mich so voller Liebe ansah, dass mir mein Herz ganz schwer wurde.

»Aber ich kenne sie doch gar nicht«, sagte ich, nachdem ich begriffen hatte, dass Tante Abigail mich am nächsten Morgen mit nach Yorkshire nehmen würde. »Und wie lange soll ich dortbleiben?«

»Sie hat ein großes Haus mit einem wunderschönen Garten. Der wird dir gefallen.« Die Stimme meines Vaters klang unnatürlich hoch. Er lehnte sich gegen die Wand, seine Unterlippe zitterte.

»Aber wieso kann ich nicht hierbleiben?«, rief ich.

»Bei deiner Tante und deinem Onkel bist du im Moment besser aufgehoben. Hier ist so viel zu erledigen, und niemand könnte sich wirklich gut um dich kümmern. Du weißt selbst, wie schnell du krank wirst. Vor ein paar Monaten hätten wir dich fast verloren. Jeder Infekt scheint dich anzuspringen. Und dann diese Feuchtigkeit in dieser Wohnung. Wer soll dich pflegen, wenn du krank bist? Deine Schwester und ich müssen beide im Buchladen arbeiten, sonst weiß ich nicht, wie ich das alles schaffen soll ...«

»Ich bin elf, ich brauche niemanden, der mich pflegt, wenn ich krank bin. Ich kann mir selbst Tee kochen.«

Vater strich mir über den Arm. »Wenn ich mich ständig um dich sorgen muss, dann komme ich zu nichts anderem mehr, Emma. Manchmal wissen Eltern, was das Beste für ihre Kinder ist.«

Ich wollte widersprechen, doch das traute ich mich nicht. Denn natürlich wusste unser Vater immer, was das Beste für uns war. Daran hatte ich keinen Zweifel. Obwohl ich nicht schmollen wollte, weil ich spürte, dass meinem Vater ebenso schwer ums Herz wurde wie mir, konnte ich nicht anders als die Arme vor der Brust zu verschränken und eine Schnute zu ziehen.

»Du wirst Weihnachten herkommen. Wir werden uns bald wiedersehen.« Er beugte sich zu mir und gab mir einen Kuss auf die Stirn, der sich kalt und rau anfühlte und gar nicht nach meinem Vater.

»Aber wieso ...«, startete ich einen letzten Versuch.

»Schluss jetzt, Emma! Du wirst das verstehen, wenn du älter bist. Nun sei ein liebes Mädchen, und packe ein paar Sachen ein. Isobel wird dir gleich helfen. Nimm die große Reisetasche deiner Mutter.«

»Die hatte Artie mit«, sagte ich mit tonloser Stimme und musste so heftig gegen die aufkommenden Tränen kämpfen, dass mein Hals brannte.

Vater seufzte. Sein Gesicht schien in sich zusammenzusacken; die Nasenflügel blähten sich, die Mundwinkel verzogen sich nach unten. »Ich hole dir meine alte Tasche vom Dachboden«, sagte er, erhob sich schwerfällig vom Bett, das kräftig ächzte, als wäre es eine schwere Last losgeworden, und verließ das Zimmer.

Draußen hörte ich ihn schluchzen, doch ich war zu betäubt, um mir darüber Gedanken zu machen. Ich sollte hier weg. Von Vater, von Isobel und von Arties Zimmer. Ich würde meine Schulfreundin Elizabeth nicht mehr sehen, die mir immer die Hälfte von ihrem leckeren Schinkenbrot abgab und der ich jede Woche einen Bonbon aus dem Buchladen stibitzte, auf den sich so freute, weil ihre Eltern ihr jegliche Süßigkeiten verboten.

Ich war schon immer ein kränkelndes Kind gewesen, und Vater hatte Angst, dass ich aufgrund des Kummers und der fehlenden Fürsorge wieder so krank werden würde wie vor vier Monaten, als der Arzt meine Eltern schon auf das Schlimmste vorbereitet hatte. Ich war mir sicher, dass ich auch in Yorkshire ständig krank werden würde, vielleicht noch mehr, durch die Sehnsucht. Und dann würde Vater vielleicht einsehen, dass ich genauso gut zu Hause sein konnte.

• • •

Am nächsten Morgen standen wir um acht Uhr auf dem Bahnsteig in Oxford. Vater, Isobel, Tante Abigail und ich; auf dem Gepäckwagen lagen drei Taschen, die mir bewusst machten, dass ich so schnell nicht zurückkommen würde. Die Wolken hingen so tief, als wollten sie unsere Köpfe berühren. Der Himmel war grau, leichter Nieselregen hatte eingesetzt. Ich trug meinen Sonntagsstaat. Die weiße Sommerjacke, die mir an den Ärmeln allmählich zu kurz wurde, das dunkelrote Kleid mit weißem Spitzenkragen und meine schwarzen Lackschuhe. Es war seltsam, die Kleidung, die ich nur für die Kirche und für besondere Anlässe wie eine Hochzeit oder Taufe trug, nun für eine Zugreise anzuziehen, doch Vater wollte, dass ich einen guten Eindruck machte, wenn ich in das große Haus käme. Ich fand es nicht richtig, ein rotes Kleid zu tragen, da wir noch trauerten, doch Vater meinte, es wäre schon gut so. Isobel hatte mir Zöpfe geflochten und die Enden mit schwarzen Samtschleifen zusammengebunden. »Das Drahtgeflecht ist gebändigt«, sagte sie, als sie sah, dass ich mir auf dem Bahnsteig immer wieder die Zöpfe glatt strich; einfach aus Nervosität.

»Wer wird denn ab jetzt meine Haare kämmen?«, fragte ich und konnte die Tränen nicht mehr zurückhalten. Isobel presste die Lippen fest aufeinander, doch statt mir tröstend über den Kopf zu streichen, sah sie mich einfach nur streng an, reckte das Kinn und wischte mir eine Fluse vom Ärmel. »Das kannst du doch selbst, Emma. Du bist fast zwölf und kein Baby mehr.«

Wenn ich doch schon fast zwölf war, wieso war ich dann zu jung zum Bleiben, wollte ich fragen, doch ich war so erschrocken über Isobels Gleichgültigkeit, dass ich kein Wort herausbekam.

Vater nahm mich in den Arm und drückte mich, doch seine Umarmung fühlte sich halbherzig an. Kaum hatte er losgelassen, war es, als ob er mich nie berührt hätte. Meistens wirkten seine Umarmungen noch lange nach, doch dieses Mal nicht. Ich konnte mich nur mit Mühe davon abhalten, mich schluchzend in seine Arme zu werfen und ihn anzuflehen, mich hierzubehalten. Sanft schob er mich zur Wagontür. Isobel hatte den Kopf abgewandt und blickte zum Bahnhofsgebäude.

Zum ersten Mal in meinem Leben fuhr ich in der ersten Klasse und war ein wenig eingeschüchtert von den elegant gekleideten Damen mit den ausladenden Hüten und schicken Kleidern und den Herren mit ihren Zylindern und goldenen Taschenuhren, die sie aus der Hosentasche zogen, um mit einem Stirnrunzeln laut anzumerken, dass der Fahrplan wohl nicht pünktlich eingehalten werden würde. Als wir in unser Abteil stiegen, stieß die Lok eine Rauchwolke aus. Vater zog Isobel beiseite und hielt sich ein Taschentuch vor das Gesicht. Er hatte leichtes Asthma; Dämpfe und Rauch jeglicher Art erschwerten ihm das Atmen. Tante Abigail schob das Fenster hinunter, und so winkten wir den beiden aus dem offenem Fenster zu, während sich der Zug laut ruckelnd in Bewegung setzte und allmählich Fahrt aufnahm. Als sie nur noch zwei Punkte in der Ferne waren, schob mich Tante Abigail auf den Sitz zurück und schloss das Fenster.

Meine Fingerspitzen fuhren über das samtige Sitzpolster; ich war fasziniert von den Mustern, die meine Fingerspitzen hinterließen, je nachdem, in welche Richtung ich über den Stoff strich.

»Lass das, das gehört sich nicht«, schalt Tante Abigail und zog ein Buch aus ihrer schwarzen Handtasche. Es war ein Gedichtband von Robert Burns, der ziemlich mitgenommen aussah. Der Einband war fleckig, die Ecken eingerissen. Ich war überrascht, erst recht, als ich sah, wie vorsichtig sie die Seiten durchblätterte. Als handelte es sich um etwas Kostbares wie Seide. Sie bemerkte meinen Blick und lächelte. »Das hat meiner Mutter gehört. Sie hat es immer auf Reisen mitgenommen, und nun nehme ich es mit, egal, wohin ich gehe. Es ist eine Art Glücksbringer. Und ich mag die Gedichte.«

»Gibt es dort eine Buchhandlung?«, fragte ich leise und meinte die Stadt oder das Dorf, wo Tante Abigail lebte und dessen Namen ich wieder vergessen hatte.

»Wir haben eine große Bibliothek im Haus«, sagte sie mit ungewohnter Begeisterung in ihrer Stimme. »Und natürlich gibt es in Ripon eine Buchhandlung, das liegt etwa zehn Kilometer entfernt, aber ich nehme an, wir haben eine bessere und größere Auswahl als die.«

Ich hatte noch so viele Fragen, die ich mich alle nicht zu stellen traute, denn Tante Abigail schürzte die Lippen, zog das Buch näher zu sich heran und begann zu lesen. Ich rutschte etwas unbeholfen auf dem Sitz herum, aus Angst, mein Kleid zu zerknittern, und blickte aus dem Fenster. Die Stadt hatten wir längst hinter uns gelassen, aber in der Ferne sah ich immer noch Schornsteine, aus denen riesige Rauchwolken drangen. Wir passierten mehrere kleine Ortschaften, und egal, wie klein der Ort war, jeder schien eine eigene Kirche zu haben. Nach einer Stunde wurden mir die Lider schwer, und so lehnte ich mich zurück und ließ mich von dem sanften Ruckeln des Zuges in einen Dämmerschlaf begleiten. Es war fast Mittag, als wir in Ripon ankamen und ich wie benommen aus dem Zug stieg, an der Hand von Tante Abigail, die befürchtete, dass ich in meinem schlaftrunkenen Zustand in den Spalt zwischen Zug und Bahnsteigkante fiel. Ein Windstoß wirbelte alte, weggeworfene Zeitungsblätter auf, die gegen zahlreiche Beine und Knöchel schlugen und von ungeduldigen Händen zerknüllt wurden. Der Aufruf auf der Titelseite, für die hungernden Menschen im besetzten Belgien zu spenden, wurde von einem Paar schwarzer Oxfordschuhe niedergetrampelt. Für mich geschah alles wie in Zeitlupe, als hätte die Erde beschlossen, sich langsamer zu drehen. Tante Abigail gab einem Mann mit Chauffeursmütze, der eifrig nickte und davoneilte, Anweisungen zu unserem Gepäck.

Die Dampflok stieß einen schrillen Pfiff aus, der mich für einen Moment aus meiner Taubheit befreite, dann nahm Tante Abigail mich an die Hand und lief mit mir zur Straße, wo ein schwarzes Automobil auf uns wartete.

6

Mai 2004, Kiel

Das Reden und Schwelgen in alten, schmerzhaften Erinnerungen hatte Emma erschöpft, dennoch bestand sie darauf, in der Cafeteria ein Stück Torte zu essen. Sie wählte einen Platz im Halbschatten auf der großzügigen Terrasse. Müde streckte sie ihre Beine aus, während Sara eine kleine Kanne Kaffee und Kuchen holte. Es waren mittlerweile um die zwanzig Grad, doch durch den frischen Wind wirkte es kühler. Emma zog ihr buntes Halstuch über ihre Schultern. Ein Geschenk von Nora zum neunzigsten Geburtstag. Sara hatte beim Aussuchen geholfen.

»Schönes Plätzchen«, bemerkte Sara, als sie das Tablett auf dem Holztisch abstellte. Links neben dem See erstreckte sich ein Wäldchen, dessen Baumkronen sanft hin und her wogen.

»Brauchst du noch ein Kissen?« Ihr Blick fiel auf den Holzstuhl und das dünne rote Sitzkissen, doch Emma schüttelte den Kopf und ließ ihren Blick zum See wandern, der in der Nachmittagssonne beinahe funkelte. Die meisten der anderen Tische waren leer. Viele der älteren Bewohner saßen lieber drinnen. Nur drei ältere Herren mit grauen Bärten und dicken Norwegerpullis saßen an einem Tisch im Schatten und spielten Karten.

»Also, was bedrückt dich?«, fragte Emma, während sie sich und ihrer Enkelin Kaffee einschenkte. Sara musste unwillkürlich grinsen. Ein verlegenes Grinsen, das sich immer dann auf ihr Gesicht stahl, wenn sie sich ertappt fühlte.

»Mama hatte Angst, dass du vereinsamst«, sagte sie, was nicht einmal gelogen war.

Emma zog einen der Teller mit dem Käsekuchen zu sich heran und seufzte leise. »Und was führt dich wirklich her?«

Sara senkte den Kopf. Sie hatte vergessen, wie geradeheraus ihre Großmutter war. Eine Eigenschaft, die sie eigentlich mochte, aber manchmal wurde es anstrengend. »Ich brauche etwas Abstand«, meinte sie, wohl wissend, dass sich Emma damit nicht zufriedengeben würde.

»Von deinem Freund?«

»Vom Leben wohl eher.«

Emma hob eine Braue. »Das klingt ernst.«

Sara zuckte mit den Schultern und griff nach der Kaffeesahne.

»Nicht wirklich. Ich muss mir nur über ein paar Dinge klar werden.«

Emma tauchte ihre Gabel in die Käsecreme und zerteilte das Kuchenstück auf ihrem Teller. »Ihr jungen Leute wisst gar nicht, wie unbeschwert ihr lebt. Wie gut ihr es habt.«

»Doch, das wissen wir«, protestierte Sara. »Ich weiß, dass es früher, zu deiner Zeit, hart war, vor allem für Frauen. Aber nur weil sich die Lebensverhältnisse erheblich gebessert haben, heißt das nicht automatisch, dass wir keine Probleme haben.«

»Ihr habt den Luxus, über eure Probleme nachzudenken, Entscheidungen zu treffen. Das hatten wir oftmals nicht.«

Sara dachte kurz über diese Worte nach. »Wenn man nur wüsste, welches die richtigen Entscheidungen sind«, sagte sie leise, mehr zu sich selbst. »Ich frage mich immer, was schlimmer ist. Eine falsche Entscheidung zu treffen oder gar keine.«

»Selbst keine Entscheidung zu treffen, ist eine Entscheidung, auch wenn sie oftmals die falsche ist«, erwiderte Emma. »Darf ich erfahren, um welche Entscheidung es sich handelt?«

Sara war sich nicht sicher, wie viel sie preisgeben wollte. Emma hatte in vielen Dingen überaus altmodische Ansichten. Sie entstammte einer ganz anderen Zeit, für vieles fehlte ihr einfach das Verständnis. Etwas, das man ihr nicht verübeln konnte.

»Mein Freund und ich haben auf einmal festgestellt, dass wir unterschiedliche Vorstellungen von unserer gemeinsamen Zukunft haben«, sagte sie schließlich.

»Und jetzt weißt du nicht, ob das mit euch noch eine Zukunft hat?«, mutmaßte Emma. Mit dem Zeigefinger wischte Sara einen Kaffeetropfen von der Kanne, um Zeit zu gewinnen. »Nun ... im Endeffekt läuft es wohl darauf hinaus.« Sie spürte ein Kribbeln im Hals und nahm schnell einen Schluck Kaffee. »Er möchte auf einmal heiraten und Kinder bekommen. Ich möchte, glaube ich, einfach so weiterleben wie bisher.«

Emma legte ihre Kuchengabel neben den Teller. »Siehst du, aber du hast eine Wahl. Du kannst eine solche Entscheidung treffen.«

»Nun ja, eine Wahl hat ja jeder.«

»Als ich so alt war wie du, ach, als ich noch viel jünger war, gab es nicht mehr genug Männer. Eines Tages stellte sich unsere Lehrerin vor die Klasse und sagte zu uns Mädchen, dass nur die wenigsten von uns heiraten und eine Familie gründen werden. Es sind zu viele junge Männer im Krieg gefallen. Sie hat geweint, als sie uns das sagte.«

Sara zog die Brauen zusammen. »Es war falsch von ihr, das zu sagen!«

»Wieso? Es war die Wahrheit. Und sie wollte, dass wir der Wahrheit ins Auge sehen und eine Zukunft planen, ohne Männer, denn eine mit Männern gab es für viele von uns nicht.«

»Aber sie hat euch eure Hoffnung genommen. Eure Träume!«, sagte Sara entrüstet.

Emma lächelte mild. »Träume konnten wir uns nicht leisten. Träume hätten uns nicht überleben lassen.«

Sara schüttelte entschieden den Kopf. »Es kann niemals verkehrt sein, Träume zu haben.«

»In der heutigen Zeit mögen Träume nützlich sein. In meiner wären sie tödlich gewesen. Wir konnten uns nicht an etwas Hoffnungsloses klammern, das hätte uns zu sehr gelähmt. Wir mussten uns eine Zukunft aufbauen, in der wir leben konnten. Wir mussten lernen, auf eigenen Beinen zu stehen, etwas zu finden, das uns ausfüllt, einen Sinn gibt, wenn wir schon keine Ehefrauen und Mütter sein konnten.«

»Frauen haben heute so viele Möglichkeiten, sie können so viel mehr sein als Ehefrau und Mutter.«

Emma nickte. »Meine Generation war es, die euch diese Möglichkeiten geebnet hat. Dabei wollten die meisten von uns gar nicht arbeiten und Karriere machen, was damals ohnehin nur begrenzt möglich war. Aber das, was sich fast alle gewünscht haben, wurde uns verwehrt. Eine Familie.«

»Du hast geheiratet und ein Kind bekommen«, erinnerte Sara sie.

»Aber erst sehr spät. Und viele meiner Freundinnen hatten nicht einmal dieses späte Glück.« Ihre Augen wurden glasig, als sie in die Tasse starrte, deren Inhalt längst kalt sein musste. Sara griff nach der Kanne und schenkte nach.

»Ich wollte dich nicht aufregen, tut mir leid«, sagte Sara, doch Emma lächelte sie an, schob ihre Hand über den Tisch und umschloss Saras. »Das hast du nicht.«

Die Berührung fühlte sich seltsam vertraut an, obwohl sie doch so fremd war.

»Woher wusstest du, dass ...« Sara brach ab, spielte mit der Zuckerdose in ihrer Hand und überlegte, wie sie die Frage stellen sollte, die ihr auf der Seele brannte. »Woher wusstest du, dass Opa der Richtige war?«

»Das wusste ich nicht. Und vielleicht war er das auch gar nicht«, antwortete Emma zu Saras Überraschung. »Wir passten gut zusammen. Und vielleicht war ich sogar in ihn verliebt und er in mich. Aber es war etwas Tieferes, das uns verband.«

Sara fragte sich, ob es die Angst vor dem Alleinsein gewesen war, doch die Frage schien ihr respektlos. »Glaubst du, dass Mama das auslebt, was dir verwehrt wurde?«, fragte sie stattdessen, bevor sie sich bremsen konnte. Emma strich sich durch das Haar, zupfte eine Strähne hinter dem Ohr zurecht und zog den rechten Mundwinkel nach oben. »Das habe ich mich tatsächlich auch schon gefragt. Vielleicht habe ich meine unterdrückten Sehnsüchte auf sie übertragen. Sie war nie zufrieden mit den Männern, die sie hatte. Ich hätte mir im Traum nicht ausmalen können, dass sie so oft heiratet.« Sie legte die Hand vor den Mund, strich sich über die Lippen und seufzte.

»Ist es nicht irgendwie ironisch, dass ... ich meine, du wolltest so gerne heiraten und konntest es zuerst nicht, Mama heiratet gleich vier Mal, und ich ... ich will gar nicht heiraten, glaube ich.«

»Heutzutage muss man ja auch nicht heiraten«, sagte Emma, doch ihr leicht schroffer Ton ließ Sara vermuten, dass sie sehr wohl anderer Ansicht war. Doch das konnte sie ihr nicht verdenken. Es musste schwer sein, sich der modernen Welt anzunähern oder anzupassen, wenn so viele Generationen dazwischenlagen.

»Bist du bei deiner Tante und deinem Onkel in Yorkshire geblieben?«

Emmas Blick wanderte zum Ufer des Sees, wo sich einige Enten im Gras sonnten, die Köpfe waren irgendwo im Gefieder versteckt. »Das bin ich«, sagte sie nach einer Weile. »Ich habe lange Zeit gebraucht, um mich dort einzuleben. Mein Onkel hat es mir nicht gerade leicht gemacht, mich dort wohlzufühlen.« Sie lächelte traurig.

7

Juni 1915, Yorkshire

Das Anwesen meiner Tante und meines Onkels wurde mir nie ein richtiges Zuhause, obwohl ich so viele Jahre dort gelebt habe. Juniper House verdankte seinen Namen zahlreichen Wacholderbäumen auf dem Grundstück, die ein Gärtner immer akkurat in Form schnitt, sodass sie mehr Ähnlichkeit mit einer Statue hatten als mit einer Pflanze. Überhaupt war in dem Haus alles akkurat in Form gebracht worden. Standen die Möbel im Wohnzimmer nicht im richtigen Winkel zueinander, bekam mein Onkel einen Tobsuchtsanfall. Manchmal verbrachte er ganze Sonntage damit, die Buchrücken in der Bibliothek exakt auf dieselbe Höhe zu bringen. Angeblich konnte er so am besten Stress abbauen, aber meiner Meinung nach hätte dafür ein Spaziergang gereicht. Durch die vielen Fenster war das Haus sehr hell. Am liebsten hielt ich mich in der Bibliothek auf, vor deren Erkerfenstern eine Chaiselongue stand, auf der ich stundenlang in Büchern las. Meine Tante hatte nicht übertrieben, was die Anzahl der Bücher anging. Die Bibliothek war fast so groß wie Vaters Geschäft, hatte aber bestimmt doppelt so viele Bücher, da die Regale wesentlich höher waren. Tante Abigail hatte mir verboten, auf die Leitern zu steigen, um mir ein Buch aus den oberen Regalen zu holen, stattdessen sollte ich einem Dienstmädchen Bescheid sagen. Das war mir allerdings so unangenehm, dass ich es nie in Erwägung zog und mich stattdessen mit den Büchern in den unteren Regalen begnügte. Es waren ohnehin so viele, dass ich kaum entscheiden konnte, welche ich zuerst lesen wollte. Ich interessierte mich für Geografie und die großen Entdecker, für Botanik und seltene Pflanzen und Tiere in Australien, außerdem versuchte ich mich an einigen Gedichtbänden, doch das gab ich schnell auf, da ich die wenigsten von ihnen wirklich verstand. In meiner ersten Woche las ich fast ununterbrochen und legte die Bücher nur weg, wenn der Gong zum Essen geschlagen wurde oder meine Tante mich nach draußen in den Garten schickte, um etwas frische Luft zu tanken, wo ich doch so blass sei.

Unter der Woche aßen meine Tante und ich mittags alleine im kleinen Salon. Abends wurde im Speisesaal diniert, oftmals hatte Onkel Edmund Besuch eingeladen, so zum Beispiel den Vikar der Gemeinde oder den Bankdirektor. Ich merkte von Anfang an, dass mein Onkel mich nicht im Haus haben wollte. Er sprach so gut wie nie mit mir und ignorierte mich bei Tisch völlig. Dass ich bei den Mahlzeiten abends mit am Tisch sitzen durfte, hatte Tante Abigail durchgesetzt. An meinem ersten Abend stritten die beiden im Wohnzimmer, als ich mir gerade ein Buch aus der Bibliothek geholt hatte. Hätte ich nicht meinen Namen durch die angelehnte Tür gehört, wäre ich weiter hoch in mein Zimmer gegangen, so aber schlich ich mich über den Flur, versteckte mich hinter einer großen römischen Bodenvase neben der Tür und lauschte.

»Herrgott, hast du ihre Fingernägel gesehen? Die von meinem Vorarbeiter sehen sauberer aus!«

»Sie hat gerade ihre Mutter und ihren Bruder verloren. Kannst du nicht einmal nachsichtig sein? Sie wird morgen gebadet und geschrubbt, außerdem werde ich ihr ein paar neue Kleider kaufen. Sie hat ja praktisch nur Lumpen mit.«

Ich streckte meine rechte Hand aus und betrachtete meine Fingernägel. Vom Kartoffelschälen hatte ich einige Schrammen am Zeigefinger als Andenken behalten, da ich immer wieder mit dem stumpfen Messer abgerutscht war. Die Nägel waren ein wenig zu lang, außerdem klebte unter einigen schwarzer Dreck. Beschämt ließ ich die Hand sinken. Mum hatte immer darauf geachtet, dass meine Hände sauber und gepflegt aussahen. Jeden Morgen vor der Schule hatte sie sie in Augenschein genommen und mich manchmal zurück ins Bad gescheucht, um sie mit einer Bürste zu schrubben.

»Sie ist doch noch so jung, Edmund. Ich konnte sie nicht dort lassen. Und du warst einverstanden.«

»Du hast zwei wundervolle Söhne großgezogen. Es tut mir leid, dass uns keine Tochter beschert war, aber deswegen ein fremdes Kind aufziehen?«

»Sie ist die Tochter meines einzigen Bruders und kein fremdes Kind, Edmund!« Tante Abigails Stimme vibrierte vor Wut, das konnte ich sogar von meinem Platz aus spüren.

»Mach, was du willst. Kleide sie ein, unterrichte sie, oder stell eine Gouvernante ein, aber ich möchte in ihre Erziehung nicht eingebunden werden.«

Bevor ich mich zurückschleichen konnte, wurde die Flügeltür vom Wohnzimmer aufgestoßen, und mein Onkel schritt durch den Flur. Ich erschrak so sehr, dass ich laut japste und mit dem Ellbogen gegen die Vase stieß, woraufhin er mich entdeckte, sich umdrehte und mich voller Verachtung anfunkelte. Er war nicht groß, nur etwas über einssiebzig, doch sein Schritt und seine Haltung hatten etwas Militärisches. Die Augen waren stechend blau und wirkten kalt. Sein Blick verursachte mir mehr als einmal eine Gänsehaut. Mit dem Zeigefinger zwirbelte er oft an seinem Schnurrbart herum, während seine Augen einen von oben bis unten abtasteten.

»Was machst du hier?«, brüllte er mich an und kam in so schnellen Schritten auf mich zu, dass ich mich zusammenkauerte. »Hat man dir nicht beigebracht, dass es sich nicht gehört, an Türen zu lauschen?«

»Doch … ich wollte …« Ich hielt ihm das Buch hin, denn mir versagten sowohl Stimme als auch Beine.

»Geh in dein Zimmer, Liebes«, sagte Tante Abigail ruhig.

Das ließ ich mir nicht zweimal sagen.

»Du machst ihr Angst, Edmund!«

• • •

Meine Tante stellte tatsächlich eine Gouvernante ein, die mir vor allem die nötigen Umgangsformen und gutes Benehmen beibringen sollte. Miss Barnish war eine dürre, hochgewachsene Frau mit spitzen Gesichtszügen und sehr schmalen Lippen. Das dunkelbraune Haar, das sie zu einem strengen Knoten im Nacken gebunden hatte, war an den Schläfen bereits grau. Ihr Blick wirkte immer leicht schreckhaft, doch sie war alles andere als furchtsam. Gleich am ersten Tag ließ sie mich eine Stunde lang mit einem Buch auf dem Kopf in der Zimmerecke stehen, damit ich eine gerade Haltung annahm.

»Du siehst ja aus wie eine Hexe aus dem Märchenbuch«, sagte sie, sobald Tante Abigail das Zimmer verlassen hatte. »Sollen wir dir noch eine Warze ins Gesicht malen?« Ihre Stimme hatte etwas Durchdringendes. Mit geschlossenen Augen hätte ich sie vermutlich eher einem Mann zugeordnet. Sie klang rau und kratzig, dazu kam der ungewohnte schottische Akzent, der bei einigen Wörtern durchkam, obwohl sie klar und deutlich sprach.

Ich schüttelte den Kopf. Sie trat dichter heran, umfasste mein Kinn mit ihren kalten Fingern und drehte meinen Kopf zur Seite. »Bist du anämisch?«

»Weiß nich«, sagte ich, weil ich das Wort noch nie gehört hatte, mich aber nicht traute, das zuzugeben.

»Ich weiß es nicht, heißt das. Und nuschel nicht so!« Sie ließ mein Kinn los, fasste mich an den Schultern und drehte mich zur Begutachtung einmal herum, dabei seufzte sie mehrmals laut und ausgiebig. »Ich werde deiner Tante sagen, dass sie dir Lebertran geben soll.« Sie durchschritt das Zimmer mit wenigen Schritten, griff ein Buch – einen Gedichtband – von meinem Nachttisch und drückte es mir in die Hand. Ich dachte zuerst, ich solle ihr vorlesen, doch sie zeigte mit dem spitzen Zeigefinger in die Zimmerecke und wies mich an, mit dem Buch auf dem Kopf so lange dort stehen zu bleiben, bis sie mir etwas anderes sagte.

»Warum?«, war ich kühn genug zu fragen und erntete dafür einen entrüsteten Blick.

»Diese Frage gewöhnst du dir am besten gleich ab. Gut erzogene junge Damen hinterfragen nicht, was man ihnen sagt. Sie tun es mit Würde und Grazie.«

Also stellte ich mich in die Ecke und legte das Buch auf meinen Kopf, das sich bereits nach wenigen Minuten immer schwerer anfühlte und eine Art Druckschmerz auslöste. Ob ich mit Grazie dastand, kann ich nicht sagen, ich kannte das Wort nicht, bezweifele es aber, denn meine Mundwinkel waren so weit nach unten gezogen, dass meine Lippen wehtaten.

»Hör auf zu schmollen! Mundwinkel nach oben und die Augen geradeaus«, herrschte Miss Barnish mich an, die sich einen Stuhl heranzog, sich mitten in den Raum setzte und begann, die Zeitung durchzublättern. Ab und zu hob sie den Kopf, um zu kontrollieren, ob ich auch nicht schmollte oder den Rücken durchbog. Doch die meiste Zeit las sie. Mehrmals fiel das Buch von meinem Kopf, einmal, weil ich mir die Nase kratzte, was mit einem tadelnden Blick geahndet wurde, andere Male, weil ich mich bewegte, um nicht steif zu werden. Ich hatte mir vorgenommen, nicht einen Mucks von mir zu geben, doch nachdem das Buch zum vierten Mal heruntergefallen war, entfuhr mir ein lautes Seufzen. Miss Barnish raschelte mit der Zeitung, faltete sie auf ihrem Schoß und erhob sich. »Das genügt. Wie ich höre, besitzt dein Vater eine Buchhandlung.«

Ich nickte, hielt den Gedichtband in den Händen und stand kerzengerade da.

»Ich nehme an, du magst Bücher?«

»Ja, Ma'am.«

»Du wirst ab jetzt jeden Tag lesen, damit wir dir diese grässliche Aussprache abgewöhnen. Ich denke, *Girls of the Hamlet Club* könnte dir gefallen. Kennst du das Buch?«

»Nein, Ma'am«, sagte ich wahrheitsgemäß. Ich erinnerte mich aber, dass Isobel es gelesen hatte, kurz bevor Artie gestorben war. Das Buch mit dem olivgrünen Buchumschlag, auf dem zwei Mädchen abgebildet waren, hatte tagelang auf unserem Nachttisch gelegen.

»Gut. Morgen um neun Uhr beginnen wir mit dem Unterricht. Du wirst dir jeden Morgen Zöpfe flechten ...« Sie strich mir eine dunkelblonde Haarsträhne aus dem Gesicht und betrachtete mich mit einer Mischung aus Tadel und Verwunderung. »Wenn du das alleine nicht hinbekommst, dann wird dir das Hausmädchen sicherlich helfen.«

Ich wollte ihr sagen, dass ich eigentlich immer Zöpfe in der Schule getragen hatte, die mir Mutter und später Isobel geflochten und mit farbigen Schleifen versehen hatten, doch meine Kehle war wie zugeschnürt.

»Deine Tante hat mir außerdem gesagt, dass du keine besonders guten Tischmanieren hast«, fuhr sie fort und zeigte zum Glas, das auf meinem Nachttisch neben einer Karaffe Wasser stand. »Nimm das Glas in die Hand.«

Natürlich nahm ich das Glas falsch in die Hand, denn ich benutzte beide Hände. Miss Barnish rollte mit den Augen und seufzte übertrieben. »Da liegt viel Arbeit vor uns, junge Dame!«

Mit gesenktem Kopf stellte ich das Glas zurück an seinen Platz und stellte erschrocken fest, dass mir Tränen in den Augen brannten. Ich verstand nicht, wieso alles, was ich tat, auf einmal falsch sein sollte. Niemand hatte sich je daran gestört, dass ich ein Glas mit beiden Händen in die Hand nahm. Im Gegenteil, Mutter hatte es mir so beigebracht, damit es mir nicht so leicht aus der Hand fiel.

Sie schien meine Gefühlslage zu erkennen, denn auf einmal wurden ihre Gesichtszüge weicher, und ihre Lippen formten ein sanftes Lächeln. »Meine Mutter starb, als ich zehn war. Das, was mir am meisten in der schweren Zeit geholfen hat, war Ablenkung. Ich kam in ein Internat und war die folgenden Wochen damit beschäftigt, mich einzugewöhnen und neue Freundschaften zu schließen. Es wird leichter mit der Zeit.«

Beim Abendessen war ich dann so verunsichert, dass ich mich kaum traute, mein Glas in die Hand zu nehmen. Minutenlang starrte ich Löcher in meine Suppe, während Onkel Edmund sich mit dem Vikar der Gemeinde über eine Tombola für ein neues Kirchendach unterhielt. »Wir können doch kein Fest mit einer Tombola veranstalten, während unsere Jungs drüben ihr Leben verlieren!«, empörte Onkel Edmund sich. Der Vikar, ein kleiner Mann mit schütterem grauem Haar und der Angewohnheit, sich ständig die Nase zu kratzen, räusperte sich. »Natürlich würde die Veranstaltung sehr dezent verlaufen, aber finden Sie nicht, dass das normale Leben weitergehen sollte, ich meine ...«

»Noch etwas Portwein, Mr Archer?«, unterbrach Tante Abigail ihn, die – wie ich wusste – einen Wutunfall meines Onkels vermeiden wollte. Mit der Zeit lernte ich die Anzeichen sehr gut zu deuten. Das Beben der Lippen, gefolgt von dem Zucken des Augenlids und den verkrampften Händen. Wenn die Knöchel weiß hervortraten oder knackten, rannte man besser, so schnell man konnte. Onkel Edmund war immer noch erbost gewesen über die Entscheidung seiner Söhne, sich freiwillig zum Kriegsdienst zu melden.

»Vielen Dank«, sagte der Vikar und hielt dem Mädchen, das bei Tisch einschenkte, das Glas hin. Als der Vikar in meine Richtung blickte und mein Gesicht mit einer Mischung aus Sorge und Interesse betrachtete, wurde mir bewusst, dass ich ihn minutenlang angestarrt hatte. Schnell wandte ich meinen Blick ab und betrachtete stattdessen die weiße Schürze des Hausmädchens, das kerzengerade neben der Tür stand, um weitere Anweisungen entgegenzunehmen.

»Kann sie reden?«, fragte der Vikar und nickte in meine Richtung.

Tante Abigail lachte nervös auf. »Aber natürlich. Emma, wie sitzt du denn da?«

Ich murmelte eine Entschuldigung, setzte mich gerade hin und begann zu essen. Ohne den Kopf zu heben, spürte ich, dass alle Augen am Tisch auf mich gerichtet waren. Natürlich fiel in diesem Moment eine Erbse von meinem Suppenlöffel auf die weiße Tischdecke und hinterließ einen unschönen Fleck, bevor sie auf den Boden kullerte.

»Sie ist durch die Verluste etwas mitgenommen«, sagte Tante Abigail mit matter Stimme.

Der Vikar räusperte sich, noch immer spürte ich seinen Blick auf mir. »Furchtbar, Mutter und Bruder so kurz hintereinander zu verlieren. Ganz furchtbar«, murmelte er.

Ich atmete tief durch und stellte mir vor, ich wäre bei uns zu Hause, mit Vater und Isobel, und wir würden über Bleak House diskutieren oder Oliver Twist, Isobels Lieblingsbuch. Ich wollte die Worte des Vikars nicht hören, ich fand es unverschämt, dass er meine Mutter und Artie überhaupt erwähnte, wo er doch weder mich noch sie kannte. Es stand ihm nicht zu, mich zu bemitleiden. Ich hasste es, wenn Menschen dies taten, vor allem, wenn sie es lediglich als ihre christliche Pflicht empfanden.

»Natürlich sind es für uns alle schwere Zeiten«, fuhr er fort, kratzte sich am Kinn und an der Nase und trank den Portwein in einem Zug aus.

»Die einen beten für ihre Söhne, welche an der Front kämpfen, die anderen für ein neues Kirchendach. Aber ja, es sind schwere Zeiten«, sagte Onkel Edmund. Ich bewunderte ihn in diesem Moment für seine Courage, so offen zu sprechen. Anscheinend konnte er den Vikar genauso wenig leiden wie ich, und das gab mir zum ersten Mal Hoffnung, seitdem ich dort war.

»Jeder hat sein Schicksal mit so viel Würde wie möglich zu tragen«, erwiderte der Vikar. »Mein Neffe liegt in einem belgischen Lazarett. Er wurde von einer Granate getroffen, aber er kommt wohl durch. Wenn er vermutlich auch ein Bein verliert.«

»Aber seine Mutter kann ihn in die Arme schließen«, sagte Tante Abigail mit tränenerstickter Stimme und presste sich sogleich eine Serviette vor Augen und Nase. »Verzeihung.« Ihre Hände zitterten. Der Vikar lächelte mild und hielt sein Glas dem Mädchen hin.

»Ich bin sicher, Robert und Louis werden –« Er fing Onkel Edmunds düsteren Blick auf und verstummte augenblicklich. Vermutlich war ihm bewusst geworden, dass er diese hohlen Phrasen bereits zu oft von sich gegeben hatte. »Vorzüglicher Braten, Mrs Pitts«, sagte er stattdessen, wobei seine Stimme unnatürlich hoch klang. »Haben Sie gehört, dass man zwei Schweine von der Mallory Farm gestohlen hat? Der Dieb kam nachts, vermutlich mit einem Automobil. Es fanden sich Reifenspuren in der Einfahrt.«

»Nein, das habe ich nicht«, sagte Tante Abigail spitz. »Das hier ist übrigens Rinderbraten.«

Der Vikar lief knallrot an und räusperte sich mehrmals. »Oh, ich meinte keineswegs ... Also ich wollte keinesfalls andeuten ...«

Ich kicherte in mich hinein. Als mein Blick den meines Onkels streifte, grinste er mich an. Er verbarg das Grinsen kurz darauf hinter einer Serviette, mit der er sich den Mund abtupfte, doch als ich erneut zu ihm hinüberblickte, nickte er mir kaum merklich zu, auf den Lippen ein verschmitztes Lächeln.

In mir vibrierte alles. Zum ersten Mal seit Langem fühlte ich mich lebendig.

Nach diesem Abend kam der Vikar lange Zeit nicht mehr zum Abendessen, worüber ich insgeheim froh war.

8

Mai 2004, Hamburg

Die Einliegerwohnung war recht spartanisch eingerichtet. Im Wohnzimmer standen lediglich ein skandinavisches Samtsofa in Rosa, ein gelber Sessel mit runden Metallfüßen und das Sideboard mit dem Fernseher. Die Vorhänge aus beigem Stoff waren so dünn, dass sie Hitze und Sonnenstrahlen kaum abhielten. Jalousien gab es nicht. Sara öffnete das Fenster, um durchzulüften, bevor sie sich in der Küche einen Tee aufsetzte. Die Küche war klein, bot aber alles, was man benötigte, inklusive Geschirrspüler. Eine Zeit lang hatte Emma die Wohnung an Touristen vermietet, aber nachdem sich die Nachbarn immer wieder wegen zu lauter Musik beschwert hatten, stand die Wohnung meistens leer. Es gab nur zwei kleine Zimmer plus Küche und Bad. Das Badezimmer war in den späten Achtzigern renoviert worden, doch einige der Kacheln waren gesprungen, und die Fugen mussten dringend neu abgedichtet werden. Aber eine Renovierung lohnte sich einfach nicht. Lediglich Saras Mutter Nora benutzte die Wohnung für verlängerte Wochenenden, um Zeit mit Emma zu verbringen. Während der Earl Grey in der Kanne zog, setzte sich Sara an den Küchentisch, malte mit den Fingernägeln das Muster der Wachstischdecke nach – grüne Ornamente – und dachte über ihr Gespräch mit Emma nach. Sie hatte den Eindruck gewonnen, dass es ihrer Großmutter guttat, die alten Zeiten aufleben zu lassen und die Erinnerungen mit ihrer Enkelin zu teilen. Vor allem aber hatte es ihr selbst gutgetan. Emma erzählte so authentisch und schnörkellos, dass sich ein ganzer Kinofilm in Saras Kopf abgespielt hatte. Es war unglaublich faszinierend, ihr zuzuhören. Allein die Vorstellung, von einer Gouvernante unterrichtet zu werden und sich mit einem Buch auf dem Kopf in die Ecke stellen zu müssen, um eine gerade Körperhaltung anzunehmen, war geradezu absurd. Natürlich wusste sie aus alten Filmen und Büchern, wie schwer es damals für Kinder gewesen sein musste, doch es war noch mal etwas ganz anderes, das von einem Zeitzeugen erzählt zu bekommen.

Es gab keine Kinderbilder von Emma, was Sara sehr schade fand, denn sie hatte große Schwierigkeiten, sich ihre patente, robuste Großmutter als schüchternes Kind mit Zöpfen vorzustellen. Die wenigen Bilder, die Emmas Vater von ihr hatte machen lassen, waren irgendwann verloren gegangen. Emma hatte ihr erzählt, dass viele Unterlagen auf dem Dachboden in ihrem ersten Haus in Hamburg gelegen hatten, doch irgendwann waren sie von dort verschwunden. Sie vermutete, dass ihre Schwiegermutter die Sachen versehentlich nach dem Tod von Emmas Mann mitgenommen hatte.

Sara wusste, dass Emma mit ihrem Mann in Sülldorf gelebt hatte, und fragte sich, ob das Haus noch stand. Gab es vielleicht eine Möglichkeit, herauszufinden, was mit der Schwiegermutter passiert war? Da ihr Nachname Schneider war, würde das sicherlich ein schwieriges Unterfangen. Vermutlich waren die Sachen längst auf dem Müll gelandet. Aber vielleicht war es dennoch einen Versuch wert. Es kam doch immer wieder vor, dass Leute alte Kisten auf verstaubten Dachböden fanden mit alten Briefen, Fotos und Dokumenten.

Sie nahm ihr Handy vom Küchentisch und starrte eine Zeit lang auf Fabians SMS, die er zwei Stunden zuvor gesendet hatte.

Hi. Wie ist Kiel so?

Kurz entschlossen rief sie ihn an, doch nach dem fünften Freizeichen ging die Mailbox ran. Sie sprach eine kurze Nachricht darauf, erzählte, dass es ihr gut ginge und der Besuch bei ihrer Großmutter sehr gut verlaufen war. Dass sie am nächsten Tag noch einmal hingehen wollte und sich auf den Besuch freute, verriet sie ihm nicht. Sie wollte diese Sache einfach ein bisschen für sich behalten, bevor sie sie mit jemandem teilte.

Als sie sich mit dem Tee ins Wohnzimmer setzte, wurde ihr bewusst, dass ihr die Stille und Einsamkeit in der Wohnung guttaten. Sie hatte nicht einmal ein schlechtes Gewissen, dass sie Fabian einfach so in Hamburg alleine gelassen hatte. Im Gegenteil, er fehlte er ihr nicht einmal. Sie fragte sich, ob so etwas normal war und einfach zu einer Beziehung dazugehörte, denn es beunruhigte sie. Zu gerne hätte sie jemanden danach gefragt. Ihre Freundin Maike vielleicht, aber sie bezweifelte, dass die so etwas zugeben würde. Maike blendete die Realität aus, wenn sie ihr zu viel wurde, und ersetzte sie durch Wunschbilder, die komischerweise nie in sich zusammenfielen. Vielleicht sollte sie Emma danach fragen, doch wenn sie ehrlich war, fürchtete sie sich vor deren Antwort. Emma würde vermutlich mit einer Gegenfrage antworten. Wieso, glaubst du, ist es so, dass er dir nicht fehlt?

Sara nippte an ihrem viel zu heißen Tee, drehte den Becher auf ihren Knien, die sie angezogen hatte, und blickte in den Garten, während sie versuchte, eine Antwort auf diese Frage zu finden.

Weil er mich die letzten Tage erdrückt hat. Weil sich unsere Ideen von einem gemeinsamen Leben plötzlich so unterscheiden, dass ich ihn nicht wiedererkenne.

Sie wollte den alten Fabian zurück, der mit sich selbst und seinem Leben zufrieden war und nicht anderen Idealen hinterherlief. Heiraten und Kinder bekommen, weil es angeblich an der Zeit war, da alle anderen es schon getan hatten. Es war doch kein Wettbewerb und sie nicht die Verlierer, weil sie so wie bisher weiterlebten. Wer sagte einem denn, dass man ab einem bestimmten Alter eine Familie gründen muss? Und was wäre schlimm daran, wenn man nicht heiraten will? Sie hatte an Fabian immer seine Spontaneität und seine verrückten Ideen geliebt. Drei Tage vor Ostern einfach einen Flug nach Schottland buchen und vor Ort eine Unterkunft finden. Oder Pfingsten einfach mit dem Auto nach Dänemark fahren und am Strand campen. All das wäre mit Kindern nicht mehr möglich. Wieso wollte er das gegen ein spießiges Familienleben eintauschen, etwas, über das er sich bei Freunden immer lustig gemacht hatte? Und wieso wollte er so unbedingt nach Irland, obwohl ihm seine Arbeit in Hamburg doch immer gut gefallen hatte? Zwar hatte er ihr gegenüber ein paar Mal erwähnt, dass er sich vorstellen könne, eine Zeit lang im Ausland zu arbeiten, aber konkret war er nie geworden. Allerdings hatte sie nie nachgefragt.

Sie trank den Rest ihres Tees und setze sich an ihren Laptop, wo sie eine Viertelstunde auf den schwarzen Bildschirm starrte, bevor sie ihn endlich einschaltete und hochfuhr.

Den restlichen Abend verbrachte sie damit, den neuen Auftrag von der Media-Agentur umzusetzen. Sie sollte ein Buchcover für einen Thriller gestalten. Die Agentur, die sie als Freelancer beauftragte, hatte nur wenige Vorgaben in der Mail angegeben. Rote Schrift, passend zu den anderen Titeln des Autors, keine abgebildeten Menschen auf dem Cover. Das ließ ihr genügend Spielraum, sodass sie die nächsten Stunden damit beschäftigt war, drei Vorschläge zu designen, die sie der Agentur am nächsten Tag zusenden würde.

Als sie ihren Laptop gerade zugeklappt hatte, klingelte ihr Handy. Erstaunt stellte sie fest, dass es bereits zweiundzwanzig Uhr war. Fabian klang angeheitert, was sie ein wenig beunruhigte, denn normalerweise trank er kaum mehr als ein oder zwei Bier.

»Timo hat den Grill angeworfen.«

»Keine Einzelheiten, mir knurrt der Magen«, sagte sie, stand auf und ging in die Küche, um den Inhalt des Kühlschranks zu inspizieren. Sie hatte am Tag zuvor Joghurts, Quark und Beeren gekauft, doch eigentlich stand ihr der Sinn nach Currywurst mit Pommes. Frustriert schloss sie den Kühlschrank und spähte zur Anrichte, wo zwei Brötchen lagen.

»Du hast bestimmt wieder vergessen zu essen, oder? Hast du überhaupt was im Haus?«

»Klar, außerdem ist hier gleich ein Imbiss um die Ecke.« Sie fragte sich, ob der überhaupt noch geöffnet hatte, doch dann fiel ihr ein, dass sie am Morgen eine Dose Nudeln in Käsesoße im Schrank entdeckt hatte.

»Sag mal, Timos Eltern wohnen doch in Sülldorf, oder?«

»Ja, wieso?«

»Ach, eventuell habe ich eine Frage an sie.« Sie durchsuchte die Schublade nach einem Dosenöffner und verstand dadurch Fabians nächste Worte nicht.

»Wie bitte? War gerade so laut.« Sie fand den Dosenöffner schließlich ganz hinten bei den Kuchengabeln.

»Das klingt äußerst geheimnisvoll«, meinte er. »Verrätst du mir, worum es geht?«

»Ach, nur um eine Frau, die dort in den Fünfzigern gelebt hat. Ich weiß die genaue Adresse aber noch nicht.«

»Hat das was mit deiner Großmutter zu tun?«

»Ja. Du, hör mal, ich verhungere echt. Ich melde mich die Tage, okay?«

»Klar«, sagte er. »Äh, hast du noch mal über Irland nachgedacht?«

»Was? Nein. Ich dachte, dein Chef braucht die Antwort erst in ein paar Wochen.«

Rascheln. Im Hintergrund dröhnte laute Musik, jemand rief mehrmals nach Timo. »Ich würde ihm gerne vorher Bescheid geben.«

»Ich kann das nicht so spontan entscheiden. Ich meine, wir reden darüber, für ein Jahr ins Ausland zu gehen. Da gibt es so viele Dinge, die vorher geklärt werden müssen!«

Die Musik wurde lauter, der Bass dröhnte an Saras Ohr. »Mach das nicht komplizierter, als es ist, Sara. Ein Jahr. Wir wollen keine Niere verkaufen. Wenn es uns nicht gefällt, kehren wir nach einem Jahr auf jeden Fall zurück.«

Sie stieß ein Schnauben aus. »Und was ist mit unserer Wohnung? Sollen wir die ein Jahr lang untervermieten?« Ihr graute bei der Vorstellung. Sie wollte keine fremden Leute dort haben.

»Wieso nicht? Überleg es dir einfach, okay?«

»Okay. Dann habt noch viel Spaß«, sagte sie gepresst.

Sie hätte das Handy am liebsten gegen die Wand geworfen, so wütend war sie, doch stattdessen beendete sie das Gespräch und legte das Handy auf den Küchentisch. Die Wut wurde augenblicklich von ihrem Hunger abgelöst. Ihr Magen knurrte so laut, dass sich das Rumoren wie ein Donnergrollen im Raum ausbreitete. Sie öffnete die Dose Nudeln und überlegte einen Moment lang sogar, sie kalt zu essen, doch dann riss sie sich zusammen und erwärmte die klebrige Masse in einem Topf. Die Nudeln in Käsesoße sahen nicht annähernd so lecker aus wie auf dem Bild auf der Verpackung. Sie klebten zusammen, waren viel zu weich, und alles schmeckte nur nach Käse, doch immerhin sättigten sie.

In dieser Nacht schlief sie unruhig und träumte wirr. Im Traum befand sie sich mit ihrer Mutter und einer sehr jungen Emma auf einem Schiff, das auf einen Eisberg zusteuerte, während lauter Gouvernanten um sie herumhuschten und Gedichte in fremden Sprachen aufsagten. Als Sara endlich die Augen aufschlug, hörte sie für einen Moment immer noch das monotone Summen der Leute in ihrem Kopf, bis sie ihn kräftig schüttelte und die Füße auf den kalten Laminatboden stellte. Nach einer Dusche und einem großen Becher Kaffee fühlte sie sich einigermaßen fit, setzte sich an den Laptop, sah noch einmal die Coverentwürfe durch, nahm eine kleine Änderung vor und verschickte dann die Mail an die Agentur. Sie konnte Emma erst nach dem Mittag besuchen, also machte sie sich bis dahin an den nächsten Auftrag. Eine Webseite für eine befreundete Boutiquebesitzerin in Hamburg, die ihr bereits einen Vorschuss überwiesen hatte.

Sie hatte Spaß an ihrer Arbeit, doch an diesem Morgen war sie nicht so ganz bei der Sache. Immer wieder wanderten ihre Gedanken zu Emma und deren trauriger Kindheit. Sara würde ihre eigene Kindheit nicht als unbeschwert bezeichnen, die vielen wechselnden Partner ihrer Mutter hatten deutliche Spuren hinterlassen, zum Beispiel die Unfähigkeit, jemandem wirklich zu vertrauen. Emmas Kindheit hingegen ähnelte einer Episode aus Penny Dreadful.

Ihr Handy vibrierte auf dem Küchentisch und stieß gegen den Kaffeebecher. Es war eine SMS von Fabian.

Bist immer noch sauer? Hab Hammerkopfschmerzen :-(
Gut geschlafen?

»Idiot«, murmelte sie und tippte mehrmals eine Antwort, die sie dann wieder löschte. Sollte er doch ein bisschen schmoren. Und die Kopfschmerzen hatte er sich selbst zuzuschreiben. Was trank er unter der Woche auch so viel?! Stattdessen schrieb sie Timo eine SMS, dass er sie zurückrufen möge, wenn er Zeit hatte, was er zehn Minuten später tat. Timo war der Sunnyboy ihrer Clique. Weißblondes Haar, hellblaue Augen und Grübchen im Gesicht, dazu immer einen Witz auf Lager. Sie hatte ihn noch nie schlecht gelaunt erlebt. »Sag mal, kannst du deine Eltern fragen, ob sie in den Fünfzigern eine Frau Schneider kannten, die in Sülldorf im Ellernholt gewohnt hat? Den Vornamen weiß ich noch nicht, aber ich erfahre ihn vermutlich nachher. Sie war Witwe.«

»Puh. Kann ich machen, aber zumindest der Vorname wäre hilfreich bei einem Allerweltsnamen wie Schneider. Allerdings hat mein Vater in den Fünfzigern in Berlin gelebt, und meine Mutter war noch ein Kind. Ich könnte meinen Opa fragen, der hatte in der Nähe vom Ellernholt seinen Hof.«

»Ja, das wäre prima. Ich simse dir nachher den Vornamen der Frau, ja?«

»Okay. Sag mal, was ist denn los bei Fabian und dir?« Im Hintergrund dröhnte auf einmal eine Musikanlage. Sara hielt das Handy vom Ohr entfernt, als Timo jemandem etwas zubrüllte. Er war Eventmanager und hatte sein Hobby zum Beruf gemacht: Partys veranstalten.

»Hier tobt der Bär, ich muss los, Süße«, sagte er und legte auf. Sara atmete durch. Sie war froh, dass er es eilig gehabt hatte, denn sie hatte keine Lust, mit jemandem über ihre Beziehung zu sprechen. Das mussten Fabian und sie alleine hinbekommen.

Dann tippte sie endlich eine Antwort an Fabian und hoffte, dass er sie nicht in den falschen Hals bekam.

> Ich brauche Zeit zum Nachdenken. Über uns und über Irland.

Gegen halb zwölf machte sie sich auf den Weg zum Pflegeheim und versuchte die Gedanken an Fabian und Irland aus ihrem Kopf zu bekommen. Sie war noch zu aufgewühlt, um sich damit zu befassen, geschweige denn konnte sie eine solch wichtige Entscheidung treffen. Im Moment wusste sie nicht einmal, ob die Beziehung mit Fabian noch eine Zukunft hatte. Irgendwie beschlich sie das Gefühl, dass wenn sie sich gegen Irland entschied, es zu einer Trennung kommen würde.

Emma saß wie am Tag zuvor auf dem Besucherstuhl im Eingangsbereich. Dieses Mal trug sie eine olivgrüne Bluse und eine beige Bundfaltenhose; das Haar war wie üblich zu einem Knoten gebunden, die Lesebrille hatte sie wie eine Sonnenbrille auf den Kopf geschoben. Sie lächelte und wirkte mindestens zehn Jahre jünger. Sara hatte ihr eine Schachtel Pralinen mit Kirschwasser mitgebracht, die es im Kiosk nicht zu kaufen gab, da mit Alkohol gefüllte Pralinen eigentlich verboten waren.

An diesem Tag war es stark bewölkt, und die dunkelgrauen Wolken über dem nahe gelegenen Wald kündigten einen baldigen Regenschauer an. Sie beschlossen, auf Emmas Zimmer zu gehen, wo bereits eine Kanne Kräutertee auf sie wartete, die Emma kurz zuvor aufgesetzt hatte.

»Morgen kommt Sabine zum Skatspielen. Von ihr habe ich den Tee. Sie will bestimmt wissen, wie er geschmeckt hat, dabei weiß sie, dass ich am liebsten schwarzen Tee trinke.«

»Sabine ist die Tochter deiner Bekannten, oder?«, hakte Sara nach.

Emma nickte und verstaute den Rollator hinter der Zimmertür.

»Margot starb vor drei Jahren. Sie hat nebenan gewohnt. Also, in der Amselstraße.«

»Wieso bringt Sabine dir Kräutertee mit, wenn sie weiß, dass du den nicht magst?«, fragte Sara, als beim Einschenken ein herber Duft von Melisse und Thymian in ihre Nase zog, woraufhin Emma angewidert dreinblickte.

»Warum tun die Menschen das, was sie tun?«, seufzte Emma, rückte ihren Sessel näher ans Fenster und ließ ihren Blick zur grauen Wolkendecke schweifen, die wie unglücksbringende Vorboten über dem See waberte.

»Sie hat auch Kekse ohne Mehl mitgebracht, weil das gesünder sein soll. Ich vermute, sie möchte mit mir meinen hundertfünften Geburtstag feiern. Die Kekse waren übrigens sehr lecker«, sagte sie augenzwinkernd. »Die Enten waren ganz aus dem Häuschen, eine hat sogar versucht, in meinen Schuh zu hacken.«

Sara musste grinsten, doch dann wurde ihr bewusst, dass Emma sich mit der Tochter ihrer verstorbenen Bekannten vermutlich nur deshalb traf, weil sie sonst kaum Besuch bekam.

»So schlecht ist der gar nicht«, bemerkte Emma und nahm einen weiteren Schluck Tee.

»Was? Ach ... es geht«, log Sara. Der Tee schmeckte bitter, und er stank furchtbar.

»In meinem Alter kann man nicht mehr so wählerisch sein, was seinen Besuch betrifft.«

»Ich hätte öfter kommen sollen«, sagte Sara und stellte die fast volle Teetasse auf den Tisch.

»Du hast ja dein eigenes Leben. Und das ist auch gut so.«

Dessen war sich Sara plötzlich nicht mehr so sicher. Hätte sie eher versucht, sich Emma anzunähern, würde sie vielleicht noch in ihrem Haus leben. Auf jeden Fall hätte Sara ein besseres Verständnis für Emmas harsche Art entwickelt. Sie wären eine Familie gewesen. Mehr Familie, als sie jetzt waren, zumindest, wo jeder sein eigenes Ding drehte und sich nur um seine eigenen Belange kümmerte. Wann hatte es denn zuletzt einen gemeinsamen Grillabend gegeben? Wann hatten sie an einem Sonntag alle zusammengesessen und Kuchen gegessen?

»Bist du der Lösung deines Problems schon näher gekommen?«, wollte Emma wissen. Sara schüttelte missmutig den Kopf und griff nach ihrer Tasse, um Zeit zu gewinnen. »Fabian hat sich irgendwie verändert. Ich habe das Gefühl, ich kenne ihn gar nicht mehr.«

»Ich kann das sehr gut nachfühlen, mehr als mir lieb ist«, erwiderte Emma, während sie ihren Tee vorsichtig in der Tasse schwenkte, damit sich der Zucker besser löste.

»Ich verstehe nicht, was auf einmal mit ihm los ist. Er will für ein Jahr nach Irland und drängt mich zu einer Entscheidung, und ich habe das Gefühl, wenn ich mich dagegenentscheide, denkt er, ich entscheide mich auch gegen ihn.«

»Hast du ihn danach gefragt?«

»Wonach?«

»Ob er auch alleine nach Irland gehen würde. Das befürchtest du doch, oder?«

Sara nippte vom Tee und tat anschließend einen zweiten Teelöffel Zucker hinzu, damit sie ihn hinunterbekam. »Ja, ich denke, davor habe ich Angst. Ich verstehe auch nicht, wieso er auf einmal ins Ausland will. Ich meine, wir waren beide noch nie in Irland.«

Emma legte die Hand auf Saras Arm, als diese ihre Teetasse gerade zum Mund führen wollte, und zeigte auf eine Flasche Cola auf dem Tisch, auf die ein Plastikbecher gestülpt war. »Vielleicht läuft er vor irgendwas weg«, murmelte Sara, während sie den Tee abstellte und sich Cola in den Becher einschenkte.

»Oder er läuft etwas entgegen«, bemerkte Emma. »Eine Flucht kann auch ein Schritt nach vorne sein.«

Der halb leere Plastikbecher knisterte in Saras Händen, als sie ihn zu fest umschloss. Schnell stellte sie ihn ab, bevor sie ihn kaputt machte. »So habe ich das noch gar nicht gesehen. Aber du hast recht.«

»Du solltest ihn einfach fragen, Sara, statt Vermutungen anzustellen, denn so entstehen Missverständnisse, die irgendwann zum Streit führen. Aus Angst vor den Antworten vertrödelst du deine Zeit damit, irgendwelche wilden Mutmaßungen anzustellen. Wenn er sich von dir trennen will, wird er es so oder so tun. Wenn du mit ihm redest, hast du aber zumindest vorher noch die Chance, Missverständnisse aus dem Weg zu räumen.«

Sara verzog den Mund, wie sie es als Kind getan hatte, wenn Nora oder Emma sie wegen irgendwas ausgeschimpft hatten. »Ich werde ihn fragen.« Sie beobachtete, wie Emma Schluck für Schluck mit dem Tee kämpfte. »Wieso bist du als Kind eigentlich nicht zu deinem Vater und deiner Schwester zurückgekehrt?«

»Ich besuchte die beiden über Weihnachten. Mein Vater war zu dem Zeitpunkt schon sehr krank, aber wir haben das auf den Kummer der vergangenen Monate geschoben. Er musste sich immer öfter hinsetzen, war kurzatmig und blass. Isobel brach die Schule ab, um ganztags im Geschäft zu arbeiten. Ich war nur ein paar Monate weg, dennoch hatte ich das Gefühl, in ein fremdes Haus zurückzukehren.«

9

Weihnachten 1915, Oxfordshire

Was mich vielleicht am meisten verstörte, war nicht die Tatsache, dass Vater Arties Zimmer untervermietet hatte, oder seine Gebrechlichkeit, sondern Isobels Ähnlichkeit mit unserer Mutter, die mir vorher nie aufgefallen war. Das blonde, leicht wellige Haar trug sie nun hochgesteckt, um die Taille hatte sie eine von Mutters Schürzen gebunden. Ihre Gesichtszüge wirkten viel ernster. Die Augen hatten ihren Glanz verloren, so kam es mir jedenfalls vor. Sie wirkte müde und ausgelaugt.

Tante Abigail hatte mir geräucherten Schinken mitgegeben und eine Gans, die der Wildhüter am Morgen auf dem Grundstück geschossen hatte. Die Köchin hatte bereits den Kopf abgetrennt, die Innereien entfernt und die Federn gerupft, so war der Anblick nicht ganz so grausam, als ich das arme Ding aus meiner Tasche zog, eingewickelt in mehrere Lagen Zeitungspapier.

»Die können wir füllen mit getrockneten Aprikosen, Pflaumen und dem Schinken«, sagte Isobel nach einem kurzen prüfenden Blick. Ich fragte mich, wo wir denn bitte schön getrocknete Aprikosen und Pflaumen herbekommen sollten, doch Isabel griff in ihre Taschenschürze und holte ein Sixpencestück heraus, das sie mir in die Hand drückte. »Geh rüber zu Henleys, und hole eine Handvoll getrocknete Aprikosen und etwas Süßes für dich.«

Ich starrte auf das Geldstück in meiner Handfläche, doch Isobel lächelte nur. »Mr Mason, der Mann, der Arties Zimmer gemietet hat, zahlt uns drei Schilling und sechs Pence die Woche.«

Ich konnte den Gedanken kaum ertragen, dass ein fremder Mann in Arties Zimmer wohnte. Ich umschloss das Geldstück mit den Fingern, rannte den Flur hinab, riss Arties Zimmertür auf und stellte erleichtert fest, dass die Postkarte mit dem Zeppelin immer noch an ihrem Platz hing. Auf dem Bett lag eine dunkelbraune Decke, die ich nie zuvor gesehen hatte, am Kopfkissen waren die Ecken eingeknickt, etwas, das Mutter nie getan hatte. Auf dem Schreibtisch türmten sich in Leder gebundene Bücher und Schriftstücke. An der Wand gegenüber vom Bett stand immer noch die Kommode, in der Artie allerlei Zeug aufbewahrt hatte. Ich zog vorsichtig die oberste Schublade auf, doch statt Socken und Unterhosen lagen dort nun Ordner und kleine Schachteln.

»Er hat eine leitende Position in dem Kaufhaus in der Innenstadt«, erzählte mir Isobel, trat neben mich und schloss die Schublade, bevor sie mich aus dem Zimmer bugsierte. »Wir brauchen das Geld. Vaters Asthma ist schlimmer geworden, die Medikamente sind teuer.«

Vater hatte seit meiner Ankunft kaum gesprochen, aber die innige Umarmung war mir viel wichtiger gewesen als alle Worte dieser Welt. Er hatte mich mit Isobel zusammen vom Bahnhof abgeholt; doch meine Schwester hatte mein Gepäck – eine alte, aber gut erhaltene Ledertasche von Tante Abigail – getragen, während Vater Mühe hatte, Schritt zu halten. Sein Gesicht war eingefallen, die Augen rot unterlaufen, und sein Atem rasselte bei jedem seiner Züge. Nun saß er im Wohnzimmer auf dem zerschlissenen Ledersessel mit einem Buch auf seinem Schoß und hatte Mühe, die Augen aufzuhalten.

»Die Medikamente machen ihn müde«, erklärte Isobel auf meinen besorgten Blick hin. Ich ertappte mich dabei, wie ich zu der Stelle auf dem Küchenboden blickte, auf der unsere Mutter verblutet war. Mich überkam ein Frösteln, als ich den grauen Läufer entdeckte, der vorher nicht dort gelegen hatte. Nur mit Mühe konnte ich mich davon abhalten, ihn zurückzurollen, um
drunterzuschauen.

»Wir wollten die Dielen austauschen, aber der Vermieter sagte, wir sollen einfach einen Teppich drüberlegen. Den hat uns die Tochter von Mrs Gleener gegeben. Die alte Frau aus der zweiten Etage, weißt du? Sie starb vor zwei Monaten.«

Ich spürte, wie sich mein Hals zusammenzog. Mrs Gleener hatte mir manchmal, wenn ich von der Schule nach Hause gekommen war, einen Bonbon im Treppenhaus gegeben. Sie hatte immer nach Lavendel gerochen. Ich fragte mich, was aus ihrer Katze geworden war, die immerzu um ihre Beine geschlichen war und lauthals miaute.

»Ich mochte Mrs Gleener«, sagte ich und blickte wieder zu unserem Vater, dessen Brustkorb sich sanft hob und senkte, während das Buch von seinem Schoß glitt.

Und dann kullerten die ersten Tränen, und ich konnte nicht mehr aufhören zu weinen.

»Was hast du denn? Tut dir was weh?« Isobel nahm mein Gesicht in ihre Hände und gab mir einen Kuss auf die Stirn. In diesem Moment erinnerte sie mich noch mehr an meine Mutter, und ich fragte mich, wo das vorlaute Mädchen mit den blonden Zöpfen geblieben war, das mit mir an Türen gelauscht und Süßigkeiten aus dem Geschäft unseres Vaters stibitzt hatte.

Wie hätte ich ihr erklären sollen, dass mir mein geliebtes Zuhause fremd geworden war, dass ich nicht verstand, wie sich so viel innerhalb so kurzer Zeit verändern konnte? Wieso war Isobel auf einmal erwachsen und unser Vater ein Invalide, der sich nach jedem zehnten Schritt hinsetzen musste, um zu verschnaufen, und den der Weg vom Bahnhof hierher völlig erschöpft hatte?

Ich stand nur da und schluchzte, während mich Isobel an sich drückte und beruhigend über das Haar strich. Vielleicht ahnte sie, was in mir vorging, und wollte es nur nicht aussprechen, weil es dann auch für sie unerträglich geworden wäre.

Als ich von Henleys wiederkam, schien sich unser Vater erholt zu haben, denn er saß mit Isobel am Küchentisch und bestrich die Gans mit Öl und Salz, während Isobel Kartoffeln schälte. Es war Heiligabend, aber es gab weder einen Weihnachtsbaum noch Stechpalmenzweige oder etwas anderes, das auf Weihnachten hindeutete.

»Ich finde es nicht richtig, nicht dieses Jahr, nicht ohne eure Mutter und euren Bruder«, sagte Vater, nachdem ich mich zu ihm gesetzt und gefragt hatte, ob wir nicht vielleicht einen kleinen Tannenbaum besorgen könnten. Wir hatten jedes Jahr einen, seit ich denken konnte. Ohne Weihnachtsbaum war es kein richtiges Weihnachten.

»Mr Mason hat angeboten, uns einen zu holen. Er ist heute Morgen nach London aufgebrochen, zu seiner Mutter«, sagte Isobel und schob mir die Schale mit den Kartoffeln zu. Es war nur noch ein stumpfes Messer übrig, und so dauerte es dementsprechend, bis ich fertig war.

»Ich fürchte, er wird nicht lange hier wohnen bleiben. So jemand mit so einer guten Stelle will etwas Eigenes«, meinte Vater trübsinnig.

Mir war das nur recht. Ich konnte den Gedanken kaum ertragen, dass er in Arties Bett schlief.

Als die Gans in den Ofen geschoben war, setzten wir uns ins Wohnzimmer vor den knisternden Kamin, während Isobel die ersten Kapitel von Charles Dickens' Weihnachtsgeschichte vorlas. Obwohl jeder von uns an den Verlusten der vergangenen Monate knabberte, wussten wir doch den Augenblick zu schätzen, im Warmen zu sitzen und sich von der Wärme und dem herrlichen Duft aus dem Ofen einlullen zu lassen, während draußen ein kräftiger Wind um das Haus pfiff.

Obwohl die Stimmung gedrückt war, vergingen die Feiertage viel zu schnell. Natürlich gingen wir wie jedes Jahr an Heiligabend in die Mitternachtsmesse, wo wir viele bekannte Gesichter sahen und noch mehr von ihnen vermissten. Wir erfuhren, wer bereits gefallen war, unter anderem unser ehemaliger Lehrer Mr Pickody und der Sohn vom Metzger, dem Isobel einmal eine Ohrfeige verpasst hatte, weil er ihr den Rock hatte hochschieben wollen. Mr Pickodys Tod ging mir besonders nahe, obwohl ich ihn nicht einmal gemocht hatte, denn er war uns Mädchen gegenüber viel strenger gewesen als bei den Jungs in der Klasse.

Mehr als einmal hatte er mich nachsitzen lassen. Wegen Widerworten, obwohl die Jungs viel frecher waren.

Er hatte immer sehr betont und langsam gesprochen, doch die Unbeholfenheit, die er auf den ersten Blick ausstrahlte, hatte getäuscht. In fast jeder Stunde hatte er mit der Faust auf sein Pult gehauen und jemanden angebrüllt. Vielleicht nahm mich sein Tod so mit, weil er immer so präsent gewesen war, selbst als er uns nicht mehr unterrichtet hatte. Jeder hatte eine Geschichte über ihn zu erzählen, und so fingen viele Schulhofgespräche mit »Wisst Ihr noch, als Pickody ...« an.

Von der Predigt selbst bekam ich gar nichts mit, ich war viel zu sehr damit beschäftigt, das innerliche Zittern, das mich seit Betreten der Kirche erfasst hatte, unter Kontrolle zu bringen. Meine eiskalten Hände lagen auf meinen Oberschenkeln, die Kälte drang sogar durch den dicken Stoff meines Kleides und ließ mich erschaudern. Ich studierte die Gesichter der Menschen und sah nirgendwo Fröhlichkeit oder gar Hoffnung wie noch vor einem Jahr, als wir dachten, der Krieg wäre schnell beendet. Für einen aberwitzigen Moment stellte ich mir vor, dass man alle Menschen gegen seelenlose Marionetten ausgetauscht hätte, die nur aussahen wie die Leute, die wir kannten. Mein Hals schnürte sich so fest zu, dass ich verzweifelt am Kragen meiner Bluse herumfummelte, bis Isobel mir auf die Finger schlug und mich flüsternd ermahnte, nicht so herumzuzappeln. Doch ich konnte nicht aufhören, es fühlte sich an, als zog jemand eine Schlinge um meinen Hals zu. Ich schnappte nach Luft und riss den obersten Knopf ab, der von meinem Knie abprallte und auf dem dunklen Kirchenboden landete.

Vater bückte sich, hob ihn auf und drückte ihn mir in die Hand. Er sagte kein Wort, aber sein Blick verriet mir, dass es ihm ähnlich ging. Er drückte kurz meine Schulter, bevor er wieder nach vorne zur Kanzel sah, tief seufzend, und da erst bemerkte ich die Tränen in seinen Augenwinkeln. Als wir zurück nach Hause gingen, sagte keiner von uns ein Wort. Unsere Gedanken wurden nur vom Klackern unserer Absätze auf dem blanken Asphalt begleitet, das sich – als ich einen Moment lang die Augen schloss – wie Kanonenfeuer anhörte. Die Nacht schien kein Ende zu nehmen. Der Wind pfiff um das Haus, ließ die Fensterrahmen und Scheiben erzittern. Ich hauchte gegen das kalte Glas und malte mit dem Finger kleine Kreise, die von der Rabenschwärze der Nacht verschluckt wurden.

Stundenlang wälzte ich mich im Bett umher, während ich Isobels gleichmäßigem Atem lauschte. Immer wieder tauchten Bilder von Mum und Artie vor meinem geistigen Auge auf, kurz vor dem Einschlafen hörte ich sogar Mr Pickodys Stimme, wie er mich streng ermahnte, meine Strümpfe hochzuschieben und mich in die Ecke des Klassenzimmers zu stellen.

Am Weihnachtsmorgen verschlief ich und wurde erst gegen elf Uhr wach, als ich ein Poltern im Flur hörte. Obwohl ich so lang geschlafen hatte, bekam ich die Augen kaum auf. Nachdem ich mir etwas Wasser ins Gesicht gespritzt hatte, wurde ich zwar etwas munterer, aber ich fühlte eine Schwere in meinen Knochen, die ich nie zuvor gespürt hatte.

Ich schlüpfte in mein Kleid vom Vortag, zog meine Strickjacke drüber und huschte aus dem Zimmer. Unser Vater saß vor dem Kamin und blätterte in einer Zeitschrift, während Isobel in der Küche herumhantierte. Es roch nach herrlichem Hefeteig, sodass mir das Wasser im Mund zusammenlief.

Mein Blick fiel auf den Kamin, an dem unsere Weihnachtssocken hingen, die Isobel und ich am Vorabend dort aufgehängt hatten. Beide waren prall gefüllt. Ohne die Strümpfe von Artie und Mum wirkte der Anblick so kläglich, dass ich kaum hinsehen konnte.

Isobel und ich wechselten uns wie jedes Jahr ab mit dem Herausziehen der Geschenke. Ich bekam ein in Leder gebundenes Tagebuch mit einem Schloss, ein Buch über verschiedene Vogelarten Asiens, zwei Stifte und natürlich Nüsse, Orangen und Schokoladenherzen.

»Nun kannst du all deinen Kummer in Yorkshire aufschreiben und all deine schönen Erlebnisse dort«, sagte Isobel mit Blick auf das Tagebuch, das ich gar nicht mehr aus der Hand legen mochte. Ich hielt es so dicht vor mein Gesicht, dass es vor den Augen verschwamm, und sog den herrlichen Lederduft ein.

»Wir haben schon gefrühstückt, aber dich haben wir einfach nicht wach bekommen«, sagte Vater und betrachtete mich eine Weile. Isobel drückte mir ein Hefebrötchen in die Hand und kümmerte sich weiter um das Essen. Wie jedes Weihnachten gab es Plumpudding, den ich noch nie besonders gemocht hatte, doch zum Glück hatten wir auch noch von dem Gänsebraten und Kartoffeln. Mein Blick fiel immer wieder auf das Bett in der Nische, in der unsere Mutter mit unserem Geschwisterchen hätte liegen müssen.

Der Tag verging schnell. Nach dem Essen saßen wir in der Stube und lasen abwechselnd aus Charles Dickens' Weihnachtsgeschichte vor. Das taten wir jedes Jahr, seitdem ich ganz klar war. Obwohl ich die Geschichte in- und auswendig kannte, gehörte das Buch zu Weihnachten wie der Duft nach Orangen oder Nelken. Vater musste nach einem halben Kapitel aufhören zu lesen, da er immer kurzatmiger wurde. »Es ist diese verdammte kalte Jahreszeit«, sagte er auf meinen besorgten Blick hin. Dabei war es in der Wohnung recht warm. Wegen seines Asthmas litt er im Winter immer besonders, doch dieses Jahr schien es viel schlimmer zu sein. Ich fragte mich, ob er ernsthaft krank war, doch den Gedanken verwarf ich gleich wieder, weil er zu schmerzhaft war. Als er mich anlächelte, meine Hand in seine nahm und fest drückte, war für einen Moment alles wie immer. Wie früher.

Am nächsten Tag saß ich wieder im Zug zurück nach Yorkshire. Die Tage waren viel zu schnell vergangen. Ich spürte, dass Vater und Isobel froh waren, mich in den Zug zu setzen. Die Erleichterung stand beiden ins Gesicht geschrieben, als ich aus dem Zugfenster blickte, während sie mir vom Bahnsteig aus hinterherwinkten. Vater hatte den Arm um meine Schwester gelegt. Für einen Moment spürte ich tatsächlich so etwas wie Eifersucht, doch gleich darauf überkam mich ein schlechtes Gewissen. Sie schickten mich fort, damit es mir besser ging, damit ich nicht krank wurde und sich jemand um mich kümmerte. Ich hätte meinem Vater gegenüber mehr Dankbarkeit zeigen sollen, denn dass er mich fortschickte, bedeutete nicht, dass er Isobel lieber hatte, auch wenn es sich in dem Moment so anfühlte. Aber es war schwer, Dankbarkeit zu zeigen, in einer Zeit, die sich so stetig veränderte und in der man sich jeden Tag neu zurechtfinden musste.

Ich verließ mein Zuhause, das sich nicht mehr wie ein Zuhause anfühlte, und ich ahnte, dass es nie wieder mein Zuhause sein würde. Dennoch fühlte ich mich auch ein bisschen erleichtert, als der Zug ratternd gen Norden fuhr, weil mich die düstere Stimmung dort beinahe erstickt hatte.

10

April 1916, Yorkshire

Die kommenden Monate verbrachte ich zwischen ausgedehnten Lesestunden in der Bibliothek und Spaziergängen mit Miss Barnish, die weiterhin bemüht war, aus mir eine anständige junge Dame zu machen. Ich hatte Mühe, mir meinen Akzent abzugewöhnen, denn er war das Einzige, das mich noch mit meinem Zuhause in Oxfordshire verband. Tante Abigail hatte mich neu einkleiden lassen. Ich kam mir seltsam fremd vor in den hübschen Kleidern, Blusen und Röcken, auch wenn Miss Barnish bei jedem Spaziergang betonte, wie hübsch angezogen ich sei. Der Stoff meines Mantels war schwer, und der Kragen kratzte am Kinn, die Schuhe sahen so teuer aus, dass ich Angst hatte, in eine Pfütze zu treten, und daher die meiste Zeit zu Boden blickte, was Miss Barnish auf die Palme brachte. Das Frühjahr kam, und ich lernte meinen Cousin Robert kennen, der ein paar Tage auf Heimaturlaub war, nachdem er sich von einer schweren Grippe erholt hatte. Er brachte mir Schach bei, worin ich mich gar nicht so ungeschickt anstellte, was sogar Onkel Edmund dazu verleitete, meinen wachen Verstand zu loben. Tante Abigail nahm Robert und mich nach Harrogate ins Theater mit, in Galerien und einmal zu einer Wohltätigkeitsveranstaltung in York, auf der wir uns furchtbar langweilten. Auf dem Rückweg lud meine Tante uns in die Teestube ein, wo wir uns bei einem leckeren Cream Tea ganz zwanglos unterhielten. Robert schaffte es, aus meiner Tante eine zugänglichere Frau zu machen. In seiner Gesellschaft lachte sie oft und viel, ihre

Bewegungen wirkten viel sanfter, und sie plauderte gerne über alltägliche Nichtigkeiten, machte Witze über den Vikar und seine Eigenarten, etwas, das ich ihr gar nicht zugetraut hätte. Ich genoss die Zeit mit den beiden, die viel zu schnell vorüber war, als mein Cousin zurück nach Frankreich musste.

Kurz darauf jedoch kam sein Bruder Louis für eine ganze Woche nach Hause. Er war ernster als Robert und sichtlich erschüttert von seinen Erlebnissen im Krieg, doch nach wenigen Tagen taute er auf und nahm mich auf einen Ausritt mit. Er zeigte mir die Gegend, erklärte mir all die guten Verstecke, in denen er als Kind Zuflucht gesucht hatte, und stellte mich ein paar Bauern der Umgebung vor, die wir unterwegs trafen. Er hatte nicht Roberts Humor und Unbeschwertheit, aber in seiner Gegenwart fühlte ich mich immer wichtig und gemocht. Er sprach nur das Nötigste und verzichtete auf alles Überflüssige. Er gab unverhohlen zu, wenn ihm Leute nicht passten, und er sah es nicht ein, seine Zeit mit Menschen zu vergeuden, die er nicht mochte. Umso glücklicher war ich, dass er so viel Zeit mit mir verbrachte. An seinem vorletzten Tag nahm er mich zum Angeln mit. Wir saßen stundenlang auf einer Decke am Fluss und lauschten dem Zwitschern der Vögel und dem Summen der Bienen. Ich ahnte, dass er die Stille genoss, und so schwieg ich, obwohl ich ihn so gerne mit Fragen über den Krieg gelöchert hätte. Doch auch in meinem jungen Alter spürte ich, dass ich diese Fragen besser nicht stellte. Zum Abschied gab er mir einen Kuss auf die Stirn und versprach, bald zu schreiben. Ich fühlte mich, als wäre ich etliche Zentimeter gewachsen. Tante Abigail wischte ihm mit ihrem Taschentuch über die Mundwinkel, weil sie Reste vom Schokoladenkuchen entdeckte, was er mit einem Seufzen kommentierte. Als er in den Zug stieg, spürte ich einen Kloß im Hals. Obwohl wir nur wenige Tage zusammen verbracht hatten, fühlte es sich an, als ob wir uns schon ewig kannten. Ihn in diesen Zug einsteigen zu lassen, fühlte sich fast so an wie einen weiteren Bruder zu verlieren.

Er schrieb tatsächlich zwei Wochen später. Ein kurzer Brief, in dem er fragte, wie es uns allen ging, dass er den Schokoladenkuchen von der

Köchin vermisste und die Stille am See beim Angeln. Es war der einzige Brief, den er mir je schrieb.

• • •

Am ersten Juli 1916 begann die Schlacht an der Somme, und wenige Tage später erhielten wir die Nachricht, dass sich Robert und Louis und fast ihr gesamtes Bataillon unter den zahlreichen Todesopfern befanden.

Das Ausmaß dieser verhängnisvollen Schlacht begriffen wir erst Wochen später, als immer mehr Verluste zu beklagen waren, nahezu ganze Bataillone ausgelöscht wurden und es kaum eine Straße in unserer näheren Umgebung gab, die keine Todesopfer zu beklagen hatte. Ein achtfacher Vater aus dem Ort, ein siebzehnjähriger Junge, der sich mit gefälschten Angaben nach Frankreich hatte schicken lassen, der Verlobte unseres Hausmädchens Paula, die drei Söhne der Köchin. Die Todesnachrichten nahmen kein Ende und führten zu noch mehr Leid. Unser Hausmädchen Paula, die für Wochen untröstlich war, versuchte sich schließlich im nahe gelegenen Fluss zu ertränken. Zum Glück wurde sie von unserem Wildhüter gerettet, der zufällig Zeuge ihrer Verzweiflungstat wurde, als er auf Kaninchenjagd war.

Miss Barnish reiste zurück nach Schottland, um ihren verwundeten Bruder zu pflegen, und so hatte ich auf Juniper House kaum Ablenkung. Tante Abigail lag wochenlang mit einer tiefen Melancholie im Bett, und Onkel Edward verbrachte die meiste Zeit in seiner Fabrik. Manchmal verließ er vor dem Morgengrauen das Haus und kehrte erst nach Mitternacht zurück.

Die Briefe von Isobel wurden immer kürzer und wirkten immer mehr in Eile geschrieben. Sie berichtete, dass es Vater etwas besser ginge, die Buchhandlung allerdings nicht so gut liefe und dass Mr Mason, der Untermieter, zur Army einberufen wurde. Auf meine Frage, wann ich zurückkehren könnte, sei es auch nur für einen Besuch, wurde ich immer wieder vertröstet.

Die anfängliche Euphorie, die viele junge Männer dazu veranlasst hatte, freiwillig in den Krieg zu ziehen, verblasste von Tag zu Tag. Immer mehr verwundete Soldaten kehrten zurück, viele von ihnen hatten Gliedmaßen verloren. In der Stadt sah man immer öfter Männer auf Krücken oder mit fehlenden Armen oder Händen, die auf der Straße bettelten. Dass der Krieg nicht so schnell zu Ende gehen würde, wie anfangs gedacht, war nun den meisten klar.

Tante Abigail stürzte sich schon bald in wohltätige Arbeit; so sammelte sie Spenden für Kriegswaisen und half bei der Versorgung belgischer Flüchtlinge. Sie organisierte Benefizkonzerte, schrieb Artikel für die lokale Zeitung und stritt sich mit Onkel Edmund, weil sie einer belgischen Witwe mit ihrem dreijährigen Sohn ein vorübergehendes Zuhause bieten wollte. Onkel Edmund setzte sich durch, doch das bestärkte meine Tante nur darin, sich für den guten Zweck einzusetzen. Oft begleitete ich Tante Abigail zu irgendwelchen Komitees, bei denen ich zum Teekochen verdonnert wurde und nörgelnden alten Damen Kekse anbot. Die Verbissenheit meiner Tante imponierte mir und verängstigte mich gleichermaßen. Manchmal vergaß sie zu essen und ließ sich nur mit viel Überzeugungskraft zu einer Pause überreden. Manchmal fragte ich mich, ob sie glaubte, Robert und Louis retten zu können, indem sie Flüchtlingen half. Immer wieder sprach sie von den beiden im Präsens, was sogar Onkel Edmund auffiel, bis er irgendwann zwischen dem dritten und dem vierten Gang beim Abendessen sein Cognacglas gegen die Wand warf und schrie, dass Robert und Louis tot waren und sie das akzeptieren müsse. Tante Abigail bedachte ihn daraufhin mit einem eiskalten Blick und der Bemerkung, dass ihr diese Tatsache durchaus bewusst war und er zum Teufel gehen könne. Dann verließ sie den Salon und ließ sich zwei Tage lang nicht blicken. Das Engagement für die Flüchtlinge jedoch blieb ungebrochen.

...

Kurz vor Weihnachten erhielt ich ein Telegramm von Isobel, dass Vater eine schwere Grippe habe und ich auf keinen Fall kommen solle. Ich war am Boden zerstört und überlegte zeitweise, heimlich das Haus zu verlassen und nach Hause zurückzufahren. Doch die Vernunft siegte. Vater hätte es furchtbar aufgeregt, wenn ich so etwas Törichtes getan hätte. Also feierte ich Weihnachten auf Juniper House, das auf Tante Abigails Anordnung hin nicht festlich geschmückt wurde. Sie ertrug es nicht, die Halle zu dekorieren, da Robert und Louis nicht heimkamen und sie immer noch mit dem Verlust zu kämpfen hatte. Heiligabend saßen wir drei – mein Onkel, Tante Abigail und ich – im Salon, tranken Punsch und hörten Musik auf dem Grammophon. Keiner von uns sprach viel. Am ersten Weihnachtstag gab es Gans, Gemüse und

Plumpudding. Doch gegessen hat kaum einer von uns. Die Abwesenheit von Robert und Louis war so präsent, dass sie selbst mir den Atem raubte, obwohl ich die beiden kaum gekannt hatte. Der Gedanke daran, wie schön das Weihnachtsfest mit den beiden gewesen wäre, versetzte mir einen Stich. Auch schaffte ich es kaum, in die leeren Augen von Tante Abigail und Onkel Edmund zu blicken, die in Gedanken mit Sicherheit bei ihren Söhnen waren. An diesem Abend schrieb ich die letzte Seite in meinem Tagebuch voll, bevor ich es zuklappte und unter mein Kissen legte. Dass ein ganzes Jahr auf so wenige Seiten passte, erschreckte mich. Dabei hatte ich gar nicht oft geschrieben, sondern nur, wenn etwas – meiner Meinung nach wirklich Erwähnenswertes – passierte. An diesem Abend weinte ich seit langer Zeit wieder, obwohl ich geglaubt hatte, alle Tränen bereits vergossen zu haben.

• • •

Im Frühjahr begleitete ich Tante Abigail nach London, wo sie im Auftrag der Flüchtlingsorganisation unterwegs war. Auf dem Rückweg besuchten wir Vater und Isobel für einen halben Tag. Vater lag im Bett und hustete, doch er lehnte jegliche Unterstützung von Tante Abigail ab und weigerte sich, einen Arzt kommen zu lassen. Isobel wirkte noch erwachsener als bei meinem letzten Besuch. Sie erwähnte ganz nebenbei, dass sie seit Kurzem verlobt war, mit einem Jungen namens Charles McRae, der im Sanitätskorps in Frankreich stationiert war. Ich versuchte mich für sie zu freuen, doch es gelang mir nicht so recht, vielleicht, weil sie es in keiner Zeile ihrer kurzen Briefe erwähnt hatte und ich mir ausgeschlossener denn je vorkam.

Der Abschied von Vater fiel mir besonders schwer, weil er so krank und schwach wirkte, dass ich fürchtete, ihn nie wiederzusehen, wenn ich ginge. Er beschwor mich, mit Tante Abigail zurückzufahren, ein gutes Mädchen zu sein und zu gehorchen. Ich versprach ihm, mein Bestes zu geben.

• • •

Im Juni 1917 stellte uns Mr Archer, der Vikar, seine frisch angetraute Ehefrau beim Tee vor. Sogar Onkel Edmund war an diesem Tag zu Hause, denn es war ein Sonntag, und Tante Abigail hatte darauf bestanden, dass er an mindestens zwei Sonntagen im Monat zu Hause blieb, selbst wenn die verdammte Fabrik zusammenfiele, wie sie es ausgedrückt hatte.

Der Nachmittagstee an Sonntagen war meiner Tante heilig. Sie lud oft Besuch ein, aber nie zuvor hatte sie den Vikar eingeladen. Wie sich hinterher herausgestellt hatte, war er ohne Einladung gekommen, was Onkel Edmund ihm nie verziehen hatte, weil es sich seiner Meinung nach einfach nicht gehörte.

Mrs Archer war kaum älter als zwanzig; ihre Augen standen ein bisschen zu weit auseinander, die Lippen wirkten zu groß für das schmale Gesicht mit den hohen Wangenknochen. Ihre Stimme klang rauchig, wie man es eher von einer fünfzigjährigen Bardame erwartet hätte.

Wir saßen im Salon, nippten Tee und griffen ab und zu in die Schale mit den Keksen, während der Vikar lang und breit erklärte, wie er Mrs Archer kennengelernt hatte. Sie war eines der Kinder aus dem Waisenhaus gewesen, die er betreut hatte. Die Eltern waren bei einem Kutschenunfall gestorben. Zwei ältere Brüder starben kurz darauf an Typhus.

Er hatte sich augenblicklich in das damals dreizehnjährige Mädchen verliebt. Doch natürlich hatte er gewartet, bis sie älter war, um sie um ihre Hand zu bitten. Sie hatte ihn ein Jahr lang zappeln lassen, wie er schmunzelnd erklärte. Mrs Archer saß die ganze Zeit daneben und verzog keine Miene. Ich beobachtete, wie sie leicht zusammenzuckte, als der Vikar ihre Hand in die seine nahm und sie fest umschloss. Ihr Blick erinnerte mich an eine verschreckte Maus.

»In Ripon hat eine neue Mädchenschule aufgemacht», erzählte Mrs Archer plötzlich mit Blick auf mich.

»Ach, wirklich?«, sagte Tante Abigail. An ihrem Tonfall erkannte ich, dass es sie nicht im Geringsten interessierte.

»Mr Archer hat mir erzählt, dass Ihre Gouvernante plötzlich abreisen musste.«

Ich bemerkte, wie Tante Abigail meinem Onkel einen irritierten Blick zuwarf, doch der schien genauso ratlos zu sein.

»Ich habe sie am Bahnhof getroffen«, erklärte der Vikar. Da Miss Barnish keine Kirchgängerin gewesen war, fragten wir uns alle insgeheim, woher er sie überhaupt gekannt hatte. Als ob er unsere Gedanken erraten hätte, fügte er mit einem leicht überheblichen Schmunzeln hinzu: »Gewisse Dinge sprechen sich bei uns schnell herum.«

»Nicht schnell genug und nicht alle«, murmelte Onkel Edmund, doch außer mir, die direkt neben ihm auf dem Kanapee saß, hörte es vermutlich kein anderer.

»Meine Schwägerin, die Schwester von Mr Archer, unterrichtet an der Schule Mathematik. Fünf Kinder übernachten dort, fünfzehn gehen nur tagsüber dorthin. Aber in ein paar Monaten wird es dort vermutlich schwer sein, noch einen Platz zu bekommen«, erklärte Mrs Archer unbeirrt.

»Ich habe nie verstanden, warum Frauen Mathematik können sollen«, sagte mein Onkel. »Die Grundrechenarten müssen sie natürlich beherrschen, aber was zum Teufel sollen sie mit Algebra anfangen?«

»Nun, einige Mädchen sind recht kluge Köpfe«, erwiderte der Vikar.

»Das mag sein, aber was nützt es ihnen, wenn sie als Ehefrau zwar komplizierte Gleichungen lösen, aber kein Essen zubereiten können?«

»Tante Abigail bereitet auch kein Essen zu«, wandte ich ein, bevor ich mich bremsen konnte. Zu meiner Überraschung grinste Onkel Edmund. »Wohlhabende Frauen können es sich mitunter leisten, klug und gebildet zu sein«, meinte er daraufhin. »Allerdings kann deine Tante keine Algebra. Sie hat mit zwölf die Schule verlassen.«

Tante Abigail sah aus, als hätte sie in eine saure Zitrone gebissen. »Ich finde, wir sollten Emma an dieser Schule anmelden, Edmund. Die Zeiten ändern sich, wer weiß, was nach dem Krieg ist. Außerdem wäre es gut für sie, unter Gleichaltrigen zu sein.«

Mein Herz klopfte wild in meiner Brust. Ich ahnte, dass meine Tante gar nicht vorgehabt hatte, mich zur Schule zu schicken. Sie vertrat eigentlich die Ansicht, dass eine Gouvernante ausreichend sei und eine Schule die jungen Mädchen nur zu einem schlechten Benehmen verleitete. Sie hatte sich lediglich für den fiesen Seitenhieb meines Onkels rächen wollen. Doch mir sollte das gleich sein, denn ich war froh, eine Möglichkeit zu bekommen, aus dem Haus zu kommen, dessen Stille mich mitunter erdrückte.

11

Juni 1917, Yorkshire

Mein erster Schultag begann an dem Tag, als ein deutsches Flugzeug, eine Gotha, eine Bombe auf ein Schulgebäude im Londoner Stadtteil Poplar abwarf und achtzehn Kinder getötet wurden. Es war der erste Luftangriff in London, der am helllichten Tag stattfand. Die meisten der getöteten Kinder waren erst fünf Jahre alt, das jüngste Opfer vier. Ganz Großbritannien war geschockt.

Als ich nachmittags von der Schule nach Hause kam, überwältigt von den neuen Eindrücken und der Gehässigkeit mancher reicher Kinder, die mich bereits am ersten Tag spüren ließen, dass ich keine von ihnen war, fand ich Tante Abigail weinend im Salon vor. Sie schnäuzte sich in ihr handbesticktes Taschentuch und ließ ihrer Verzweiflung über den Krieg und die vielen sinnlosen Tode freien Lauf. Wir schickten – wie Hunderte Menschen aus ganz Großbritannien – einen Blumenkranz nach London, wo die Kinder eine Woche später im Beisein zahlreicher Menschen zu Grabe getragen wurden. Diese Tragödie beschäftigte mich noch Monate danach, und ich fragte mich, ob unsere Schule ebenfalls bombardiert werden würde. Die Lehrer versicherten mir, dass die Schule gar kein Ziel gewesen sei, sondern der nahe gelegene Hafen. Das beruhigte mich keineswegs. Ein Jahr zuvor hatte ein Zeppelin spätabends eine Bombe über York abgeworfen, die neun Menschen getötet hatte. Es konnte überall passieren. Und York war viel näher als London.

Die Lehrer verboten mir, meine Befürchtungen vor den anderen

Kindern zu äußern, und Tante Abigail wurde in einem Brief vom Direktor eindringlich darum gebeten, mich darin zu bestärken, keine weiteren Kinder in Angst zu versetzen. Die Angst war allgegenwärtig und wurde dennoch erstickt. Das Leben ging weiter, die Leute waren um Normalität bemüht. Doch in meinen Augen konnte es keine Normalität geben, so sehr ich es mir auch wünschte. Die verängstigen Gesichter der Frauen auf den Straßen, die rot geweinten Augen einer Klassenkameradin, die um ihren Vater trauerte, die verkrüppelte Hand unseres Englischlehrers, der den Schützengraben überlebt hatte, aber bei jedem lauten Geräusch zusammenzuckte, all das sorgte dafür, dass der Krieg immer präsenter wurde.

Auch Isobel hatte kein Ohr für meine Ängste, sie fürchtete um das Leben ihres Verlobten, der seit Tagen als vermisst galt. Vater schrieb mir, ich solle mir nicht so viele Gedanken machen über Dinge, die ich nicht ändern könne. Er war froh darüber, dass mir meine Tante eine gute Schulausbildung ermöglichte, und bat mich, mich aufs Lernen zu konzentrieren, damit ich auf andere Gedanken käme. Seine Handschrift war so krakelig, dass ich einige Wörter nur erahnen konnte, dabei hatte er früher eine außergewöhnlich schöne Schreibschrift gehabt. Tante Abigail sagte mir, dass Männer im Alter nachlässiger wurden, doch ich ahnte, dass mehr dahintersteckte. Außerdem war Vater erst knapp über vierzig.

Eine ganze Weile hörte ich keine Neuigkeiten von zu Hause, doch dann im November erhielt ich die Nachricht, dass Vater gestorben war. Obwohl ich befürchtet hatte, dass er sehr krank war, traf mich die Nachricht mit voller Wucht. Es war ausgerechnet Onkel Edmund, der mir das Telegramm vorlas, da Tante Abigail sich wegen einer Wohltätigkeitsveranstaltung in York aufhielt. Obwohl mein Onkel nach wie vor sehr distanziert mir gegenüber war, spürte ich, wie schwer ihm diese Aufgabe fiel. Seine Hände waren ruhig, als er das Telegramm auf die Kommode im Salon legte, doch seine Lider zuckten leicht, und in seinen Augen glaubte ich eine tiefe Betroffenheit zu erkennen.

»Ich mache keinen Hehl daraus, dass ich deinen Vater nie gemocht habe. Aber ich bin mir sicher, er war dir ein guter Vater«, sagte er schließlich.

Mir schossen tausend Fragen durch den Kopf. Was passierte nun? Was war mit Isobel? Was sollte mit dem Geschäft geschehen und mit der Wohnung? Mein Mund klappte immer wieder auf und zu, ich war unfähig, einen einzigen Satz zu formen. Hatte er gewusst, dass er sterben würde? Hatte Isobel es gewusst? Wieso hatten sie ihn mich nicht noch einmal besuchen lassen?

Onkel Edmund ging ein paar Schritte im Raum umher, die Hände in den Hosentaschen, wirkte er ein wenig verloren, als wüsste er nicht, was er nun tun sollte. Ich saß wie betäubt auf dem Kanapee und starrte meine Finger an, die mir in diesem Moment überdimensional lang vorkamen.

»Deine Familie hat viel durchgemacht, und obwohl alle während dieser Zeit Verluste zu beklagen haben, hat es euch schlimmer getroffen als so manch andere Familie. Dir muss das sehr ungerecht vorkommen, und das ist es vermutlich auch.« Die Stimme meines Onkels klang fest, doch sein Blick flatterte durch den Raum, als traute er sich nicht, einen bestimmten Punkt zu fixieren.

»Warum?«, hauchte ich schließlich. Das Wort war heraus, bevor ich mir dessen bewusst war. Warum wir? Warum Artie, Mum und nun Vater? Warum fand dieser Krieg statt, bei dem so viele Menschen starben? Nichts schien mehr einen Sinn zu ergeben. Es war, als ob ich versuchte, Wasser mit den Händen zu fassen. Es floss einfach durch meine Finger.

»Darauf gibt es keine Antwort, Emma.« Sein Blick glitt zum Kaminsims, wo zwei gerahmte Bilder meiner Cousins standen, die sommersprossig mit ernsten Augen in die Kamera blickten. Auf Louis' Lippen hatte sich ein Schmunzeln geschlichen, während Robert nachdenklich wirkte. Ich konnte die Fotografien nie wirklich ansehen, denn die beiden wirkten so lebendig in dieser Momentaufnahme, obwohl sie längst tot waren.

An diesem Tag nahm mich mein Onkel zum ersten Mal mit in seine

Fabrik, um mich auf andere Gedanken zu bringen. Er zeigte mir das Büro, in dem er arbeitete, die Produktionshallen, in denen fast ausschließlich Frauen am Fließband standen, und den Maschinenraum, in dem es heiß, stickig und laut war. Ich durfte so viele Pralinen probieren, wie ich wollte, und konnte mir keinen schöneren Ort zum Arbeiten vorstellen. Dass mein Onkel mir die Fabrik zeigte und mich allen als seine Nichte vorstellte, die bei ihnen auf Juniper House aufwuchs, führte wohl zu den ersten Gerüchten um mich als Erbin.

12

Mai 2004, Kiel

»Du warst die Erbin?«, fragte Sara erstaunt und blinzelte gegen die Sonnenstrahlen, die durch die Jalousien drangen und ihr Gesicht kitzelten.

Emma schüttelte den Kopf. »Nein, aber die Leute glaubten das. Da Robert und Louis beide gefallen waren, sollte der zwölfjährige Sohn von Onkel Edmunds Bruder die Fabrik erben. Doch zu seinem Bruder hatte Onkel Edmund kaum Kontakt, er lebte in Dorset und war nie in der Firma gewesen. Also nahmen die Leute an, ich würde die Fabrik übernehmen, vor allem, als ich nach dem Schulabschluss begann, dort zu arbeiten.«

»Hm«, machte Sara und brauchte einen Moment, um sich wieder in der Gegenwart zurechtzufinden. Emma saß mit geschlossenen Lidern im Sessel und tauchte ihr Gesicht in die Sonne. Sie wirkte glücklich und entspannt. Sara beschloss, die Gelegenheit zu nutzen.

»Sag mal, wie hieß deine Schwiegermutter mit Vornamen?«

Emma öffnete die Augen, blinzelte und nahm den Kopf aus der Sonne.

»Inge. Wieso fragst du?«

»Du hast mir doch gesagt, dass sie vermutlich deine alten Briefe, Unterlagen und die Fotos von deiner Schwester und dir hat.«

»Das nehme ich zumindest an. Die Sachen waren auf dem Dachboden, zusammen mit alten Unterlagen von deinem Großvater. Als er starb, bat Inge mich um seine alten Schulzeugnisse. Als Andenken. Er war ihr einziges Kind. Ich hatte nicht die Kraft, die Sachen rauszusuchen, und hab ihr gesagt, sie soll den ganzen Karton mitnehmen. Ich vermute, in dem Karton waren auch die anderen Sachen, Bilder, Unterlagen aus meiner Kindheit und so weiter.«

»Sie hat sie dir nicht wiedergegeben?«, fragte Sara erstaunt.

»Vielleicht hat sie den Karton gar nicht ganz durchgesucht. Sie starb ja auch nur wenige Monate später.«

Es klopfte an der Zimmertür, die gleich darauf geöffnet wurde. Eine Pflegerin kam herein, sah sich kurz um und murmelte etwas Unverständliches, dann nahm sie das Tablett vom Mittagessen mit und verschwand wieder.

»Die wirkt immer so, als wüsste sie nicht, wohin sie gehört«, sagte Emma kopfschüttelnd.

»Weißt du, was mit den Unterlagen passiert ist, als deine Schwiegermutter starb?«

Emma wandte ihren Blick von der Tür ab und sah wieder zu Sara. »Ich nehme an, das hat alles ihre Schwester bekommen. Sie wohnte zwei Häuser weiter. Sie standen sich sehr nahe.«

»Im Ellernholt, oder?«, fragte Sara.

Emma zog die buschigen weißen Brauen zusammen. »Ja, aber frag mich nicht nach der Hausnummer, die weiß ich nicht mehr. Wieso willst du das wissen? Du glaubst doch nicht, dass die Sachen noch dort sind? Die wurden bestimmt längst vernichtet.«

»Vielleicht aber auch nicht«, sagte Sara. »Weißt du, wie die Schwester hieß?«

»Hildegart. Den Nachnamen erinnere ich nicht mehr.« Emma gähnte und blickte zu ihrem Bett. Sara verstand den Wink. Es war ein langer Tag gewesen. Sie küsste ihre Großmutter zum Abschied auf die Wange und versprach, am nächsten Tag wiederzukommen. Emma lächelte schelmisch.

»Dann habe ich ja einen guten Grund, Sabine abzusagen.«

»Die hatte ich ganz vergessen«, sagte Sara erschrocken. »Soll ich später kommen oder lieber übermorgen?«

Emma schüttelte heftig den Kopf und griff nach ihrem schnurlosen Telefon. »Ich werde schon nicht eingehen, wenn ich eine Woche mal kein Dame, Schach oder Rommé spiele.«

»Bist du sicher?« Sara drehte sich an der Tür um. Sie hatte ein wenig Sorge, die Routine ihrer Großmutter durcheinanderzubringen.

»Geh schon! Bis morgen.« Mit einer Handbewegung scheuchte Emma sie hinaus.

Sara fühlte sich benommen, als sie sich zu Fuß auf den Heimweg machte. Der Himmel hatte sich gelbgräulich verfärbt, in der Ferne hörte sie Donnergrollen, das sie an die Schützengräben in Frankreich denken ließ. Sie wusste aus Dokumentationen, wie hoch die Verluste im Ersten Weltkrieg gewesen waren, doch es waren einfach nur Zahlen für sie gewesen. Nun jemandem zuzuhören, der diese Zeit miterlebt hatte und für den diese Zahlen Namen waren, fühlte sich seltsam bedrückend an. Als sie um eine Straßenecke bog, verlor sie kurz den Halt, weil sie ein Schwindelgefühl erfasste, das sie hilflos die Arme ausstrecken ließ. Sie stützte sich an einem Gartenzaun ab, beugte den Oberkörper ein Stück vor und holte tief Luft. Sie kannte diese Schwindelanfälle, sie hatten sie damals während des Studiums begleitet, immer dann, wenn sie Angst gehabt hatte, nicht gut genug zu sein. Oder wenn sie sich zu viel um ihre Zukunft gesorgt hatte. Es war richtig gewesen, das Jurastudium zu schmeißen, denn sie war nie mit dem Herzen dabei gewesen. Doch die Entscheidung für Grafikdesign hatte auch eine Menge Ängste bedeutet, die ihre Mutter noch verstärkt hatte. *Kunst, Design, alles brotlos und viel zu unsicher. Suche dir etwas, mit dem du weiterkommst.* Wer ist schon glücklich in seinem Beruf, hatte ihre Mutter einmal gefragt. Glücklich sein kann man in seiner Freizeit. Erst jetzt wurde ihr bewusst, wie sehr Emma in dem Moment aus ihrer Mutter gesprochen hatte. Aber Emma hatte schreckliche Zeiten erlebt und eine Menge entbehren müssen, während Saras Mutter es erheblich leichter gehabt hatte.

Eine Katze schlich auf der anderen Seite des Zauns entlang und beäugte sie misstrauisch. Sara wartete, bis das Schwindelgefühl vollständig abgeklungen war, und setzte ihren Weg fort.

Sie war überrascht, Fabians blauen Audi vor dem Haus ihrer Großmutter zu entdecken. Ihr Herz begann zu rasen. War etwas passiert? Wieso hatte er vorher nicht angerufen?

Lässig lehnte er gegen den weißen Gartenzaun und blickte auf das rote Backsteinhaus mit den zwei Erkerfenstern, in dem mittlerweile eine dreiköpfige Familie lebte. Eine Treppe neben der Haustür führte zur Einliegerwohnung.

»Wieso hatte deine Großmutter ein so großes Haus, wo sie doch alleine war?«, fragte Fabian anstelle einer Begrüßung. Seine Haare versteckte er unter einem dunklen Basecap mit dem Logo der New York Yankees.

»Sie hat es von einer Freundin geerbt«, sagte Emma. »Was machst du hier?«, fragte sie in einem vorwurfsvollen Ton und wich zurück, als er auf sie zukam, um sie zu küssen. Er runzelte die Stirn, verschränkte die Arme vor der Brust. »Ich habe dich vermisst und dachte, wir könnten reden.«

Sara strich sich eine Haarsträhne aus dem Gesicht und blickte von der Haustür zu seinem Auto. »Du hättest anrufen können.« Sie fühlte sich ausgelaugt und müde und einem solch wichtigen Gespräch, in dem sie so viele Fragen klären wollte, nicht gewachsen.

»Sollte eine Überraschung werden«, murmelte er mit gesenktem Kopf.

»Man freut sich nicht über alle Überraschungen«, erwiderte sie und erschrak im selben Moment, weil sie sich wie ihre Großmutter anhörte.

»Dachte, du vermisst mich vielleicht auch.«

Sie stöhnte laut auf. »Ich bin doch gerade mal zwei Tage hier.«

Er zuckte mit den Schultern. »Und wie läuft es? Kommst du gut voran mit diesem Auftrag für den Verlag?«

Sie nickte, blickte auf ihre Armbanduhr und sah ihn stirnrunzelnd an. »Hast du Urlaub genommen?«

»Nee.« Er sah sie mit einem leicht verschämten Grinsen an und malte mit der Schuhspitze Kreise auf den Rasen.

»Wie, nee?«

»Hab geschwänzt«, antwortete er grinsend.

»Du hast dich krankgemeldet?« Ihre Stimme klang müde. Sie öffnete ihre Handtasche und fischte den Haustürschlüssel heraus. Die Nachbarn mussten ja nicht alles mitbekommen.

Sie gingen in die Küche, wo Sara einen Kaffee aufsetzte. Sie spürte, wie Ärger in ihr aufstieg. »Ehrlich, du hättest anrufen können. Ich meine, ich bin doch extra hergekommen, um in Ruhe nachzudenken. Damit wir eine Auszeit haben. Ich verstehe dich nicht. Blaumachen passt so gar nicht zu dir.« Sie füllte sieben Löffel Kaffeepulver in den Filter und schaltete die Kaffeemaschine an, bevor sie sich zu ihm an den Tisch setzte. Er saß breitbeinig und Kaugummi kauend auf dem Küchenstuhl und erinnerte sie an einen sechzehnjährigen Jungen aus der Schule, der einen auf obercool machte.

»Ich dachte, du freust dich, wir gehen zusammen was essen, und ...« Er zuckte mit den Schultern, sah sie kurz an und blies hörbar einen Schwall Luft aus.

»Das kann doch nicht dein Ernst sein! Wieso bist du auf einmal so komisch?« Sie ließ die Frage absichtlich wie einen Vorwurf klingen.

»Keine Ahnung. Das ist vielleicht mein neues Ich«, erwiderte er grinsend. Das Grinsen passte nicht zum Rest seines Gesichts. Das obere Lid zuckte leicht, der Blick wirkte melancholisch.

Sara stand auf und holte zwei Becher aus dem Schrank. Sie ließ sich Zeit mit dem Kaffee-Einschenken, während sie überlegte, was sie sagen sollte. Gedanklich war sie immer noch nicht ganz in der Gegenwart angekommen, hing immer noch im Jahr 1917 fest, bei ihrer Großmutter auf Juniper House.

»Ich habe lange überlegt, was ich wirklich will«, fuhr Fabian mit leiser Stimme fort. »Ich möchte es in Irland versuchen. Ich glaube wirklich, ich brauche einen Tapetenwechsel. Und Irland ist genau das Richtige für mich. Für uns. Das spüre ich.«

Sie sah das Leuchten in seinen Augen, als sie ihm den Kaffeebecher in die Hand drückte. »Ach, wirklich? Ich spüre im Moment nur Verärgerung!«

»Willst du nicht nach Irland?«

»Das weiß ich nicht, Fabian! Ich habe im Moment andere Sachen, über die ich nachdenken muss. Ich verstehe nicht, warum wir beide beschließen, uns eine Auszeit zu nehmen, und du dann zwei Tage später hier auftauchst.«

»Mir fällt zu Hause die Decke auf den Kopf«, sagte er kleinlaut, nippte an dem Kaffee und drehte dann den Becher in seinen Händen. »Ich weiß nichts mit mir anzufangen. Alles nervt nur noch. Und ich dachte ...vielleicht ...«

»Was dachtest du?« Sie stellte den Becher vor sich ab und strich sich eine Strähne aus dem Gesicht.

»Hast du einen anderen?«, fragte er geradeheraus. Schnell wandte er seinen Blick ab, starrte auf das Muster des Fußbodens.

»Bist du jetzt völlig bescheuert? Denkst du das wirklich?« Sie presste die Lippen aufeinander und schüttelte den Kopf.

»Nein, eigentlich nicht. Ich bin nur frustriert und habe Angst, dass wir uns voneinander entfernen.«

»Fabian, ich brauche Zeit, um mir über einige Dinge klar zu werden. Du willst nach Irland und heiraten und Kinder bekommen, und ich weiß im Moment einfach nicht, was *ich* will.«

»Aber du wolltest doch immer Kinder.«

Sie schnaubte. »Ja, schon. Aber ... ich bin mir nicht mehr sicher.«

Sie ging zum Kühlschrank, um sich mehr Milch in den Kaffee zu füllen und seinem Blick auszuweichen.

»Verstehe«, sagte er matt.

»Hast du denn nie solche Phasen, in denen du einfach gar nichts weißt und einfach nur noch Chaos in deinem Kopf herrscht?«

»Dann ist es nur eine Phase?« In seiner Stimmung klang so viel Hoffnung, dass sie ein schlechtes Gewissen bekam, weil sie ihm nicht die Antwort geben konnte, die er hören wollte.

»Ich weiß es nicht.« Sie setzte sich schnell, als ihr erneut schwindelig wurde.

»Alles in Ordnung?«, fragte Fabian besorgt.

Sie nickte, für einen Augenblick unfähig, etwas zu erwidern.

»War ein anstrengender Tag«, brachte sie schließlich hervor und stand wieder auf. »Ich lege mich besser einen Moment hin.«

Er stand nun ebenfalls auf. »Soll ich wieder fahren?«

Sie nickte nur. Zu ihrer Erleichterung reagierte er verständnisvoll. »Ich hätte wirklich vorher anrufen sollen. Es tut mir leid.«

Sie küssten sich ganz sanft auf die Lippen, bevor sie ihn zur Tür begleitete. Ihr fiel auf, dass er ein neues Aftershave benutzte, doch ihr fehlte die Energie, ihn danach zu fragen.

Sara beobachtete vom Küchenfenster aus, wie er in sein Auto stieg, lässig, immer noch der sechzehnjährige Obercoole, doch seine Gesichtszüge wirkten entspannt. Er winkte ihr zu, bevor er losfuhr. Plötzlich wurde ihr speiübel. Sie hielt sich die Hand vor den Mund, rannte ins Bad und übergab sich zweimal.

Vielleicht hatte sie etwas Falsches gegessen, oder aber die Erzählungen ihrer Großmutter nahmen sie mehr mit, als sie sich eingestehen wollte. Mit einem Kamillentee setzte sie sich ins Wohnzimmer und teilte Timo den Namen von Emmas Schwiegermutter und deren Schwester per SMS mit. Dann lehnte sie sich zurück, schaltete den Fernseher ein, weil sie Geräusche um sich herum brauchte, und schlief kurz darauf auf der Couch ein.

13

Als sie aufwachte, war es draußen stockdunkel. Im ersten Moment wusste sie nicht, wo sie sich befand. Es war kurz vor Mitternacht. Sie war erschrocken, wie lange sie geschlafen hatte. Zumindest waren die Übelkeit und der Schwindel verschwunden. Sie machte sich einen Kräutertee und setzte sich vor ihren Laptop, wo sie begann, sich über Irland zu informieren.

Das Land stand seit Jahren auf ihrer Reiseliste, die Landschaft und die als besonders gastfreundlich geltenden Iren reizten sie seit ihrer Jugend, doch dass sie dort für so lange Zeit leben konnte, wagte sie zu bezweifeln. Ihr gefiel Hamburg, dort kannte sie fast jede Ecke, wusste, um welchen Imbiss man besser einen großen Bogen machte und wo es die besten Cocktails gab. Wenn ihr die Decke auf den Kopf fiel, konnte sie zu ihren Freunden gehen, die alle in der Nähe wohnten. In Irland wären erst einmal nur sie und Fabian. Zu wem sollte sie flüchten, wenn die beiden sich stritten? Und was war, wenn sie es tagsüber nicht alleine in der fremden Wohnung aushielt und sie keinen Anschluss fand? Ihr war es noch nie leichtgefallen, Freundschaften zu schließen. Sie wagte zu bezweifeln, dass ihr das in Irland besser gelingen würde. Sie hatte keine Ahnung, wie hoch die Mieten in Dublin waren und ob sie sich eine vernünftige Wohnung würden leisten können oder weiterhin zwei Autos.

Seufzend klappte sie ihren Laptop zu. Mitten in der Nacht darüber nachzudenken hatte einfach keinen Sinn. Ihre Augen brannten, sie gähnte ununterbrochen, und allmählich stellten sich Kopfschmerzen ein. Sie beschloss, ins Bett zu gehen, doch da sie vorher schon so lange geschlafen hatte, lag sie noch eine ganze Weile wach, bis sie einschlafen konnte. Als der Wecker um zehn Uhr klingelte, fühlte sie sich wie gerädert.

Sie beschloss, in der Innenstadt zu frühstücken, da ihr Kaffeepulver ausgegangen war und das Brot vom Vortag bereits trocken. Außerdem tat es ihr sicherlich gut, ein wenig unter Leute zu kommen. So sehr sie das Alleinsein im Moment genoss, es war ziemlich ungewohnt.

Sie fand ein gemütliches Café in der Vorstadt, bestellte einen Tee und einen Bagel und setzte sich an einen schmalen Tisch ans Fenster, wo sie die vorbeilaufenden Menschen beobachtete. Die meisten schienen in Eile, hetzten mit vollen Einkaufstaschen den Bürgersteig entlang oder zogen ungeduldig Hunde an ihrer Leine, die ihr Geschäft an einer Parkuhr verrichten wollten. Eine Frau tippte etwas auf ihrem Handy und achtete nicht auf den Radfahrer, der ihretwegen beinahe stürzte. Ein Junge mit Rastazöpfen trug einen plärrenden Ghettoblaster auf der Schulter und sang lauthals zu dem blechernen Sound mit.

Wieder musste Sara an ihre Großmutter denken, für die diese Szenen sicherlich befremdlich sein mussten. An jeder Ecke gab es Restaurants, Cafés und Coffeeshops großer amerikanischer Ketten. Alles gab es im Überfluss. Vielleicht hatte Emma recht, und sie nahm alles als zu selbstverständlich hin.

»Sara?«

Sie fuhr zusammen, wandte den Blick vom Fenster ab und starrte in ein vage vertrautes Gesicht. Grüne Augen mit langen Wimpern, ein ovales Gesicht, Stupsnase und volle Lippen. Das rotblonde Haar war zu einem strengen Zopf im Nacken gebunden, in der Nase steckte ein silberner Ring mit einem blauen Stein.

»Hey, was machst du denn hier?«, fragte Sara mit einem breiten Lächeln, während sie ihr Gedächtnis fieberhaft nach dem Namen durchstöberte. Irgendwas mit A. Anna? Ann-Katrin? Auf jeden Fall die Schwester ihrer Klassenkameradin Ina.

»Darf ich?« Die Namenlose zeigte auf den Stuhl und nahm Platz, bevor Sara nicken konnte. In der Hand hielt sie einen To-go-Becher, den sie vorsichtig auf den Tisch stellte, der daraufhin bedrohlich wackelte.

»Wow, lange nicht gesehen! Wohnst du auch hier?« Sie lockerte ihr Halstuch, wodurch Sara den funkelnden Ring bemerkte. Anka! Das war ihr Name. Die Abkürzung von Ann-Katrin. Anka lächelte schüchtern und drehte den Ring ein Stück, sodass der Stein wieder mittig lag. »Seit drei Monaten verlobt. Die Hochzeit ist im November.«

»Gratuliere!«

»Ich bin vor drei Jahren hierhergezogen, weil Max, mein Verlobter, hier studiert.«

»Ich besuche nur meine Großmutter, die hier in einem Pflegeheim lebt. Ich wohne immer noch in Hamburg. Wie geht es deiner Schwester?« Sara hatte nur noch wenig Kontakt zu Leuten aus ihrer Schule. Mit einigen blieb sie durch *StayFriends* in Verbindung, aber dort war Ina nicht angemeldet. Das letzte Mal hatte sie sie vor ungefähr fünf Jahren in einer Kneipe in Altona getroffen.

»Die lebt jetzt in München. Hat ihr Studium abgeschlossen und arbeitet nun in einer gemeinschaftlichen Zahnarztpraxis als Zahnärztin. Ich dachte, ihr hättet vielleicht noch Kontakt.«

»Nein, irgendwie haben wir uns aus den Augen verloren. Grüß sie mal.«

Anka nickte. »Und du? Was machst du so?« Sie fasste sich an den Zopf, zog das Gummiband ab und strich sich durch die langen Haare.

»Ich bin freiberufliche Grafikdesignerin.«

»Echt? Cool. Ich wäre auch gerne mein eigener Chef. Ich mache eine Ausbildung als Buchhändlerin, bin aber nächstes Jahr fertig. Dann geht es erst einmal ein Jahr nach Australien, zusammen mit Max.«

»Das hört sich toll an. Wir ziehen nächstes Jahr nach Irland. Mein Freund hat dort eine Stelle angeboten bekommen.« Sara blickte in ihre Teetasse, in der sich nur noch eine Pfütze befand, und fragte sich, wieso zum Teufel sie das gesagt hatte. Sie war doch mit ihrem Leben in Hamburg zufrieden. Wieso hatte sie nun anscheinend das Gefühl, mit Anka mithalten zu müssen?

»Irland ist toll. War schon zweimal dort im Urlaub. Welche Gegend denn?«

»Dublin. Ich bin aber noch nie dort gewesen.«

»Wenn du willst, kann ich dir Fotos und Infos über Irland mailen.« Sie zog eine Visitenkarte aus ihrer Geldbörse und schob sie Sara zu. »Muss gleich wieder in den Laden. War wirklich toll, dich getroffen zu haben. Ich nehme an, du fährst heute wieder zurück nach Hamburg?«

Sara schüttelte den Kopf. »Nein, ich bleibe ein paar Tage, um Zeit mit meiner Großmutter zu verbringen.«

Anka stand auf und strahlte. »Prima! Wir könnten doch mal was zusammen machen, heute Abend oder morgen? Hier ist ein ganz cooler Irish Pub in der Nähe.«

»Klar, gerne. Ich ruf dich an«, meinte Sara. Sie war schon viel zu lange nicht mehr ausgegangen. Und wenn, dann immer nur mit Fabian. Ein Mädelsabend würde ihr sicher guttun, außerdem mochte sie Ankas fröhliche Art.

Sie aß ihren Bagel auf, kaufte noch zwei Muffins und einen Käsekuchen, bevor sie sich auf den Weg ins Pflegeheim machte.

Als sie die Eingangshalle betrat, geriet sie mitten in einen Tumult. Zwei ältere Männer gingen mit ihren Regenschirmen auf einen Postboten los, der mehrere kleine Päckchen in seinen Armen balancierte und so aussah, als wähnte er sich im falschen Film. Zum Glück eilten zwei Pflegekräfte herbei, die mit Engelszungen auf die Männer einredeten und ihnen versicherten, dass es nur ein Postbote sei und kein russischer Spion.

Emma saß heute neben der Heizung und blickte kopfschüttelnd auf die Szene. Neben ihr saß eine Dame um die siebzig mit grauem Dutt, die ein Buch auf dem Schoß liegen hatte. Beim Näherkommen stellte Sara fest, dass es ein Roman von Rosamunde Pilcher war.

»Furchtbar, wenn du Freund von Feind nicht mehr unterscheiden kannst«, murmelte die Frau.

»Ich würde den Postboten nicht unbedingt als Freund bezeichnen«, sagte Emma trocken und erhob sich, sobald sie Sara erblickte. Als sie die Griffe ihres Gehwagens umfasste, bemerkte Sara die rot lackierten Fingernägel. Als Sara klein war, hatte Emma immer rot lackierte Nägel gehabt, aber vor einigen Jahren hatte sie gemeint, dafür nun allmählich zu alt zu sein. Irgendwie freute es Sara, dass Emma nun doch anderer Meinung war. Wieso sollte man mit einhundert Jahren zu alt für roten Nagellack sein?

»Nun«, sagte die Dame und hielt ihr Buch hoch. »Er bringt mir Bücher, das ist mehr, als meine Freunde für mich tun.«

Emma schnaubte und blickte verächtlich auf das Buch mit dem malerischen Cover. »Die Freundschaft beruht wohl nicht auf Gegenseitigkeit. Sonst würde er Ihnen etwas Vernünftiges zum Lesen bringen.«

»Was hast du gegen Rosamunde Pilcher?«, fragte Sara auf dem Weg zum Fahrstuhl. Sie hatte einige ihrer Romane gelesen. Die ausschweifenden Landschaftsbeschreibungen ließen bei ihr immer eine große Reiselust aufkommen.

»Das ist doch fernab jeglicher Realität.« Emma lehnte sich gegen die Rückwand des Fahrstuhls und holte tief Luft. Sie wirkte erschöpft, und einen Moment lang befürchtete Sara, sie würde ohnmächtig werden, doch dann ließ Emma ihre Schultern kreisen und stellte sich kerzengerade hin, als hätte sie sich an die Szene mit der Gouvernante erinnert.

»Ist das nicht der Sinn von Büchern? Der Realität zu entfliehen?«

»Doch, vermutlich.«

Die Fahrstuhltür öffnete sich, und Sara und Emma mussten sich recht umständlich an einem Essenswagen vorbeiquetschen, den jemand achtlos direkt vor den Fahrstuhl abgestellt hatte. Es roch nach Bratwurst und Sauerkraut; durch die angelehnten Bewohnerzimmer drangen Stimmengewirr und das Klappern von Besteck.

»Ich habe uns Muffins mitgebracht«, sagte Sara und hielt die braune Papiertüte hoch, nachdem sie es sich in Emmas Zimmer bequem gemacht hatten. Die Bettdecke war gewechselt worden. Statt der grauen Streifen prangten nun rote und gelbe Kreise auf dem weißen Baumwollstoff. Auf dem Nachttisch lagen eine Pralinenschachtel und eine Packung Earl Grey.

»Manchmal bringt mir die kleine Praktikantin was mit«, erklärte Emma, die Saras Blick gefolgt war. »Eine junge Polin, die erst seit fünf Jahren hier lebt, aber sie spricht fast akzentfrei Deutsch.« Emma griff nach der Thermoskanne auf dem Tisch und begann, Tee in zwei gelbe Keramiktassen zu füllen, die Sara noch aus Emmas Haus kannte und die sie an das gemeinsame Apfelschälen auf der Terrasse erinnerten. Emma hatte immer Tee aufgesetzt, wenn sie dort waren, selbst bei dreißig Grad im Schatten.

»Ich verstehe nicht, wieso du damals ausgerechnet nach Deutschland gezogen bist«, sagte Sara plötzlich.

Emma lächelte. »Ich habe mit diesem Land eine ganz spezielle Hoffnung verbunden«, sagte sie leise, woraufhin Sara ihre Großmutter anblickte, als hätte sie den Verstand verloren.

»Wie meinst du das denn?«

Emma legte den Deckel der Thermoskanne geräuschvoll auf den Tisch, wo er an eine Untertasse stieß, auf der Bonbons lagen. Einige waren von der Sonne bereits geschmolzen und klebten am Porzellan fest. Emmas Unterlippe zuckte, und ihre Augen hatten einen seltsam wehmütigen Ausdruck angenommen. »Ich hatte gehofft, jemanden zu finden, den ich schrecklich vermisste.«

Sara setzte sich aufrecht hin. Sie spürte, dass sie dabei war, in ein Geheimnis eingeweiht zu werden, das Emma schwer auf der Seele lag. Vielleicht merkte sie es an der zittrigen Stimme oder dem Blick, der durch den Raum wanderte und überall unsichtbare Spuren hinterließ. »Einen Mann?«, fragte Sara, woraufhin Emma ganz sachte den Kopf schüttelte und tief und laut Luft holte.

»Meine Tochter Helen.«

TEIL 2

14

Juni 2004, Hamburg

Gedankenverloren starrte Sara auf das Meer von bunten Schuhen, das in der Abflughalle des Flughafens zu einem aufbrausenden Ozean wurde, als mehrere Flüge aufgerufen wurden und die Menschen hektisch an ihr vorbeiliefen. Grüne, rote und knallorange Sneakers, gefolgt von schwarzen Oxfordschuhen und Pumps in allen erdenklichen Farben. Ihre eigenen grauen Chucks wippten unruhig umher. Das harte Plastik der unbequemen Stühle bohrte sich in ihren Hintern. Seit gefühlt einem Tag saß sie hier, dabei waren es nur drei Stunden. Ihr Blick glitt zur Anzeigetafel, doch der Flug nach London wurde immer noch nicht angezeigt. Zwei Stunden Verspätung, hatte es geheißen, in London herrschte wieder einmal Nebel. Nachdem sie einen weiteren Kaffee aus dem Automaten getrunken hatte, der wie ein aufgewärmter Instantkaffee schmeckte, veränderte sich die Anzeigetafel. Etliche Flüge rutschten hoch, und endlich, in der Mitte, erschien nun der Flug nach London. In einer Stunde ging es los. Ihre Handflächen wurden feucht. So unauffällig wie möglich wischte sie sie an den Außenseiten ihrer Jeans ab. Die Frau neben ihr – eine junge Mutter mit einem Baby auf dem Schoß – lächelte ihr schüchtern zu. »Ich bin auch immer furchtbar nervös vor einem Flug, dabei müsste ich daran gewöhnt sein. Ich fliege mehrmals im Jahr zu meinen Eltern nach London.«

»Ich bin, glaube ich, gar nicht mal wegen des Fluges aufgeregt, sondern eher wegen dem, was mich dort erwartet«, sagte Sara wahrheitsgemäß. Das Baby gluckste fröhlich vor sich hin und zog an der Kette seiner Mutter, bis diese ihr spielerisch auf die Finger schlug und »Na, na na, nicht damit anfangen« sagte, als das kleine Mädchen seine Mutter an den langen Haaren zog.

»Wie heißt sie?«, fragte Sara.

»Cassandra. Aber wir nennen sie nur Cassie.«

»Ein schöner Name. Passt zu ihr.« Sara betrachtete die runden blauen Augen des Mädchens und kam nicht umhin, die schön geschwungenen Wimpern zu bewundern. Die Stupsnase passte perfekt in das herzförmige Gesicht. Sie machte sich nicht viel aus Babys. Mit denen ihrer Freundinnen konnte sie nicht viel anfangen. Entweder schliefen oder schrien sie, doch dieses hier war ganz niedlich.

»Meine Großmutter hieß so mit zweitem Namen. Matilda Cassandra. Sie kam wie mein Vater aus England. Ich bin aber in Deutschland aufgewachsen«, erzählte die junge Frau fröhlich und wippte mit den Knien, sodass das Baby auf und ab hüpfte, was es zum Giggeln brachte.

»Meine Großmutter kommt auch aus England. Ich begebe mich gerade auf Spurensuche.«

»Oh, das klingt spannend. In London?«

»Nein, von dort aus geht es weiter in die Cotswolds. Dort hat sie einige Jahre gelebt und ...« Ihr Blick fiel auf Cassandra, die nun die Augen schloss und sich an ihre Mutter kuschelte. Saras Hals wurde trocken. Sie fragte sich, wie es sich wohl anfühlte, so ein kleines Geschöpf im Arm zu haben, das einen bedingungslos liebte. Sie hatte sich nie getraut, die Babys ihrer Freundinnen auf den Arm zu nehmen. Eigentlich hatte sie sie kaum berührt, aus Angst, ihnen versehentlich wehzutun.

»Ich möchte einfach mal sehen, wo sie so gelebt hat. Sie hat mir so viel erzählt von ihrer Zeit dort, dass ich es einfach mit eigenen Augen sehen muss. Aber es hat sich bestimmt viel verändert seit den Zwanzigerjahren«, erwiderte sie schließlich.

Die junge Frau hob anerkennend eine Augenbraue und wiegte ihre Tochter nun ganz sanft. »Das ist eine lange Zeit. Aber in einigen Dörfern ist die Zeit stehen geblieben. Viele Cottages dort sind uralt. Auf dem Land verändert sich die Welt nicht so schnell wie in der Stadt.«

Sara nickte. Etwas Ähnliches hatte Emma erst kürzlich gesagt. Sie hätte die alte Dame gerne mitgenommen, aber Emmas Hüfte schmerzte seit einiger Zeit wieder so sehr, dass sie sich keine solche Strapaze mehr zutraute. Außerdem hatte sie die Befürchtung, dass die Erinnerungen zu schmerzhaft sein könnten, was Sara durchaus verstehen konnte. Der Verlust ihrer Tochter Helen musste einfach furchtbar gewesen sein. Sara konnte sich nicht annähernd vorstellen, wie sich Emma gefühlt haben musste. Sie war immer noch geschockt über Emmas späte Enthüllung ihres Geheimnisses. Sie hätte mit allem Möglichen gerechnet. Einer Affäre, einem zwielichtigen Verehrer oder vielleicht sogar einer Liebhaberin. Doch ein Kind, das hatte sie umgehauen. Sie fasste es immer noch nicht so ganz, was Emma ihr erzählt hatte. Saras Mutter hatte eine ältere Schwester. Sara somit eine Tante. Hätte gehabt, verbesserte sie sich selbst in Gedanken.

»Ich wünsche Ihnen auf jeden Fall viel Erfolg bei der Spurensuche. Die Landschaft ist es allemal wert, dorthin zu fahren.«

»Danke.« Sara blieb noch einen Moment sitzen und schrieb Fabian per SMS, dass ihr Flug nun endlich aufgerufen wurde. Er hätte sie gerne begleitet, doch so kurzfristig hatte er keinen Urlaub bekommen. Außerdem hatte sie das Gefühl, dass sie diese Sache alleine machen musste. Sie war einen Tag zuvor in ihre gemeinsame Wohnung in Hamburg zurückgekehrt, um einen Koffer für ihre Reise zu packen. Vorsichtig waren sie umeinander herumgeschlichen, wie Katzen, die miteinander vergesellschaftet werden sollen, sich misstrauisch beäugend. Sie hatte gespürt, dass Fabian eine Aussprache wollte, wissen wollte, woran er nun war, doch sie hatte ihn um mehr Zeit gebeten. »Mach es nicht komplizierter, als es ist«, hatte er daraufhin erwidert, und sie fragte sich immer noch, was genau er damit meinte.

Sie schulterte ihren kleinen Rucksack und machte sich auf den Weg. Sie war so in Gedanken versunken, dass sie beinahe einen jungen Mann mit Aktentasche umrannte, der ihr einen bösen Blick zuwarf, bevor er die Tasche fest unter seinen Arm schob und den Weg entlang zum Gate marschierte.

Als sie das Flugzeug betrat, wurden ihre Knie auf einmal ganz weich. Erst jetzt wurde ihr bewusst, dass sie tatsächlich viele der Orte sehen würde, die Emma ihr in all den Tagen so bildhaft beschrieben hatte. Gerade als sie ihr Handgepäck verstaut hatte, bemerkte sie wieder die junge Mutter auf dem Sitz neben ihrem. Das Baby hatte sie auf dem Schoß. »Wollen Sie lieber am Gang sitzen?«, fragte Sara, die sich daran erinnerte, dass Fabian wegen seiner Flugangst nie am Fenster sitzen konnte.

»Danke, aber ich denke, es geht schon«, sagte sie zuversichtlich. »Ich heiße übrigens Lisa.«

»Sara. Freut mich, Sie ...dich kennenzulernen.«

Lisa lachte. »Ich bin jetzt 25, aber das Siezen finde ich immer noch furchtbar.« Sie strich dem Baby über den Kopf, das die Augen öffnete und Sara interessiert betrachtete.

»Bleibst du länger in London?«, fragte Sara. Jemand bohrte seine Füße in den Sitz hinter ihr, kurz darauf brüllte ein Mann seinen Sohn an, sich anständig hinzusetzen.

»Drei Wochen. Mein Mann ist geschäftlich in Indien, also bleibe ich so lange bei meinen Eltern. Ich kann nicht gut alleine sein, und meine Eltern freuen sich immer, wenn sie Cassie sehen.«

Handgepäckstücke wurden in die Fächer gequetscht, die Flugbegleiterinnen mussten mehrere Passagiere darauf hinweisen, vorsichtig zu sein, da viele rabiat vorgingen. Keiner schien wirklich Zeit zu haben.

»Das passt dort nicht mehr rein, Karsten!«, rief eine aufgebrachte Frau mit rotem Hut und Mantel, während ihr Mann mit der Faust auf die Handtasche einschlug, damit sie noch ins Fach passte.

Lisa wandte sich mit einem schiefen Grinsen ab. »Meiner ist genauso. Bist du verheiratet?«

Sara schüttelte den Kopf. »Ich wohne mit meinem Freund zusammen. Aber im Moment ... es ist schwierig.« Sie ließ ihren Blick durch den Gang wandern, der sich zum Glück leerte. Die meisten Passagiere saßen nun auf ihren Plätzen. Lisa schien zu spüren, dass Sara nicht über ihre Beziehung reden wollte, denn sie stellte keine Fragen mehr.

»Hoffentlich haben wir schönes Wetter«, sagte sie nach einer Weile. »Als ich vor vier Monaten dort war, hat es eine Woche lang nur geregnet.«

»Ich war zuletzt vor fünf Jahren in London«, erzählte Sara. »Ein Wochenendtrip mit meiner besten Freundin.« Maike war ihre älteste Freundin. Doch seit sie vor drei Jahren Mutter eines Sohnes geworden war, hatte sie kaum noch Zeit, um etwas zu unternehmen. Von einem Kurzurlaub ganz zu schweigen. Sie hatten damals so viel Spaß gehabt. Ein Jahr später waren sie drei Wochen durch Schottland gereist. Sie vermisste Maike. Die alte Maike, die spontan und unerschrocken war. Die neue Maike war zu einer Glucke geworden, die den Tag mit dem Backen von Dinkelkeksen und Babyschwimmen und Babygymnastik verbrachte. Sie vertraute niemandem ihren Sohn an, auch nicht ihren Eltern, somit war nicht einmal ein Restaurantbesuch drin oder ein Mädelsabend.

Lisa zog eine Modezeitschrift aus ihrer Tasche. Als sie Saras Blick bemerkte, lächelte sie schüchtern. »Ich komme leider im Moment nicht oft zum Lesen. Vor Cassies Geburt habe ich mehrere Bücher im Monat verschlungen. Im Moment bin ich froh, wenn ich eine Seite schaffe.« Sie blätterte auf die erste Seite und vertiefte sich in einen Artikel über eine neue Blitzdiät.

Der Flugkapitän begrüßte die Passiere mit hörbar guter Laune und dem Hinweis, dass es in London laut Wetterbericht regnete. Sara schloss die Augen, während die Flugbegleiterin die Sicherheitsanweisungen durchging. Ihre Gedanken schweiften zu Emma und zu dem unglaublichen Geheimnis, das sie all die Jahre mit sich herumgetragen hatte, aus Angst, verstoßen oder verlassen zu werden. Nicht einmal ihrem Mann hatte sie von Helen, ihrer ersten Tochter, erzählt. Das Flugzeug rolle Richtung Startbahn und hob wenige Minuten später ab. In Gedanken ließ sie noch einmal Emmas Erzählungen Revue passieren, die sie immer noch beschäftigten.

15

April 1921, Yorkshire

Der Krieg war seit zweieinhalb Jahren beendet, doch noch immer stießen wir auf die unübersehbaren Spuren, die er im ganzen Land hinterlassen hatte. Ich war mittlerweile siebzehn und hatte gerade die Schule beendet.

Auf den Straßen waren Bilder von verkrüppelten Männern Alltag geworden; anfangs noch wie Zootiere begafft, gehörten sie nun zum Straßenbild wie der Asphalt oder die Straßenschilder. Sie waren zwar da, aber man nahm sie kaum noch wahr, außer sie schrien oder tobten. Viele der heimgekommenen Soldaten litten am sogenannten *»Shell shock«*, einige hatten sich so weit in sich selbst zurückgezogen, dass sie – obwohl körperlich unversehrt – kein Wort sprachen, sondern einfach nur stumm dasaßen und das Leben an sich vorbeiziehen ließen, während sorgende Angehörige alles versuchten, sie ins Leben zurückzuführen. Andere wiederum bekamen unkontrollierbare und plötzliche Wutanfälle. Eines Tages zertrümmerte ein junger Mann hinter mir in der Schlange beim Schlachter die Schaufensterdekoration, weil er glaubte, dort hätte sich ein Deutscher versteckt. Dann packte er mehrere Kunden am Kragen, schüttelte sie durch und fragte sie mit weit aufgerissenen Augen, wer von ihnen der Feind sei, während Spucke in langen Fäden aus seinen Mundwinkeln tropfte. Manchmal wurde die Polizei gerufen, und die Männer wurden weggebracht, in irgendwelche Anstalten. Der Irrsinn blieb jedoch im Alltag und ließ sich nicht wegsperren.

Einige Männer begingen Selbstmord, andere töteten im Wahn ihre Familie, weil sie sich immer noch in den Schützengräben Flanderns wähnten. Nachts jagten unmenschliche Schreie über die Bürgersteige, von Betrunkenen, die versuchten, die Schrecken des Krieges im Schnaps zu ertränken.

In jeder Gemeinde wurden nach und nach Denkmäler und Gedenktafeln für die Gefallenen des Großen Krieges feierlich eingeweiht, doch auch ohne die Mahnmale wäre der Krieg noch lange in den Köpfen der Menschen gewesen. Gleichzeitig gierte man nach Leben, die Mädchen und jungen Frauen ließen sich die Haare kurz schneiden, rauchten in der Öffentlichkeit und gingen aus zum Tanzen; in Städten wie London und Leeds, sogar im nahen Harrogate schossen Nachtclubs und Bars wie Pilze aus dem Boden, die Menschen sehnten sich nach Normalität, nach Spaß, nach Freiheit.

Meine Tante verbot mir eine Kurzhaarfrisur, also steckte ich mir die Haare seitlich mit zahlreichen Klammern zu einem falschen Bob, was mich jeden Morgen eine Stunde früher aufstehen kostete. Aber das war es mir wert. Den Lippenstift und die kürzeren Kleider und Röcke ließ ich mir nicht verbieten, was zu zahlreichen Diskussionen geführt hatte. Ausgerechnet Onkel Edmund war es gewesen, der meiner Tante gesagt hatte, sie könne mir nicht vorschreiben, wie ich mich zu kleiden habe. Irgendwann käme der Punkt, an dem man für sich selbst die Verantwortung übernehmen müsse. Er hasste die neue Mode, doch noch mehr hasste er die lautstarken Diskussionen zwischen Tante Abigail und mir.

Meine Schwester hatte mittlerweile die Buchhandlung unseres Vaters übernommen, zusammen mit ihrem Ehemann Charles, der im Krieg einen Fuß verloren hatte, seinen Humor zum Glück aber nicht. Nach Vaters Tod hatte Tante Abigail die Vormundschaft für Isobel übernommen, sie aber auf ihren Wunsch hin in Oxfordshire wohnen lassen. Nur meiner Tante war es zu verdanken, dass Isobel die Buchhandlung hatte übernehmen können, denn Onkel Edmund hatte nicht eingesehen, einen stellvertretenden Geschäftsführer einzustellen, bis Isobel volljährig war. Meine Tante jedoch war unnachgiebig gewesen. Die

Buchhandlung war das Vermächtnis unseres Vaters und Isobels ganzes Leben, sie zu verkaufen kam nicht infrage. Vermutlich hatte meine Tante immer noch ein schlechtes Gewissen wegen des kühlen Verhältnisses zu Vater. Sie sprach es zwar nie aus, aber manchmal ertappte ich sie dabei, wie sie eine alte Familienfotografie betrachtete, die auf ihrem Nachttisch stand und die meinen Vater mit seiner Mutter zeigte.

Isobels Hochzeit kam nicht wirklich überraschend. Nachdem Charles wochenlang vermisst worden war, erfuhr Isobel später, dass er in Kriegsgefangenschaft geraten war. Drei Monate nach Kriegsende kehrte er nach England zurück, wo ihn eine überglückliche Isobel empfing. Es war immer ihr Vorhaben gewesen, so schnell wie möglich nach Kriegsende zu heiraten, und so setzten sie es auch um. Zur Hochzeit war ich alleine gereist, aber Tante Abigail und Onkel Edmund hatten dem Brautpaar eine großzügige Summe Geld geschenkt.

Ich mochte meinen Schwager auf Anhieb, er hatte das Talent, mit einem flotten Spruch einen ganzen Saal zum Lachen zu bringen. Ich freute mich für Isobel, die ich lange nicht mehr so glücklich gesehen hatte. Mit ihrer schlanken Figur, den strahlenden blauen Augen und dem Puppengesicht gehörte sie zu den Frauen, denen jeder Mann hinterherblickte. Ich hingegen war viel zu groß geraten, nach meinem fünfzehnten Geburtstag war ich so schnell gewachsen, dass ich ständig Knieschmerzen hatte. Mittlerweile maß ich einsachtundsiebzig, mein Kinn war etwas zu spitz, die Lippen zu schmal. Einzig meine Augen verleiteten die Leute hin und wieder zu einem Kompliment. Ich wusste, es würde nicht leicht werden, einen Mann zu finden. Da ich weder im üblichen Sinn hübsch noch reich war, sah ich meiner Zukunft ängstlich entgegen. Auch Tante Abigail schien sich Gedanken darüber zu machen.

Kurz nach meinem siebzehnten Geburtstag rief sie mich zu sich in den Salon. Es war warm, im Kamin prasselte ein behagliches Feuer, und doch fröstelte ich. Mein Blick fiel auf die Häkelarbeit meiner Tante, die sie nun beiseitelegte und die mich daran erinnerte, wie froh ich war, nicht mehr jeden Freitag im Handarbeitsunterricht sitzen zu müssen. Ich war sehr gut in Mathe, Geografie und Geschichte gewesen, doch

Handarbeiten hatte ich gehasst wie die Pest. Einzig Nähen hatte mir ein wenig Spaß gemacht.

»Du bist ein seltsames junges Ding«, bemerkte Tante Abigail mit Blick auf die Häkelnadeln. »Wenn du nur wirklich gewollt hättest, wärst du viel besser darin gewesen und hättest nicht immer eine Strafarbeit bekommen. Handarbeiten ist uns Frauen in die Wiege gelegt. Da muss man sich doch nicht so anstellen.«

»Es liegt mir einfach nicht. Und nur weil es mir angeblich in die Wiege gelegt wurde, kann sich meine Begeisterung für Handarbeiten doch in Grenzen halten«, erwiderte ich trotzig.

Meine Tante seufzte, schob den kleinen Koffer mit dem Garn und den Nadeln auf einen Hocker und sah mich einen Moment lang an, als hätte sie mich nie zuvor gesehen. »Du wirst es schwer haben, Emma.«

Ich zog die Stirn in Falten und fragte mich, ob sie sich auf mein Aussehen oder auf die fehlende Begeisterung fürs Häkeln bezog.

»Du bist klug und gebildet, deine Haltung und deine Manieren sind fast tadellos, bedenkt man nur, wie es war, als du herkamst ...« Sie machte eine theatralische Pause, in der sie ein paar unsichtbare Flusen von ihrem Rock zupfte. »Der Krieg hat viele Veränderungen mit sich gebracht. Vor allem für uns Frauen. Weißt du, dein Onkel hat immer geglaubt, ich hätte dich nur zu uns geholt, weil uns nie eine Tochter vergönnt war. Aber das stimmte natürlich nicht.« Sie strich sich eine schwarzgraue Strähne aus den Augen, die sich aus ihrer Hochsteckfrisur gelöst hatte. Trotz all dem Kummer der vergangenen Jahre war sie kaum gealtert. Sie hatte immer noch diese grazile Art, sich durch einen Raum zu bewegen, und wenn sie lächelte, erkannte ich manchmal das junge Mädchen in ihr, das sie einmal gewesen war.

»Dein Vater und ich hatten nie ein enges Verhältnis, wie du weißt. Aber ich liebte ihn, und ich wusste, dass er den Verlust eines weiteren Kindes nicht verkraften würde. Und ich wusste, dass er schwer krank war.« Den letzten Satz flüsterte sie.

»Du wusstest es? Du hast mir nichts gesagt?« Ich ballte meine Hände zu Fäusten und spürte, wie Tränen der Wut in mir hochstiegen.

Meine Tante hob in einer beschwichtigenden Geste die Hand. »Er wollte nicht, dass du es erfährst. Er hat mich angefleht, es dir nicht zu sagen. Du solltest dir weder zu große Sorgen machen noch mitbekommen, wie sehr er leidet.«

»Aber ich hätte mich verabschieden können, wenn ich es gewusst hätte!« Unwirsch wischte ich mir mit dem Handrücken die Tränen aus dem Gesicht.

»Wir haben nicht gewusst, dass es so schnell gehen würde. Wenn dein Vater es gewusst hat, dann hat er es mir jedenfalls nicht gesagt. Wir schrieben uns regelmäßig Briefe, denn natürlich wollte er wissen, wie du dich hier machst. Er war sehr stolz auf dich. Und er hat dich sehr geliebt.«

»Hat es Isobel auch gewusst?«

Meine Tante schüttelte den Kopf, doch sie blickte mir nicht in die Augen, und so vermutete ich, dass sie log. Ich schluchzte auf und presste mir die Hand vor den Mund, fing mich aber schnell wieder. Ich wusste, dass Tante Abigail emotionale Ausbrüche, wie sie es nannte, nicht ausstehen konnte. Sie lächelte jedoch nachsichtig.

»Du hast eine gute Ausbildung erhalten, etwas, worauf du stolz sein kannst und das dir von großem Nutzen sein wird, denn …« Sie hielt inne, während sie Luft holte und scheinbar nach den richtigen Worten suchte. »Ich möchte keineswegs grob sein, aber wenn wir ehrlich zueinander sind, dann ist uns beiden bewusst, dass du – so wie die Situation nun einmal ist, keine großen Aussichten hast, zu heiraten und eine Familie zu gründen. Auch ohne die vielen Verluste, die der Krieg mit sich gebracht hat …«

In meinen Ohren begann es zu rauschen, sodass ich die weiteren Worte meiner Tante nicht mitbekam. Ich saß wie versteinert auf meinem Platz und versuchte, das Atmen nicht zu vergessen.

»Meine Geschichtslehrerin hat letztes Jahr gesagt, dass viele Mädchen in unserem Alter niemals heiraten werden«, sagte ich, wobei meine Stimme in meinen eigenen Ohren seltsam verzerrt klang.

»Ja, so ist es wohl leider. Die meisten Mädchen aus deiner Schule haben vermutlich bessere Chancen, weil sie wohlhabend sind.« Sie sah mich mit einem Ausdruck des Bedauerns an, der mich wütend machte. Doch ich blieb auf meinem Platz sitzen und schloss die Augen.

»Wenn du doch bloß nicht so groß wärst!«

Ich überragte die meisten Mädchen um anderthalb Köpfe. Es wäre vielleicht nicht einmal so schlimm gewesen, wenn ich eine grazilere Figur gehabt oder Tante Abigails natürliche Eleganz besessen hätte. Meine Bewegungen wirkten aber oftmals ungelenk, und die Lehrer sagten mir nach, ich hätte etwas *Bauernhaftes* an mir, das man wohl nicht aus mir herausbekäme.

»Es gibt viele Frauen, die in ihren Berufen eine Erfüllung sehen. Krankenschwestern, Bibliothekarinnen, Lehrerinnen«, zählte meine Tante auf. Ich saß nur da und schwieg, während in meinem Kopf Aufruhr herrschte. Ich hatte mir immer eine eigene Familie gewünscht. Mir vorgestellt, wie ich meinen Kindern jeden Abend vorlas und mit meinem Mann angeregte Unterhaltungen vor dem Kamin führte.

»Würdest du dich doch bloß besser mit deinem Onkel verstehen«, seufzte Tante Abigail.

Ich horchte auf. »Warum?«

»Wenn er dich als Erbin einsetzen würde, dann hättest du viel bessere Chancen auf dem Heiratsmarkt. Wo Robert und Louis nun nicht mehr ...« Sie fasste sich mit den Fingerspitzen an den Hals und blickte zu den eingerahmten Fotografien der zwei auf dem Kaminsims.

»Das würde er nie tun. Er hält doch sowieso nichts von Frauen in seiner Fabrik.«

»Die Zeiten ändern sich, Emma. Manche Menschen brauchen nur ein wenig länger, um den Veränderungen angemessen entgegenzutreten. Dein Onkel ist noch sehr von seiner viktorianischen Erziehung geprägt, aber auch er lernt dazu.«

Zu unserer beider Überraschung hörten wir in diesem Moment, wie das Hausmädchen die Haustür öffnete und kurz darauf Onkel Edmunds Schritte durch die Eingangshalle dröhnten. Tante Abigail sah mich mit einer Mischung aus Besorgnis und Verwunderung an, doch bevor ich etwas sagen oder fragen konnte, wurde die Tür aufgerissen, und ein äußerst gut gelaunter und lächelnder Onkel Edmund stand plötzlich mitten im Raum und strahlte uns an.

»Was ist denn los?« Tante Abigail stand auf und starrte ihren Mann mit offenem Mund an, als dieser zwei Schritte nach vorne machte, ihre Schultern umfasste und ihr einen Kuss auf den Mund drückte.

»Der Streik ist vorbei, und ich habe endlich die Genehmigung erhalten, eine weitere Halle zu bauen. Außerdem habe ich diese dämlichen Brandschutzbestimmungen zur vollen Zufriedenheit erfüllen können, sodass uns dieser nervige Trottel von der Behörde endlich wieder unsere Arbeit machen lässt.«

»Diese dämlichen Brandschutzbestimmungen hätten den Fabrikarbeitern in Dundee vielleicht das Leben gerettet«, sagte ich kühn. Erst wenige Tage zuvor hatte ich in der Zeitung einen Artikel über einen verheerenden Brand in einer Fabrik in Schottland gelesen, in der zahlreiche Arbeiter gestorben waren, weil die einzige Tür versperrt war und sie somit in der Falle gesessen hatten.

Tante Abigail bedachte mich mit einem eiskalten Blick, bevor sie sich den Rock glatt strich und sich wieder setzte. Onkel Edmund zwirbelte mit den Fingern seinen Schnurrbart, drehte sich ganz langsam zu mir um und legte den Kopf ein wenig schräg. »Mr Finchley überprüft in wenigen Wochen erneut die Fabrik. Du bist herzlich eingeladen, dich mit ihm zu unterhalten und dir seine teils abstrusen Vorschläge anzuhören. Dann können wir gerne weiterreden.« Er grinste, ließ von seinem Bart ab und nahm auf einem Sessel Platz. »Wie sinnvoll ist es, einen Eimer mit Sand links und rechts vom Fließband hinzustellen, an genau der Stelle, wo die Arbeiter stehen, um die Ware vom Band zu nehmen?«

»Nun ... nicht besonders sinnvoll, es würde Unfälle provozieren«, sagte ich unsicher.

Onkel Edmund hob einen Zeigefinger in die Luft. »Exakt das habe ich ihm auch gesagt und auf den Feuerlöscher neben der Tür verwiesen.«

»Ich nehme an, er hatte daran etwas auszusetzen?«, fragte ich.

»Ganz genau. Er hat mir an die zehn Punkte aufgezählt, wieso der Feuerlöscher an der Tür nutzlos wäre und er auf den Eimern mit Sand bestünde.«

»Aber ist das denn nicht giftig, diese Substanz in den Feuerlöschern?«, fragte Tante Abigail, woraufhin mein Onkel mit den Augen rollte und laut seufzte. »Jetzt fang du nicht auch noch damit an. Du sollst es ja nicht essen oder einatmen, es soll Feuer und Brände löschen, Herrgott. «

»Aber es ist doch dieselbe Substanz, die auch in diesem Trockenshampoo enthalten ist, an dem diese Frau damals in London starb. Ich habe das in der Zeitung gelesen, es gab eine Untersuchung und einen Prozess deswegen. Der Arzt sagte, die Substanz sei sogar noch toxischer als Chloroform. Mir selbst ist davon im Haarsalon bei Harrods schwindelig geworden, ich habe es nie wieder benutzt.«

»Abigail, meine Güte! Mit dem Feuerlöscher sprühen wir auf die Flammen, wir nutzen ihn nicht zum Haarewaschen!«

Ich musste mir ein Grinsen verkneifen, als unmittelbar ein Bild vor meinem geistigen Auge auftauchte, wie Onkel Edmund zwischen lodernden Flammen einer Fabrikarbeiterin eine Trockenhaarwäsche mit dem Feuerlöscher verpasste.

»Ich habe uns dreien für heute Abend einen Tisch im *Belgravia* bestellt. Acht Uhr«, sagte mein Onkel, bevor er seine Pfeife und die silberne Tabakdose vom Beistelltisch nahm.

»Das kommt überraschend«, meinte Tante Abigail, fasste sich mit beiden Händen über das Haar und verzog ganz leicht die Mundwinkel. »Ich werde mich rasch umziehen«, sagte sie und stand auf, obwohl es erst achtzehn Uhr war.

Onkel Edmund zog an seiner Pfeife, lehnte sich zurück und seufzte entspannt. Ich hatte ihn selten so gut gelaunt erlebt und fragte mich, ob es wirklich nur mit der Beendigung des Streiks in der Firma (Die Frauen hatten wegen der niedrigen Löhne gestreikt, als sie herausfanden, dass die Männer fast das Doppelte für die gleiche Arbeit verdienten) und der Genehmigung für den Bau einer weiteren Produktionshalle zu tun hatte.

»Deine Tante hat erzählt, dein Lehrer hätte vorgeschlagen, dass du auf die Universität gehst«, sagte mein Onkel plötzlich, als ich gerade aufstehen wollte. Ich nickte zaghaft. »Nun, Frauen können ja jetzt sogar Abschlüsse machen an manchen Universitäten«, sagte er, mehr zu sich selbst.

»Mein Vater hätte das nicht gutgeheißen«, sagte ich. Zwar war meinem Vater eine gute Schulbildung für seine Töchter wichtig gewesen, doch eine akademische Ausbildung hätte er abgelehnt, wie der Großteil der britischen Bevölkerung, der der Meinung war, dass Frauen sowieso heiraten und Kinder bekommen sollten und mit einem Abschluss in Literatur oder – noch schlimmer – Naturwissenschaften nichts anfangen könnten. Da ich aus der Arbeiterschicht stammte, würde ein zukünftiger Ehemann von zu viel Bildung nicht beindruckt sein, im Gegenteil. Ein einfacher Zimmermann oder Fleischer würde keine Frau mit einem Universitätsabschluss heiraten. Und da die meisten Studenten aus der oberen Mittelschicht oder Oberschicht kamen, würden sie auch eher Mädchen aus der oberen Mittelschicht heiraten.

»Der Krieg hat vieles verändert«, sagte mein Onkel und verblüffte mich dadurch ziemlich, denn er war bekannt dafür, an allem Alten festzuhalten, und sei das Moderne auch noch so praktisch. Tante Abigail versuchte ihn seit Wochen dazu zu überreden, ein Telefon im Haus installieren zu lassen, doch er weigerte sich strikt, ohne einen vernünftigen Grund zu nennen.

»Viele Männer mögen keine gebildeten Frauen«, sagte ich und erinnerte mich daran, wie Onkel Edmund gesagt hatte, er würde lieber ein Bein verlieren als sich von einer Ärztin operieren zu lassen.

»Mädchen, es sind nicht mehr viele Männer übrig geblieben, die du verschrecken könntest«, sagte er. Er sagte es nicht auf eine schroffe Art, sondern eher mit einem Zwinkern, und so fühlte ich mich nicht gekränkt oder verletzt. Dennoch blieb mir der Spruch lange im Gedächtnis.

»Aber die, die es gibt, möchte ich nicht verschrecken«, meinte ich kleinlaut.

Mein Onkel lächelte mild. »Du kannst ganz gut mit Zahlen umgehen, habe ich gehört.«

Ich nickte. Mein Kopf fühlte sich auf einmal heiß an.

Er nahm die Pfeife aus dem Mund, dann sah er mich lange Zeit nachdenklich an, bevor er weitersprach.

»Mrs Thaw, meine Bürodame, geht nächstes Jahr in den Ruhestand. Sie zieht zu ihrer Schwester nach Cornwall.« Den letzten Satz sprach er mit einer gehörigen Prise Verachtung aus. Onkel Edmund hasste die Vorstellung vom Ruhestand. »Sie könnte dich vermutlich innerhalb eines Jahres anlernen, dann könntest du ihre Stelle übernehmen. Vorausgesetzt, sie ist mit dir zufrieden.«

Einen Moment lang starrte ich ihn einfach nur an und fragte mich, ob er es vielleicht nur als Spaß gemeint hatte. Doch er wirkte ernst.

»Ich denke, das würde mir Freude machen«, sagte ich, denn tatsächlich konnte ich mir weder vorstellen, Lehrerin zu werden, noch Krankenschwester oder Bibliothekarin.

Onkel Edmund machte die Pfeife aus und legte sie zurück auf das silberne Tablett auf dem Beistelltisch, bevor er aufstand. »Ausgezeichnet. Dann nehme ich dich am Montag mit in die Fabrik.«

An der Tür drehte er sich noch einmal um. »Kein Lippenstift im Büro, Mrs Thaw hat sehr strenge Regeln. Eine weiße oder beige Bluse und einen dunklen Rock.«

Ich nickte. »Ich denke, das kann ich befolgen.«

Als er das Zimmer verlassen hatte, schwirrte mir der Kopf. Selten hatte ich mich so lange alleine mit meinem Onkel unterhalten. Vor allem hatte ich das Gefühl, dass er mich zum ersten Mal als Erwachsene ansah. Und auf einmal wurde mir bewusst, dass ich nicht mehr das unsichere, kränkliche Kind aus Oxfordshire war, sondern eine junge Frau mit einer guten Schulbildung, der nun die Welt offenstand und die bald ihr eigenes Geld verdienen würde. Erwachsen. Ich lächelte in mich hinein und spürte auf einmal ein Kribbeln in meinem Bauch, wie ich es nur vom Riesenrad auf dem Jahrmarkt kannte. Beschwingt ging ich nach oben, um mich für das Abendessen umzuziehen. Zum ersten Mal betrachtete ich mich im Spiegel als eine erwachsene Frau und sah nicht mehr das unsichere Kind in mir.

Zum Erwachsenwerden gehörte natürlich auch die erste Liebe, die ein bisschen auf sich warten ließ. Von meinem Ehrgeiz angestachelt, wollte ich meinem Onkel beweisen, dass ich ihm als Sekretärin eine große Hilfe sein konnte. Mrs Thaw lobte meine schnelle Auffassungsaufgabe und betraute mich bald mit wichtigen Aufgaben. Als sie in Rente ging, war ich perfekt eingearbeitet, beherrschte Stenografie und sogar etwas Buchführung, was ich mir in meiner Freizeit selbst beibrachte, weil mich Zahlen faszinierten. Für die Liebe hatte ich zunächst keine Zeit.

16

Mai 1923, Yorkshire

Ich war neunzehn, als ich Norman Hessby das erste Mal traf. Seine korrekte Anrede lautete *Der Ehrenwerte Norman Hessby*, denn er war der Sohn von William Hessby, dem 4th Baron Hessby, und gehörte somit dem Adelsstand an. Sein Vater Lord Hessby, der wie alle Peers damals einen Sitz im *House of Lords* innehatte, tauchte mehrmals in den Klatschspalten auf. Zuletzt, weil er nach einer Party betrunken seinen nagelneuen Rolls-Royce gegen einen Bordstein gefahren hatte. Lady Hessby, Normans Mutter, war durch ihre Wohltätigkeitsbälle immer wieder im Gespräch. In den zahlreichen überschwänglichen Zeitungsartikeln wurden ihre Eleganz, ihre Schönheit und ihr gutes Herz hervorgehoben, die eigentliche Sache, für die sich einsetzte, geriet so meistens in den Hintergrund. Sie war recht jung, keine vierzig, und bekannt für ihre Vorliebe für Hüte in knalligen Farben, was zur damaligen Zeit für allerlei Gerede gesorgt hatte. Im Mai 1923 nahmen Tante Abigail und Onkel Edmund mich zu meinem allerersten Wohltätigkeitsball mit, den Lady Hessby im *The Duke Hotel* in Leeds ausrichtete. Alle Einnahmen wurden dem örtlichen Kinderkrankenhaus gespendet.

Es war eine laue Frühlingsnacht, ungewöhnlich warm für den Monat. In meinem blassrosa Chiffonkleid mit den perlenbestickten Verzierungen an Taille und Saum kam ich mir furchtbar elegant vor, als ich aus dem Automobil stieg, das Onkel Edmund selbst gefahren hatte. Seit sein Chauffeur ein halbes Jahr zuvor wegen einer besser bezahlten

Anstellung in einem Kaufhaus gekündigt hatte, hatte Onkel Edmund seine Freude am Autofahren entdeckt. Sehr zum Missfallen von Tante Abigail, denn nun standen in der Auffahrt drei Automobile, die er abwechselnd fuhr. Seine Abneigung allem Modernen gegenüber beinhaltete seltsamerweise nie Automobile oder moderne Dampfschiffe.

Ich erinnere mich noch genau an das Geräusch meiner Absätze auf dem Asphalt, als wir mit großen Schritten auf die Steinstufen des Eingangs zugingen. Ich bildete mir ein, dass man ihnen meine Nervosität anhörte. *Klack klackklack klack ...*

Das Hotel war im späten neunzehnten Jahrhundert gebaut worden und beeindruckte von außen durch seine zwei runden Türme mit den Spitzdächern und den Bogenfenstern und von innen durch die doppelläufige Wendeltreppe in weißem Marmor.

Als Tante Abigail ihre Stola abnahm und einem eifrigen jungen Mann in einer Livree in die die Hand drückte, drehte sich der halbe Saal nach ihr um. Ihr smaragdgrünes Abendkleid funkelte geradezu im Licht der gigantischen Kandelaber und Kronleuchter, die für mich wie ein Meer aus Diamanten aussahen. Ich konnte meinen Blick gar nicht von der glitzernden Decke abwenden und war mir erst bewusst, dass mein Mund halb offen stand, als Onkel Edmund mich sanft und mit einem verschmitzten Grinsen im Gesicht in Richtung eines Tisches schob. Ich lächelte verlegen, während ich versuchte, mir jedes Detail um mich herum einzuprägen, um es Isobel in meinem nächsten Brief ausführlich beschreiben zu können.

Etwa dreißig runde Tische standen im Ballsaal, einige seitlich versetzt, sodass genug Privatsphäre blieb. Die Mitte des Saals dominierte ein römischer Brunnen mit zwei Auffangbecken und Blumenverzierungen am Sockel. Ein Kronleuchter mit roten Glassteinen sorgte dafür, dass das Wasser in einem zarten Rosa angestrahlt wurde. Es sah einfach märchenhaft aus, und ich fühlte mich bereits beschwipst, bevor der Kellner uns allen ein Glas Champagner brachte.

Da wir nur zu dritt waren, die Tische allerdings für sechs Personen ausgerichtet waren, stieß ein alter Freund meines Onkels mit seiner Frau und Tochter zu uns an den Tisch, die bis vor wenigen Wochen noch in Hongkong gelebt hatten. Mr Crosslin, ein kleiner Mann mit grauem Spitzbart und roten Wangen, war im Teegeschäft tätig. Er hatte eine angenehme Art zu sprechen, war äußerst höflich und zuvorkommend. Seine Frau Edith hingegen würdigte mich und Tante Abigail keines Blickes. Kerzengerade saß sie auf ihrem Stuhl, das Kinn so hoch in die Luft gereckt, dass sie einen steifen Nacken bekommen haben muss. Ihr Kleid aus schwerem violettem Brokatstoff war seit über zwanzig Jahren aus der Mode, doch in tadellosem Zustand. Ihre Tochter Rachel hingegen war überaus freundlich. Mit ihren blonden Locken, den hellblauen Augen und dem ebenmäßigen Teint war sie eine echte Augenweide. Sie trug eine Perlenkette locker um den Hals, die ihr fast bis zum Bauchnabel reichte, und ihr Kleid aus türkisfarbener Seide war mit Abstand das schönste im ganzen Saal. Sie war ein Jahr älter als ich, wie ihr Vater erzählte, als er stolz von ihrer Verlobung mit einem reichen Bankierssohn berichtete. Mir entging nicht, dass Rachel den Mund verzog und ihre Hand mit dem Ring schnell unter einer Serviette versteckte, als mein Blick darauf fiel.

»Er ist Mitte dreißig, und ich kenne ihn kaum«, flüsterte sie mir zu, während die Suppe serviert wurde. Während des Drei-Gänge- Menüs erzählte sie – darauf bedacht, dass ihre Eltern nicht mithörten –, wie sehr ihr ihre Freundinnen in Hongkong fehlten und die Partys, auf denen sie gewesen war. »Mein Zimmer lag im Erdgeschoss, ich habe mich rausgeschlichen«, flüsterte sie kichernd.

»Und Sie sind nie erwischt worden?«, fragte ich erstaunt. Mir kam es riskant und tollkühn vor; ich war mir nicht sicher, ob ich sie bewundern oder ihr Verhalten missbilligen sollte, und entschied mich kurzerhand für Ersteres, weil ich mir insgeheim wünschte, auch mal etwas so Verwegenes zu tun. Es klang aufregend.

Zwinkernd schüttelte sie den Kopf. Als ihre Mutter ihr einen fragenden Blick zuwarf, löffelte sie schnell ihre Suppe.

Nachdem das Dessert abgeräumt war, wurde das Licht gedimmt,

und die Musiker traten auf die kleine Bühne am Ende des Saals, wo sie ihre Instrumente stimmten.

»Sehen Sie!« Rachel stieß mich mit dem Ellbogen an und zeigte auf einen jungen Mann mit kastanienbraunem Haar, der sich vor dem Brunnen postiert hatte und sich suchend umsah.

»Das ist der Ehrenwerte Norman Hessby. Sieht er nicht ganz entzückend aus? Er dürfte der begehrteste Junggeselle in der Umgebung sein. Und er ist jung.« Den letzten Satz seufzte sie.

Unauffällig sah ich zu dem Mann mit dem modischen Seitenscheitel und dem perfekt sitzenden Smoking, der sich nun in Richtung Ausgang bewegte. Erst jetzt wurde mir bewusst, wie wenig junge Männer tatsächlich anwesend waren.

Rachel zwinkerte mir zu, als ihr Vater mit Onkel Edmund über eine neue Eisenbahnlinie diskutierte. Dann begann sie sich Luft mit der Hand zuzufächeln. Augenblicklich hielt ihr Vater in seinem Monolog inne und blickte sie besorgt an. »Geht es dir nicht gut, Liebes?«

»Doch, doch. Es ist nur sehr warm. Mir ist etwas schwindelig, die Luft ist sehr stickig, finden Sie nicht, Emma?«

Ich nickte, obwohl es alles andere als stickig war, dadurch, dass zwei der Glastüren zum Wintergarten offen standen.

»Ich glaube, ich brauche nur etwas frische Luft. Haben Sie Lust, mich vor die Tür zu begleiten?«

Tante Abigail gab mir durch ein Nicken ihre Zustimmung, und so folgte ich Rachel durch die geschwungene Saaltür nach draußen, nachdem sie ihrer Mutter versprochen hatte, nur wenige Minuten fortzubleiben.

Wir liefen an der imposanten doppelläufigen Wendeltreppe vorbei in die Eingangshalle, wo Rachel so abrupt neben einer einen Meter hohen Bodenvase innehielt, dass ich sie beinahe umrannte. »Lachen Sie, tun Sie, als hätte ich etwas Amüsantes gesagt«, forderte sie mich auf. Aus dem Augenwinkel bemerkte ich eine Gruppe junger Männer, die durch die Eingangstür an einem Pagen vorbeiliefen und unter den

Treppenstufen stehen blieben. Sie schienen in ein Gespräch vertieft, schmunzelten amüsiert.

»Los, machen Sie schon, bitte«, flüsterte Rachel und gestikulierte mit den Händen, als erzählte sie eine aufregende Geschichte. Ich räusperte mich, senkte den Kopf und lachte kurz auf, dann noch einmal. Es klang in meinen Ohren ziemlich gekünstelt, doch Rachel schien zufrieden. »Sehr gut. Oh ...er blickt herüber ... nein, doch nur sein Freund. Aber der ist auch nicht übel. Schauen Sie nicht hin, es ist der Rothaarige.«

Intuitiv drehte ich meinen Kopf in Richtung Eingangstür und sog scharf die Luft ein, als in dem Moment der Ehrenwerte Norman Hessby zu uns herüberblickte. Zu meiner Verzückung hatte er Grübchen, wenn er lächelte. Ich spürte, wie sich mein Magen umdrehte, mir wurde flau, und ich konnte mich gerade noch davon abhalten, mir wie Rachel zuvor Luft mit der Hand zuzufächeln.

»Sie sollen doch nicht hinüberblicken, ach, wie dem auch sei ...«, sagte Rachel leise und kicherte.

Norman Hessby war umgeben von drei Männern, allesamt Anfang zwanzig und offensichtlich sehr wohlhabend. Der Kleinste von ihnen trug einen grauen Gehrock und hatte einen Zylinder unter den Arm geklemmt. Sein Lächeln wirkte überheblich, und als er zu uns herüberblickte, reckte er das Kinn so weit nach vorne, dass er wie eine Marionette aussah.

»Ich müsste wirklich an die Luft«, sagte ich mit weichen Knien und sah mich nach einer Sitzgelegenheit um, denn ich fürchtete, in Ohnmacht zu fallen, was mir hin und wieder in der Vergangenheit passiert war. Der Arzt meinte, das läge am zu schnellen Wachstum.

»Wir können doch nicht an ihnen vorbeigehen«, meinte Rachel zögernd, dann sah sie mich mit gerunzelter Stirn an. »Geht es Ihnen gut? Sie sehen so blass ...« Sie umfasste meinen Arm, als meine Knie nachgaben und ich zu Boden sackte.

Mein Herz raste, und in meinen Ohren hörte ich das Blut rauschen. Schwarze Punkte flatterten vor meinen Augen. Ich vernahm Rachels

Stimme, doch verstand ihre Worte nicht. Dann merkte ich, wie es um mich herum hektisch wurde, jemand nach einem Stuhl verlangte und ich kurz darauf in einen Sessel gedrückt wurde. Als der Schwindel nachließ und mein Blick wieder klarer wurde, sah ich zu meinem Erstaunen in zwei bernsteinfarbene Augen, die mich besorgt musterten. »Holt ihr ein Glas Wasser! Los!« Norman Hessby nahm mein Handgelenk und fühlte meinen Puls. Rachel kniete neben mir und strich eine Haarsträhne aus meinem Gesicht. Sie sah so blass aus, wie ich mich fühlte. Ein Page brachte mir ein Glas Wasser, das ich mit zitternden Händen entgegennahm.

»Langsam«, wies Norman mich an, als ich mich auch schon verschluckte, zu husten begann und ihn mit Wasser bespritzte.

»Verzeihung ... wie ungeschickt ...«

»Zumindest bekommt sie wieder Farbe«, spottete der Rothaarige, der neben Norman Hessby aufgetaucht war und kurz danach wieder zu seinen restlichen Freunden verschwand. Rachel warf ihm einen finsteren Blick hinterher. »Geht es wieder, Emma?«

Ich nickte, obwohl mir immer noch flau zumute war.

»Ihr Herzschlag hat sich wieder beruhigt. Ich denke, es waren der fehlende Sauerstoff und zu viel Champagner«, mutmaßte Norman und schenkte mir ein aufmunterndes Lächeln.

»Ich hatte nur ein halbes Glas«, protestierte ich.

»Nun, Sie vertragen aber auch sicherlich nicht viel, so schlank und zierlich, wie Sie sind«, erwiderte er.

Unwillkürlich musste ich lächeln. Noch nie hatte mich jemand als zierlich bezeichnet. Ich fragte mich, ob er mich auf den Arm nahm, doch ich sah keine Spur von Spott in seinem Gesicht. Vermutlich hatte er höflich sein wollen. Auf der anderen Seite maß er bestimmt an die einsneunzig, und so war ich in seinen Augen wohl tatsächlich zierlich.

»Sie scheinen sich ja gut auszukennen«, bemerkte Rachel und erhob sich wieder.

Norman nickte ernst. »Ich war im Sanitätsbataillon.«

»Sie waren im Krieg?«, fragte Rachel überrascht. Wie ich hatte sie ihn zweifelsohne für höchstens zwanzig gehalten.

»Ich war zu jung, um in Frankreich zu kämpfen, aber ich habe im letzten Kriegsjahr im Militärhospital in Leeds meinen Sanitätsdienst geleistet.« In seiner Stimme schwang Bedauern mit, als ob er lieber an der Front gekämpft hätte. Ich musste an meine Cousins denken und schluckte schwer.

»Ihre Eltern sind bestimmt froh, dass Sie nicht nach Frankreich gegangen sind«, sagte ich leise. »Meine Tante vermisst ihre beiden Söhne sehr. Sie fielen an der Somme, wie der Großteil ihres Regiments.«

»Wie furchtbar«, murmelte Rachel.

»Sie sind für ihr Vaterland gestorben, ehrenhaft und nicht umsonst«, sagte Norman in nicht unfreundlichem Ton, doch mit einer gewissen Strenge in der Stimme, die mich wütend machte.

»Das ganze Blutvergießen war doch sinnlos«, sagte ich mit festerer Stimme. »All die verlorenen Träume, all die begonnenen Leben, die zu früh von der Welt gehen mussten, all die Krüppel, die heimkamen und nicht mehr dieselben waren, all der Schmerz. Und das war nicht umsonst? Wir haben den Sieg teuer bezahlt.« Ich wusste nicht, woher ich diese Worte nahm, aber sie waren auf einmal da, in mir, und drängten hinaus. Ich spürte, wie Rachel neben mir den Atem anhielt, und beobachtete, wie Norman Hessby den Kopf etwas schief legte und mich mit einer Mischung aus Faszination und Verärgerung anblickte.

»Vielleicht war der Preis zu hoch«, erwiderte er und strich sich den Gehrock glatt, während er sich aufrichtete. »Er war bestimmt zu hoch. Aber es war nun einmal der Preis, den dieser Krieg gekostet hat. Und die Opfer, die gebracht werden mussten, sollten Ihre Anerkennung finden, meinen Sie nicht? Haben Ihre Cousins es nicht verdient, als Teil des Sieges Ihren Zuspruch zu bekommen?«

Ich wusste nicht, was ich darauf erwidern sollte. Ich wollte ihm nicht widersprechen, denn das hätte bedeutet, dass ich den Beitrag meiner Cousins im Krieg nicht würdigte, doch ich wollte ihm auch nicht zustimmen.

»Vielleicht sollten wir uns erst einander vorstellen, bevor wir uns solchen schweren Themen zuwenden«, meinte er. »Ich bin Norman Hessby.«

»Der Ehrenwerte Norman Hessby!«, grölte sein rothaariger Freund, der nun wieder hinter ihm aufgetaucht war und Norman auf die Schulter klopfte.

Norman lächelte entschuldigend. »Andrew, geht doch schon vor. Ich komme gleich nach.«

»Ich bin Emma Doyle, und das ist Rachel ... Rachel ...« Mir war es unendlich peinlich, dass mir in diesem Moment der Nachname nicht einfallen wollte. Ich kniff die Augen zusammen und war mir sicher, knallrot geworden zu sein.

»Crosslin«, sagte Rachel schnell.

»Ah«, machte Norman und hob wissend eine Braue. »Crosslin Teemanufaktur?«

Rachel nickte strahlend. »Meinem Vater gehört die Manufaktur. Er hat die Produktion erst vor Kurzem hier nach Leeds verlegen lassen.«

»Ja, ich habe darüber gelesen. Er war lange Zeit im Ausland. Hongkong, nicht?« Ohne eine Antwort abzuwarten, wandte er seinen Blick mir zu, die immer noch damit beschäftig war, einen klaren Kopf zu bekommen. Allmählich wurde mir bewusst, dass ich praktisch vor dem Ehrenwerten Norman Hessby in Ohnmacht gefallen war und allen um mich herum riesige Umstände machte. Wenn Tante Abigail das erfuhr, würde sie mir den Marsch blasen. Sie fand, es schickte sich nicht, als Frau inmitten des Geschehens seine Fassung zu verlieren und in Ohnmacht zu fallen.

»Miss Doyle ... sind Sie mit den Doyles aus Liverpool verwandt?«

Ich runzelte die Stirn. »Ich glaube nicht.«

»Ihr Onkel ist Edmund Pitts«, sagte Rachel.

»Der Schokoladenfabrikant aus Ripon?«, fragte er beindruckt.

Ich nickte vorsichtig.

»Dann sind Sie zu Besuch hier?«

»Nein, ich lebe bei meinem Onkel und meiner Tante, seit ich elf bin.« Ich hoffte, dass er keine Fragen nach meinen Eltern stellte, denn ich fühlte mich nicht in der Lage, deren Tod zu erwähnen oder auch nur daran zu denken. »Meine Tante wird sich schon fragen, wo ich bleibe«, sagte ich schnell und erhob mich vorsichtig aus dem Sessel. Ein Page eilte herbei und nahm mir das Glas ab, bevor er sich Richtung Hotellobby davonmachte. Rachel musterte mein Gesicht. »Geht es wirklich wieder?«

»Ja, keine Sorge.«

Ich spürte Normans Blick in meinem Rücken, wagte aber nicht, mich umzudrehen. Rachel kicherte leise neben mir, als wir zurück in den großen Ballsaal gingen. »Können Sie das fassen? Wie nett er ist! Und ich glaube, er mag Sie.«

Aus irgendeinem Grund war mir die Bemerkung unangenehm.

»Er war nur höflich. Das wäre er zu jeder Dame gewesen«, meinte ich. Als wir uns unserem Tisch näherten, fragte ich mich allerdings, ob man sein Verhalten wirklich als höflich auffassen konnte. Hatte er mich nicht auf eine leicht überhebliche Art belehrt? Dann erinnerte ich mich an ein Gespräch mit dem Vorarbeiter in der Fabrik meines Onkels, der beiläufig erwähnt hatte, dass Frauen sich nicht zu Männerthemen äußern sollten, weil sie davon nichts verstünden. Ich hatte die Befürchtung geäußert, dass ein Kriegsdenkmal mitten auf dem Dorfplatz die Leute auf Jahrzehnte immer an das Grauen des Krieges und ihre Verluste erinnern würde. Wie sollte man nach vorne blicken, wenn man Tag für Tag an den Tod zahlreicher junger Männer denken musste. Mein Onkel hatte mir in Teilen zugestimmt, aber gemeint, dass es für viele Menschen wichtig wäre, einen Ort zu haben, wo sie der Toten gedenken konnten. Es habe etwas mit Wertschätzung und Anerkennung zu tun. Mr Thorne, der Vorarbeiter, hatte zufällig in der Nähe gestanden und war wütend auf mich losgestürmt. Er hatte seinen einzigen Sohn in Flandern verloren, der Leichnam war nicht gefunden worden. Ohne ein Denkmal, auf dem alle gefallenen jungen Männer des

Ortes verewigt wurden, gäbe es praktisch keinen Beweis, dass sein Sohn jemals existiert habe, denn Nachkommen hatte er natürlich noch nicht. Er schrie sich immer mehr in Rage. Die Gehirne von Frauen seien nicht dafür geschaffen, sich über solche Themen Gedanken zu machen, weil dann nur Unsinn dabei herauskäme, hatte er gesagt. Onkel Edmund hatte mich nicht verteidigt, sondern zurück an meinen Schreibtisch geschickt. Zumindest schien Norman Hessby einer Frau zu diesen Themen durchaus eine eigene Meinung zuzugestehen.

»Wo wart ihr denn so lange?«, fragte Rachels Mutter, nachdem wir uns gesetzt hatten.

Die Band spielte einen Walzer, und einige Paare tanzten.

»Sie sind doch keine kleinen Kinder mehr«, sagte Tante Abigail beschwichtigend. »Wir waren doch auch mal jung.«

»Daran kann ich mich kaum erinnern«, erwiderte Rachels Mutter scharf, woraufhin sich Tante Abigails Lippen kräuselten.

Meine Handflächen wurden feucht, als ich Norman Hessby mit seiner Mutter auf der Tanzfläche sah. Ich kannte ihr Gesicht von zahlreichen Fotos, doch in natura sah sie noch viel umwerfender aus. Auch seine Freunde kamen nun dazu. Der Rothaarige tanzte mit einem etwa sechzehnjährigen Mädchen in einem unscheinbaren beigen Kleid, der andere – ein fülliger junger Mann mit schwarzen Locken – hatte eine sehr hübsche Frau in einem karminroten Abendkleid als Tanzpartnerin. Mit ihrer pinken Feder am Stirnband sah sie ein wenig verwegen aus.

Rachel warf mir einen wissenden Blick zu. Ich hoffte inständig, sie würde meinen Schwächeanfall nicht erwähnen. Tante Abigail musterte mich scharf, sagte aber nichts. Die Band stimmte ein neues Lied an, und mehr Paare fanden sich auf der Tanzfläche ein.

Ich hielt die Luft an, als Norman Hessby auf unseren Tisch zusteuerte. Sowohl Tante Abigail als auch Rachels Mutter sahen mich mit großem Erstaunen an, als er tatsächlich mich um den nächsten Tanz bat.

Zwar hatte ich Tanzen in der Schule gelernt, und so schlecht hatte ich mich dabei auch gar nicht angestellt, doch ich kam mir dabei immer furchtbar ungelenk vor. Ich liebte Musik, doch ich bevorzugte es, den Tanzenden zuzusehen, anstatt mich selbst zur Melodie zu bewegen.

»Gerne«, stammelte ich, nahm seine Hand und ließ mich auf die Tanzfläche führen. Ich konnte aus den Augenwinkeln erkennen, wie fassungslos und auch wütend Rachels Mutter war, dass er mich gefragt hatte und nicht ihre viel hübschere Tochter. Insgeheim fragte ich mich das allerdings auch.

»Ich würde niemals eine Frau zum Tanzen auffordern, die schon einem anderen Mann versprochen ist«, sagte er, als hätte er meine Gedanken gelesen. Vielleicht hatten aber auch mein Stirnrunzeln und der Blick auf Rachel ihm verraten, was mir durch den Kopf ging.

»Außerdem finde ich Sie viel interessanter.«

»So?«, fragte ich, während ich versuchte, ihm nicht auf die Füße zu treten. Immer mehr Menschen strömten auf die Tanzfläche, einige bereits sichtlich angetrunken. Ein älterer Herr rempelte mich versehentlich an, woraufhin er nur schulterzuckend ein »Verzeihung, die Dame« rief. Seine Frau bugsierte ihn schließlich mithilfe von einem Kellner zurück an seinen Tisch.

»Ich mag Frauen, die sich trauen, ihre Gedanken laut zu äußern, ohne sich darum zu scheren, ob es sich schickt oder dem Gegenüber gefällt, was sie sagen.«

»Das habe ich wohl von meiner Mutter«, rutschte es mir heraus. Meine Mutter hatte nie mit ihrer Meinung hinter dem Berg gehalten, was meinen Vater manchmal zur Verzweiflung getrieben hatte. Aber im Grunde hatte er genau das an ihr geliebt.

»Sie wäre sicher stolz auf Sie«, sagte Norman.

Ich fragte mich, was meine Mutter über mich gedacht hätte, hätte sie mich an diesem Abend in dem wunderschönen Kleid und mit dem funkelnden Kopfschmuck gesehen. Sie hatte immer gerne getanzt, aber natürlich kaum Gelegenheit dazu gehabt. Manchmal hatte sie ihr bestes Kleid angezogen und mit Artie und Isobel in der Küche getanzt, während Vater und ich eine Melodie summten. Meistens die von *Ma blushin' Rosie*, denn es war ihr Lieblingslied gewesen, und die Schellackplatte hütete sie wie einen Schatz, auch als unser Grammophon längst kaputt war.

»Ich hoffe es sehr«, sagte ich leise und war mir in dem Moment fast sicher, dass sie vor Stolz geplatzt wäre. Nicht nur, weil ich zu einer eigenständig denkenden Frau herangewachsen war, sondern auch, weil ich eine gute Arbeitsstelle hatte und nun praktisch für mich selbst sorgen konnte.

»Ich wollte Sie vorhin keineswegs verärgern. Es tut mir sehr leid um Ihre Cousins«, sagte Norman, als das Lied endete. »Es ist kein einfaches Thema, und hinter jeder Äußerung stecken gebrochene Herzen und viel Schmerz.«

»Da haben Sie recht.«

Die Band stimmte einen Onestepp an, und so wirbelten wir durch den Tanzsaal, bis ich außer Atem war.

»Es war mir eine außerordentliche Freude, Miss Doyle«, sagte Norman, bevor er mich zurück an meinen Platz begleitete. Ich fühlte mich erhitzt und war mir nicht sicher, ob es nur durch das Tanzen kam.

»Hier, Sie brauchen Flüssigkeit«, sagte Rachel zwinkernd und schob mir ein halb volles Glas Champagner zu.

Der Champagner kribbelte auf meiner Zunge, doch augenblicklich fühlte ich mich wacher als je zuvor.

»Wie war er?«, flüsterte Rachel in mein Ohr.

»Sehr charmant«, sagte ich, weil mir diese Beschreibung am angebrachtesten erschien. Insgeheim glühte ich, und Wörter wie entzückend, fabelhaft und großartig spukten durch meinen Kopf. Ich hielt es allerdings für besser, zurückhaltend zu reagieren.

Tante Abigail nickte mir anerkennend zu; ich wusste, dass sie es kaum abwarten konnte, mich auszufragen, was sie keine zwei Stunden später auch tat, als wir im Auto saßen.

»Hast du das Gesicht von dieser schrecklichen Frau gesehen? Sie ist vor Neid fast grün geworden«, sagte sie, während Onkel Edmund aufs Gaspedal trat. »Fahr gefälligst langsamer! Wir sind doch nicht bei einem Rennen!«

»Der Motor muss warm werden, Abby, du möchtest doch nicht mitten im Nirgendwo stecken bleiben.«

Tante Abigail seufzte und drehte sich wieder zum Rücksitz. »Erzähl schon, wie ist er so?«

»Sehr nett und freundlich«, sagte ich.

»Wie er zielstrebig auf dich zumarschiert ist«, meinte sie ganz verträumt. »Hast du ihn denn schon vorher kennengelernt?«

»Als Rachel und ich draußen waren ...«, stammelte ich, denn natürlich hatte ich meinen Schwächeanfall nicht erwähnt.

»Rachel wird sie ihm vorgestellt haben. Die Crosslins kennen jede Menge einflussreiche Leute. Sein Cousin dritten Grades ist der Earl of Summerby«, sagte mein Onkel.

»Furchtbare Leute, diese Crosslins. Nun, die Tochter scheint liebreizend zu sein, aber er ist furchtbar aufgeblasen, und sie ist ... einfältig und an Arroganz nicht zu übertreffen.«

»Frank ist ganz in Ordnung«, erwiderte Onkel Edmund brummig.

»Vielleicht sollten wir Miss Crosslin zum Tee einladen«, meinte Tante Abigail.

»Du wirst nicht umhinkommen, auch ihre Mutter einzuladen, das sieht sonst komisch aus«, meinte Onkel Edmund, woraufhin meine Tante ein undefinierbares Geräusch von sich gab.

17

Am darauffolgenden Samstag erschien Rachel in Begleitung ihrer Gesellschafterin bei uns. Tante Abigail war außer sich, denn die Tatsache, dass Mrs Crosslin sich unter einem fadenscheinigen Vorwand hatte entschuldigen lassen, fasste meine Tante bereits als Affront auf. Aber dass sie der Meinung war, ihre Tochter nur in Begleitung einer Anstandsdame zum Tee vorbeischicken zu können, glich fast schon einer Beleidigung. Und so ließ sie sich die eine oder andere spitze Bemerkung bei Tee und Törtchen nicht nehmen.

Ich war mir ziemlich sicher, dass Rachel die Verärgerung meiner Tante bemerkte und vielleicht sogar nachvollziehen konnte, denn als ihre Gesellschafterin, die sie uns als Ann Burke vorgestellt hatte, das Badezimmer aufsuchte, sagte sie: »Meine Mutter ist in einigen Dingen noch sehr altmodisch. Ich sah keinerlei Veranlassung, Ann mitzubringen, aber Mutter bestand darauf, weil sie das Haus gerne alleine für sich hat, wenn die Kopfschmerzen sie plagen.«

»Nun, Ann wirkt gar nicht, als ob sie viel Lärm macht«, bemerkte ich salopp, weil ich das Gefühl hatte, meine Tante moralisch zu unterstützen.

Ann war die farbloseste Person, die mir untergekommen war. Und das verdankte sie nicht nur ihren mausgrauen Haaren und dem blassen, ungesund wirkenden Teint, sondern vor allem ihrer zarten Stimme, die kaum mehr als ein Flüstern war. Zudem hatte sie die Begabung, sich unsichtbar machen zu können, indem sie so krumm dasaß, dass sie mit den Möbelstücken im Hintergrund zu verschmelzen schien. Hätte sie nicht Tee über ihren Rock verschüttet, den sie im Badezimmer auswaschen wollte, hätte ich ihre Anwesenheit nach der Begrüßung gar nicht mehr wahrgenommen.

»Sie haben sicherlich bemerkt, dass meine Mutter eine äußerst schwierige Person ist«, sagte Rachel daraufhin mit einem verschmitzten Lächeln. »Ihr Misstrauen gilt keineswegs Ihnen, Mrs Pitts«, fügte sie nach einem weiteren Schluck Tee hinzu. »Es gilt leider mir, und deswegen lässt sie mich kaum ohne Ann aus dem Haus gehen.« Sie stellte ihre Teetasse ab und hielt ihre Hand in die Höhe, sodass wir den funkelnden Ring an ihrem Finger betrachten konnten.

»Sein Name ist John Bonhill. Er ist fünfunddreißig und hat bereits mehr graue Strähnen als Haare«, erzählte sie mit einem Augenrollen. »Zudem ist er furchtbar von sich eingenommen und dem Alkohol sehr zugetan. Aber meine Eltern halten ihn für eine gute Wahl.«

»Ich bin mir sicher, sie haben nur das Beste für Sie im Sinn, meine Liebe«, sagte Tante Abigail mit einem milden Lächeln.

»Natürlich. Aber finden Sie nicht auch, dass in der heutigen Zeit ...« Sie brach ab, als wäre ihr auf einmal der Gedanke gekommen, dass meine Tante ganz andere Ansichten über die *heutige Zeit* haben könnte.

»Besonders in der heutigen Zeit ist es wichtig, seine Töchter gut verheiratet zu bekommen«, sagte Tante Abigail, als Rachel ihren Satz nicht beendete. »Dieser schreckliche Krieg hat uns zu viele junge Männer genommen.« Ihr Blick glitt ganz automatisch zum Kaminsims mit den Fotografien. Rachel wandte ihren Kopf herum und seufzte leise.

»Ihr Verlust tut mir sehr leid.«

Tante Abigail murmelte ein »Danke sehr« und starrte in ihre Teetasse, bis Ann zurückkam, völlig außer Atem und rot im Gesicht, als wäre sie gerannt. »Ich bitte vielmals um Verzeihung, so etwas Ungeschicktes aber auch«, keuchte sie, strich sich den langen grauen Rock glatt, als sie sich erschöpft auf den Sessel fallen ließ.

»Meine Güte, wo haben Sie sich denn frisch gemacht? Am Dorfbrunnen?«, fragte Tante Abigail irritiert.

»Ich bin schnell erschöpft nach dem Treppensteigen, verzeihen Sie bitte.«

»Ich befürchte, sie ist Bewegung nicht gewohnt«, sagte Rachel schmunzelnd, woraufhin Ann beschämt zu Boden blickte.

Es war nach dem Tee, auf dem Weg zur Haustür, als Rachel mir einen kleinen Umschlag zusteckte, von dem mir sofort klar war, dass meine Tante ihn nicht sehen sollte. Geschickt ließ ich ihn im Saum meines Rockes verschwinden und öffnete ihn erst in meinem Zimmer.

Liebe neue Freundin,
treffen Sie mich heute Abend um 21 Uhr vor dem Postamt.
Kleid und Schuhe zum Tanzen nicht vergessen!

Bitte kommen Sie!
Rachel

P.S: N.H. wird vermutlich auch dort sein.

Ich las mir den kurzen Brief zweimal durch, um sicherzugehen, dass ich richtig gelesen hatte. Unwillkürlich musste ich schmunzeln.

Ich hatte mich noch nie nachts rausgeschlichen. Wohin hätte ich auch gehen sollen? Das einzige Mädchen aus der Schule, mit dem ich so etwas wie Freundschaft geschlossen hatte, war ein Jahr zuvor mit seiner Familie zurück nach New York gegangen. Ich hatte bis dahin auch nicht geglaubt, der Typ für so etwas Wagemutiges zu sein. Natürlich bekam ich durch die jungen Frauen in der Fabrik mit, dass im nahen Harrogate und in Leeds einige Nachtclubs eröffnet hatten, in denen amerikanische Jazzmusik gespielt und bis in die Morgenstunden ausgelassen gefeiert wurde. Einige Arbeiterinnen erzählten, wie sie dort ungeniert rauchten und mit Männern flirteten. Sie summten die Melodien der Lieder und zeigten mir im Hinterhof zwischen den Abfalltonnen die Tanzschritte. Eine der Frauen hatte das Wochenende in London bei ihrer Schwester verbracht und von Cocktails mit exotischen Namen berichtet, von Frauen in skandalös kurzen Kleidern und frivolen Tänzen, dass ich mir nicht sicher war, ob es wirklich der Wahrheit entsprach oder sie einfach maßlos übertrieben hatte. Onkel Edmund nannte diese Tanzlokale und Nachtclubs Brutstätten einer verkommenen Moral. Olivia war kein Mädchen, dessen Freundschaft ich gesucht hätte; sie war laut und viel zu vulgär, doch wenn sie von den Jazzbands zu erzählen begann, dazu die Melodie summte und mit dem Fuß wippte und von den hübschen Kleidern der Frauen, dem Kichern und dem Klirren der Gläser, die immerzu gefüllt waren, erzählte, geriet ich manchmal ins Schwärmen und war traurig, weil ich so etwas niemals mit eigenen Augen sehen würde.

»Auch Mädchen aus gutem Hause gehen in solche Clubs, Miss Doyle. Dort kümmert es keinen, was wer macht. Alle wollen nur Spaß haben, lachen und tanzen.«

Einen Moment lang hatte ich gehofft, dass Olivia mich einladen würde, auch wenn ich sie gar nicht mochte und meine Tante und mein Onkel das niemals erlaubt hätten, aber sie tat es nicht, und so blieben mir nur ihre Erzählungen. Ich war also ziemlich aus dem Häuschen, dass sich mir nun vermutlich eine solche Gelegenheit bot, und überlegte fieberhaft, wie ich es bewerkstelligen konnte.

Tante Abigail zog sich meistens gegen zwanzig Uhr in ihr Schlafzimmer zurück, und Onkel Edmund hielt sich meistens bis dreiundzwanzig Uhr in der Bibliothek auf, wo er Bourbon trank, Pfeife rauchte und las. Da sich mein Zimmer im ersten Stock befand, musste ich mich durch die Haustür schleichen, doch Driscoll, der Butler, würde erst ins Bett gehen, nachdem sich mein Onkel zum Schlafen zurückzog.

Ich hatte keine andere Wahl als unser Hausmädchen Beth einzuweihen, eine fröhliche junge Frau, die beim Staubwischen gerne vor sich hinsummte. Sie war fleißig, aber äußerst tollpatschig, was mir in diesem Fall gelegen kam, als sie um halb neun im kleinen Salon mehrere Karaffen mit Wein absichtlich umstieß, um den Butler eine Weile zu beschäftigen, damit ich mich davonschleichen konnte. Während Mr Driscoll aus dem Keller neuen Wein holte – er hätte diese Aufgabe niemals jemand anderem übertragen –, schlich ich barfuß und auf Zehenspitzen nach draußen.

Es war eine sternenklare Nacht und recht kühl, sodass ich in meinem apricotfarbenen Chiffonkleid, das kurz über dem Knie endete, trotz des Mantels reichlich fror. Erst am Tor traute ich mich, meine Schuhe anzuziehen. Das Klackern der Absätze verhallte in der Dunkelheit, dennoch drehte ich mich ängstlich zu dem großen Haus um, als ich die Straße in Richtung Dorf marschierte. Die Äste der Wacholderbäume, die die Auffahrt umsäumten, wehten sanft im Wind, als winkten sie mir zu.

Ich hatte die Taschenlampe aus dem Rolls-Royce, die Onkel Edmund auf dem Rücksitz aufbewahrte, falls er nachts eine Panne hatte. Der Lichtschein reichte nicht weit, doch zumindest konnte ich Baumwurzeln und Steine erkennen und sicher den Feldweg entlang zum Dorf nehmen, ohne dass mich jemand sehen würde. Zwar war um diese Uhrzeit kaum jemand unterwegs, doch sollte ein Bauer von einer der umliegenden Farmen mich sehen, könnte es Gerede geben.

Ich brauchte fünfzehn Minuten ins Dorf und versteckte mich hinter der Werbetafel neben dem Postamt, als zwei Männer vom nahe gelegenen Pub vorbeiliefen, vertieft in eine Diskussion über die Labour-Partei. Ihre Stimmten glichen knatternden Motoren; sie sprachen schnell und abgehackt. Das Postamt war ein frei stehendes Haus aus rotem Backstein. Im ersten Stock war eine kleine Wohnung, in der Mrs Smith mit ihren drei Töchtern wohnte, die alle abwechselnd in der Poststelle arbeiteten, wenn sie nicht zur Schule gingen. Das Fenster links außen war beleuchtet. Vermutlich las Mrs Smith wieder bis spät in die Nacht, um sich am nächsten Tag darüber zu beklagen, dass der neue Roman von Agatha Christie sie vom Schlaf abgehalten hatte.

Das Geräusch eines Motors schreckte mich aus meinen Gedanken. Als kurz darauf zwei Scheinwerfer die Straße in helles Licht tauchten, trat ich aus meinem Versteck. Ein dunkelblauer Ford hielt am Straßenrand, gleich darauf öffnete sich die Seitentür, und Rachel stieg vom Beifahrersitz, gekleidet in ein schwarzes Fransenkleid mit roten und blauen

Pailletten. Ein breites Stirnband mit einer roten Feder schmückte ihr Haupt. Sie strahlte, als sie mich sah. »Ich war mir nicht sicher, ob Sie kommen würden.« Sie öffnete die hintere Wagentür. Ich versuchte zu erkennen, wer hinter dem Steuer saß, doch ich sah nur einen blonden Schopf.

Ängstlich blickte ich zum oberen Fenster des Postamtes, doch die Vorhänge bewegten sich nicht, und mittlerweile war das Licht aus.

Schnell stieg ich ein.

»Guten Abend, die Dame«, begrüßte mich eine fröhliche Männerstimme. Der Mann hinter dem Lenkrad drehte sich zu mir um, sodass ich sein Profil erkennen konnte. Er war Mitte zwanzig, hatte eisblaue Augen und eine etwas zu breite Nase für das schmale Gesicht.

»Emma, das ist Frederick, mein Cousin.«

»Freut mich, Ihre Bekanntschaft zu machen«, sagten wir gleichzeitig und mussten lachen.

Frederick fuhr uns ins nahe gelegene Harrogate, das mit seinen Heilbädern, Trinkhallen und Kursälen ein beliebter Urlaubsort war. Er parkte das Auto in einer Seitenstraße unweit des Theaters, das ich erst vor wenigen Wochen zusammen mit meiner Tante besucht hatte, um eine Shakespeare-Aufführung zu sehen.

Eine Gruppe kichernder Frauen in so kurzen Kleidern, dass Tante Abigail entrüstet aufgeschrien hätte, trat aus einer blauen Tür. Eine von ihnen hielt eine Zigarette in der Hand und sog gierig daran.

Das Kopfsteinpflaster glänzte im fahlen Licht der Straßenlaterne; kurz zuvor hatte es geregnet, sodass die Luft nach Regen und dem Rauch der umliegenden Kamine roch. Auf dem Bürgersteig reihten sich ausgetretene Zigarettenstummel aneinander. Aus einem Keller drangen Dampfschwaden über den Gehweg, die wie ein feiner Nebel nur Zentimeter über dem Asphalt waberten. Eine Katze miaute kläglich, und auf einmal stank es nach Fisch und Abfällen. All das war vergessen, als Frederick die blaue Tür aufzog und wir in ein Gemisch aus Dunkelheit und Stimmengewirr gelangten, bis wir durch einen schweren Vorhang traten und uns mitten in einem Nachtlokal wiederfanden.

Meine Augen brauchten eine Weile, um sich an das dämmrige rote Licht zu gewöhnen. Es roch nach Zigarettenqualm, billigem Parfum und Schweiß. Im ersten Moment glaubte ich, mir würde übel werden vom Lärm und Geruch, doch nach kurzer Zeit hatte ich mich an die Umgebung gewöhnt und genoss diese flirrende Atmosphäre um mich herum. Gläser klirrten, Federn vom Kopfschmuck vorbeilaufender Frauen streiften meine Wange, aus jeder Ecke drangen Gelächter und Unbeschwertheit. Ich fühlte mich wie elektrisiert. Es erstaunte mich, dass uns nur eine einzige Tür von der grauen Gasse trennte. Es fühlte sich wie eine ferne Welt an.

An der Balustrade waren mehrere Sitzecken aufgereiht, die jedoch allesamt besetzt waren. Der Alkohol floss in Strömen, auf jedem Tisch standen mehrere Gläser und einige Champagnerflaschen. Eine sehr junge Frau mit kurzem Pagenschnitt in einem perlenbestickten Kleid saß lachend auf dem Schoß eines älteren Mannes und nippte lasziv an einem Whiskeyglas. Als sich unsere Blicke trafen, zwinkerte sie mir zu. Ihr Blick schien zu sagen: »Was soll's, es ist mir egal!« Ich blickte beschämt zur Seite, als der Mann die Hand auf ihrem Knie ablegte.

Frederick führte uns eine Wendeltreppe hinunter, vorbei an der runden Tanzfläche, auf der mehrere Frauen und Männer zu schneller Jazzmusik tanzten, zu einem Tisch in einer Nische.

Meine Füße vibrierten durch die Musik, die so laut war, dass wir uns nur durch Anbrüllen verständigen konnten. Als wir am Tisch saßen, wurde die Lautstärke erträglicher. Frederick bestellte eine Flasche Champagner, und mir wurde bewusst, dass ich ganz vergessen hatte, Geld mitzunehmen. Als er bemerkte, wie ich hektisch meine Handtasche durchsuchte, legte er für zwei Sekunden seine Hand auf meinen Arm. »Dieser Abend geht auf meine Kosten. Ich würde es niemals erlauben, dass eine Dame in meiner Gesellschaft für ihre Getränke selbst zahlt.«

Ich fand das sehr freundlich, wenn es mir auch unangenehm war, da wir uns schließlich gar nicht kannten. Meine Vorbehalte waren jedoch vergessen, als sich keine halbe Stunde später der Ehrenwerte Norman

Hessby zu uns gesellte. Er trug einen dunkelblauen Zweireiher über einem weißen Hemd und goldene Manschettenknöpfe, die bei jeder Bewegung funkelten.

Wie sich herausstellte, war er zusammen mit Frederick in Eaton gewesen. Obwohl er mit seiner Clique im Club war, darunter auch dem furchtbaren Rothaarigen, überredete er mich zum Tanzen und unterhielt sich anschließend eine ganze Weile mit mir an unserem Tisch. Ich konnte der Fuchsjagd noch nie viel abgewinnen, doch seine Augen leuchteten, als er mir von seinem neuesten Jagdabenteuer erzählte, bei dem ihn seine treue Stute in einen eiskalten Fluss geworfen hatte. Sein Lachen war ansteckend, und die Art, wie er eine Niederlage beinahe als Erfolgserlebnis verkaufte, beindruckte mich. Die meisten Männer, die ich kannte, versuchten sich mit Schwindeleien und Übertreibungen in einem besseren Licht dastehen zu lassen. Norman hingegen hatte keine Probleme damit, Schwächen zuzugeben, und wirkte umso selbstbewusster auf mich.

Während Rachel mit Frederick auf der Tanzfläche einen Foxtrott und anschließend einen Twostepp aufs Parkett legte, begann ich mich in Norman Hessby zu verlieben, Hals über Kopf, was vermutlich mich am meisten überraschte, denn bis zu dem Tag hatte ich dieses *Verliebtsein*, von dem die Mädchen in meiner Schule pausenlos geredet hatten, für eine Täuschung gehalten. Für etwas, das gar nicht existierte, das man sich nur einredete. Da es mir an Fantasie mangelte, glaubte ich immun gegen dieses Gefühl zu sein.

Als Rachel und Frederick zurück an den Tisch kamen, mit rot erhitzten Wangen und einem breiten Grinsen, wurde Norman von seiner Clique auf die Tanzfläche gezogen. Rachel warf mir einen wissenden Blick zu, als ich ihm nachsah. Den restlichen Abend über sah ich ihn nur noch aus der Ferne, und so bemüht Rachel und Frederick auch waren, mich in ihre Unterhaltung miteinzubeziehen, es gelang ihnen nicht, meine Gedanken von Norman abzulenken. Immer wieder ertappte ich mich dabei, wie ich meinen Blick unauffällig durch den Club schweifen ließ, auf der Suche nach ihm. Seine Freunde nahmen ihn ganz in Beschlag.

Bevor wir gingen, bestand Frederick auf einem Tanz mit mir, was etwas seltsam angemutet haben musste, da ich wenige Zentimeter größer war als er. Ihn schien das nicht zu stören, auch wenn ich mir einbildete, dass einige Leute uns komische Blicke zuwarfen.

»Wie gefällt es Ihnen hier?«, rief er mir zu.

»Es ist wie ein buntes Gewitter«, platzte es aus mir heraus, als der Tanz endete und wir zurück zum Tisch gingen, wo Rachel auf uns wartete.

Frederick lachte über meinen Vergleich und zog mich den Rest des Abends damit auf, doch Rachel fand die Bemerkung treffend.

Als wir den Club verließen und auf das graue Kopfsteinpflaster traten, war es, als hätte jemand einen eiskalten Eimer Wasser über meinen Kopf gegossen. Die kühle Luft, der Nieselregen und der graue Asphalt katapultierten uns mit einem Schlag in die Realität zurück. Die Musik drang bis nach draußen auf die Straße und begleitete unsere schwerfälligen Schritte zum Auto. Nach Hause wollte keiner von uns so wirklich, doch es war spät, und Rachel und ich hatten uns heimlich aus dem Haus geschlichen und mussten zusehen, dass wir unbemerkt zurückkamen.

Ich war kaum ins Auto eingestiegen, als ich jemanden meinen Namen rufen hörte. Stirnrunzelnd stieg ich wieder aus. Norman Hessby war so schnell gelaufen, dass er den Oberkörper nach vorne beugte, die Hände auf dem Oberschenkel abstützen musste und keuchte.

»Kann ich Sie wiedersehen?«, fragte er Sekunden später, nachdem er sich erholt hatte.

»Sie ... wollen mich wiedersehen?«, fragte ich überrascht und hätte mir am liebsten im selben Moment auf die Zunge gebissen.

Norman verstaute seine Hände in den Hosentaschen und lächelte. »Natürlich. Wir haben doch unseren Disput von neulich noch nicht beendet.«

Erschrocken starrte ich ihn an, dann wurde mir bewusst, dass er einen Scherz gemacht hatte, und ich lachte auf.

»Kein Gerede mehr über den Krieg«, schalt Rachel uns, bevor sie ins Auto stieg.

»Sie hat recht«, sagte Norman. »Haben Sie Dienstag schon etwas vor?«

Ich stockte. Ich arbeitete für gewöhnlich bis siebzehn Uhr und machte hinterher oft noch einen Spaziergang im Park oder schlenderte an den Geschäften vorbei. Manchmal stöberte ich in der Buchhandlung und verlor mich in Erinnerungen an zu Hause, doch das konnte ich ihm schlecht sagen. »Nun ... ich arbeite bis siebzehn Uhr in der Fabrik meines Onkels, aber danach habe ich noch nichts vor.«

Sein breites Lächeln strahlte eine solche Wärme aus, dass ich vergaß, wie kalt es war.

»Dann hole ich Sie um siebzehn Uhr ab.« Er winkte Frederick zum Abschied, der neben dem Wagen stand und uns beobachtete wie eine Anstandsdame.

Ich wollte ihm nachrufen, dass er sich nicht beim Pförtner anmelden, sondern irgendwo am Straßenrand parken sollte, denn ich wusste nicht, was mein Onkel dazu sagen würde, wenn ich alleine zu einem Mann ins Auto stieg, doch ich fand nicht die richtigen Worte. Ich würde mich einfach wegen Kopfschmerzen entschuldigen, früher gehen und Norman vor dem Pförtner abfangen, sodass mein Onkel davon nichts erfuhr.

18

Und so tat ich es auch. Um viertel vor fünf verschwand ich in der Damentoilette, überprüfte meine Frisur, zupfte ein paar Strähnen zurecht und meldete mich beim Pförtner ab, da mein Onkel in einer Geschäftsbesprechung steckte.

Mr Neill versprach mir, meinen Onkel telefonisch zu informieren, sobald die Besprechung beendet war, dann verriet er mir noch das Geheimrezept seiner Frau gegen Kopfschmerzen: Melissentee mit einem Spritzer Zitrone und dazu viel Ruhe. Ich bekam fast ein schlechtes Gewissen, dass ich ihn angelogen hatte.

An diesem Morgen hatte ich meine neueste Bluse angezogen, pastellgelb mit Rüschen am Kragen, einen mintfarben Rock, der einige Zentimeter unter dem Knie endete, und einen mintfarbenen Cardigan mit goldenen Knöpfen. Ich wusste nicht, wohin Norman mich ausführen würde, doch in der Kleidung konnte ich sowohl in ein schickes Restaurant gehen als auch in ein Museum.

Norman Hessby war sichtlich überrascht, als er mich am Straßenrand vor den Toren der Fabrik warten sah. »Ich hoffe, ich habe Sie nicht zu lange warten lassen«, sagte er, als er um das Auto herumging, um die Beifahrerseite zu öffnen.

»Keineswegs«, erwiderte ich lächelnd und erklärte auf Rachels Ratschlag hin nicht, weshalb ich dort wartete. Er konnte es sich sicherlich denken. Ich hielt meinen Hut fest, als ich in das kleine Automobil stieg, einen schneidigen Zweisitzer mit offenem Verdeck.

Es war ein recht sonniger Tag, nur ab und zu verdunkelten Wolken den Himmel. Auf der Mitte der Sitzbank lag ein großer Weidenkorb mit Deckel. Ich hätte vor Entzücken beinahe in die Hände geklatscht, konnte diese kindliche Geste aber gerade noch unterdrücken. Ich liebte Picknicks!

Er fuhr in nordwestliche Richtung, vorbei an satten grünen Wiesen und goldfarbenen Weizenfeldern. Die Luft roch bereits nach Sommer, ein Käfer flog in meinen Mund, den ich mit so viel Anstand und Würde wie möglich wieder ausspuckte, was Norman zu einem Lachanfall verleitete.

»Wir können leider nicht so weit rausfahren, da es bald dunkel wird«, sagte Norman, bevor er in einen Feldweg einbog, der auf beiden Seiten von Büschen so bewuchert war, dass Äste und Zweige gegen das Auto schlugen. Er hielt vor einem Weizenfeld und zeigte auf die gegenüberliegende Blumenwiese, umzäunt von wild wucherndem Heidekraut. Weiter rechts erkannte ich Überreste einer Kalksteinmauer. In der Ferne waren kleine Bauernhäuser zu sehen.

»Es ist sehr hübsch hier«, meinte ich, während Norman eine karierte Decke auf dem Boden ausbreitete.

»Ich wäre gerne mit Ihnen ans Meer gefahren, aber für heute muss das hier reichen.«

Der Korken der Champagnerflasche knallte. Norman hielt die Flasche eine Armlänge vor sich, als der Champagner heraussprudelte, dennoch landeten ein paar Tropfen auf der Decke. »Sie ist wohl doch zu sehr durchgeschüttelt worden«, sagte er lachend, während er zwei Gläser befüllte.

Wir stießen die Gläser klirrend aneinander, während die Sonne allmählich hinter dem Hügel verschwand und nur einen breiten orangefarbenen Streifen zurückließ. Ich fröstelte, doch Norman holte eine weitere Decke aus dem Auto, die er mir über die Schultern legte. Sie kratzte zwar, doch zumindest wurde mir warm.

»Ich hoffe, Sie haben auch ein wenig Hunger. Mary, unsere Köchin, hat sich selbst übertroffen mit den Pasteten«, sagte er, nachdem er von einer Pastete abgebissen hatte. Das veranlasste mich dazu, ebenfalls zuzugreifen. Mein Magen knurrte, vom Frühstück abgesehen, hatte ich kaum etwas zu mir genommen.

»Ich verhungere fast«, gestand ich mit halb vollem Mund und wischte mir einen Krümel vom Kinn. »Ich hatte zum Mittag nur einen halben Keks, für mehr war keine Zeit.«

Norman hob eine Augenbraue. »Einen ganzen halben Keks! Ihr Onkel verlangt Ihnen ganz schön etwas ab.« Seine Stimme enthielt eine Spur Spott.

»Sind Sie arbeitenden Frauen gegenüber aufgeschlossen, Mr Hessby?«, fragte ich und war über meine eigene Kühnheit erstaunt.

Norman nahm einen Schluck Champagner und balancierte das Glas auf seinem Knie, bevor er antwortete. »Ich denke schon. Allerdings ...« Er legte den Kopf schräg, streckte seine Beine aus und konnte gerade noch das leere Glas auffangen.

»Allerdings?«, hakte ich nach.

Er stellte das Glas zurück in den Korb, ließ seinen Blick über die Wiese schweifen, bevor er mich direkt ansah. »Verstehen Sie mich bitte nicht falsch, ich bin dafür, dass Frauen sich für ihre Unabhängigkeit einsetzen, aber in gewissen Situationen bin ich altmodisch. Eine verheiratete Frau sollte nicht arbeiten.«

»Aber sollte sie das nicht selbst entscheiden dürfen?«

»Vielleicht. Aber finden Sie es nicht unfair gegenüber den Frauen, die auf eine Arbeit angewiesen sind, weil sie keinen Mann haben, der sie versorgt? Es gibt nicht genug Arbeit für alle.«

»Es sollte genug Arbeit geben, für alle, auch für die Kriegsversehrten. Ich finde es ganz furchtbar ungerecht, dass die Männer, die den Krieg für uns gewonnen haben und dabei fast ihr Leben verloren, nun betteln müssen, um ihre Mägen zu füllen.«

»Das ist allerdings eine Schande«, sagte Norman mit fester Stimme. »Unser Stallmeister hat in Flandern eine Hand verloren. Mein Vater brachte es nicht über sich, ihn zu entlassen. Stattdessen haben wir ihm einen Lehrjungen zur Seite gestellt, der mit anpacken kann, wo zwei

Hände gebraucht werden. Aber viele Arbeitgeber können sich eine solche Großzügigkeit nicht leisten.«

Ich war beindruckt von seiner Offenheit.

»Mein Onkel musste seinen zweiten Vorarbeiter entlassen. Er konnte die Geräusche in der Produktionshalle nicht ertragen. Nun verkauft er am Bahnhof Zeitungen und sieht schrecklich heruntergekommen aus. Ich habe jedes Mal ein furchtbar schlechtes Gewissen, wenn ich ihn treffe«, sagte ich.

»Wenn Sie einmal die Firma leiten, werden Sie sich auch solchen schwierigen Entscheidungen stellen müssen«, meinte Norman. Mein Hals wurde trocken. Ich wollte ihm sagen, dass ich die Firma nie leiten würde, weil der mir unbekannte Neffe meines Onkels der Erbe war, doch aus irgendeinem Grund bekam ich die Worte nicht heraus.

»Das hoffe ich«, krächzte ich und räusperte mich schnell. Ich war mir sicher, rot geworden zu sein, meine Wangen fühlten sich heiß an. Plötzlich musste ich an Isobel denken und daran, wie sie reagieren würde, wüsste sie, dass ich mich heimlich mit einem Mann traf. Dem Sohn eines Lords dazu.

»Natürlich wird Ihr Ehemann diese Aufgaben übernehmen, wenn Sie verheiratet sind«, sagte er mit einem frechen Grinsen.

Ich setzte mich aufrecht hin und stellte das Glas beiseite. »Weil ich als Ehefrau keine Firma leiten kann?«

»Nun ...« Er schmunzelte, nahm mein leeres Glas und schenkte mir Champagner nach. »Ihr Mann kann Sie ja um Ihre Meinung bitten. Aber vielleicht weiß er auch besser, welche Großzügigkeit Sie sich mit dem Personal erlauben können. Wollen Sie Profit machen oder wohltätig sein? Das eine schließt das andere oftmals aus.«

»Vielleicht finde ich einen passablen Mittelweg«, sagte ich pampig, nahm das Glas eine Spur zu forsch aus seiner Hand und trank einen kräftigen Schluck.

»Nun habe ich Sie erneut verärgert«, sagte er und klang dabei ernsthaft geknickt. Seine Augen jedoch wirkten belustigt.

Ich schürzte die Lippen und konnte mich nur mit Mühe davon

abhalten, ihm ein paar Schimpfworte um die Ohren zu hauen, die sich für eine Frau nicht schickten. Stattdessen reckte ich das Kinn und sah ihm direkt in die Augen. »Es mag Sie überraschen, aber Frauen können durchaus mit Zahlen umgehen. Ich war die Beste in Mathematik in meiner Schule, die Lehrer rieten mir sogar zu einem Mathematikstudium.« Gleich als ich die Worte ausgesprochen hatte, bereute ich sie zutiefst. Prahlerei stand mir nicht, es stand keiner Frau, sagte Tante Abigail immer. Die Kunst war es, um seine Vorzüge und Eigenschaften zu wissen, ohne sie aussprechen zu müssen. Beschämt senkte ich den Kopf.

»Ich bin mir sicher, dass Sie äußerst klug sind, Miss Doyle. Klüger bestimmt als so mancher Mann. Allerdings neigen die meisten Frauen dazu, sich zu sehr von ihrem Herzen leiten zu lassen, dem stimmen Sie doch zu, oder?«

Mir gefiel die Richtung nicht, die unser Gespräch genommen hatte, und so schwieg ich, weil ich mich nicht streiten, aber auch keinesfalls kleinbeigeben wollte.

»Da sehen Sie's. Ich könnte bestimmt keine Firma leiten, so oft wie ich in Fettnäpfchen trete«, sagte er mit einem entwaffnenden Lächeln. »Und worüber reden wir hier eigentlich. Ihr Onkel erfreut sich doch bester Gesundheit, und Sie werden sicherlich noch eine ganze Menge von ihm lernen.«

Ich dachte über seine Worte nach, stellte mir einen Moment lang vor, dass es wirklich so wäre. Ich als Erbin, die auf die Leitung der Firma vorbereitet wird. Dabei tippte ich im Moment nur Briefe, vereinbarte Termine und stellte Telefonate durch. Ab und zu half ich bei der Buchhaltung, doch die ließ mein Onkel lieber von seinem langjährigen Buchhalter machen, dessen Augen immer schlechter wurden.

»Mein Onkel sagte mir bereits als Kind, dass Männer keine klugen Frauen mögen«, sagte ich aus irgendeinem Grund, der mir selbst nicht bewusst war.

»Nun, auf jeden Fall keine Frauen, die klüger sind. Aber ich kenne kaum einen Mann, der sich eine Ehefrau wünscht, die nichts im Kopf hat außer Kleidern und Schmuck. Wer möchte schon auf eine angeregte

Unterhaltung bei Tisch verzichten. Mein Cousin ist mit einer Dame verlobt, die zu keinem Thema eine eigene Meinung hat. Sie streiten sich niemals, wie könnten sie auch, aber es ist doch furchtbar langweilig, dass sie ihm in allem zustimmt. Ich würde wahnsinnig werden.«

»Ihm scheint sie zu gefallen«, sagte ich leise.

Norman schüttelte den Kopf. »Ach wo! Aber sie ist reich, und er hat außer einem Titel nicht viel zu bieten, wo er doch sein halbes Erbe verspielt hat.«

»Ihre Offenheit ist erfrischend«, sagte ich lachend. »Ich wette, Ihr Cousin wäre nicht erfreut zu hören, wie Sie über ihn reden.«

Er zuckte mit den Schultern. »Er weiß, wie ich über ihn denke. Wir haben kein enges Verhältnis. Es jedes Mal eine Qual, wenn wir bei kleineren Familientreffen zusammen an einem Tisch sitzen müssen.«

Ich verzog gespielt mitleidig den Mund. »Sie Ärmster.«

Wir mussten beide lachen. Und ab da war irgendwie das Eis komplett gebrochen.

Wir trafen uns noch viele weitere Male. Immer heimlich, weil ich sicher war, dass meine Tante und mein Onkel diese Treffen nicht billigen würden. In dieser Hinsicht waren sie hoffnungslos altmodisch. Meine Tante regte sich jedes Mal darüber auf, dass es nun modern wurde, die Frauen mitten im Tanz abzulösen, während sie noch mit einem anderen Mann tanzten. Sie hätten mich niemals ohne Anstandsdame zu einem Picknick gelassen. Norman Hessby schien sich dessen bewusst zu sein, doch wir sprachen es nie direkt aus.

Wir fuhren im Sommer an den Strand und gingen im Meer schwimmen, unterhielten uns über Politik und das Weltgeschehen, während wir mit einem Eis am Strand spazieren gingen. Natürlich schlich ich mich noch einige Male nachts hinaus, um mit Rachel, Frederick und manchmal auch Norman in einen Jazzclub zu gehen, wo wir für einige Stunden alle Sorgen hinter uns lassen und einfach tanzen konnten, als ginge uns der Rest der Welt nichts an.

Tagsüber verspürte ich oft eine tiefe Melancholie, während ich dumpf die Briefe für meinen Onkel abtippte, Telefonate entgegennahm und Termine vereinbarte oder absagte. Die zwei Welten – die Glitzerwelt der Jazzclubs und die triste Arbeitswelt –, in denen ich mich bewegte, entfernten sich immer mehr voneinander. Ich ertappte mich immer öfter bei dem Gedanken, mir mich an Normans Seite vorzustellen, als Ehefrau, wie wir Nacht für Nacht ausgelassen auf Partys und in Clubs die Unbeschwertheit genossen und tagsüber im Garten ausdehnte Spaziergänge machten, Freunde zum Tee einluden oder ans Meer fuhren. Ich stellte mir vor, wie Norman mit mir zusammen eines Tages die Firma meines Onkels leitete, wie wir gemeinsam durch die Produktionshallen schlenderten und über Modernisierungen redeten. Und ja, auch Kinder kamen in diesen Tagträumen vor, wie sie lachend zwischen den Produktionsbändern entlangliefen, die Münder verschmiert mit Schokolade. Ich hatte fast vergessen, dass ich die Fabrik nicht erben würde, auch wenn ich Tante Abigail mehrmals dabei ertappte, wie sie auf meinen Onkel einredete.

»Du hast deinen Bruder doch seit Jahren nicht gesehen, und seinen Sohn kennst du nur als Baby, Herrgott! Woher willst du wissen, ob er die Fabrik überhaupt leiten will. Nachher verkauft er sie an ein amerikanisches Unternehmen, willst du das?«

»Du versteht das nicht«, war oft das Einzige, was mein Onkel dazu sagte.

»Emma bemüht sich doch so, es dir recht zu machen. Merkst du das denn nicht? Und du sagst selbst, dass sie äußerst geschickt ist.«

»Als Sekretärin, Abby! Es gehört weitaus mehr dazu, eine Firma solcher Größe zu leiten, als Briefe zu tippen und Telefonate zu führen. Ich bitte dich! Einer Frau die Leitung der Firma zu überlassen, wo denkst du hin!«

»Du könntest sie doch an die Hand nehmen! Sie lernt schnell, hat einen wachen Verstand. Ich bin mir sicher …«

»Schluss damit!«

Die Diskussionen verliefen alle ähnlich, und jedes Mal, wenn ich sie zufällig mitbekam, versetze mir die Härte meines Onkels einen Stich ins

Herz. Mich der Realität zu stellen, wurde von Mal zu Mal schwerer, die Tagträume intensiver, je aussichtsloser mir meine Zukunft erschien.

• • •

1925, als ich einundzwanzig war, kam der Charleston nach Großbritannien.

Ich schnitt mir meine Haare zum Bob, was meine Tante mit einem Schmollmund quittierte, um dann einzugestehen, dass der Schnitt meine Gesichtszüge weicher erscheinen ließ. Nachdem ich beim Hinausschleichen erwischt worden war, bestand Tante Abigail darauf, dass mich Frederick, der Rachel und mich zwei Mal die Woche in einen Club begleitete, mit dem Auto von zu Hause abholte, sodass ich nicht wie eine *Kriminelle durch die Felder und das Dorf schleichen musste, wo mich jeder sehen konnte.*

Doch als Rachel ihren Banker heiratete und nach London zog, waren unsere glamourösen Ausflüge nur noch eine schöne Erinnerung, die mich aufrecht hielt, wenn mir die triste Realität zusetzte.

Isobels Briefe wurden immer spärlicher, zwei Einladungen nach Juniper House hatte sie abgelehnt, mit der Begründung, ihren Mann nicht alleine lassen zu können, dessen Bein sich durch den amputierten Fuß immer wieder entzündete. Ich wusste, dass es keine Ausrede war, dennoch nahm ich es ihr übel, weil sie in vielen Zeilen durchblicken ließ, dass Juniper House sie zu sehr einschüchterte und sie dort einfach nicht hingehörte. Ich vermisste sie und fragte mich gleichzeitig, ob ich mich jemals an die erwachsene Isobel gewöhnen würde, die mir so fremd war. Ich sehnte mich nach den Nachmittagen in der Buchhandlung unseres Vaters, nach dem Versteckspielen zwischen den Regalen, sogar nach Isobels gemeinen Bemerkungen über meine störrischen Haare. Und immer wieder fragte ich mich, wie unser aller Leben verlaufen wäre, wenn unsere Tante nicht krank und Artie nicht in London bei ihr gewesen wäre.

Nachdem Onkel Edmunds Buchhalter überraschend verstorben war, übernahm ich seine Aufgaben in der Firma. Der Umgang mit Zahlen war mir immer schon leichtgefallen, und die Dinge, die ich nicht wusste, las ich mir an. Was als kurzfristige Lösung gedacht war, überzeugte meinen Onkel dermaßen, dass er beschloss, mich zu befördern. Ich bekam mehr Gehalt, mehr Verantwortung und auch mehr Arbeit. Tante Abigail sah das als positives Zeichen und glaubte, er würde irgendwann in Betracht ziehen, mir die Firma zu vermachen. Ich war nicht so optimistisch, denn obwohl mein Onkel mir zu verstehen gab, dass er mich schätzte und, ich glaube, auch mochte, machte er doch deutlich, dass ihm wichtig war, dass ein Blutsverwandter die Firma erbte. Norman Hessbys Interesse an mir – wie es Tante Abigail ausdrückte – blieb den Leuten natürlich nicht auf Dauer verborgen. Er wurde mehrmals zum Tee eingeladen, wir tanzten auf Wohltätigkeitsbällen zusammen – auch mehrmals, was als eindeutiges Zeichen ernsthaften Interesses angesehen wurde, und meine Tante erlaubte mir tatsächlich gemeinsame Ausritte mit anschließendem Picknick. Allerdings bestand sie darauf, dass unser Hausmädchen, das mit Pferden aufgewachsen und eine exzellente Reiterin war, als Anstandsdame mitkam. Polly ritt in einiger Entfernung hinter uns her und ließ uns beim Picknick unsere Privatsphäre, indem sie weitläufige Spaziergänge machte und sich über die ungewohnte freie Zeit freute.

Ich hätte ohne Einschränkungen glücklich sein können, doch die Tatsache, dass ich Norman weiterhin im Glauben ließ, ich würde die Firma meines Onkels erben, verursachte mir mittlerweile Albträume, durch die ich schweißgebadet aus dem Schlaf schreckte. Norman hingegen machte deutlich, dass ihm Geld nicht wichtig war, er sich ein eher einfaches Leben wünschte und außer Autos und Pferden und hin und wieder einem Ausflug ans Meer nichts weiter brauchte, um glücklich zu sein.

Tante Abigail beschwor mich, ihm keinen reinen Wein einzuschenken, bis sie Onkel Edmund bearbeitet hatte, doch das fiel mir von Tag zu Tag schwerer.

»Ich glaube, er liebt mich um meinetwillen«, sagte ich eines Tages zu meiner Tante, als wir beide im Salon Tee tranken.

»Das mag sein, Emma, aber als Sohn von Lord Hessby hat er seiner Familie gegenüber eine Verpflichtung. Die würden ihm niemals erlauben, dass er ein – verzeih mir bitte – gewöhnliches Mädchen heiratet. Diese Leute heiraten nur zwei Sorten von Frauen. Reiche oder Adlige. Und du bist keins von beiden. Noch nicht.«

Insgeheim wunderte ich mich, dass Norman noch nicht um meine Hand angehalten hatte. Auch Rachel fragte in ihren Briefen jedes Mal, wann es denn nun ernst werden würde. Als meine Tante nun auch davon anfing, wurde ich ungehalten.

»Sein älterer Bruder heiratet nächstes Jahr. Er kann erst anschließend heiraten, seine Eltern sind in der Hinsicht sehr altmodisch«, sagte ich in einem patzigen Ton und stürzte meinen lauwarmen Tee in einem Zug hinunter.

»Das mag ja sein, aber er hat ja noch nicht einmal um deine Hand angehalten. Zumindest für einen Antrag wäre es nun ja an der Zeit, um zu bekunden, dass er ernsthafte Absichten hat. Du hast ja trotz allem einen Ruf zu verlieren.«

»Er findet, man muss heutzutage nicht so jung heiraten. Und ich finde, er hat recht. Wieso sollte man nicht zuerst das Leben ein bisschen genießen, bevor man eine Familie gründet? Nach den schrecklichen Jahren, die wir alle durchlebt haben, haben wir das doch verdient.«

Tante Abigail schürzte die Lippen und warf mir einen scheelen Blick zu. »Wie viele Jahre wollt ihr denn noch in Jazzclubs verbringen, euch besinnungslos betrinken und zu furchtbarer Musik tanzen, falls man das überhaupt noch tanzen nennen kann, diese seltsamen Verrenkungen …«

Ich wusste, dass meine Tante von meiner Generation sprach, nicht von mir persönlich, denn ich hatte mich noch nie besinnungslos betrunken. Dennoch fühlte ich mich persönlich angegriffen und spürte, wie meine Wangen rot wurden.

»Der junge Mann sollte sich nicht mehr allzu viel Zeit lassen, um seine ernsthaften Absichten kundzutun, sonst wird es Gerede geben. Die Welt mag sich in den letzten Jahren sehr verändert haben, aber einige Dinge bleiben, wie sie waren.« Mit diesen Worten stand sie auf, um sich für das Abendessen umzuziehen. An der Tür drehte sie sich jedoch noch einmal um und musterte mich mit einem seltsamen Ausdruck im Gesicht.

»Du hast ihm doch nicht etwa ...« Sie hielt inne und schüttelte den Kopf. Ich sah sie herausfordernd an, denn ich wusste genau, was sie fragen wollte. »Ich habe ihm nicht was, Tante Abigail?«

Ihre Augen wurden eine Nuance dunkler, die Lippen waren nur noch eine schmale Linie. »Er respektiert sicherlich deine Tugendhaftigkeit? Heutzutage achten das viele Männer nicht mehr. Und wenn sie erst einmal haben, was sie wollen, dann ...« Sie beendete den Satz nicht und seufzte laut.

»Natürlich respektiert er das«, sagte ich mit belegter Stimme und blendete die Erinnerung an unser Picknick vor zwei Tagen aus, als wir bei strömendem Regen in einer kleinen Hütte am See Unterschlupf gesucht hatten. Mein Kleid war wie selbstverständlich von meinen Schultern gerutscht, wonach es klitschnass auf dem Boden liegen blieb und eine Pfütze verursachte, während Norman mich in seine Arme genommen und gewärmt hatte. Küssend und eng umschlungen waren wir auf die Holzbank gefallen, und irgendwann konnte ich nicht mehr sagen, ob ich vor Kälte oder Erregung zitterte, während seine warmen Hände an meinem Körper entlangfuhren. Ich hätte ihn zügeln müssen und vor allem mich selbst, doch ich war ein wenig beschwipst vom Champagner und seiner Zärtlichkeit. Seine Berührungen auf meiner nackten Haut verursachten ein wohliges, beinahe elektrisierendes Kribbeln, und so hinderte ich ihn nicht, als seine Hand immer tiefer wanderte, und gab mich ihm schließlich völlig hin.

Nach dem Gespräch mit meiner Tante überkamen mich Zweifel, ob Norman nun – wo wir miteinander geschlafen hatten – das Interesse an mir verlor, denn tagelang ließ er nichts von sich hören. Wie ein Tiger im Käfig wanderte ich in meinem Zimmer auf und ab, malte mir alle möglichen Szenarien aus, wie er mich fallen ließ oder mir sagte, dass er nur mit mir gespielt hatte. Ich beschloss, ihm bei unserem nächsten Treffen die Wahrheit zu sagen, und fürchtete mich zugleich davor, dass es kein solches Treffen geben würde. Nach drei Wochen, in denen er weder Briefe noch Nachrichten geschickt hatte, dämmerte mir, dass irgendetwas ganz und gar nicht stimmen konnte. Hatte er sich in eine andere Frau verliebt, oder war sein Interesse vielleicht nie echt gewesen?

Als ich kurz darauf einen Brief von ihm erhielt, den er mit der Post verschickt hatte, fürchtete ich mich so sehr vor dem Inhalt, dass ich stundenlang im Salon auf dem Kanapee saß und den Umschlag anstarrte. Seine Handschrift war geschwungen, doch ganz offensichtlich war die Adresse in Eile geschrieben worden. Immer wieder redete ich mir gut zu, während meine Finger den Brieföffner umschlossen, doch ich brachte es erst am Abend über mich, das Kuvert wirklich zu öffnen. Mein Herz raste, als ich die ersten Zeilen las. Er benutzte die Anrede *Liebe Emma*, nicht geliebte Emma oder meine liebe Emma oder etwas, das nach mehr Intimität zwischen uns klang.

Die nächsten Zeilen ließen mein Herz schwer werden.

Sein Bruder war am Abend zuvor bei einem Autounfall gestorben. Er stünde immer noch unter Schock und habe noch nicht ganz realisiert, was das bedeutete, doch er müsse sich jetzt um seine Familie kümmern, wofür ich sicherlich Verständnis haben würde. Mit keinem Wort erwähnte er, dass er mich wiedersehen wolle. Unterschrieben hatte er nur mit seinem Vornamen.

Dieser Brief machte mir deutlich, dass ich kein wichtiger Teil seines Lebens war und er vermutlich nie um meine Hand anhalten würde. Meine Traumwelt zerbrach in tausend Stücke. Und erst jetzt wurde mir bewusst, wie ungewöhnlich es war, dass ich seinen Eltern noch nicht offiziell vorgestellt worden war. Er hatte vermutlich nie die Absicht gehabt, mich zu heiraten. Natürlich nicht! Spätestens, wenn er herausgefunden hätte, dass ich weder Geld noch die Firma erben würde, hätte er jeglichen Kontakt abgebrochen.

Mein Onkel erzählte mir von Gerüchten, wonach die Hessbys neben ihrer Trauer auch mit dem Verlust des Anwesens zurechtkommen mussten, denn wie sich herausstellte, hatte die geplante Heirat von Normans älterem Bruder alleine dem Zweck gedient, den finanziellen Ruin zu verhindern. Seine Verlobte war steinreich, die Hessbys jedoch hatten durch falsche Investitionen einen Großteil ihres Vermögens verloren.

Ich war also nicht wirklich überrascht, als ich einen Monat später die Verkündung der Verlobung zwischen dem ehrenwerten Norman Hessby und einer amerikanischen reichen Erbin namens Faye Edwards in der Zeitung las. Dennoch traf es mich bis ins Mark, und ich weinte sogar noch mehr als beim Tod von Artie, wofür ich mich selbst verachtete.

Ich bekam tagelang keinen Bissen hinunter, und so wunderte sich zuerst auch niemand, als ich eines Tages einfach ohnmächtig wurde, zumal ich als Heranwachsende ständig in Ohnmacht gefallen war. Tante Abigail ließ dennoch den Arzt kommen, der nach einer kurzen Untersuchung die erschreckende Diagnose stellte. Ich war schwanger!

Die Stille, die folgte, nachdem der Arzt gegangen war, lag so schwer im Raum, dass ich Mühe hatte, Luft zu bekommen. Mit pochendem Herzen und zittrigen Händen lag ich auf meinem Bett und starrte auf die halb geöffnete Tür, durch die Tante Abigail Dr. Benett nach unten begleitet hatte. Mit Daumen und Zeigefinger kniff ich mich in den Arm, um mich davon zu überzeugen, dass ich nicht träumte. Das Zwicken machte mir schmerzlich bewusst, in welch misslicher Lage ich mich nun befand. Ängstlich blickte ich auf meinen Bauch, kniff schnell die Augen zusammen und holte tief Luft. Ich konnte doch unmöglich ein Kind bekommen! Norman würde diese reiche Amerikanerin heiraten, und ich wäre ein für alle Mal ruiniert. Nicht nur, dass ich nun wirklich keinerlei Aussicht mehr auf einen Ehemann hatte, ich würde auch meine Arbeit aufgeben müssen. Was sollte nur aus mir werden? Und aus dem Kind?! Dicke Tränen quollen aus meinen geschlossenen Lidern und tropften über die Wangen auf das Kissen. Ich hörte erst, dass Tante Abigail zurück im Zimmer war, als die Tür ins Schloss fiel. Unfähig, die Augen zu öffnen, hörte ich, wie sie einen Stuhl nahm und neben das

Bett stellte. Ihr schweres, blumiges Parfum kitzelte in meiner Nase, und seit langer Zeit musste ich an meine Mutter denken, an den Duft von Melisse und Lavendel, der sie immer umgeben hatte, und an die sanften Küsse auf Stirn und Wange, wenn sie Trost spendete. Nie wieder sehnte ich sie so sehr herbei wie in diesem Moment. Meine Lippen bebten, während sie von Tränen benetzt wurden, die stumm über das Kinn liefen, wo ich sie mit einer unsanften Bewegung mit dem Ärmel meines Nachthemdes abwischte. Tante Abigail seufzte laut, und erst als sie sich räusperte, schaffte ich es, meine Augen zu öffnen. »Wie konnte das denn nur passieren! Du hast mir doch versichert, dass ...« Ihr Gesicht war aschfahl, die Lippen so fest aufeinandergepresst, dass sie eine schmale Linie bildeten. In ihren Augen lagen Müdigkeit und Enttäuschung. Mein Herz wurde schwer, als ich den Mund öffnete, um etwas zu sagen, doch die Worte schafften es nicht über meine Lippen. So als fielen sie von der Zungenspitze, bevor sie sich formen konnten. »Wie konntest du nur so töricht sein!« Tante Abigails Stimme war lauter geworden. Ich wagte weder zu atmen, noch sie anzusehen, doch irgendwann konnte ich nichts anderes als zu schluchzen.

»Ich hätte dich für klüger gehalten, Emma. Ihr jungen Dinger heutzutage denkt nur ans Hier und Jetzt und vergeudet keinen Gedanken an eure Zukunft. Und so etwas kommt dabei heraus. Ein uneheliches Kind eines Mannes, der bereits einer reichen Erbin versprochen ist.«

»Denkst du ... er würde seine Meinung ändern? «, fragte ich so leise, dass ich mich selbst kaum verstand. Tante Abigail lachte harsch auf. »Wo denkst du hin! Sei nicht albern.«

»Aber ... er liebt mich. Ich spüre es. Es muss einfach so sein.«

Der Blick, den mir meine Tante zuwarf, enthielt eine Mischung aus Unglauben und Mitleid. »Hast du denn nicht begriffen, dass es nicht um Liebe geht?«, sagte sie unwirsch. »Es geht nur ums Geld. Nur er kann seine Familie vor dem Untergang bewahren, und das wird er nicht für ein Gefühl wie Liebe aufgeben. Die Hessbys sind wie die meisten Aristokraten überaus stolz auf ihren Stammbaum und darauf, was ihre Vorfahren geschaffen haben. Niemand will der Nachkomme sein, der die

Familie in den Ruin trieb oder das Anwesen verlor. Da kann die Liebe noch so groß sein, Emma. Blut ist so viel dicker.«

Ich schluckte bei diesen Worten, versuchte mir nicht vorzustellen, was meine Eltern zu mir gesagt hätten und wie enttäuscht sie gewesen wären. »Was mache ich denn jetzt?«, flüsterte ich und legte vorsichtig eine Hand auf meinen Bauch, zog sie aber so schnell zurück, als hätte ich mich verbrannt. Tante Abigails Stirn war voller Furchen, ihre Augen zusammengekniffen. »Wir werden deinem Onkel davon kein Wort erzählen. Niemand wird etwas davon erfahren.« Eindringlich sah sie mich an, bis ich schließlich nickte. »Aber ...«

»Du wirst das Kind im Ausland bekommen. Und es dort lassen.« Sämtliche Herzlichkeit war aus ihrer Stimme gewichen. Sie klang wie Onkel Edmund bei einem seiner Geschäftstermine. »Ich muss telefonieren und ein paar Dinge klären. Aber wir werden sagen, du hast einen Nervenzusammenbruch erlitten, und der Arzt hat dir eine Reise in ein milderes Klima empfohlen. Nach dem Desaster mit dem jungen Hessby wird keiner anzweifeln, dass du Probleme mit den Nerven hast und einen Tapetenwechsel brauchst.«

In meinem Kopf rauschte es. Tante Abigail schickte mich weg? Ich sollte ins Ausland? »Aber wo ...«

Sie stand auf, schob den Stuhl an seinen Platz zurück und bedachte mich mit einem strengen Blick. »Sag niemandem ein Wort, hörst du? Ich muss jetzt telefonieren, bevor dein Onkel zurückkommt. Du wirst heute Abend hier essen und dich morgen den ganzen Tag ausruhen. Ich werde ihm sagen, dass dich die Abweisung von Norman Hessby zutiefst gekränkt hat.« Mit diesen Worten marschierte sie aus dem Zimmer und ließ mich mit einem Gefühl von Panik und unendlicher Traurigkeit zurück. Am übernächsten Morgen, nach einer weiteren unruhigen Nacht, dass ich mich fühlte, als hätte ich mit einem Tiger gekämpft, brachte mir Tante Abigail ein Tablett mit Tee, Porridge und Toast mit Butter. Ich hatte keinen Appetit, im Gegenteil, der Anblick des Essens verursachte mir Übelkeit, und so schob ich den Teller und die Schüssel beiseite und nippte nur an dem sehr heißen Tee. Tante Abigails hochgesteckte Haare waren so fest am Kopf zusammengesteckt, dass ihre Stirn fast faltenfrei war. Sie sah immer noch müde und ausgelaugt aus, unter den Augen lagen dunkle Schatten. »Ich habe gute Neuigkeiten«, begann sie und sah mich erwartungsvoll an. Mit zitternden Händen stellte ich die Teetasse ab und strich mir durch das ungekämmte Haar. Für einen wahnwitzigen Moment glaubte ich, sie hätte Norman überredet, zu mir und dem Kind zu stehen und die amerikanische Erbin zum Teufel zu jagen. »Du wirst nach Südfrankreich reisen und dort bei der Familie Leclerc wohnen. Ich habe Yvette Leclerc durch meine Wohltätigkeitsarbeit während des Krieges kennengelernt. Sie hat zwei Töchter, dreizehn und siebzehn, wenn ich mich recht erinnere. Sie wünscht sich schon lange ein weiteres Kind, kann aber keins bekommen.« Tante Abigail lächelte traurig. Ich vermutete, dass sie in diesem Moment an Robert und Louis dachte. Ein Schatten huschte über ihr Gesicht, doch im nächsten Moment hatte sie sich gefasst und sprach mit ruhiger Stimme weiter. »Sie werden dein Kind als ihres aufziehen. Dem Baby wird es dort gut gehen. Yvettes Mann ist Anwalt, und sie leben in einem hübschen Haus auf dem Land. Wir werden allen sagen, du wirst dich dort in dem milden Klima erholen. Nach den vielen Verlusten, die du in den letzten Jahren erlitten hast, wird sich keiner wundern, dass du krank geworden bist.«

»Aber ich kenne die Leute doch überhaupt nicht. Was sind das für Menschen? Sprechen die Englisch? Mein Französisch ist mehr als dürftig, Miss Barnish sagte, ich sei ein hoffnungsloser Fall, und ...« Die Fragen sprudelten so schnell aus meinem Mund, dass ich selbst kaum mitkam. Tante Abigail hob ihre Hand, um meinen Redefluss zu unterbrechen. Zum ersten Mal lächelte sie, auch wenn es aufgesetzt wirkte. »Es sind anständige Menschen, Emma. Sie werden gut für das Baby sorgen. Es wird einen Vater, eine Mutter und zwei Schwestern haben. Mehr kann man sich doch nicht wünschen, oder?«

Ich wusste nicht, was ich darauf erwidern sollte. Der Gedanke, alleine nach Frankreich zu reisen und bei einer fremden Familie mein Kind zu bekommen, ängstigte mich zu sehr. Dennoch erklärte ich mich einverstanden, welche Wahl hatte ich schon? Die Tatsache, dass Norman eine andere heiraten würde, machte meine Lage aussichtslos. Es war die einzige Möglichkeit, meinen Ruf zu bewahren und in der Fabrik weiterarbeiten zu können, nachdem ich mich erholt hatte. Natürlich hatte ich Angst, dass ich meine Stelle verlieren könnte, doch Onkel Edmund erklärte sich nach langen Diskussionen mit meiner Tante schließlich dazu bereit, einen zeitlich befristeten Arbeitsvertrag mit meiner Vertretung aufzusetzen. Ich wusste nur, dass es sich um einen älteren Mann aus dem Dorf handelte, der früher die Bücher bei einer kleineren Firma geführt hatte. Die Terminvereinbarung und Schreibarbeiten würde eine ambitionierte junge Frau aus der Produktion übernehmen, die sich seit Jahren in Abendkursen weiterbildete. Der Gedanke, monatelang ersetzt zu werden, beunruhigte mich. Doch noch mehr ängstigte mich die Vorstellung, monatelang in einer fremden Umgebung, einem mir völlig unbekannten Land mit ebenso fremden Menschen zu leben. Ab und zu ertappte ich mich bei dem Gedanken, Norman einen Brief zu schreiben und ihm alles zu erklären, doch wie hätte ich das in so wenigen Zeilen erklären können? Der Gedanke an seine bevorstehende Heirat versetzte mir einen so heftigen Stich ins Herz, dass ich kaum Luft bekam. Doch natürlich konnte ich ihm nicht die Wahrheit erzählen. Es hätte ihn und mich in eine unmögliche Lage gebracht. Doch die Gewissheit zu haben, ihn vermutlich nie wiederzusehen, war kaum zu ertragen. Wie stark meine Gefühle für ihn waren, merkte ich, als er mich einen Abend vor meiner Abreise aufsuchte und mir seine Liebe beteuerte, mir aber gleichzeitig seine Ausweglosigkeit erklärte, denn kurz vor dem Tod seines Bruders hatten seine Eltern erfahren, dass der Neffe meines Onkels der Erbe war und nicht ich. Er drückte seine Enttäuschung über meine Lüge aus und betonte im nächsten Satz, dass er mir das verziehen und mich dennoch geheiratet hätte, wäre sein Bruder nicht gestorben. Doch nun lag es an ihm, das Familienanwesen zu retten. Er konnte seine Eltern und seine Schwester nicht im Stich lassen, das würde ich doch sicher verstehen. Seine Auserwählte hatte er bereits vor fünf Jahren kennengelernt und sich in sie verliebt, doch da nur sein Bruder ein Anrecht auf den Titel und das Anwesen hatte, hatten ihre Eltern einer Heirat nicht zugestimmt. Nun lagen die Dinge anders, ihre Eltern waren einverstanden, und Faye Edwards würde die zukünftige Baroness Hessby werden. »Liebst du sie?«, fragte ich, obwohl ich die Antwort gar nicht wissen wollte.

»Sie ist sehr liebenswert«, erwiderte er nach einem kurzen Augenblick, der sich wie eine halbe Ewigkeit angefühlt hatte. In seinen Augen spiegelte sich die Trauer der vergangenen Wochen wider. Sie wirkten dunkler und matter, als ich sie Erinnerung hatte.

»Danach habe ich nicht gefragt«, sagte ich leise. Er atmete hörbar aus, ging ein paar Schritte im Salon umher, ließ seine Finger gegen die Buchrücken gleiten, die zu Dekorationszwecken auf einer Kommode standen und farblich zu den afrikanischen Skulpturen passten, die von Onkel Edmunds Reisen stammten. »Vor ein paar Jahren war ich sehr verliebt in sie.«

»Das ist nicht die Antwort auf die Frage, die ich gestellt habe«, flüsterte ich und versuchte in seinen Augen eine Antwort abzulesen, doch er wandte den Blick ab. »Ich weiß. Aber es ist die einzige Antwort, die ich dir geben kann.«

Ich fragte mich, ob er mich schonen wollte oder er sich seiner Gefühle selbst nicht bewusst war und mir deshalb ausweichend antwortete, doch ich beschloss, es dabei zu belassen.

Als er sich mir wieder zuwandte, hatte er Tränen in den Augen. Er lächelte ein freudloses und mattes Lächeln. »Es tut mir sehr leid, Emma. Du ahnst nicht, wie sehr.« Er nahm die Hände aus den Hosentaschen und ging zur Tür, ohne sich noch einmal nach mir umzudrehen.

19

Juni 2004, Devil`s Dyke, Brighton

Sie hatte gar nicht vorgehabt, hierzukommen, doch vom Flughafen Gatwick lag es nur eine halbe Autostunde entfernt, und nach der langen Wartezeit am Flughafen und dem fast zweistündigen Flug sehnte sie sich nach frischer Luft. Die Fahrt zum Bergkamm war genauso schön, wie sie sie in Erinnerung hatte. Ringsherum auf den Feldern und Wiesen grasten Schafe und Rinder, vereinzelt sah man Spaziergänger mit ihren Hunden, von denen die meisten an der Leine gehalten wurden. Sie stellte den Leihwagen, einen blauen Renault, auf dem Parkplatz des Pubs ab, holte sich eine Cola am Tresen und setzte sich nach draußen an einen der Holztische. Der Himmel war bewölkt, es war windig und frisch; die langen Haare wehten ihr immer wieder ins Gesicht, bis sie sie zusammenband. Der Ausblick war atemberaubend. Sie liebte die South Downs. Die hügeligen grünen Wiesen und Felder wirkten endlos weit, und das Tal unten, über dem sich dunkelblaue Wolken zusammenzogen, hätte ein perfektes Postkartenmotiv abgegeben. Vor einem Jahr waren Fabian und sie hierhergekommen, um eine Wanderung zu machen. Sie hatten eine Woche in Brighton verbracht, und ausgerechnet an dem Tag, an dem sie am Devil's Dyke hatten wandern wollen, hatte es fünf Minuten nach ihrer Ankunft wie aus Kübeln geschüttet, sodass sie Zuflucht im Pub gesucht hatten. Trotz des furchtbaren Wetters war es ein schöner Tag geworden. Sie hatten fantastische Burger gegessen und sich mit einem Pärchen aus Australien unterhalten, das seit drei Monaten durch Europa gereist war. Als die Sonne unterging, hatte der Regen aufgehört, und so hatten die vier eine Wolldecke auf der Wiese hinter dem Pub ausgebreitet und den Sonnenuntergang beobachtet, während ein paar Meter weiter ein paar Jugendliche Gitarre spielten und irische Folksongs sangen. Sie erinnerte sich auf einmal daran, dass sie zu Fabian gesagt hatte, sie könne sich vorstellen, hier in der Nähe zu leben. Bestimmt aus einer Bierlaune heraus, aber jetzt, wo sie wieder hier war und Richtung Küste blickte, wurde ihr bewusst, dass sie es durchaus eine Zeit lang hier aushalten würde. Vielleicht ging es ihr mit Irland ähnlich? Die Sonne blitzte zwischen den Wolken hervor und blendete für einen Moment ihre Sicht, doch sie verschwand, kaum, dass Sara die Augen mit den Händen abgeschirmt hatte. Der Wind wurde stärker, sie begann zu frösteln und holte ihre Jacke aus dem Auto. Mit schnellen Schritten ging sie die Straße hinunter, vorbei an der Bushaltestelle, an der eine Handvoll Menschen wartete. Als sie die ersten Regentropfen abbekam, fluchte sie laut. In der Ferne vernahm sie ein Donnergrollen, und als sie auf das Tal hinunterblickte, stellte sie fest, dass der Himmel fast schwarz war. Sie setzte ihre Kapuze auf und rannte zurück zu ihrem Auto. Kaum hatte sie die Tür hinter sich geschlossen, hagelte es auch schon, und Blitze zuckten am Himmel. Sie schloss die Augen und lehnte sich zurück, musste lächeln bei dem Gedanken, Fabian von ihrem erneuten Versuch zu erzählen, eine Wanderung zu unternehmen. Es war fünfzehn Uhr, und obwohl sie seit sechs Uhr auf den Beinen war, fühlte sie sich fit und ausgeruht. Sie hatte nur eine Meile laufen wollen, sich etwas die Beine vertreten, doch bei dem Wetter war das sinnlos. Ein Blick auf ihr Handy verriet ihr, dass sie hier oben keinen Empfang hatte, aber davon war sie auch nicht ausgegangen. Sie hatte Abstand zu Fabian gewollt, aber in diesem Moment sehnte sie sich nach seiner Nähe. Nach seiner Stimme, seinen Witzen, seinen Aufmunterungen. Sie räusperte sich, als sie Tränen in sich aufsteigen spürte, drehte den Zündschlüssel um und beschloss, sich auf den Weg nach Upper Fenley zu machen. Während sie die schmale Straße zurückfuhr und dem Geräusch der Scheibenwischer lauschte, dachte an sie die dramatische

Entwicklung in Emmas Erzählung. Sie hatte so viel durchgemacht und war so viel jünger als Sara jetzt gewesen. Wie hatte sie das nur alles ausgehalten?

20

Juli 1925

Ich erinnere mich kaum an die Reise nach Frankreich. Tante Abigail begleitete mich zum Schiff nach Dover, nahm mich vorsichtig in den Arm und flüsterte mir ins Ohr, dass sich das Problem vielleicht durch die Strapazen der Reise von selbst erledigen würde.

Doch das tat es nicht. Einen halben Tag später trat ich durchgeschüttelt aus dem Zug in Marseille und wurde von einer freundlichen, rundlichen Frau mit rotblonden Haaren in Empfang genommen, die sich mir als Yvette Leclerc vorstellte. Mein Schulfranzösisch war nicht besonders gut, ihr Englisch dank eines britischen Vaters dagegen schon, und so war die Verständigung zum Glück recht einfach. Die Leclercs lebten in einem gepflegten Haus, etwa dreißig Kilometer von Marseille entfernt. Es war recht abgelegen, die nächsten Nachbarn waren drei Meilen entfernt.

Yvettes Mann war Anwalt und arbeitete bis spät abends in der Stadt. Er war freundlich, aber recht wortkarg. Die Töchter Virginie und Marie waren dreizehn und siebzehn. Ich erfuhr, dass Yvette sich seit Jahren ein weiteres Kind wünschte, am liebsten einen Jungen, aber sie konnte selbst keine Kinder mehr bekommen. Ich fragte sie, ob sie mein Kind auch lieben würde, wenn es ein Mädchen werden würde, was sie mir hoch und heilig versicherte, doch an ihrem Blick las ich ab, dass sie inständig auf einen Jungen hoffte.

Ich half ein wenig im Haushalt, um eine Beschäftigung zu haben.

Schwere Arbeiten ließ mich Yvette nicht machen, und so beschränkte ich mich darauf, den Töchtern bei den Hausaufgaben zu helfen oder Kartoffeln zu schälen, Kräuter aus dem Vorgarten für die Suppe zu pflücken und nach den Blumen im Garten zu sehen. Es gab nicht viel zu tun. Ein Mädchen aus dem Dorf kam jeden Tag für ein paar Stunden, um die groben Arbeiten zu übernehmen. Sie sprach kein Englisch und war mir gegenüber äußerst scheu.

Als der Termin der Entbindung näher rückte, spürte ich immer öfter die Bewegungen des Kindes in mir, die ich vorher als Rumoren im Bauch abgetan hatte. Ich ertappte ich mich eines Tages dabei, wie ich zärtlich über meinen Bauch strich und mich fragte, wie das Baby aussehen würde. Ob es mehr Ähnlichkeit mit mir oder mit Norman hätte. Die Leclercs richteten derweil das Nähzimmer als Kinderzimmer her. Auch überlegten sie jeden Abend laut einen Namen. Das wurde eine Art Spiel beim Abendbrot. Mir entging nicht, dass überwiegend Jungennamen genannt wurden, und ich begann mich zu fragen, was passierte, sollte ich ein Mädchen gebären.

Es war die ältere der Töchter – Marie –, die mich schließlich zum Nachdenken brachte, ob ich das Baby nicht doch lieber behalten würde. Etwa vier Tage vor der Entbindung saßen wir beide auf der Veranda und schälten Erbsen für einen Eintopf. Das war eine ziemliche entspannende Tätigkeit, der wir beide oft nachgingen, während wir uns über alles Mögliche unterhielten. Marie hatte gerade die Schule beendet und sollte ihrer Mutter nach der Geburt mit der Versorgung des Babys zur Hand gehen. Yvette litt an einer Darmerkrankung, die sie mitunter für mehrere Tage ans Bett fesselte. Es gab aber auch lange Phasen, in denen sie fast beschwerdefrei war. Dennoch war ich um die Versorgung meines Babys zunehmend besorgt. Marie verstärkte diese Sorge, weil in unseren Gesprächen deutlich wurde, dass sie viel lieber weiter zur Schule gehen wollte, um Lehrerin zu werden. Sie fragte mich über meine Arbeit in der Firma aus und war beeindruckt, als sie erfuhr, dass ich die Buchhaltung gemacht hatte. Sie kannte keine Frauen, die ein Interesse an Mathematik hatten.

»Papa hatte mir schon erlaubt, mich zur Lehrerin ausbilden zu lassen, doch dann ...« Sie warf die letzte Erbse in den Topf und legte das Messer beiseite.

»Dann erfuhren deine Eltern, dass sie ein Baby bekommen würden«, beendete ich ihren Satz.

Sie nickte. In ihren Augen schimmerten Tränen, doch als sie den Kopf hob, lächelte sie. »Wie ist es so?«, fragte sie. »Das Baby in sich zu tragen. Mama sagt, man spürt es manchmal.«

Ich nickte, versuchte zu beschreiben, wie sich die Bewegungen des Kindes in mir anfühlten, doch mir wollte einfach kein Vergleich einfallen, und so ließ ich es.

»Darf ich mal ...« Sie wurde rot und senkte den Kopf.

»Komm her, es ist nichts dabei. Leg deine Hände einfach auf den Bauch, hierhin«, sagte ich und machte es vor. Sie lächelte verschmitzt, blickte kurz zur Haustür, sprang auf und ging um den Tisch herum, um ihre Hände auf meinen Bauch zu legen. Ich hielt die Luft an, versuchte mich keinen Millimeter zu bewegen, während Maries warme Hände auf meinem Bauch lagen und sie mich erwartungsvoll ansah. »Da!«, sagte sie aufgeregt. »Haben Sie es gespürt?«, fragte sie leise, als ob sie das Baby in meinem Bauch nicht erschrecken wollte. Ich nickte, obwohl ich mir nicht sicher war, ob es sich wirklich um eine Bewegung des Kindes gehandelt hatte oder einfach nur um meinen knurrenden Magen. Dann trat es, und zwar heftig! Ich schrie beinahe auf und sah erschrocken zu Marie. »Es tritt!« Ich musste lachen und legte meine Hände fast ehrfürchtig auf meinen Bauch.

»Ich könnte das glaube ich nicht«, sagte Marie plötzlich und ging zu ihrem Stuhl zurück. »Das Kind weggeben, nachdem ich es so lange im Bauch gehabt hätte.«

Dieser Satz ließ mich die halbe Nacht nicht schlafen. Immer wieder hörte ich Maries Stimme in meinem Kopf, die irgendwann in Isobels Stimme und schließlich in meine eigene überging. Und da wusste ich, dass ich dieses Baby behalten wollte. Ich wusste nur nicht, wie ich das den Leclercs erklären sollte.

Marie spürte, dass ich immer ruhiger wurde. Während Yvette es auf die Strapazen der Schwangerschaft schob – mittlerweile drückte das Baby auf meine Blase, sodass ich ständig auf die Toilette musste –, fragte Marie mich wenige Tage vor der Geburt, ob ich auf einmal Zweifel bekommen hätte. Ich nickte, traute mich nicht, es laut auszusprechen, obwohl wir uns alleine im Zimmer befanden. Ich lag auf der Wohnzimmercouch und las in einer Modezeitschrift. Yvette war mit Virginie zum Einkaufen ins Dorf gegangen. Obwohl es jederzeit so weit sein konnte, ließ sie mich ab und zu mit Marie alleine im Haus, um Dinge zu erledigen, die Marie hätte erledigen können. Als ich Marie darauf ansprach, zuckte sie mit den Schultern. »Sie meint, eine Geburt ist etwas Natürliches, vor dem man keine Angst haben muss. Sie hat mich bekommen, als sie völlig alleine im Haus war, und Virginie kam mitten in der Nacht, als wir die Hebamme nicht erreichten.«

»Aber ich weiß gar nicht, was ich tun soll«, sagte ich ängstlich, als ich ein Ziepen im Unterleib spürte. »Was ist, wenn ich es falsch mache? Ich finde, sie sollte jetzt nicht mehr weggehen.«

Marie lächelte und strich mir beruhigend über das Haar, was mich schmerzlich an Isobel erinnerte. »Ich glaube, man kann da nichts falsch machen.«

Ich musste an meine Mutter denken, die auf unserem Küchenboden verblutet war, und schob den Gedanken schnell wieder beiseite, weil ich sonst völlig in Panik ausgebrochen wäre. Stattdessen konzentrierte ich mich darauf, die Streifen der Tapete im Wohnzimmer zu zählen, um mich zu beruhigen.

»Wenn du das Baby behalten könntest ... würdest du das wollen?«, fragte Marie in die Stille hinein.

Ich nickte, biss mir auf die Unterlippe und fragte mich, wieso ich kurz davor war, in Tränen auszubrechen.

»Vielleicht solltest du es dann behalten«, flüsterte Marie in mein Ohr und strich mir weiter über das Haar. Ganz allmählich drehte ich meinen

Kopf zu ihr herum und sah sie erstaunt an. »Aber wie?«, formten meine Lippen.

»Es gibt immer einen Weg«, wisperte sie. »Und wenn es keinen gibt, musst du die Erste sein, die ihn geht.«

Diese simplen Worte beindruckten mich. Ich nickte kaum merklich. Im nächsten Moment wurde die Tür aufgerissen, und Virginie kam mit einem Korb Äpfel hereingelaufen.

Die Wehen setzten am frühen Morgen ein. Es ging alles viel schneller, als ich erwartet hatte, denn mir war gesagt worden, beim ersten Kind dauerte es meist etliche Stunden. Meine Mutter hatte mit Artie zwanzig Stunden in den Wehen gelegen, Yvette mit Marie fünfzehn. Bei mir war alles nach vier Stunden vorbei, und ich hatte mithilfe von Marie und einer Hebamme eine gesunde, wunderhübsche Tochter geboren.

In dem Moment, in dem die Hebamme das Geschlecht verkündete, veränderte sich etwas in Yvettes Augen, das vermutlich nur ich wahrnahm. Ein kurzes Flackern, gefolgt von einem Zucken um die Mundwinkel, bevor sie sich zu einem Lächeln zwang. Doch das Lächeln war so kalt wie ein frostiger Wintertag, und es brach mir beinahe das Herz, als die Hebamme ihr mein Mädchen in die Arme legte.

Ihre Bewegungen wirkten steif, als sie das Baby im Arm wiegte. Wie gerne hätte ich es an ihrer Stelle im Arm gehalten, ihm Wärme und Zuneigung gegeben. Immerhin war es mein Baby. »Bitte, ich möchte sie halten«, sagte ich matt, während mir die Hebamme die Stirn mit einem feuchten Tuch abwischte.

»Du musst dich ausruhen«, sagte Yvette und hielt meine Tochter wie einen Kartoffelsack im Arm. Sie schrie und schrie, während Yvette leise »Shhhhhh« machte, aber ihre Stimme klang genervt und nicht liebevoll. Ich setzte mich auf, streckte meine Arme aus, doch Yvette verließ mit dem Baby den Raum.

Die Hebamme sagte etwas zu Marie auf Französisch und stand auf.

»Du sollst dich ausruhen und noch nicht aufstehen, meint sie.«

»Geht es dem Baby gut?«, fragte ich mit tränenerstickter Stimme.

Auf einmal war es ganz ruhig im Raum. Nur Yvettes leises »Shhhhh« aus dem Nebenraum war zu hören. Marie nickte, aber ihre Augen sahen seltsam leer aus. Vielleicht war ihr in dem Moment bewusst geworden, dass ihr Traum, Lehrerin zu werden, unerreichbar geworden war.

• • •

Ich sollte noch einige Wochen dortbleiben, um das Baby zu stillen. Mittlerweile hatte man auf die Vorzüge des Stillens bei Babys immer wieder hingewiesen – in Zeitungen und Zeitschriften –, und Yvette vertrat die Meinung, dass keine zugeführte Milch Muttermilch ersetzen konnte.

Das Gefühl, als das Baby, das immer noch keinen Namen hatte, auf mir lag, um zu trinken, war unbeschreiblich. Beim ersten Mal traute ich mich kaum, sie anzufassen, aus Angst, sie zu zerbrechen. Ich schloss die Augen, und nur in diesen Momenten konnte ich alles um mich herum ausblenden. In diesen Momenten waren nur wir beide wichtig. Ich genoss die Wärme, die von dem winzigen Wesen ausging und bis in die Zehenspitzen ausstrahlte.

Bereits am zweiten Tag nach der Geburt ging das Leben im Haus der Leclercs wie gewohnt weiter, als wäre nichts Außergewöhnliches passiert. Dabei war die Geburt eines Babys doch das Außergewöhnlichste, was es gab. Dass sie mein Mädchen so wenig willkommen hießen und als das Natürlichste von der Welt betrachteten, obwohl die ganze Situation alles andere als alltäglich war, ärgerte mich. Es war mein Baby, das sie ohne mich nie hätten haben können. Ich hatte es auf die Welt gebracht, ich hatte das kleine Wunder aus meinem Körper gepresst, ein perfektes kleines Mädchen mit Stupsnase und wunderhübschen Augen. Das linke war hellblau, das rechte hatte einen bernsteinfarbenen Ring um die Iris. Als hätte sie sich nicht entscheiden können, wessen Augen sie haben wollte. Normans oder meine.

Monsieur Leclerc hatte nur einen müden Blick für das Baby übrig, das auch am dritten Tag noch keinen Namen hatte.

»Ich fand Jean-Philippe so schön«, jammerte Yvette immer, wenn eines der Mädchen sie daran erinnerte, dass sie einen Namen finden mussten. Virginie zählte ihre Lieblingsnamen auf, keiner davon gefiel ihrer Mutter. Marie blätterte in Büchern und Zeitschriften, notierte sich einen Haufen Namen und las diese nach dem Mittagessen vor, doch Yvette hörte nur mit halbem Ohr zu, während sie aus dem Fenster starrte und das Baby minutenlang schreien ließ, bis ich es in den Arm nahm und sanft hin und her wiegte, bis es einschlief.

»Sie hätten sagen müssen, dass Sie kein Mädchen wollen«, brach es aus mir heraus. Virginie ließ vom Abwasch ab und blickte auf ihre Mutter, die immer noch verträumt aus dem Fenster sah. Ganz langsam drehte Yvette ihren Kopf herum und sah mich mit einem Ausdruck purer Verzweiflung an. »Ich dachte, ich könnte sie annehmen«, hauchte sie, schob den Küchenstuhl zurück und ging ins Schlafzimmer.

Kurz darauf lag sie weinend und schreiend auf dem Bett und ließ sich nicht beruhigen. Als Marie nach ihr sah, warf sie mit Kissen und Büchern um sich und schrie sich die Seele aus dem Leib. Ich verstand die französischen Wörter nicht, doch sie klangen wie Schimpfworte. Virginie rief ihren Vater in der Kanzlei an, der einen Arzt vorbeischickte und selbst kurz darauf nach Hause kam. Die beiden Mädchen saßen verstört und ängstlich im Wohnzimmer, hielten sich an den Händen und riefen mir in Erinnerung, wie schön es war, eine Schwester zu haben. Mein Herz wurde schwer. Ich wünschte mir in diesem Moment nichts sehnlicher als bei Isobel zu sein. Mich von ihr in den Arm nehmen zu lassen, ihre sanfte Stimme zu hören und ihr Lachen, das in den letzten Jahren so selten geworden war. Noch bevor der Arzt gegangen war, beschloss ich, dass ich zu ihr fahren würde. Mit meinem Baby.

Marie half mir beim Packen. Ich spürte, dass sie die ganze Zeit etwas sagen wollte, doch die Worte schienen nicht über ihre Lippen zu kommen, aber ich verstand sie auch so. Ich sah, wie leid ihr das alles tat, wie furchtbar peinlich ihr das Verhalten ihrer Mutter war. Das bedurfte keiner Worte. Sie gab mir belegte Brote und zwei Äpfel mit und fragte, ob ich auch von dem Braten vom Vortag etwas mitnehmen wollte, was ich verneinte. Ich hatte das Gefühl, sowieso keinen Bissen hinunterzubekommen. In meinem Kopf herrschte Aufruhr. Ich wusste, ich tat das Richtige, aber mir war auch bewusst, dass ich in eine ungewisse Zukunft blickte. Tante Abigail würde außer sich sein. Ich mochte mir ihre Reaktion nicht einmal vorstellen.

Monsieur Leclerc begleitete den Arzt zur Tür, der Yvette ein Schlafmittel verabreicht hatte, dann kam er zu mir ins Zimmer, wo ich mit Marie den Proviant in meiner Tasche verstaute. Er wirkte weder überrascht noch erschrocken. »Sie hat sich so sehr einen Jungen gewünscht ...«, begann er und starrte von dem gepackten Koffer zu mir. Ich war immer noch etwas schwach auf den Beinen, doch ich hielt es keinen Tag länger mehr in dem Haus aus. »Sie hat es sich leichter vorgestellt«, erklärte Monsieur Leclerc.

»Ich habe ihr nicht versprochen, einen Jungen zu bekommen. Wie hätte ich das machen sollen? Das kann keine Frau«, sagte ich mit erstickter Stimme. »Ich habe geglaubt, sie könnte ein Mädchen genauso lieben wie ihre eigenen Kinder, aber das kann sie nicht. Das habe ich gleich nach der Geburt gewusst.«

»Wir wissen gar nichts über den Vater. Ich meine ... wir wissen nicht, wie es sich entwickelt ... das Baby.« Er trat von einem Fuß auf den anderen und mied meinen Blick.

»Es? Sie ist doch kein Ding. Es war ein Es, als es in meinem Bauch war, aber jetzt ist es eine Sie! Und *sie* heißt Helen. Ich nehme sie mit nach England!« Ich wunderte mich über die eigene Stärke in meiner Stimme und fragte mich, woher sie kam. Es spielte keine Rolle, ich hatte meine Entscheidung getroffen und würde mich nicht umstimmen lassen. Doch das versuchte er gar nicht. »Ich denke, es ist das Beste für alle. Ihre Tante hat uns sehr großzügig für diese Umstände entlohnt. Da ist es nur gerecht, wenn ich Sie zum Bahnhof bringe.«

Ich wäre am liebsten gelaufen, und das hätte ich vielleicht auch ohne Kind getan. So aber musste ich an Helen denken und nahm sein Angebot an.

• • •

Wie alle anderen hatte ich Isobel in dem Glauben gelassen, dass ich in Frankreich gewesen war, um mich von einem Nervenleiden zu erholen. Ich wusste nicht, ob sie sich freuen würde, mich zu sehen. Natürlich hatte ich ihr in meinen Briefen von Norman erzählt und keinen Zweifel daran gelassen, dass wir heiraten würden. Umso geschockter musste sie gewesen sein, als ich ihr schrieb, er würde eine andere heiraten. Sie hatte so viele Fragen in ihrem Brief gestellt, die ich alle nicht beantwortet hatte, weil ich dann so vieles hätte erklären müssen. Wieso ich mich als jemand ausgegeben hatte, der ich nicht war, wieso ich mich in eine Traumwelt geflüchtet hatte und mich nicht der Realität stellen konnte.

All das würde ich ihr bei meinem Besuch erzählen, denn diese Worte passten in keinen Umschlag. Ich verwarf den Gedanken, ihr meinen Besuch per Telegramm anzukündigen. Wie ich sie kannte, hätte sie das nur beunruhigt. Gleichzeitig hatte ich wahnsinnig Angst davor, dass sie mich davonjagte.

Auf dem Schiff wurde mir wegen des starken Seegangs furchtbar übel. Ich war froh, als ich wieder festen Boden unter den Füßen hatte, und schwankte immer noch ein bisschen, als ich in den Zug stieg. Helen schlief so fest, dass ich begann, mir Gedanken zu machen, ob sie vielleicht krank war. Doch kurz bevor der Zug in Oxford hielt, schlug sie ihre runden Augen auf und schrie aus Leibeskräften, weil sie Hunger hatte. Glücklich drückte ich sie an mich und redete ihr gut zu, ganz leise, sodass nur sie mich hören konnte.

Ich hatte noch genug Geld dabei, das Tante Abigail mir für den Notfall mitgegeben hatte, und so nahm ich vom Bahnhof in Oxford ein Taxi, denn Helen wurde mir auf dem Arm allmählich schwer, und mit dem Gepäck zusätzlich war eine Busfahrt umständlich.

Es war ein seltsames Gefühl, Vaters Buchhandlung nach so langer Zeit wiederzusehen. Ehrfürchtig stand ich auf dem Bürgersteig und blickte auf die Schaufensterauslage, während der Taxifahrer das Gepäck auf den Bürgersteig abstellte. Nach einem großzügigen Trinkgeld fuhr er mit einem breiten Lächeln davon. Helen schlief auf meinem Arm, ab und zu brabbelte sie vor sich hin. Sie war ein recht ruhiges Kind, was mich wunderte, da meine Geschwister und ich alle so lebhaft als Kinder waren. Aber vielleicht kam das ja noch.

Ich erschrak, als ein Bus in die Straße einbog und mir durch die Reflexion im Schaufenster mein eigenes Spiegelbild bewusst wurde. Ich sah verhärmt aus in dem breiten Mantel, der zuvor so gut meinen dicken Bauch versteckt hatte, nun aber viel zu groß war. Mein Gesicht wirkte schmal, der Rand des grünen Glockenhuts war hochgebogen, sodass meine Augen zur Geltung kamen, die mir müde im Schaufenster entgegenblickten. Ich erkannte mich kaum. Erst recht nicht, als ich das Bündel Baby auf dem Arm ansah, das so fremd an mir wirkte. Ich fragte mich, was meine Eltern wohl von mir halten würden, und wollte die Antwort gar nicht wissen. Meine Mutter hatte früh ihr erstes Baby bekommen, aber immerhin war sie verheiratet gewesen.

»Zeit, deine Tante kennenzulernen«, flüsterte ich Helen zu, bevor ich das Geschäft betrat, wo die Türglocke mein Eintreffen verkündete.

Es roch nach Staub, Leder und neuen Büchern. Ich erspähte Isobel – oder vielmehr ihr glänzend dunkelblondes Haar – an der Kasse, wo sie mit dem Rücken zu mir stand und die Regale abstaubte. »Ich bin gleich für Sie da«, sagte sie freundlich. Helen brabbelte etwas, und ich musste kichern, obwohl meine Beine weich wie Pudding waren.

»Wir haben Zeit«, sagte ich leise. Der Arm meiner Schwester mitsamt Staubwedel fiel wie eine Pfeilspitze herunter. »Emma! Bist du es wirklich?« Ihre Augen sprühten vor Freude, sie lächelte breit, doch dann runzelte sie die Stirn und starrte auf das Baby in meinem Arm. »Wessen Baby ist das?«

»Das ist Helen. Deine Nichte«, sagte ich leise und beobachtete Isobels Reaktion. Ihre Augen flackerten, das Lächeln auf ihrem Gesicht erstarb. Sie schlug sich die Hand vor den Mund und schüttelte den Kopf. »Nein, Emma, wie konnte das denn nur … Du kannst doch nicht …«

Es waren keine Kunden im Laden. Ich setzte mich mit Helen auf einen der Chintzsessel neben dem Kassenbereich. Ich war so erschöpft, dass mir beinahe die Augen zufielen. Auf einmal tat mir alles weh, und mich überfiel eine solche Schwere, dass ich kaum meinen Arm heben konnte. Isobel nahm mir das Baby ab, bevor es zu Boden fiel. Wie einen Fremdkörper hielt sie es eine halbe Armlänge von sich entfernt. Helen gluckste, es war das niedlichste Geräusch, das ich kannte und dem ich stundenlang lauschen konnte. Es erwärmte auch Isobels Herz, denn auf einmal drückte sie das Baby fest an sich.

»Ich habe sie nach Großmutter benannt«, sagte ich. Wie Isobel habe ich unsere Großmutter nie kennengelernt, aber oft den warmherzigen Erzählungen unserer Mutter gelauscht. Sie war eine starke Frau gewesen, die nach dem Tod ihres Mannes vier Kinder großgezogen hatte. Leider starb sie kurz nach Isobels Geburt, sodass wir sie nie kennenlernen konnten. Durch die vielen Erzählungen unserer Mutter war sie aber fast zu einer Freundin geworden.

»Ein schöner Name. Ich bin mir sicher, Mum hätte das sehr gefreut.«

Isobel und ihr Mann hatten eine kleine Wohnung auf der gegenüberliegenden Straßenseite gemietet. Die untere Etage des großen Hauses wurde von einer älteren Dame bewohnt, der Eigentümerin. Die Räume direkt unter dem Dach bewohnten Isobel und ihr Mann. Das Badezimmer im ersten Stock teilten sie sich. Isobel hatte versucht, ein heimeliges Zuhause zu schaffen, doch die Wohnung war stark renovierungsbedürftig. Die Tapete wellte sich an etlichen Stellen, der Putz in der Küche bröckelte von den Wänden, und im Schlafzimmer roch es trotz ständig geöffneter Fenster immerzu muffig.

Eine Mischung aus Freude und Wehmut überkam mich, als ich Vaters große Wohnzimmeruhr auf dem Kaminsims entdeckte. »Das meiste haben wir verkauft oder verschenkt. Du siehst ja, wir haben nur wenig Platz«, erzählte Isobel, nachdem sie uns Tee in Mums rosenverzierte Tassen eingeschenkt hatte. Meine Hände zitterten, als ich die Tasse zum Mund führte. Ein bisschen fühlte es sich nach Zuhauseankommen an.

Helen schlief in einem kleinen Bastkorb auf der Couch, zugedeckt mit meiner alten Babydecke, die Isobel aufbewahrt hatte. »Das war die Decke von uns beiden«, erzählte Isobel. »Artie hat so sehr gekleckert und gespuckt, dass die Flecken aus seiner Decke irgendwann nicht mehr rausgingen, deswegen hat Mum vor meiner Geburt eine neue gekauft.«

Manchmal tat es weh, dass Isobel so viel mehr über unser Leben mit und von unserer Mutter wusste als ich. Als ob sie meine Gedanken erraten hätte, sagte sie: »Ich bin nun einmal die Ältere von uns beiden. Dafür hat sie dir viel mehr durchgehen lassen.«

»Ich hätte lieber ein, zwei Erinnerungen mehr und dafür mehr Schelte bekommen«, erwiderte ich matt.

Isobel strich mir behutsam über den Arm. »Für dich war es bestimmt am schwersten. Was machst du denn jetzt bloß?«

»Ich weiß es nicht«, gab ich ehrlich zu und erzählte ihr, wieso ich Helen nicht bei den Leclercs hatte lassen können. Ihr Verständnis tat gut. Sie verurteilte mich nicht, auch nicht, als ich ihr erzählte, wie ich Norman kennengelernt und dass ich ihn angeschwindelt hatte. Sie hörte zu, nickte, empörte sich an den richtigen Stellen und gab mir das Gefühl, keinen Fehler gemacht zu haben, obwohl wir beide es besser wussten.

Ich blieb zwei Tage bei Isobel und ihrem Mann, der mich so herzlich in Empfang nahm wie eine verlorene Schwester. Von Helen war er ganz hingerissen, und ich merkte ihm an, dass er es kaum erwarten konnte, selbst Kinder zu bekommen. Erst am nächsten Morgen vertraute mir meine Schwester an, dass sie bereits zwei Fehlgeburten hatte und nun vermutlich erneut ein Kind erwartete.

Ich freute mich für sie, spürte aber auch ihre Angst. »Du weißt doch, alle guten Dinge sind drei«, sagte ich, drückte ihre Hand fest und entlockte ihr ein Lächeln. Anschließend rief ich Tante Abigail vom Buchladen aus auf Juniper House an. Sie war erstaunt, als ich sie begrüßte, doch ich meinte auch Besorgnis aus ihrer Stimme herauszuhören. In knappen Sätzen berichtete ich ihr, was bei den Leclercs vorgefallen war. In wenigen Minuten öffnete Isobel den Laden, bis dahin musste ich mein Anliegen vorgetragen haben. Das Schweigen meiner Tante drückte auf mein Ohr. Ich hielt die Luft an und versuchte ruhig zu atmen, ihr Zeit zu lassen, die Nachricht zu verdauen.

»Ach, Emma ...« Sie klang den Tränen nahe. Mein Hals fühlte sich wie zugeschnürt an. Ich hörte sie schwer seufzen, und in dem Moment wusste ich, dass mir eine Rückkehr nach Juniper House verwehrt war.

Sie gab mir die Adresse eines Rechtsanwalts in London und trug mir auf, ihn am nächsten Tag aufzusuchen. Ich wollte protestieren, denn ich fürchtete, er sollte sich um eine Adoption kümmern, doch Tante Abigail versicherte mir, er würde mir helfen, eine Unterkunft für mich und Helen zu finden. Von Yorkshire aus seien ihr die Hände gebunden, und Mr Whitmore schulde ihr noch einen Gefallen.

Ich war traurig und erleichtert zugleich, als ich auflegte. Es hatte trotz allem gutgetan, Tante Abigails Stimme zu hören. Ich fragte mich, ob und wann ich sie wiedersehen würde und ob sie mich überhaupt je wiedersehen wollte. Doch natürlich behielt ich diese Fragen für mich.

Als ich am nächsten Nachmittag um drei Uhr in Mr Whitmores Kanzlei eintraf, waren meine Knie weich wie Pudding und die Handflächen so schwitzig, dass ich ihm am liebsten nicht die Hand gegeben hätte. Ich hatte Helen bei Isobel im Laden gelassen, auch wenn es mir schwergefallen war. Doch so war es einfacher als mit einem Baby nach London zu fahren.

Die Geräusche, der dichte Verkehr und der schwarze Rauch aus den Schornsteinen machten mir deutlich, wie viele Menschen hier lebten, ohne sich zu kennen. In der Straße, in der ich aufwuchs, kannte jeder jeden. Man grüßte sich, half sich gegenseitig aus. Hier jedoch liefen die Menschen nebeneinander auf dem Bürgersteig, bemüht, sich nicht anzuschauen, und hasteten über die Straßen wie Verfolgte. Alles geschah schneller. Als ich im Bus in Richtung Mayfair saß, fielen mir vor allem die adrett gekleideten Frauen auf. Glockenhüte in Mitternachtsblau, pflaumenfarben und mintgrün. Viele der Kleider endeten nur kurz unter dem Knie, und die Schnitte sahen so viel moderner aus, als ich sie in Erinnerung hatte. Eine junge Frau in einem dunkelblauen Kleid mit einem recht lose sitzenden roten Gürtel um die Taille fiel mir besonders auf. Sie lehnte an einem Zaun und zog an einer Zigarette. Ihre Lippen waren kirschrot. Einen solch kräftigen Lippenstift hatte ich bis dahin nur bei Tänzerinnen oder Schauspielerinnen gesehen. Ich fragte mich, auf wen sie wartete, und starrte sie eine ganze Weile ungeniert an, während der Bus wegen einer Schafherde, die die Straße überquerte, um in den Hyde Park geleitet zu werden, halten musste. Isobel hatte mir einmal erzählt, dass Schafe inmitten des Verkehrs zum Stadtbild gehörten, da sie in den Parks eingesetzt wurden, um das Gras zu »mähen«. Ich hatte die Vorstellung ziemlich absurd gefunden, aber es mit eigenen Augen zu sehen, wirkte weniger skurril als erwartet. Ich fragte mich, ob die Schafe sich an dem Verkehr störten, doch sie wirkten ruhig und gelassen wie die auf den Feldern in Yorkshire. Als der Bus anfuhr, löste sich die Frau mit dem kräftigen Lippenstift vom Zaun und lief einem Mann in einem dunklen Anzug entgegen, der eine Aktentasche unter dem Arm und große Ähnlichkeit mit Norman Hessby hatte. Für einen winzigen Moment überlegte ich sogar, ob er es sein könnte, doch der Mann schien mir nicht groß genug zu sein. Einen gehörigen Schreck hatte mir der Anblick dennoch verpasst. Als die beiden sich um den Hals fielen, bog der Bus um die nächste Ecke, und das Pärchen verschwand aus meinem Sichtfeld.

Mr Whitmore war ein älterer Herr, der auf die siebzig zuging, mit weißem Haar und Schnurrbart und einem Monokel. Er begrüßte mich so freundlich und warmherzig, dass ich mich fragte, wie viel Tante Abigail ihm wohl von mir erzählt haben mochte. Da er keineswegs weltfremd auf mich wirkte, vermutete ich, dass er sich alles zusammenreimen konnte. Ich rechnete ihm hoch an, dass er mich dennoch so anständig behandelte. Das war alles andere als eine Selbstverständlichkeit.

Tante Abigail schien alle Hebel in Bewegung gesetzt zu haben, um mir in meiner Situation zu helfen. So verkündete mir Mr Whitmore, dass sie mir jeden Monat durch ihn eine kleine Summe Geld zukommen lasse, mit der ich und meine Tochter über die Runden kämen. Natürlich durfte mein Onkel nichts davon erfahren, weshalb es ihr nicht möglich war, einen größeren Betrag aufzubringen. Ich brauchte jedoch nicht viel Geld und war meiner Tante äußerst dankbar für ihre Hilfe. Wie sich herausstellte, hatte Mr Whitmore bereits ein Cottage für uns gefunden, in einem kleinen Dorf in den Cotswolds. Die gute Luft würde meinem Baby sicher gut bekommen, außerdem bräuchte ich nur eine knappe Dreiviertelstunde mit dem Zug fahren, um meine Schwester zu besuchen. Diesen zwei Argumenten hatte ich nichts entgegenzusetzen, und so verließ ich mit einem Gefühl der Erleichterung und der Wehmut seine Kanzlei, um mich auf den Weg zu Isobel und Helen zu machen.

21

Juni 1927, Upper Fenley, Oxfordshire

Das Leben in den Cotswolds unterschied sich merklich von dem Leben, das ich auf Juniper House geführt habe, allerdings habe ich mich vorher und hinterher nie wieder so sehr zu Hause gefühlt wie in dem kleinen Cottage in Upper Fenley. Das Haus lag etwas außerhalb des Dorfkerns, direkt an einem Pfad, der zur mittelalterlichen Kirche führte, die auf einem von Birken umgebenen Hügel stand. Vom Garten aus hatte man einen Blick auf das grüne Tal, die Felder, Wiesen und den Fluss, der sich bis ins Tal entlangschlängelte und dessen Wasseroberfläche bei strahlendem Sonnenschein in der Ferne glitzerte. Im Sommer war ich oft mit Helen im Garten, wo sie auf einer Decke saß und spielte, und schaute auf das Tal hinunter. Isobel, die mittlerweile einen gesunden Jungen zur Welt gebracht hatte und ein weiteres Kind erwartete, besuchte ich jeden dritten Sonntag im Monat. Unsere Gespräche drehten sich immerzu um die Kinder und Schwangerschaften. Manchmal wünschte ich mir noch etwas anderes. Das Tanzen fehlte mir sehr, und in der Dorfgemeinschaft fühlte ich mich immer noch wie ein Eindringling. Die Menschen waren mir gegenüber nicht gerade unfreundlich, aber die Herzlichkeit, die ich in ihren Gesprächen untereinander bemerkte, ließen sie mir gegenüber vermissen. Sie waren höflich, mehr auch nicht.

Tante Abigail hatte mich zwei Mal besucht, als sie auf der Durchreise nach Wales war, um eine entfernte Schulfreundin zu besuchen. Ich erfuhr, dass der Bruder meines Onkels mit seinem Sohn – dem Erben

– bereits mehrmals zum Mittagessen auf Juniper House gewesen war. Tante Abigail sah öfter bedauernd zu Helen, die fröhlich glucksend auf dem Rasen spielte. Sie beteuerte, wie sehr sie diesen Fehltritt bedauerte. Dann schimpfte sie auf die Leclercs und ließ sich darüber aus, wie furchtbar gewöhnlich Onkel Edmunds Bruder war und wie wenig sie seinen Sohn leiden konnte. Sie haderte mit meiner Entscheidung, Helen zu behalten, und erinnerte mich daran, welch prächtige Zukunft ich weggeworfen hätte. Sie wollte nicht hören, dass Onkel Edmund mir niemals die Firma vermacht hätte.

Niemand hatte meinem Onkel von Helen erzählt. Meine Tante hatte ihm weisgemacht, ich hätte mich in Frankreich verliebt und wäre dortgeblieben.

»Ich glaube, er war erleichtert«, sagte Tante Abigail. »Er hätte dir beinahe wirklich die Firma vermacht, trotz seiner Überzeugungen, doch nun musste er diese Entscheidung nicht mehr treffen.«

»Ich bin glücklich hier«, sagte ich daraufhin laut, stand auf und nahm Helen auf den Arm. Mir war bewusst, dass ich dieses Leben nur dank meiner Tante führen konnte, dass Helen und ich ohne sie vermutlich im Armenhaus gelandet wären, und so verletzten mich ihre Äußerungen zwar, aber wirklich böse konnte ich ihr nicht sein.

Im Dorf gab ich mich als Witwe aus. Auf Nachfragen sagte ich nur, dass mein Mann an den Folgen einer Kriegsverletzung verstorben war. Das machte die meisten Leute so betroffen, dass sie keine weiteren Fragen stellten. Obwohl ich Häkeln, Stricken und Sticken in der Schule gehasst hatte, war ich doch ganz geschickt mit der Nähnadel, und so verdiente ich mir ein bisschen Geld mit kleinen Näharbeiten hinzu. Je älter Helen wurde, umso öfter musste ich an ihren Vater denken. Hin und wieder tauchte seine Mutter, Lady Hessby, in den Klatschspalten auf, wenn sie wieder einen opulenten Wohltätigkeitsball veranstaltete. Wie gerne ich noch einmal auf einen solchen Ball gegangen wäre!

Im Mai 1926 schrieb die Klatschpresse mehrmals über Faye Edwards, Normans Ehefrau, als ihr eine Affäre mit einem bekannten Theaterproduzenten nachgesagt wurde. Drei Monate später war von einer Scheidung die Rede. Ich las all die Artikel sorgfältig durch, obwohl mir jedes Mal schwer ums Herz wurde. Norman fehlte mir mehr denn je, vor allem, weil Helen ihm optisch immer ähnlicher wurde. So hatte sie ebenfalls Grübchen beim Lachen, und die Art, wie sie Dinge betrachtete, glich so sehr ihrem Vater, dass mir manches Mal bei ihrem Anblick die Tränen kamen. Nachts lag ich oft wach und überlegte, was ich tun sollte, wenn er sich wirklich scheiden ließ. Ich hätte ihm in einem Brief von Helen erzählen können, doch was hätte das schon geändert? Er hätte sich kaum zu ihr bekannt. Vielleicht hätte er den Brief nicht einmal gelesen oder, noch schlimmer, ihn gelesen und entschieden, dass ihm seine Tochter egal war. Nein, das hätte ich einfach nicht ertragen, und so schrieb ich ihm nie ein Wort, nicht einmal, nachdem er tatsächlich geschieden war. Mein gebrochenes Herz machte es mir leicht, die Rolle der Witwe zu spielen, und so glaubte ich nicht, dass jemand etwas anderes vermuten könnte.

Die ersten Gerüchte kamen auf, als Mr Durbridge von der Bank im Krämerladen ausplauderte, dass ich monatlich einen Scheck von einem Anwalt aus London einlöste. Dies führte zu allerlei Getratsche. Ich bekam mit, wie hinter meinem Rücken getuschelt wurde. Die Frau des Krämers mutmaßte, ich sei in Wirklichkeit geschieden, was in ihren Augen genauso schlimm war wie eine unverheiratete Mutter zu sein.

Eine andere Dame wollte ganz sicher wissen, dass ich die Geliebte eines Earl oder Duke war, die er nun im Ort versteckte, damit niemand seinen Seitensprung bemerkte. Meine teure Kleidung, immer noch die Sachen, die ich von Tante Abigail und meiner Zeit auf Juniper House hatte, zusammen mit der guten Ausdrucksweise machten die Leute misstrauisch. Erst recht, als mir hin und wieder ein Satz oder eine Redewendung herausrutschte, die ich von Isobel übernommen hatte und die nicht zu meiner vornehmen Ausdrucksweise passten. Die Gerüchteküche brodelte, doch solange man mich und Helen in Ruhe ließ, war mir das ziemlich gleichgültig. Dann jedoch fragte mich Sophie Dunn, die Tochter des Dorfarztes, im Beisein der Krämersfrau und zweier weiterer Damen, was mein Mann denn für eine Arbeit gehabt hätte. Ich war so überrascht über diese Frage, dass ich ins Stammeln geriet und schließlich das Wort Buchhändler nuschelte. Das boshafte Grinsen von Sophie blieb mir noch lange im Gedächtnis. Triumphierend blickte sie die anderen an, denn alle wussten, dass sich die Frau eines Buchhändlers nicht solch teure Kleidung hätte kaufen können. Davon abgesehen, hatte ich der Frau des Vikars kurz nach meinem Einzug erzählt, mein Mann hätte einen leitenden Posten in einer Firma in Yorkshire gehabt. So wie es mir Mr Whitmore geraten hatte.

Anschließend gingen die Leute noch mehr auf Abstand, die Aufträge für Näharbeiten wurden immer weniger, und einige Personen grüßten mich nicht mehr. Isobel riet mir wegzuziehen, doch ich wusste, dass es in anderen Orten nicht anders sein würde. In einer Stadt wollte ich Helen zuliebe nicht leben. Mir gefiel das Leben auf dem Dorf. Ich mochte den Ausblick von meinem Garten, die Sonnenuntergänge, das Plätschern des Bachs auf meinem Weg ins Dorf, das Füttern der Enten, an denen Helen solchen Spaß hatte. Ich mochte es, wenn der Duft von meinem frisch gebackenen Brot durch das ganze Haus zog und ich Mehlstaub an meinen Händen und der Schürze entdeckte. Das alles erinnerte mich an die Zeit, als meine Mutter noch lebte.

Der verhängnisvolle Sonntag, der mein Leben für immer veränderte, war ein sommerlicher Junitag mit strahlend blauem Himmel. Helen saß auf einer Wolldecke, die ich auf dem Rasen ausgebreitet hatte, und blätterte in einem Bilderbuch, das Tante Abigail bei ihrem letzten Besuch mitgebracht hatte. Fröhlich gluckste sie bei jedem Tier, das sie entdeckte, und brabbelte munter in ihrer eigenen Sprache vor sich hin. Mittlerweile konnte sie schon Wörter wie Mama, Kuh oder Hund sagen, doch die Tiere in dem Buch überforderten sie sichtlich. Beim Pfau stieß sie ein lautes »Oooooh« aus, während sie mit ihren winzigen Fingern über die bunten Federn strich.

Ich hängte die Wäsche im Garten auf und musste schmunzeln, als ich sie dabei beobachtete. Als sie mich entdeckte und mir zuwinkte, winkte ich zurück, wodurch die Bluse herunterfiel, die ich gerade mit Wäscheklammern befestigen wollte. Flink hob ich sie auf, fluchte leise, als ich den hellgrünen Fleck am Kragen sah, und sagte Helen, dass ich gleich zurück sei. Sie sah mir hinterher und sagte »Baba«, was so viel bye-bye heißen sollte und was sie immer zu den Enten sagte, nachdem wir sie gefüttert hatten und weitergehen mussten.

Ich lief in die Küche, warf die Bluse in die Spüle und suchte die Kernseife, um den Fleck auszuwaschen. Ich war vielleicht zehn Minuten weg. Nicht einmal. Vorsichtig tupfte ich mit einem Schwamm auf den Fleck, legte die Bluse beiseite, um sie nach einer Einwirkzeit auszuspülen, und schenkte mir schnell ein Glas Limonade ein, um es mit auf die Terrasse zu nehmen. Im Wohnzimmer nahm ich noch rasch einen Keks für Helen mit. Zuerst bemerkte ich die leere Decke gar nicht, stellte die Limonade auf den Tisch und stutzte, weil es so leise war. Als ich meinen Kopf hob und zum Rasen blickte, stellten sich mir die Nackenhaare auf. Unmittelbar begann ich zu frösteln, obwohl es an die zwanzig Grad warm war.

Hektisch sah ich mich nach allen Seiten um, rief Helens Namen und starrte immer wieder zur Decke, als hätte Helen sich bloß unsichtbar gemacht und würde gleich wieder darauf zu sehen sein. Ich drehte die Decke sogar um, nahm sie hoch und warf sie wieder auf den Rasen. Ich verstand nicht, wie sie so schnell verschwinden konnte.

Natürlich schaute ich bei den Hecken nach, lief zur Straße und spähte den Pfad zur Kirche hinauf, obwohl ich wusste, dass sie in der kurzen Zeit unmöglich so weit gelaufen sein konnte. Da sie X-Beine hatte, zog ich ihr die Schühchen verkehrt herum an, was dazu führte, dass sie nicht so schnell rennen konnte und öfter hinfiel. Mein Puls raste, als ich erneut die Hecken durchsuchte. Ihr Name hallte als Echo in meinem Ohr wider, meine Stimme klang immer schriller, bis sie überhaupt nicht mehr menschlich klang.

Ich suchte auch das Wohnzimmer ab, obwohl sie alleine gar nicht die Stufen ins Haus hinaufkam. In meiner Verzweiflung lief ich zurück auf die Straße, wo mich beinahe das Automobil von Mr Talbot, dem Dachdecker, überfuhr. Auf dieser Straße fuhr nur alle paar Stunden ein

Auto, meistens das des Gärtners, der sich um den Garten der Kirche und des Pfarrhauses kümmerte.

»Sind Sie verrückt geworden? Ich hätte Sie beinahe überfahren, Weib!« Mr Talbot war für sein loses Mundwerk bekannt. Eine Bierfahne schlug mir entgegen, als er ausstieg und mich anschrie.

»Meine Tochter! Sie ist weg. Bitte, helfen Sie mir!«, rief ich verzweifelt. Tränen verschleierten mir die Sicht.

»Ach, wo soll sie denn schon hin sein?!«, sagte Mr Talbot, spuckte auf den Boden und ging zurück zur Fahrerseite.

»Bitte, sie ist wirklich weg. Sie war eben noch im Garten, ich war nur ganz kurz im Haus, und nun ist sie weg. Ich habe schon überall gesucht!«

Ich glaubte zu hören, wie Mr Talbot so etwas wie *hysterisches Weibsbild* murmelte, dennoch half er mir suchen. Nach fünfzehn Minuten nahm er seine Mütze vom Kopf und sah sich stirnrunzelnd im Garten um, bevor er verkündete, ins Dorf zu fahren, um Hilfe zu holen.

Binnen weniger Minuten hatten sich drei Frauen und zwei Männer vor meinem Haus versammelt und suchten die Gegend systematisch nach meinem kleinen Mädchen ab. Mrs Talbot half mir, im Wohnzimmer die Möbel zu verrücken, um wirklich überall nachzusehen. »Unser Jim hat sich, als er klein war, hinter der Vitrine versteckt. Da war nur so wenig Platz, fragen Sie mich nicht, wie er da hineingepasst hat, aber manche Kinder haben es faustdick hinter den Ohren. Keine Sorge, Mrs Doyle, sie kann ja nicht weg sein.«

Doch genau das war sie. Helen war weg.

Polizisten durchkämmten bis in den späten Abend die Umgebung. Die Dorfbewohner hatten ebenfalls einen Suchtrupp zusammengestellt, schauten hinter jeden Busch und in jede Pfütze, doch Helen blieb verschwunden.

Ein Inspector aus Oxford kam am nächsten Tag, dessen Fragen mich völlig aus der Fassung brachten. Natürlich hatte ich die Lüge um meinen an einer Kriegsverletzung verstorbenen Mann nicht mehr aufrechterhalten können. Weder hatte ich eine Heiratsurkunde, noch existierten sonstige Dokumente über seine Existenz. Über Helens wahren Vater schwieg ich jedoch beharrlich, ich wäre lieber ins Gefängnis gegangen, als dass ich Normans Identität preisgegeben und somit einen Skandal ausgelöst hätte, der sicherlich wochenlang die Titelseiten sämtlicher Zeitungen dominiert hätte. So hingegen berichtete die Zeitung lediglich in einem kleinen Spalt auf der zweiten Seite von einem vermissten zweijährigen Mädchen namens Helen Doyle. Der Inspector – ein grobschlächtiger Mann mit zotteligem Schnurrbart und einer Halbglatze, die er unter einem Panamahut versteckte – setzte alles daran, den Namen von Helens Vater zu lüften.

Während Mrs Swift, die Vikarsfrau, die seit Helens Verschwinden mehrmals am Tag nach mir sah und dafür sorgte, dass ich aß und die Hoffnung nicht aufgab, in der Küche Tee zubereitete, versuchte er mir kontinuierlich Angst zu machen, indem er krude Theorien aufstellte, die eine Entführung oder Kindstötung durch den Kindsvater beinhalteten. Seine Stimme nahm einen bedrohlichen Unterton an, als ich weiterhin schwieg. Es kostete mich ungemeine Anstrengung, seinem Blick standzuhalten und keine Angst zu zeigen, während er detailliert die Verstümmelung eines entführten Kindes beschrieb, das die Polizei angeblich nicht retten konnte, weil die Mutter so beharrlich schwieg wie ich.

»Der Arzt sagte außerdem, sie sei qualvoll verdurstet«, fügte er abschließend hinzu und schüttelte sich. Sein Blick ruhte auf meinem Gesicht, während ich bemüht war, die Fassung zu bewahren. Bilder von Helen, wie sie blutend und nach mir rufend irgendwo lag, durchfluteten meinen Kopf, sodass kaum Platz für einen klaren Gedanken blieb.

»Es braucht nicht viel, um so ein kleines Wesen des Lebens zu berauben. Ein, zwei Schnitte ...«

»Hören Sie auf«, schrie ich und sprang von der Couch auf, die Arme zitternd vor meiner Brust verschränkt. Mir war so übel, dass ich befürchtete, mich direkt auf dem Teppich zu übergeben.

»Dann helfen Sie mir, Miss Doyle! Wenn der Vater ...«

»Er weiß nichts von ihr!« Meine Stimme musste bis in die Küche gedrungen sein. Meine Schultern sackten zusammen, als mir bewusst wurde, dass spätestens am Abend alle im Dorf darüber Bescheid wüssten. Ich verfluchte mich selbst in Gedanken und zuckte zusammen, als Mrs Swift mit einem Tablett ins Zimmer trat. Sie war eine zierliche Frau mit einem freundlichen Gesicht und gütigen braunen Augen, doch ich vermutete, dass ihre Güte Grenzen hatte. Ich wusste nicht, ob sie mich mochte oder ihre Freundlichkeit und Besorgnis ausschließlich ihrer Position in der Gemeinde geschuldet war. Sie lächelte mir aufmunternd zu und stellte drei Teetassen auf den Tisch ab, dazu Milch und einen Becher mit Zucker. Unaufgefordert setzte sie sich und bat mich mit einem Nicken des Kopfes, ebenfalls Platz zu nehmen. Meine Hände zitterten, als sie mir die Tasse reichte. Ich verzichtete auf Milch oder Zucker. Wie konnte ich meinen Tee süßen, wenn mein kleines Mädchen irgendwo litt oder bereits tot war? Angewidert stellte ich den Becher beiseite.

»Vielleicht wäre es an der Zeit, diesen Herrn aus London dazuzubitten. Diesen Anwalt«, sagte Mrs Swift leise.

Der Inspector hob beide Brauen, sah von Mrs Swift zu mir und starrte dann in seine Tasse, bevor er einen Schluck nahm. »Ein Anwalt?«, fragte er barsch.

Mrs Swift nickte. »Ich denke, Mrs Doyle sollte in dieser schwierigen Zeit fachkundige Unterstützung erhalten. Sie ist Ihnen in ihrer Hilflosigkeit völlig ausgeliefert. Es ist nicht richtig, einer jungen Frau in solch einer Situation dermaßen zuzusetzen.« Ihre Worte klangen freundlich, doch die Tonlage verriet ihre Verärgerung. Ich war dankbar über ihre Unterstützung und wünschte auf einmal, sie würde bleiben und gar nicht mehr nach Hause gehen. So lange, bis Helen wieder bei mir war. Sie drückte meine Hand fest, und in dem Moment wusste ich, dass ich auf ihre Diskretion zählen konnte. Sie war eine der wenigen, die mich weiterhin Mrs Doyle nannten, und dafür war ich mehr als dankbar.

»Miss Doyle braucht keine fachkundige Unterstützung eines Rechtsanwalts. Es sei denn, sie hat etwas zu verbergen oder sich zuschulden kommen lassen.«

Ich schluckte. Das Einzige, was ich mir vorwerfen konnte, war, meine Tochter für wenige Minuten alleine im Garten gelassen zu haben.

»Für mich kommen nur drei Möglichkeiten in Betracht, Miss Doyle«, eröffnete mir der Inspector am nächsten Tag im Beisein von Mrs Swift und Mr Whitmore, den ich am Vortag auf Mrs Swifts Drängen hin tatsächlich hergebeten hatte.

»Entweder wurde Ihre Tochter entführt, als Sie im Haus waren. Oder aber, Sie haben sie getötet – ob versehentlich oder absichtlich, kann ich nicht sagen – und ihre Leiche irgendwo versteckt. Die dritte Möglichkeit wäre, dass sie weggelaufen und im Fluss ertrunken ist.«

Mrs Swift schüttelte energisch den Kopf und strich mir über den Rücken. Ich nahm die Berührung kaum wahr, alles in mir fühlte sich taub an. Ich konnte und wollte nicht glauben, dass mein Mädchen tot sein könnte. Das konnte einfach nicht sein.

»Gegen die Entführung spricht, dass Sie – laut Ihrer Aussage – nur etwa zehn Minuten im Haus waren. Und in diesen zehn Minuten kam zufällig jemand vorbei, der das Kind entführte? Das ist mehr als unwahrscheinlich, finden Sie nicht auch?«

»Es sind schon größere Zufälle geschehen«, warf Mr Whitmore ein. »Jemand könnte die günstige Gelegenheit beim Schopf gepackt haben.«

»In einer Stadt wie London, ja. Oder Birmingham. Aber wie viele Fremde kommen hier schon vorbei?« Er wandte sich zum Fenster und zeigte nach draußen in den Garten. »Wer sollte hier vorbeikommen?«

»Vielleicht jemand, der die Kirche besucht hat«, meinte Mrs Swift.

Der Inspector schüttelte den Kopf. »Der Gärtner, der die Rosenbüsche zurechtgestutzt hat, sagte aus, es seien nur zwei Menschen vorbeikommen. Miss Sophie Dunn, die eine Frau besucht hat, welche in einem heruntergekommenen Cottage hinter der Kirche wohnt, und dann noch seine eigene Frau, um ihm zwei Sandwiches vorbeizubringen.«

»Mr Barnes, der Gärtner, ist nicht gerade sehr zuverlässig«, sagte Mrs Swift. »Haben Sie kontrolliert, wie voll die Whiskeyflasche ist, die er immer hinter den Rosenbüschen versteckt?«

»Er schien mir nüchtern zu sein«, erwiderte der Inspector knapp.

Ein paar Stunden später fand ein Constable eine rote Samtschleife, die ich als Helens Haarschleife erkannte, welche sie am Tag ihres Verschwindens getragen hatte. Zuerst wollten mir weder der Inspector noch der Constable erklären, wo sie gefunden worden war. Stattdessen machte mir Mrs Swift einen Tee nach dem anderen und begann belanglose Gespräche über das Wetter, das an diesem Tag verregnet war. Erst am Abend erfuhr ich, dass die Schleife am Ufer des Flusses gefunden worden war, in der Nähe der kleinen Brücke. Helen hätte meiner Meinung nach niemals in der kurzen Zeit so weit gelaufen sein können, doch Mrs Swift und der Inspector schienen sich einig darüber zu sein, dass kleine Kinder viel schneller laufen konnten, als man ihnen zutraute. Mein Einwand, dass sie mit ihren verkehrt herum angezogenen Schuhen gar nicht schnell laufen konnte, wurde überhört.

Es regnete vier volle Tage wie aus Eimern. Der Fluss trat über die Ufer, und zahlreiche Flüsse verwandelten ganze Landstriche in eine Wasserlandschaft. Helen blieb unauffindbar, und mögliche Spuren wurden fortgespült. Im Polizeibericht stand später: »vermutlich im Fluss ertrunken«.

Der Inspektor belästigte mich nicht mehr mit seinen Fragen, für ihn war der Fall abgeschlossen. Man ließ mich trauern, nur tat ich dies gar nicht, da ich nicht glaubte, dass mein Mädchen ertrunken war.

Mrs Swift besuchte mich jeden Tag und versuchte mich zu einer Trauerfeier zu überreden, um Abschied zu nehmen, doch davon wollte ich nichts hören. Isobels Bitten, sie doch für eine Weile zu besuchen, schlug ich ebenfalls aus. Ich konnte nicht wegfahren, wenn Helen irgendwo da draußen war und vielleicht versuchte, zurück nach Hause zu finden. Ich glaubte fest daran, dass sie noch lebte. Ich redete mir ein, dass ich es als Mutter spüren würde, wenn es anders wäre. Ich überlegte mir, dass eine einsame alte Frau sie vielleicht mit nach Hause genommen haben könnte und gar nicht wusste, dass Helen vermisst wurde. Oder vielleicht war sie bei den Travellern gelandet, die wenige Wochen zuvor durchs Dorf gezogen waren. Mrs Swift betrachtete mich mit einem Ausdruck tiefer Verlegenheit, wenn ich meine Gedanken laut aussprach. Wir wussten beide, dass es verzweifelte Hirngespinste waren, doch sie traute sich wohl nicht, mir meinen letzten Funken Hoffnung zu rauben.

Irgendwann wurden ihre Besuche weniger, und Isobels Briefe waren wieder gefüllt mit Tratsch und Klatsch aus der Buchhandlung. Bald schien es, als hätten alle Helen vergessen. Der Alltag drängte sich mit aller Kraft in meine Welt, die mir Helen geraubt hatte. Die Leute im Dorf blickten verlegen zur Seite, wenn sie mich sahen, ihr Schweigen war noch schwerer zu ertragen als die Blicke, aus denen ich immer eine Spur Häme herauslas. Aber das mag ich mir auch nur eingebildet haben.

Ein halbes Jahr später erreichte mich ein Brief von Mr Whitmore, in dem er mich über den Tod meiner Tante informierte. Sie hatte einen Herzanfall erlitten und sich nicht mehr davon erholt. Gemeinsam mit Isobel reiste ich nach Yorkshire zu ihrer Beerdigung. Wir übernachteten in einem Gasthaus, und mein Onkel – inzwischen um Jahre gealtert, mit hängenden Schultern und einem schlurfenden Gang – bot uns nicht an, in Juniper House zu übernachten, was Isobel erleichtert aufatmen ließ. Ich ahnte, dass Onkel Edmund inzwischen im Bilde war über mich und Helen, doch er erwähnte nichts davon in den wenigen Minuten, in denen wir uns unterhielten.

Tante Abigail hinterließ mir eine ansehnliche Summe Geld und das Cottage, in dem ich wohnte, von dem ich gar nicht wusste, dass sie es inzwischen gekauft hatte. Isobel meinte, sie wollte mich bestimmt abgesichert wissen. Zu gerne hätte ich Onkel Edmund danach gefragt, doch das traute ich mich nicht. Es kam mir falsch vor, das Geld und das Cottage anzunehmen, doch sowohl Mr Whitmore als auch Isobel redeten auf mich ein, dass es schließlich der Wille von Tante Abigail gewesen war.

Ich kannte nicht viele Leute bei der Trauerfeier. Lediglich den Vikar und seine Frau und Rachels Eltern. Ich hatte Rachels Briefe irgendwann nicht mehr beantwortet, weil ich ihr nicht die Wahrheit sagen konnte über Norman und Helen, sie aber auch nicht anlügen wollte. Jetzt bereute ich es, diese Freundschaft aufgegeben zu haben. Ihre Eltern erzählten mir, dass sie inzwischen mit ihrem Mann in New York lebte. Onkel Edmunds Bruder und sein Neffe waren ebenfalls anwesend. Es schmerzte mich, als Onkel Edmund sie mir vorstellte. Der Bruder sah Onkel Edmund wie aus dem Gesicht geschnitten ähnlich, nur dass er einen ganzen Kopf größer war. Seine rote Gesichtsfarbe deutete auf ein exzessives Trinkverhalten hin, seine Ausdrucksweise war leicht derbe. Sein Sohn war ein neunmalkluger, verzogener Bengel, den ich von Anfang an verabscheute. Vielleicht aber war ich einfach nur eifersüchtig. Ich habe meinen Onkel danach nie wiedergesehen. Seltsamerweise vermisste ich ihn fast so sehr wie meine Tante.

Mit einem Gefühl tiefer Traurigkeit fuhr ich mit Isobel zurück nach Oxfordshire.

Zurück in Upper Fenley, fand ich einen Brief in meinem Briefkasten, der in Hamburg abgestempelt worden war, was meine Neugier sofort auf sich zog. Wer sollte mir aus Deutschland schreiben? Ich kannte niemanden im Ausland. Auf dem Briefpapier stand lediglich ein Satz.

Ihrem Mädchen geht es gut.

Es war eine hübsche, geschwungene Handschrift. Ganz eindeutig von einer Frau geschrieben. Im Umschlag steckte außerdem eine winzige, dunkelblonde Locke, die ich ganz dicht an meine Nase hielt, um Helens Geruch in mich aufzunehmen. Ich wusste, dass es ihre Locke war, auch wenn mir die Polizei nicht glauben wollte und mich beschuldigte, den Brief selbst geschrieben zu haben. Für den Briefumschlag hatten sie nur einen müden Blick übrig. Der Inspector aus Oxford, der Helens Verschwinden untersucht hatte, versprach mir, sich der Sache anzunehmen, doch nach einer Woche gab er mir Brief und Umschlag zurück und sagte mir, dass er keinerlei Anhaltspunkte für eine Entführung gefunden hätte und er sich nicht vorstellen könne, dass Helen in Deutschland sei. Niemand aus meinem Umfeld hätte Verbindungen nach Deutschland, und der Aufenthalt einer deutschen Person in Upper Fenley wäre sicherlich nicht unbemerkt geblieben. Zwar musste ich ihm in dem Punkt zustimmen, doch ich wusste, dass Helen bei der Frau war, die mir diesen Brief geschrieben hatte. Nichts an dem Brief deutete darauf hin, dass die Person eine Deutsche war. Die Rechtschreibung war einwandfrei. Außerdem wusste ich, dass die Deutschen eine völlig andere Schrift benutzten, nämlich Sütterlin, dessen Buchstaben ganz anders aussahen als unsere. Für mich war damit klar, dass die Frau Britin war.

Mrs Swift, die Frau des Vikars, stimmte mir in meinen Vermutungen zu, war aber ebenso ratlos, was die Verfasserin betraf. Sie wusste nur, dass es niemand aus dem Dorf sein konnte, weil eine Reise nach Deutschland für Gerede und Aufsehen gesorgt hätte. Das Naheliegendste war, dass es eine fremde Person war, die zufällig an dem Tag an meinem Haus vorbeigekommen war, als Helen alleine im Garten saß, sie genommen und mit ihr nach Deutschland gereist war. Aber wieso Deutschland? Außerdem konnte sich niemand an eine fremde Person im Dorf erinnern. Es ergab einfach alles keinen Sinn.

Ich verbrachte Stunden und Tage damit, eine Erklärung zu finden, machte ausgedehnte Spaziergänge und saß lang im Garten und versuchte zu begreifen, was passiert war. Auch wenn die Chance noch so gering war, beschloss ich, meinem Bauchgefühl zu vertrauen und nach Hamburg zu reisen. Irgendwo musste ich mit der Suche ja anfangen, wenn mir die Polizei schon nicht helfen wollte.

22

August 2004

Mit einem Straßenatlas, einem Reiseführer über die Cotswolds und einem Notizbuch setzte sich Sara an einen Fenstertisch im *Red Horse*, einem urigen Pub am Dorfanger von Upper Fenley. Sie hatte bereits aus Deutschland ein Zimmer im Pub des Dorfes gebucht. Ein Bett, ein Tisch und ein Schrank, mehr brauchte sie nicht. Das Zimmer war sauber und geräumig. Die Holzstreben an der Decke und den Wänden sorgten für ein Gefühl der Behaglichkeit.

Die Wirtin, eine ältere Dame namens Edie Swift, hatte sie freundlich begrüßt und ihr sogar ein spätes Abendessen aufs Zimmer gebracht, als Sara am Vorabend angekommen war. Sara war zu erschöpft gewesen, um einen Zusammenhang zum Namen Swift zu erkennen, doch nach sieben Stunden Schlaf und einem Kaffee fiel bei ihr auf einmal der Groschen.

Der Pub war recht leer, nur ein älterer Mann saß am Tresen und las Zeitung, während sein Bier allmählich schal wurde. Saras Magen knurrte. Da es bereits halb zwölf war, bestellte sie das Tagesgericht, einen Lammeintopf, und dazu ein Glas Weinschorle. Anschließend würde sie eine Erkundungstour durchs Dorf machen.

»Sagen Sie, Sie sind nicht zufällig mit der Frau des Vikars verwandt, die in den Zwanzigerjahren hier gelebt hat?«, fragte Sara, als Mrs Swift ihr das Essen an den Tisch brachte. Sie musterte Sara mit zusammengekniffenen Augen. »Sie war meine Schwiegermutter.«

»Ach, das ist ja interessant«, stieß Sara erfreut aus. »Meine Großmutter hat hier früher gelebt und mir ein bisschen etwas über das Dorf und seine Bewohner erzählt. Mrs Swift, also Ihre Schwiegermutter, hat ihr in einer schwierigen Zeit zur Seite gestanden, deswegen ist mir der Name im Gedächtnis geblieben.«

»Ach, wirklich?« Mrs Swift sah kurz über ihre Schulter zum Tresen, bevor sie sich einen Stuhl heranzog und sich setzte. »Wie hieß sie denn? Vielleicht hat meine Schwiegermutter mir ja auch von ihr erzählt.«

»Emma Doyle«, sagte Sara und wartete gespannt, was der Name bei der Frau auslösen würde. Mrs Swift wirkte nachdenklich, doch dann schüttelte sie langsam den Kopf. »Nein ... ich glaube, der Name sagt mir nichts, tut mir leid.«

»Sie hat nur wenige Jahre lang hier gelebt. Mit ihrer Tochter Helen.«

Ein Schatten huschte über ihr Gesicht. »Oh ... Ja, eine traurige Geschichte. Ich wurde knapp zwei Jahre später geboren, wissen Sie ... meine Mutter hat mich nie aus den Augen gelassen, als ich klein war. Einmal war ich weggelaufen, da muss ich so fünf gewesen sein. Da erzählte sie mir von der kleinen Helen und dass sie deswegen solche Angst um mich hatte. Weil sie wusste, wie schnell es gehen kann, dass ein Kind auf einmal weg ist.«

»Dann sind Sie auch hier im Dorf aufgewachsen?«

Mrs Swift nickte. »Meinem Vater gehörte der Krämerladen hier im Ort. Er existiert immer noch, ist aber nicht mehr im Familienbesitz«, sagte sie lächelnd. »Mit achtzehn habe ich den Sohn des Vikars geheiratet, wir gingen dann bald nach London. Er war dort Lehrer. Aber nach seinem Tod vor zwanzig Jahren kehrte ich hierher zurück und übernahm den Pub von meinem Bruder.« Sie stand auf und schob den Stuhl zurück. »Ich habe Ihre Großmutter nie kennengelernt, sie zog wohl nach dem Tod der Tochter weg. Nach Deutschland?«

»Nach London. Sie zog erst später nach Deutschland«, erklärte Sara, die nicht unbedingt erwähnen wollte, wie kurz nach dem Krieg ihre Großmutter einen Deutschen geheiratet hatte.

»Eine wirklich traurige Geschichte. Meine Schwiegermutter starb vor dreißig Jahren, aber sie hat oft von den alten Zeiten geredet und dass es hier immer so friedlich war. Sie sprach auch häufig über das kleine Mädchen, erst recht, als in den 1960ern ein Junge im Winter auf dem Eis einbrach und ertrank. So etwas bleibt immer im Gedächtnis.«

Die Pubtür wurde aufgestoßen, und eine Wandergruppe betrat den Schankraum. Alle bestellten Sandwiches und Bier, der Geräuschpegel schwoll an, und Sara konzentrierte sich auf die Straßenkarte. Emma hatte in der Ditchley Road gewohnt. Sara wusste nicht genau, wie lange sie dorthin brauchen würde, doch sie wollte das schöne Wetter für einen Spaziergang nutzen. Mehr als eine halbe Stunde würde sie sicherlich nicht benötigen. Sie hoffte, dass das Cottage noch existierte.

Gestärkt vom leckeren, wenn auch etwas scharfen Lammeintopf, machte sie sich auf den Weg. Sie nahm nur ihren Fotoparat, die Straßenkarte und den Notizblock mit. Zuvor aber würde sie Fabian in seiner Mittagspause anrufen. Der Handyempfang war im Pub selbst sehr schlecht, aber draußen vor dem Gebäude hatte sie drei Balken. Fabian meldete sich nach dem ersten Freizeichen. Im Hintergrund war Straßenlärm zu hören. Fabian klang gut gelaunt und berichtete, dass er sich gerade einen Kaffee holen wollte, weil der Automat im Büro defekt war. »Wie war das englische Frühstück?«

»Es gab Lammeintopf.«

»Zum Frühstück?«

Sara lachte. »Nein, das habe ich ausgelassen. Ich habe verschlafen, kam gestern so spät an und war dann zu aufgedreht, um einschlafen zu können.« Dass sie die halbe Nacht wach gelegen hatte, weil sie über ihre Beziehung nachgedacht hatte, verschwieg sie ihm. Sie liebte ihn, dessen war sie sich sicher, aber manchmal reichte das nicht aus, vor allem nicht, wenn beide Partner gegensätzliche Vorstellungen vom gemeinsamen Leben hatten.

»Und was hast du heute vor?«, wollte er wissen.

»Ich will mir gleich das Cottage ansehen, in dem Emma damals gelebt hat, vorausgesetzt, es existiert noch. Und dann werde ich mir ein bisschen die nähere Umgebung anschauen.«

»Und dann?«

»Ich weiß noch nicht«, meinte sie. Sie hatte sich keinen genauen Plan zurechtgelegt. Sie wollte sich ein bisschen umsehen, Fotos machen, versuchen, die Orte aus Emmas Erzählungen wiederzuerkennen.

Nach ihrem Ausflug zum Devil's Dyke war sie nach Oxford gefahren und hatte sich die Straße angesehen, in der Emma mit ihrer Familie gelebt hatte. Damals war es ein Vorort gewesen und noch kein Stadtteil von Oxford. Das Wohnhaus und die Buchhandlung waren in den 1960ern einem Neubau gewichen. Zu gerne hätte sie den Laden gesehen, in dem Emma mit ihren Geschwistern so viele fröhliche Stunden verbracht hatte. Sie hatte auch das Grab von Artie und Emmas Eltern besucht und Blumen dort abgelegt, da es aber bereits dunkel wurde, war sie nicht lange dortgeblieben.

»Bist du noch da?« Fabians Stimme klang auf einmal weit weg.

Sie stellte sich unter ein kleines Vordach. »Ja, war nur in Gedanken.« Aus einem der hinteren Fenster des Pubs hörte sie Geschirrklappern, gefolgt einem intensiven Bratengeruch. Obwohl sie satt war, lief ihr das Wasser im Mund zusammen. Ein Hauch von Estragon zog an ihr vorbei.

»Ich verstehe immer noch nicht, was du eigentlich dort willst. Ich meine, das ist doch achtzig Jahre her, seit deine Großmutter dort gelebt hat. Was versprichst du dir davon?«

Sie fragte sich, wieso seine Stimme auf einmal so genervt klang. »Ich kann das nicht erklären, Fabian. Manchmal muss man eben seinem Bauchgefühl folgen.« Sie wusste nicht, wie sie ihm begreiflich machen sollte, wie sehr die Gespräche mit Emma sie in ihren Bann gezogen und beindruckt hatten. Dieses Gefühl, dass sie hier einfach sein musste, um all das mit eigenen Augen zu sehen, konnte sie nicht in Worte fassen. Fabian hatte nur mit halbem Ohr zugehört, als sie ihm vor ihrer Abreise von Emmas Leben erzählen wollte, und so hatte sie den Versuch nach wenigen Minuten aufgegeben. Er fand es Zeitverschwendung, in diesen alten Erinnerungen zu wühlen.

»Stell dir vor, du bist irgendwann achtzig, und dein Enkel sucht all die Plätze auf, die für dich wichtig waren, um mehr über dich zu erfahren«, sagte sie leise.

»Ich glaube nicht, dass er dadurch mehr über mich erfahren würde.«

Die Wandergruppe trat aus dem Pub und marschierte zielstrebig auf die Hauptstraße zu. Drei Pärchen um die fünfzig und zwei Teenager, die recht gelangweilt aussahen und sich beschwerten, dass ihnen immer noch die Füße wehtaten.

»Ich sollte jetzt mal weiter. Wird sonst auch zu teuer«, meinte sie schließlich.

»Ja gut. Ich muss sowieso zurück ins Büro. Viel Erfolg dann bei ... was auch immer.«

Bevor sie etwas erwidern konnte, legte er auf. Sie verstand nicht, wieso er auf einmal sauer war. Zuerst hatte er ihre Entscheidung hierherzukommen unterstützt, und nun tat er so, als wäre das eine völlig unsinnige Idee. Sie beschloss, sich nicht davon beirren zu lassen, steckte das Handy in ihre Hosentasche und atmete tief durch. Die Wandergruppe kletterte nun über einen Zaun und lief über eine angrenzende Wiese. Sara beobachtete sie eine Weile, bis sie schließlich nur noch winzige Punkte in der Ferne waren. Wollte sie selbst irgendwann mit Mann und Kindern eine Wanderung machen? Ein Picknick oder einen Zoobesuch? Diskussionen um schmerzende Füße und Fernsehsendungen, welche die Kinder viel lieber geguckt hätten, als kilometerweite Spaziergänge zu machen? Als Kind hatte sie solche Ausflüge mit ihren Eltern gehasst, dennoch gehörte das irgendwie zum Familienleben. Sie wusste bloß nicht, ob sie sich so etwas für sich wünschte.

Die Mittagssonne brannte in ihrem Nacken. Sie trug ein gelbes Tanktop und Jeans, doch nach wenigen Schritten wünschte sie, sie hätte ein luftiges Kleid angezogen. Sich umzuziehen kam für sie allerdings nicht infrage. Sie war viel zu gespannt darauf, Emmas ehemaliges Cottage zu sehen.

Ihr Weg führte an der Hauptstraße des Dorfes entlang, vorbei an alten Mauern, von denen einige aussahen, als würden sie beim nächsten

Sturm in sich zusammenfallen. Die Cottages auf der linken Seite wirkten recht neu, die meisten auf der rechten jedoch ziemlich alt. Viele hatten Namen. Lilac Cottage, Bee Tree House. Elm Cottage.

Beim Krämerladen, an dessen Tür ein *Geschlossen*-Schild mit den Öffnungszeiten hing, bog sie in einen schmalen Weg ein, der an urigen und leicht schiefen Cottages entlangführte, die alle in dem für diese Region typischen Kalkstein gebaut waren. Über eine kleine Steinbrücke gelangte man in die Ditchley Road. Sara hielt inne und sah auf das kleine Bächlein, das unter der Brücke entlangfloss. Hier hatte Emma mit Helen auf dem Weg ins Dorf haltgemacht und Enten gefüttert. Auf einmal bekam sie eine Gänsehaut, sie trat einen Schritt vor und berührte den dunkelgrauen Stein, der sich feucht und kalt anfühlte. Einen Moment lang wurde ihr ganz schwindelig, als ein zarter Windhauch ihren Nacken streifte. Die Geister der Vergangenheit, dachte sie und ging schnell weiter. Zu Emmas Zeiten war das hier unbebautes Land gewesen, doch die Felder und Wiesen waren einem Neubaugebiet gewichen. Rechts und links standen nun überall Einfamilienhäuser.

Sie kam an einem einstöckigen gelben Backsteingebäude vorbei, einer Kindertagesstätte. Die Ditchley Road teilte sich nun in zwei Richtungen. Links gelangte man offenbar in ein weiteres Neubaugebiet, das laut Straßenkarte in einer Sackgasse endete. Geradeaus gelangte man zur Kirche. Und irgendwo davor musste Emmas Cottage stehen.

Ihre Knie wurden weich, als sie den hügeligen Weg hinauflief. Nun wurde es wieder etwas ländlicher. Einige Felder erstreckten sich rechts und links, sie sah einen großen Bauernhof, dann wieder vereinzelte Cottages. In der Ferne sah sie die Kirchturmspitze, deren Dachziegel durch die Sonne angestrahlt wurden. Sie fand es ungewöhnlich, dass die Kirche so weit vom Dorfkern entfernt lag, doch Emma hatte ihr erklärt, dass sie aus dem sechzehnten Jahrhundert stammte, als das Dorf nur aus wenigen Häusern bestanden hatte, die 1790 bei einer Flut zerstört worden waren. Anschließend hatte man das Dorf an anderer Stelle neu errichtet, die schöne Kirche allerdings auf dem Hügel stehen gelassen und nicht durch eine neue im Dorfzentrum ersetzt.

»Kann ich Ihnen helfen?«

Sara fuhr herum und nahm die Hand von ihrer Stirn, mit der sie ihren Blick vor der Sonne abgeschirmt hatte. Eine Frau in einem grellgrünen Kleid starrte sie von der gegenüberliegenden Straßenseite aus an. Sie hatte einen Beagle an der Leine, der gegen eine Backsteinmauer pinkelte, die ein leeres Grundstück umzäunte.

»Meine Großmutter hat früher in der Nummer drei gewohnt. Ich wollte mir nur einmal von außen das Cottage anschauen.« Sara fand, dass sie mit Ehrlichkeit in diesem Fall am weitesten kam. Die Frau zog den Hund von der Mauer weg, trat aus dem Schatten und kam auf sie zu.

»Wann genau war das denn? Hat sich viel verändert hier.«

»Sie ist 1925 hergezogen«, sagte Sara und beobachtete, wie sich die Wangen der Frau aufblähten.

»Puh«, stieß sie aus und kratzte sich am Kopf, bevor sie ihren Blick in Richtung Hügel wandern ließ. »Da oben sind noch ein paar alte Häuser. Aber ich glaube, die wurden vor zwanzig Jahren oder so neu durchnummeriert.«

So etwas hatte Sara fast befürchtet.

»Das Hinkley Cottage ist, glaube ich, aus dem neunzehnten Jahrhundert. Die anderen wurden erst viel später gebaut.«

»Ich glaube, meine Großmutter sagte, es hieß *The Old Vicarage*, wo sie gewohnt hat.«

»Dann meinen wir dasselbe«, sagte die Frau lächelnd. »Bis um 1920 herum war es das Pfarrhaus. Als das neue gebaut war, nannte man es nur noch *The Old Vicarage* – also das alte Pfarrhaus. Seit den Achtzigern sagt aber jeder nur noch Hinkley Cottage dazu, fragen Sie mich nicht, warum.«

»Wissen Sie die Hausnummer?«

»Fünf. Aber Sie können es gar nicht verfehlen, es ist das Einzige, das richtig alt aussieht. Irgendwo steht auch noch ein verwittertes Schild mit *The Old Vicarage*, aber das ist mittlerweile wohl von den Heckensträuchern überwuchert. Es steht seit ungefähr einem Jahr leer.«

Sara bedankte sich und setzte ihren Weg fort. Sie wusste nicht, was sie erwartet hatte, als sie das Cottage endlich sah. Vielleicht ein Gefühl von tiefer Traurigkeit oder zumindest der Vertrautheit. Doch es war einfach nur ein Cottage. Es sah von außen immer noch genauso aus, wie Emma es beschrieben hatte. Sprossenfenster mit dunklem Rahmen, grauer Kalkstein und ein Reetdach. Sie stand eine ganze Weile vor der niedrigen Hecke und schaute in den Garten, auf die Stelle, auf der Helen gespielt haben musste, kurz bevor sie verschwand. Dann ließ sie ihren Blick die Straße hinaufwandern. Zur Kirche waren es vielleicht zweihundert Meter. Ein Tor quietschte; sie drehte sich um und starrte auf eine verhutzelte alte Dame mit einem roten Hut und einem dunklen Cardigan, die vom Grundstück gegenüber kam.

»Kann ich Ihnen weiterhelfen?« Ihre Stimme klang heiser.

»Meine Großmutter hat hier früher gewohnt. Ich wollte mir das Haus nur mal anschauen«, sagte sie schnell.

Die alte Dame musterte sie skeptisch. »Woher kommen Sie?«

»Aus Deutschland«, erwiderte Sara.

Die alte Frau schlenderte zu ihr herüber. Sie war kaum einssechzig und ging sehr gebückt. »Und Ihre Großmutter hat dort gelebt?« Mit dem knochigen Zeigefinger deutete sie auf die Haustür von Nummer 5. »Sind Sie da sicher?«

Sara nickte. »Ja, 1928 ist sie weggezogen.«

»Da war ich elf. Ich habe damals mit meiner Mutter am Waldrand gewohnt, hinter der Kirche. Wir kamen hier natürlich oft vorbei, wenn wir ins Dorf gingen.«

»Erinnern Sie sich an sie?«, fragte Sara hoffnungsvoll. »Sie hieß Doyle. Emma Doyle.«

Die Frau nickte bedächtig. »Ja, auch wenn ich nicht mehr weiß, wie sie ausgesehen hat. Sie war jung, glaube ich, ganz jung, und hatte ein kleines Mädchen, das verschwand.«

Sara nickte.

»Na, kommen Sie schon rein, und trinken Sie einen Tee mit mir«, sagte die Alte recht knurrend, doch Sara folgte ihr ins Haus. Es war größer als das ehemalige Cottage von Emma, hatte aber einen viel kleineren Garten. Das Wohnzimmer war sechseckig, die florale Tapete bildete einen starken Kontrast zu den schweren und dunklen Möbeln.

»Dieses Haus hier stand damals natürlich noch nicht. Hier war eine Wiese mit Schafen. Meine Mutter und ich haben in einem winzigen Haus gewohnt, eher einer Hütte, das nur zwei Zimmer hatte. Alles war feucht und roch modrig«, sagte die Frau, die sich als Mrs Hawkins vorgestellt hatte. Mit zittrigen Händen stellte sie ein silbernes Tablett auf dem Couchtisch ab und servierte Tee und Jaffa Cakes. Saras Versuche, ihr zur Hand zu gehen, hatte sie rüde unterbunden, mit der Aussage, dass sie ins Heim gehen würde, wenn sie ihren Besuch nicht mehr selbst versorgen könnte.

»Mein Vater war im Krieg gefallen, wie so viele Väter. Meine Mutter war krank, und hätten sich nicht die Pfarrersfrau und die Tochter von Dr. Dunn um uns gekümmert, dann weiß ich nicht, was aus uns geworden wäre.«

Sara nippte von dem Tee und nahm sich einen Jaffa Cake, der sie an ihre Kindheit erinnerte. Ihre Mutter war ganz verrückt nach den Dingern und hatte immer mindestens zwei Packungen im Schrank.

»Erinnern Sie sich noch an den Tag, als Helen verschwand?«, fragte sie vorsichtig.

»Oh ja. Den werde ich schon deswegen nicht vergessen, weil meine Mutter sehr krank war und ich ebenfalls begann, mich unwohl zu fühlen. Drei Tage lang haben wir uns die Seele aus dem Leib gespuckt. Wir hatten wohl etwas Verdorbenes gegessen, meine Mutter hat nie etwas weggeworfen, wissen Sie, weil wir so wenig hatten.«

Sara nickte und fühlte sich auf einmal ganz beklommen. Wie gut sie selbst es doch als Kind gehabt hatte. Hungern hatte sie nie gekannt. Sie kannte auch niemanden aus ihrer Generation, der als Kind hätte Hunger leiden müssen. Oder der sich keinen Arzt hatte leisten können.

»An dem Tag kam Miss Dunn, die Tochter vom Arzt, zu uns. Sie brachte einen Sack Kartoffeln und Milch und Obst mit ihrem Fahrradanhänger hierher. Wir hatten ja nichts mehr. Und sie wusste, dass es uns nicht gut ging und wir Hunger litten.«

»Das war nett von ihr«, bemerkte Sara.

»Ja, aber sie konnte auch anders.« Sie verschüttete etwas Tee, als sie die Tasse abstellte, und Sara reichte ihr schnell eine Serviette.

»Ach ja?«

Die alte Dame senkte verschwörerisch den Kopf. »Sie konnte Ihre Großmutter nicht ausstehen! Getobt hat sie immer, wenn jemand sie erwähnte.«

Sara zog die Brauen zusammen. »Aber wieso?«

»Sie nannte sie immer *dieses gefallene Weib*. Damals wusste ich nicht, was sie damit meinte, und fand es völlig unverständlich, weil Ihre Großmutter immer sehr nett zu mir war. Ab und zu haben wir uns zufällig im Dorf oder auf dem Weg dorthin getroffen, und da hat sie mir manchmal ein paar Münzen in die Hand gedrückt, damit ich mir Süßigkeiten kaufen konnte. Natürlich habe ich das niemals erzählt, es war unser Geheimnis.«

Sara musste lächeln. Das sah Emma irgendwie gar nicht ähnlich. Aber damals war sie auch jung, und Helen war noch an ihrer Seite gewesen.

»Erst später begriff ich, dass Ihre Großmutter wohl nicht ... verheiratet gewesen war. So etwas war damals – besonders auf dem Dorf – nicht gerne gesehen. Heutzutage gibt es Frauen, die haben drei Kinder von drei verschiedenen Vätern, aber damals war ein uneheliches Kind ein gewaltiger Makel.« Sie knabberte an einem Jaffa Cake und wirkte einen Moment lang ganz in Gedanken versunken, doch dann räusperte sie sich und sprach weiter. »Miss Dunn hatte eine ältere Schwester, die irgendwo in Cornwall lebte. Und die konnte wohl keine Kinder bekommen, oder sie hatte sie verloren, ich weiß es nicht mehr. Auf jeden Fall redete sich Miss Dunn immer furchtbar in Rage, weil ihre Schwester eine so gottesfürchtige und zudem verheiratete Frau war und Ihre Großmutter ... nun ... das genaue Gegenteil.« Sie lächelte verlegen. »Ihre Schwester litt wohl furchtbar unter der Tatsache, dass sie keine Kinder haben konnte, und kam ein paar Mal zur Erholung hierher. Eine blasse, ausgemergelte Person, die jegliche Freude verloren hatte. Sie jagte mir immer einen Schauer über den Rücken.«

»Dann war diese Miss Dunn sauer, weil meine Großmutter ein Kind hatte und ihrer Schwester keins vergönnt war?«

»Sie war sehr gläubig, und daher erschütterte es sie, dass eine gottlose Person wie Ihre Großmutter, das waren ihre Worte, nicht meine, Liebes, ein Kind haben durfte und ihre Schwester nicht. Darüber kam sie einfach nicht hinweg. Nun ... nachdem die kleine Helen verschwunden war, erwähnte sie das natürlich nie wieder.« Sie lächelte matt. »Sie war so ein süßes Kind. Hat immer vor sich hingebrabbelt und jeden angelächelt. Wenn sie lächelte, ging die Sonne auf.«

Sara versuchte den Kloß im Hals hinunterzuschlucken, doch es gelang ihr nicht so richtig.

»Ich war so erschrocken, als die Polizei am späten Nachmittag bei uns auftauchte und berichtete, was passiert war. Ich hätte so gerne bei der Suche geholfen, aber ich hatte mir ja den Magen verdorben. Zuerst dachte ich, sie taucht schon wieder auf. Sie kann ja nicht weit weg sein.« Traurig schüttelte sie den Kopf, wischte sich einen Krümel vom Rock und lehnte sich in den Sessel zurück. »Ich habe nie begriffen, warum man sie nicht gefunden hat. Als der Fluss durch das Hochwasser über die Ufer getreten ist, hätte sie doch irgendwo angespült werden müssen. Aber wer weiß, wo die Strömung den kleinen Körper hingespült hat.« Sie schüttelte sich, dann blickte sie lange Zeit Sara an, als musterte sie jedes Detail in ihrem Gesicht. »Ich glaube, Sie sehen ihr ein bisschen ähnlich«, sagte sie. »Ihrer Großmutter. Sie lebt wohl nicht mehr, ist ja auch so lange her, aber sie scheint ja noch Familienglück gehabt zu haben.«

»Sie lebt noch«, sagte Sara schnell. »Sie feiert bald ihren 101. Geburtstag und ist noch ziemlich fit.«

Die alte Dame hob beide Augenbrauen. »Nein ... das gibt es doch nicht!« Sie lächelte. »Ach, du meine Güte!«

Sara wurde ganz flau zumute, als sie bemerkte, dass sich Tränen in den Augen der alten Frau sammelten.

»Verzeihen Sie. Das Alter. Da wird man sentimental, von einer auf die andere Minute.« Sie wischte sich über die Augen und lächelte breit.

»Dürfte ich ein Foto von Ihnen machen, um es meiner Großmutter später zu zeigen, wenn ich zurück in Deutschland bin? Es würde sie bestimmt freuen.«

»Von mir? Ja ... warum denn nicht ...«

Nachdem sie das Foto geschossen hatte, zögerte sie einen Moment lang, dann beschloss sie, dass sie schließlich nichts zu verlieren hatte, und nahm den alten vergilbten Brief aus dem Notizblock, den sie sorgsam auseinanderfaltete und der alten Dame zeigte.

»Ich verstehe nicht ...« Fast ehrfürchtig berührte sie das Papier, strich über den unteren Rand und starrte auf den Satz. »*Ihrem Mädchen geht es gut* ... Ist damit die kleine Helen gemeint?«

Sara nickte. »Meine Großmutter bekam diese Nachricht mit der Post, einige Monate, nachdem Helen verschwand. Er steckte in diesem Umschlag.« Sie hielt den Briefumschlag hoch, der an den Ecken eingerissen war. »Er wurde in Hamburg abgestempelt.«

»Darf ich mal?« Die Frau nahm den Umschlag so vorsichtig in die Hand, als handelte es sich um etwas sehr Zerbrechliches. »Emma Doyle. The Old Vicarage. Upper Fenley. England«, las sie laut vor und runzelte die Stirn. »Es muss von jemandem aus dem Ort sein. Denn sonst wäre es mit dem Straßennamen beschriftet worden, nicht? Jemand von außerhalb wüsste doch den Namen des Cottage gar nicht, immerhin war es wenige Jahre zuvor ja noch das Pfarrhaus gewesen. Dieser Jemand muss also gewusst haben, dass es ein neues Pfarrhaus gab.«

»Sie haben recht«, rief Sara eifrig nickend. »Auf den Gedanken bin ich gar nicht gekommen.«

»Aber eigenartig ist es allemal«, meinte die Dame, als sie ihr den Briefumschlag zurückgab. »Ich wüsste nicht, wer aus dem Dorf in Deutschland gewesen sein könnte. Nicht zu der damaligen Zeit.«

»Jemand, der Verwandte gehabt haben könnte? Meine Großmutter vermutet, dass dieser Jemand zu irgendwelchen Verwandten gezogen sein könnte.«

»Wenn, dann hätte das niemand zugegeben. Aber ich kann mir wirklich nicht vorstellen, wer das gewesen sein könnte. Eine Verbindung nach Deutschland hätte für Aufsehen gesorgt, wie Sie sich sicherlich vorstellen können.«

»Aber welchen Grund könnte jemand sonst gehabt haben, nach Deutschland zu gehen?«, fragte Sara.

»Das ist es ja. Mir fällt keiner ein. Es wäre das Naheliegendste, einen kranken Verwandten zu besuchen. Oder vielleicht aus beruflichen Gründen. Aber dafür käme hier niemand infrage. Der Krieg war zwar seit zehn Jahren vorbei, aber die meisten Menschen waren den Deutschen und Deutschland gegenüber immer noch sehr misstrauisch eingestellt.«

»Können Sie mir sagen, ob sonst noch jemand von früher hier lebt?«, fragte sie wenig hoffnungsvoll.

»Nun, da wären zum einen Edie Swift, die den Pub führt und mit mir zusammen hier aufgewachsen ist, und Alfred Ward natürlich, der müsste nun an die vierundneunzig sein. Er hat damals bei der Suche nach Helen geholfen, der Bursche war damals siebzehn, ein hübscher Bengel. Er hat später die Metzgerei von seinem Vater übernommen, ging aber vor über zwanzig Jahren in Rente. Er wohnt am Dorfanger, Rose Cottage. Nicht mehr so gut zu Fuß, aber noch sehr klar bei Verstand.«

Sara notierte sich Namen und Adresse in ihrem Notizblock. »Fällt Ihnen sonst noch jemand ein, mit dem ich reden könnte?«

»Jessica McDonald vielleicht. Sie ist die Tochter von Sophie Dunn, der Arzttochter, die ich vorhin erwähnt habe. Sie wurde zwar erst Mitte der Dreißiger geboren, aber vor ein paar Jahren hat sie mal eine Fotoausstellung über unser Dorf veranstaltet, dafür hat sie ziemlich viel altes Bildmaterial zutage gefördert.«

Sara bedankte sich, trank ihren Tee aus und machte sich schließlich auf den Rückweg zum Pub. Nach einem kalten Glas Cola ging sie hinauf in ihr Zimmer, nahm eine Dusche und schlüpfte in ein luftiges Sommerkleid. Eine ganze Weile saß sie auf ihrem Bett und schielte zu ihrer geöffneten Kulturtasche auf dem Nachttisch. Zwischen der Zahnpastatube, einer Tagescreme, der Zahnbürste und Make-up-Tuben lag ein Schwangerschaftstest, den sie vor ihrem Abflug in Deutschland gekauft hatte. Fast zwei Wochen war sie nun überfällig, und so sehr sie auch versuchte, dieses leichte Ziepen im Unterleib zu ignorieren, die Angst vor einer Schwangerschaft ließ sie kaum schlafen. Tagsüber konnte sie sich ablenken, doch nachts raubten ihr die Gedanken den Schlaf. Sie wollte kein Kind. Noch nicht. Sie hatte durchweg verhütet, doch natürlich wusste sie, dass weder Pille noch ein Kondom einen hundertprozentigen Schutz boten. Wie sollte sie ein Kind bekommen, wenn sie nicht einmal wusste, wie es mit Fabian weiterging. Würde er alleine nach Irland gehen, würde sie mitkommen? Sie konnte doch nicht mit einem Baby in ein fremdes Land ziehen! Er würde sicherlich kein Problem in all dem sehen. Er wollte ja Kinder, am besten jetzt schon, das hatte er ihr klar gesagt.

Sie wusste nicht, wieso sie nicht einfach auf diesen dämlichen Streifen pinkelte, um Gewissheit zu haben, aber sie konnte sich einfach nicht überwinden. Vielleicht weil sie ahnte, wie der Test ausfallen würde. Und dann? Sie war noch nie so lange überfällig gewesen. Drei, vier Tage mal. Stressbedingt. Aber nun war ihr auch noch dauernd übel, und sie spürte, dass irgendetwas in ihrem Körper vor sich ging.

Sie stand auf, zog den Reißverschluss der Kulturtasche zu und warf sie aufs Bett. Sie würde noch ein, zwei Tage warten. Vielleicht lag es doch einfach am Stress.

23

Jessica McDonald lebte in der Kings Street, einer schmalen, gewundenen Straße, die hinter dem Pub entlangführte. Im Schatten dicht beieinanderstehender Bäume lief Sara an einer hohen Kalksteinmauer entlang, bis sie Hausnummer sechzig erreichte, ein schmuckes zweistöckiges Haus aus roten Ziegelsteinen mit einem Spitzdach. Die meisten Häuser in der Straße sahen relativ neu aus. Sara fragte sich, wie die Straße in den Zwanzigerjahren ausgesehen haben mochte.

Mrs McDonald war eine zierliche Frau mit grauem Dutt und roter Lesebrille um den Hals. Sie trug Perlenohrringe und eine Perlenkette, außerdem war sie sorgfältig geschminkt und wirkte gute zehn Jahre jünger, als sie war.

Als Sara Interesse an der Fotoausstellung bekundete und ihre Großmutter erwähnte, leuchteten die Augen der alten Dame, und sie bat sie ins Haus. »Ich habe gerade Scones gemacht. Eigentlich wollte meine Tochter mit den Enkeln vorbeikommen, sie leben in Oxford, aber die Jüngste ist vom Fahrrad gefallen und hat sich den Arm gebrochen.« Sie führte Sara in ein großzügig geschnittenes Wohnzimmer mit hellen Ledersesseln und einem massiven Schrank aus Eiche, der voller Bücher und Porzellanfiguren war. Auf einem roten Sofa saß ein älterer Mann mit dicker Hornbrille, der ein Rätselheft auf dem Schoß aufgeschlagen hatte. »Das ist Eric, mein Mann. Er ist schwerhörig, also müssen Sie etwas lauter reden, er trägt sein Hörgerät fast nie. Aber er wird Ihnen sowieso nicht weiterhelfen können, er ist in Somerset aufgewachsen und kam erst in den Fünfzigern hierher.«

Sara lehnte dankend einen Tee ab, sagte aber zu einem Glas Wasser und dem Scone nicht Nein, den sie genüsslich aß, während Mrs McDonald die alten Fotoalben aus dem Wohnzimmerschrank heraussuchte.

Wenige Minuten später hatte Sara mehrere Alben auf ihrem Schoß, die sie nacheinander durchblätterte, während Mrs McDonald ihr etwas zu den Fotografien erzählte.

»Das hier war das Haus meines Großvaters. Daneben sehen Sie die Arztpraxis. Das Haus und die Praxis wurden leider in den Fünfzigern abgerissen. Hier sehen Sie meine Mutter, das wurde 1926 aufgenommen. Sie war sehr hübsch, finden Sie nicht?«

Sara musste ihr zustimmen. Die Frau auf dem Bild hatte ein ovales Gesicht mit großen, runden Augen, einer Stupsnase und schön geformten Lippen. Sie trug einen eleganten Hut und einen dunklen Mantel über einem Kleid.

»Wer ist das?«, fragte Sara und zeigte auf das nächste Bild, das eine hübsche Frau mit dunklen Haaren neben ihrer Mutter zeigte. Die beiden Frauen saßen an einem Tisch und strickten. Das Foto war mit 1922 beschriftet.

»Meine Tante Paula. Die ältere Schwester meiner Mutter. Sie lebte in Cornwall, war mit einem Pfarrer verheiratet.« Mrs McDonald blätterte auf die nächste Seite, wo die Dorfschule abgebildet war, der Krämerladen mit einer jungen Edie Swift und die Kirche mit den Swifts und ein paar Damen der Gemeinde.

»Wissen Sie zufällig, ob jemand aus der Gemeinde Verbindungen nach Deutschland hatte?«, fragte Sara. Mrs McDonald hielt inne und dachte nach. »Nein, ich wüsste niemanden. Das wäre damals doch sehr außergewöhnlich gewesen. Wieso fragen Sie?«

Sie erzählte von dem Brief, den Emma ein Jahr nach Helens Verschwinden erhalten hatte.

»Aber wieso hätte jemand so einen Brief schreiben sollen?«, fragte Mrs McDonald. »Ich nehme an, Ihre Großmutter hat ihn der Polizei gezeigt?«

Sara nickte. »Aber dort nahm man das nicht ernst, hielt es für einen dummen Streich.«

»Aber sie war doch ertrunken«, sagte Mrs McDonald mehr zu sich selbst. »Wer würde denn so einen geschmacklosen Streich machen? Kannte Ihre Großmutter denn jemanden in Deutschland?«

»Nein. Sie reiste später hin, um ihre Tochter zu suchen. Aber in einer großen Stadt wie Hamburg war das natürlich wie die Nadel im Heuhaufen.«

Ein dunkler Schatten legte sich über die Augen der alten Frau.

»Ich habe erst, als ich älter war, von dem Unglück erfahren. Ich nehme an, meine Eltern wollten mir keine Angst machen. Wissen Sie, dass der Frauenverein aus diesem Dorf Geld für eine Gedenkplakette für das kleine Mädchen gesammelt hat? 1990 war das, wenn ich mich recht erinnere. Irgendjemand, ich weiß nicht mehr, wer, kam auf die kleine Helen zu sprechen. Wir fanden heraus, dass es keinen Grabstein gab, und jemand meinte, man müsse doch irgendetwas machen. Ich hatte mich schon immer mit der Geschichte des Dorfes befasst, aber mein Schwerpunkt lag auf der Arbeit des Hospitals, das während des Ersten Weltkrieges eine zentrale Rolle im Ort gespielt hat.«

»Eine Gedenkplakette?«, fragte Sara verwirrt.

»Ja, an der Stelle, wo sie in den Fluss gefallen sein soll. Ein Findling mit einer Gedenkplakette. Ich muss doch irgendwo ein Foto davon haben ...« Sie nahm eins der Fotoalben in die Hand und schlug es ganz hinten auf. Mit halb offenem Mund blickte Sara auf die Fotografie.

IN GEDENKEN AN DIE KLEINE HELEN DOYLE,
DIE 1927 AN DIESER STELLE INS WASSER FIEL
UND ERTRANK.

Sara schnürte der Anblick die Kehle zu. Aus irgendeinem Grund, den sie selbst nicht benennen konnte, machte sie das Bild unheimlich traurig und wütend zugleich.

»Meine Großmutter glaubt nicht, dass sie ertrank. Heutzutage ist sie mehr denn je davon überzeugt, dass jemand Helen entführt hat.«

Mrs McDonald runzelte so heftig die Stirn, dass ihr Gesicht Ähnlichkeit mit einem dieser asiatischen Hunde bekam, dessen Name ihr nicht einfallen wollte. Dann erst begriff sie, dass vermutlich die Tatsache, dass Sara im Präsens von ihrer Großmutter gesprochen hatte, sie verwunderte. »Sie lebt noch. Sie wird bald 101.«

»Sagen Sie bloß«, stieß Mrs McDonald aus und sah zu ihrem Mann hinüber. »Hast du das gehört? 101 Jahre alt!«

Mr McDonald sah kurz von seinem Rätselheft auf. »Ein stolzes Alter!«, rief er so laut, dass Sara erschrak.

Vielleicht bildete sie es sich nur ein, aber Mrs McDonald wirkte auf einmal fahrig. Sie verschüttete ihren Tee, ihr glitt beim Zurückstellen eins der Fotoalben aus der Hand, und ihre Augen waren glasig.

Sara befürchtete, sie hätte die alte Dame vielleicht zu sehr aufgeregt, und sie verabschiedete sich mit einem schlechten Gewissen, um in ihr Zimmer zurückzukehren. Für einen Tag waren das genug Begegnungen mit der Vergangenheit, dachte sie. Diesen Alfred Ward würde sie am nächsten Tag aufsuchen.

• • •

Am nächsten Morgen wurde Sara durch ihren knurrenden Magen wach. Sie hatte abends eine Lasagne und Pommes gegessen, eine eigenartige Zusammenstellung, die aber gar nicht so übel geschmeckt hatte. Das Problem nach so vielen Kohlehydraten war nur, dass ihr um halb sechs Uhr früh der Magen in den Kniekehlen hing. Das laute Grummeln hatte sie schließlich aufgeweckt und nicht mehr einschlafen lassen. Dieses britische Essen war mehr als gewöhnungsbedürftig. Sie fand in ihrem Rucksack ein paar Cracker und machte sich mit dem Wasserkocher auf dem winzigen Beistelltisch einen Tee, dann setzte sie sich mit ihrem kargen Mahl auf die Fensterbank und blickte nach draußen. Die Baumkronen des kleinen Wäldchens schaukelten kräftig, der dunkelgraue

Himmel mit dem orangerötlichen Streifen versprach einen ordentlichen Regenschauer. Sie öffnete das Fenster einen Spalt und ließ den Duft von Sommerregen herein. Die Vögel zwitscherten aufgeregt, in der Ferne hörte sie einen Uhu. Kaum hatte sie ihren Tee ausgetrunken, fielen die ersten Regentropfen. Ein paar Tropfen landeten auf ihrem nackten Arm, sodass sie die Dachluke schloss und in Gedanken noch einmal die Gespräche von gestern durchging. Es war ein so seltsames Gefühl, nach all der Zeit die Orte anzusehen, an denen ihre Großmutter so viel Schönes, aber auch Schreckliches erlebt hatte. Sie wusste immer noch nicht, was sie sich genau von diesem Vorhaben versprach. Sie wollte Emma besser kennenlernen und sich selbst auch ein bisschen, doch es war, als ob sie das Leben einer völlig Fremden durchleuchtete. Diese Frau, die als Emma Doyle vor so vielen Jahren hier gelebt hatte, war eine ganz andere als ihre Großmutter. Natürlich veränderten sich alle Menschen mit der Zeit. Und sicherlich hatte der Verlust eines Kindes ihrem Leben eine ganz neue Wendung verliehen. Sie wusste nicht, ob sie Emma von der Gedenkplakette erzählen sollte. Eigentlich war es eine nette Geste, doch sie war sich fast sicher, dass es Emma furchtbar aufregen würde. Nein, besser, sie erzählte ihr nichts davon. Sie wollte ihren Schmerz nicht vergrößern. Am liebsten hätte sie ihn ihr genommen, doch wie sollte das gehen, nach all der Zeit?

Sie hatte sich gerade für das Frühstück angezogen, ein einfaches Shirt und Jeans, als es an der Tür klopfte. Stirnrunzelnd drehte Sara den Türknauf herum und war erstaunt, Mrs McDonald zu sehen. Ihre Brille war voller Regentropfen, ebenso die blaue Regenjacke. Im Arm hielt sie einen Schuhkarton und ein schmales Fotoalbum.

»Ich habe lange mit mir gerungen, nachdem Sie gestern gegangen sind …«, begann sie, nachdem Sara sie ins Zimmer gebeten hatte. Sie setzten sich an den Holztisch vor dem Fenster, der fast so alt sein musste wie der Pub selbst. »Möchten Sie einen Tee?« Sara blickte sich nach einem zweiten Becher um, sah aber auf Anhieb keinen. Mrs McDonald schüttelte den Kopf und öffnete den Schuhkarton. Sara erhaschte einen Blick auf einen Stapel Briefe und zahlreiche Unterlagen.

Mrs McDonalds Atem rasselte ganz leicht, wie bei einem Asthmatiker; ihre Hände zitterten, als sie den Deckel des Schuhkartons beiseitestellte und einen der Briefe in die Hand nahm. »Diese Briefe hat meine Tante Paula über die Jahre meiner Mutter geschrieben. Sie hatten ein sehr enges Verhältnis, trotz der Entfernung. Der älteste Brief ist von 1923. Es fehlen einige, aber das ist nicht so wichtig.«

Sara fragte sich, worauf sie hinauswollte. Mrs McDonald schien aufgeregt, beinahe schon aufgebracht zu sein. Ihre Stimme bebte, einige Silben verschluckte sie, und es kam Sara so vor, als wolle sie sich unbedingt etwas von der Seele reden. Nach ihrem Besuch hatte Sara befürchtet, alte Wunden aufgerissen zu haben, und mittlerweile stellte sie ihre ganze Reise hierher infrage. Sie hatte Emma besser verstehen wollen, aber dadurch sollten keine anderen Menschen schlaflose Nächte erleiden.

»Ihre Großmutter lebt noch, und da dachte ich ... Nein, ich weiß, dass es richtig ist, dass sie es erfahren sollte ... ich weiß bloß nicht, wie ich ...«

Sara legte der alten Dame eine Hand auf den Arm. »Soll ich uns nicht doch einen Tee machen?«

Bodmin, 3. April 1923

Meine liebe Sophie,
nun wohne ich schon seit vier Wochen hier, und es ist alles immer noch so furchtbar fremd wie am ersten Tag. Du wirst vermutlich lachen und sagen, dass so etwas Zeit braucht, doch du weißt, wie getrieben ich mich immer fühle. Es kann mir alles gar nicht schnell genug gehen. Das konnte es noch nie. Erinnerst du dich, als wir im Winter auf dem See Schlittschuh laufen lernten? Du warst so viel besser darin, und ich habe jeden Morgen im Zimmer die Bewegungen geübt, um es ebenso elegant hinzubekommen. Mama sagte immer, alles brauche seine Zeit, doch Zeit hat für dich nie eine Rolle gespielt, weil dir alles immer auf Anhieb gelang. Meine hübsche, kleine Schwester, ich vermisse dich sehr, und

manchmal zweifle ich an meiner Entscheidung, ob du es glaubst oder nicht. Charles ist so gut zu mir, er bemüht sich sehr, damit ich mich hier wohlfühle, doch seine Pflichten als Pfarrer lassen ihm nicht viel Zeit. Drei Kinder sind in den letzten Wochen an Krupp gestorben. Das jüngste war erst zwei Monate alt. Mich macht es traurig und hilflos, wenn ich an die armen Familien denke. Und doch wünsche ich mir nichts sehnlicher als endlich selbst eine Familie zu haben. Charles sagt, er möchte mindestens drei Kinder haben, hat er selbst doch acht Geschwister. Ich möchte so viele, wie es geht, solange sie gesund und glücklich sind. Gib Papa einen Kuss von mir!

In Liebe,
Paula

• • •

Bodmin, 20. April 1925

Meine liebe Sophie,
in meinem letzten Brief wollte ich nichts erwähnen, solange ich nicht sicher war. Aber nun kann ich kaum erwarten, dir zu erzählen, dass du Tante wirst! Das Baby wird im November kommen. So wenig, wie ich Charles im Moment sehe (er vertritt den Pfarrer in zwei Nachbarorten), ist das wahrlich ein Wunder! Ich hatte die Hoffnung fast aufgeben, da wir uns schon so lange ein Kind wünschen, wie du weißt. Du hattest recht damit, dass ich einfach ein wenig Geduld brauchte.

Hast du diesen flotten Burschen aus der Schmiede noch einmal getroffen? Ich kann mir vorstellen, dass er nicht Papas Anforderungen erfüllt, aber das hat Charles am Anfang auch nicht, und nun sieh, wie glücklich wir sind.

P.S: Sag Papa noch nichts, ich möchte ihm die freudige Nachricht selbst in einem Brief erzählen.

Überglückliche Grüße,
Paula

• • •

Bodmin, 3. August 1925

Meine liebe Sophie,
die Tage sind dunkel, obwohl die Sonne scheint, doch mir ist es so, als träfe kein einziger Sonnenstrahl auf meine Haut. Ich spüre nichts von all der Wärme und frage mich, ob die Sonne ihre Kraft verloren hat oder ob sich eine Decke voll Melancholie über meinen Körper gelegt hat, die mich nichts fühlen lässt außer unglaubliche Traurigkeit.

Ich würde dir gerne schönere Zeilen schicken, aber mein Herz ist gebrochen, als das kleine Wunder in mir starb.

Paula

• • •

Bodmin, 14. September 1926

Meine liebe Sophie,
es freut mich, dass du James gegenüber solche starke Empfindungen hast und er dir gegenüber anscheinend auch. Doch pass gut auf dich auf, ihr seid noch sehr jung und solltet nichts übereilen.

Es tut mir leid, dass die alte Mrs Carmichael gestorben ist. Ich mochte sie sehr. Ich nehme an, ihr Sohn übernimmt nun das Blumengeschäft?

Urteile nicht so hart über diese Frau mit dem Kind. Selbst wenn es ein Bastard ist, wir kennen die Umstände nicht, und der Krieg hat uns alle verändert, wie wir es wohl niemals für möglich gehalten hätten. Ich heiße so etwas keineswegs gut, wie du weißt. Fleischliche Lust ist eine

Sünde, und Frauen, die sich dem hingeben, sind schwache Wesen, die meiner Meinung nach kein unschuldiges Kind erziehen sollten. Gehe ihr am besten aus dem Weg. Solche Menschen saugen das Gute aus allem, durch ihre bloße Anwesenheit. Mir tut es bloß ums Kind leid, sollte es wirklich, wie du vermutest, das Ergebnis einer sündhaften Vereinigung sein.

Küsse an Papa!
In Liebe,
Paula

• • •

Bodmin, 24. Februar 1927

Meine kluge Sophie,
natürlich hast du recht, wenn du sagst, dass alles eine Prüfung ist. Alles im Leben ist eine Prüfung, doch wieso müssen einige Menschen keine bestehen und andere so viele? Wieso ist mir kein Kind vergönnt, wieso musste ich zwei beerdigen, Wochen, bevor sie überhaupt auf die Welt hätten kommen sollen? Wieso hat die Frau vom Metzger ihr fünftes gesundes Kind entbunden, und meine sterben bereits im Bauch? Ich kann für die Frau kein Glück empfinden, und das macht mich vielleicht zu einem schlechten Menschen. Charles sagt, sich für andere zu freuen, auch wenn wir selbst keine Freude in uns spüren, sei unsere Christenpflicht. Vielleicht bin ich eine schlechte Christin und darf deswegen nie erfahren, wie es ist, Mutter zu sein?

Es tut mir leid, dass James fortgegangen ist. Aber ich denke auch, du hast die richtige Entscheidung getroffen. Vater braucht dich. Wenn nicht jetzt, dann in ein paar Jahren. Du kannst nicht einfach in eine weit entfernte Stadt ziehen, wieso sieht James das denn nicht ein?

Vielleicht hat er noch ein Einsehen und kommt zurück. Ich wünsche es dir.

In Liebe,
Paula

• • •

Bodmin, 29. Mai 1927

Liebe Sophie,
ich werde deine Einladung annehmen und übermorgen in den Zug steigen, der kurz nach siebzehn Uhr in Upper Fenley ankommen wird.

Charles ist ebenfalls der Meinung, dass eine Luftveränderung mir guttun wird. Er hat sich erschrocken, als er mich im Kirchturm hat stehen sehen. Ich wollte wirklich bloß die Aussicht genießen, und das trotz meiner Höhenangst! Kann du dir das vorstellen? Ich denke, er glaubt, dass ich mir etwas antue, aber wie ich ihn kenne, hat er dir selbst davon in einem Brief geschrieben. Ich möchte bloß, dass du meine Version der Geschichte hörst. Mache dir bitte keine Sorgen. Ich mache keine Dummheiten, auch wenn mir manchmal der Gedanke so nah erscheint.

Bis in zwei Tagen,
in Liebe,
Paula

Sara nahm noch einmal den Brief vom 14. September in die Hand und las die Passage über Emma laut vor. »Damit ist meine Großmutter gemeint, oder?«, fragte sie. Mrs McDonald nickte, dann nahm sie den nächsten Stapel Briefe aus dem Karton und zog den ersten davon raus. »Ich habe die vor ungefähr zehn Jahren gelesen, nachdem meine Mutter gestorben war und ich sie unter ihrem Bett fand, zusammen mit anderen Unterlagen und Andenken. Aber erst, als Sie gestern Ihre Großmutter erwähnten, fiel es mir wieder ein ...«

»Was fiel Ihnen wieder ein?«, fragte Sara und nahm verdutzt den Brief in die Hand, den Mrs McDonald ihr reichte.

»Es fehlen einige Briefe zwischen 1926 und 1929. Vielleicht sind sie verloren gegangen, oder sie hat sie aus welchen Gründen auch immer vernichtet. Aber den hier sollten Sie lesen.« Ihre Stimme klang gepresst, die Hände zitterten, als sie die Teetasse zum Mund führte. Sie lächelte freudlos, seufzte und schloss kurz die Augen. »Ich konnte mir bis gestern keinen Reim darauf machen und hatte es für unwichtig gehalten. Wie gesagt, ich habe die mal vor sehr langer Zeit gelesen. Gestern habe ich sie erneut hervorgeholt, und da ist es mir erst richtig bewusst geworden. Aber lesen Sie selbst.«

Sara hielt die Luft an, als sie den Brief auseinanderfaltete. Er war wie all die anderen auf recht dickem Briefpapier geschrieben. Ihr Herz begann wild zu klopfen, als sie anfing zu lesen.

Hamburg, 25. Juni 1928

Meine liebe Sophie,
vorgestern bin ich bei Charles' Großmutter angekommen. Ich kann es immer noch nicht glauben, dass er mir seine deutschen Großeltern verschwiegen hat. Ich warf ihm vor, er würde meine Liebe anzweifeln, denn natürlich würde ich ihn deswegen nie verlassen. Niemand kann sich seine Vorfahren aussuchen. Und seine Großeltern waren Gegner des Kaisers, ob du es glaubst oder nicht! Sie ist eine nette Frau, aber sie ist sehr krank, und ich bin froh, mit Charlotte hergekommen zu sein, um sie kennenzulernen. Sie spricht kaum Englisch, aber wir verständigen uns mit Händen und Füßen, und sie hat eine freundliche Nachbarin, die beim Übersetzen hilft. Ich habe mir die Deutschen immer ganz anders vorgestellt, es ist seltsam, ich weiß auch gar nicht, was ich erwartet habe, vielleicht mehr Stolz und Unnahbarkeit, aber die Menschen, die ich bis jetzt getroffen habe, waren freundlich und hilfsbereit. Und nun muss ich dir etwas erzählen, was dich wütend machen wird.

Ich habe der Frau gestern einen Brief geschrieben. Ich höre dich jetzt schon toben, aber mein Gewissen lässt mich seit Wochen nicht schlafen. Wir haben das Richtige getan, das weiß ich. Charlotte entwickelt sich prächtig. Sie ist ein so liebes Kind, doch nun, wo ich mein Glück endlich habe, erinnere ich mich wieder an den Schmerz, den ich gefühlt habe, als mir meine Kinder genommen wurden. Diesen Schmerz sollte keine Mutter, keine Frau fühlen. Sie soll wissen, dass es ihrem Kind gut geht. Mehr habe ich nicht geschrieben. Damit sie nicht mehr trauern muss. Damit sie nach vorne blicken kann. Ich weiß, dass es richtig ist. Ich habe den Brief – es ist nur ein Satz – hier in Hamburg abgeschickt. Sie wird niemals wissen, dass er von mir kam. Du kannst also beruhigt sein.

In Liebe,
Paula

24

Sara ließ den Brief auf den Tisch sinken und starrte Mrs McDonald mit offenem Mund an. »Habe ich das richtig gelesen? Sie hat ...« Ihr fehlten die Worte. Sie las die entsprechenden Zeilen wieder und wieder.

»Sie muss so verzweifelt gewesen sein«, sagte Mrs McDonald kaum hörbar. »Natürlich rechtfertigt das in keiner Weise, was sie getan hat.«

»Aber wie hat sie das gemacht, ohne gesehen zu werden?«, fragte Sara, deren Stimme sich nun überschlug. Ihr Herz raste, ihr ganzer Körper zitterte vor Aufregung. Sie erinnerte sich wieder, was Mrs Hawkins gesagt hatte. An dem Tag, als Helen verschwand, hatte Sophie Dunn mit dem Fahrradanhänger Lebensmittel vorbeigebracht. Ihr Weg hatte an Emmas Haus vorbeigeführt. Sie musste Helen auf dem Rückweg im Garten entdeckt und in den Anhänger gesetzt haben. Vermutlich hatte sie eine Decke oder Plane über das Kind geworfen und war nach Hause gefahren. Aber dann? Sie blätterte die Briefe durch. Paula hatte im fraglichen Zeitraum ihre Schwester in Upper Fenley besucht. Aber wieso hatte niemand etwas gemerkt, wo doch später das halbe Dorf nach Helen gesucht hatte?

»Ich vermute, meine Mutter hat ihre Schwester und das Kind irgendwie zu einem weiter entfernten Bahnhof gebracht, wo sie keiner kannte. Vermutlich mit dem Wagen von meinem Großvater, den konnte sie mit sechzehn bereits fahren. Ich denke aber nicht, dass er eingeweiht war«, sagte Mrs McDonald.

»Aber ... nach Helen wurde doch gesucht. Sie konnte sie doch nicht als ihr eigenes Kind ausgeben«, rief Sara verwirrt.

»Nun«, meinte Mrs McDonald seufzend und nahm das Fotoalbum in die Hand. »Meine Cousine Charlotte ist das Kind einer engen Freundin von Tante Paula, die plötzlich gestorben war. So wurde es uns gesagt. Eine Witwe, die in ihrem Nachlass verfügt hatte, dass sich meine Tante und mein Onkel um das Kind kümmern sollten. Wir wussten alle, dass sie nicht das leibliche Kind war, aber mit so etwas hätte doch keiner gerechnet.« Ihre Augen schimmerten; schnell blickte sie auf das Album, blätterte die Seiten vorsichtig um, bevor sie eine Schwarz-Weiß-Fotografie herauszog. Sie zeigte ein etwa achtjähriges Kind mit langen Zöpfen, einer Stupsnase und einem zauberhaften Lächeln. Es trug ein weißes Kleid und dunkle Schnürschuhe und posierte vor einem Haus. Gebannt starrte Sara in das Gesicht des Mädchens, nach dem Emma so lange gesucht hatte. In ihrem Magen begann es zu rumoren. Das konnte doch nicht wahr sein!

»Sie ist neun Jahre älter als ich. Wir haben sie öfter besucht, aber ihre Mutter wollte nie, dass sie einmal zu uns kommt. Ich dachte, sie wäre einfach nur überängstlich, aber nun begreife ich, dass sie Angst hatte, jemand könnte sie als Helen erkennen.«

Saras Hals war so trocken, dass sie ihre nächste Frage kaum selbst verstand. »Lebt sie noch?« Die Hände auf den Oberschenkeln zu Fäusten geballt, hielt sie die Luft an.

»Oh ja. Sie hat ein kleines Häuschen im Norden von London, in dem sie mit ihrer Tochter Joanne lebt. Ihr Mann starb vor fünf Jahren. Wir haben nicht mehr so einen engen Kontakt wie früher als Kinder. Wir rufen uns gegenseitig zum Geburtstag an und an Weihnachten und so.« Sie presste die Lippen fest aufeinander. »Wie sag ich ihr das denn bloß?«

Darauf hatte Sara keine Antwort, wusste sie doch selbst nicht, wie sie Emma diese Entdeckung erzählen sollte. Das war alles so surreal. Sara stand auf und ging ein paar Schritte im Raum umher. Ihr schwirrte der Kopf. Sie öffnete das Fenster und sog einen Schwall warmer Regenluft ein. Inzwischen schien die Sonne, doch es tröpfelte immer noch ein wenig vor sich hin. »Hat sie blaue Augen und um die eine Iris einen braunen Ring?«, fragte Sara. Sie musste einfach ganz sicher sein.

»Ja. Sie empfand das immer als Makel, aber ich habe sie darum beneidet. Ich sah immer so durchschnittlich aus. Sie war als junge Frau eine Schönheit.« Sie zog ein weiteres Bild aus dem Album und hob es hoch. Es war eine Farbfotografie und zeigte eine etwa dreißigjährige Frau mit dunkelblonden, schulterlangen Haaren in einem eleganten roten Kostüm.

»Sie hat Sekretärin gelernt und hat viele Jahre bei einer Versicherungsgesellschaft in London gearbeitet.«

Sara konnte nur mit allergrößter Anstrengung den Impuls unterdrücken, zum Telefon zu greifen und Emma anzurufen. Allerdings konnte sie ihr unmöglich am Telefon erzählen, dass sie Helen gefunden hatte und diese in London lebte. Sie konnte es ja selbst kaum begreifen. Zum ersten Mal, seit sie hierhergekommen war, wünschte sie, dass Fabian an ihrer Seite war.

»Das ist doch verrückt, völlig verrückt«, murmelte Mrs McDonald und sprach das laut aus, was Sara durch den Kopf ging. »Es tut mir für Ihre Großmutter so leid.« Wieder schimmerten Tränen in ihren Augen. Sara empfand tiefes Mitgefühl. Wie schwer musste es ihr gefallen sein, hergekommen zu sein, in dem Wissen, was ihre Mutter und Tante getan hatten. »Meine Mutter war keine einfache Frau«, sagte sie. »Sie hat an jeden Menschen aus ihrem Umfeld und ihrer Familie so hohe Erwartungen gehabt, dass sie meistens schwer enttäuscht war, weil niemand ihre Erwartungen erfüllen konnte. Ihren Vater hat sie vergöttert, er war der Einzige, der nichts falsch machen konnte. Nicht einmal, als er tüttelig wurde. Und ihre Schwester war in ihren Augen auch ohne Makel. Aber an meinem Vater und mir hatte sie immerzu etwas auszusetzen. Sie berief sich dabei immer auf irgendwelche Bibelstellen, ging jeden Sonntag in die Kirche und betete jeden Tag zweimal.« Mrs McDonald schob ihren Stuhl zurück und erhob sich schwer atmend. »Wie konnte sie so gottesfürchtig sein und gleichzeitig etwas so Schreckliches tun?«

»In ihren Augen war es vermutlich nicht falsch«, meinte Sara leise. »Es muss sehr schwer für Sie gewesen sein, hierherzukommen. Ich weiß gar nicht, wie ich Ihnen danken soll, denn mir ist bewusst, dass es auch für Sie sehr schmerzhaft sein muss.«

Mrs McDonald lächelte matt. »Seltsamerweise war die Entscheidung gar nicht schwer. Dass Ihre Großmutter noch lebt und sie endlich, nach all den Jahren voller Schmerz, die Chance haben kann, ihre Tochter wiederzusehen, das muss doch ein Zeichen sein, nicht?« Sie zog ein zerknülltes Taschentuch aus ihrer Hosentasche und tupfte sich die Augen. »Es tut mir nur so leid, dass sie es erst jetzt erfährt.«

Nachdem Mrs McDonald gegangen war, fühlte sich Sara wie betäubt. Sie rief Fabian in der Bank an, doch er steckte gerade in einem Kundengespräch, und so bat sie nur um einen Rückruf. Zwanzig Minuten später, in denen sie einfach auf ihrem Bett gesessen und an die Decke gestarrt hatte, klingelte ihr Handy. Die Verbindung war so schlecht, dass sie sich schließlich ans offene Fenster stellte und ihn anbrüllte, damit er sie verstand. Seine Antworten waren kaum mehr als zusammenhanglose Silben. Kurz entschlossen ging sie in den Pub runter, um dort das Festnetztelefon zu benutzen. Mrs Swift unterhielt sich mit einer Reihe älterer Damen am Tresen, die allesamt einen Sherry in der Hand hielten und den neuesten Dorftratsch austauschten. Das Telefon befand sich in einer Nische im hinteren Bereich des Schankraums, wo sie recht ungestört würde reden können. Mit zittrigen Händen warf sie ein paar Münzen ein und begann zu wählen. Ihr Herz pochte, und sie war froh, dass sie sich auf einen Hocker setzen konnte. Sie konnte es kaum abwarten, Fabian von ihrer unglaublichen Entdeckung zu erzählen, und so platzte sie gleich mit der Neuigkeit heraus, bevor er überhaupt eine Begrüßung in den Hörer gesagt hatte. »Ich habe Helen gefunden, und sie lebt noch!« Fabian stammelte ein paar Silben und räusperte sich. »Wie jetzt? Sie ist doch ertrunken.« Sara berichtete ihm von ihrer Unterhaltung mit Mrs McDonald und den Briefen, bemüht, langsam zu sprechen, weil sie so aufgeregt war und Fabian Probleme hatte, mitzukommen. »Puh! Das ist ... «, sagte er, nach Worten ringend. »Abgefahren. Hast du es schon deiner Großmutter erzählt?«

»Nein. Ich fahre nachher nach London, um Helen zu treffen. Sie heißt jetzt Charlotte. Ich habe ein bisschen Angst«, gestand sie leise.

»Das wird ein Schock für beide sein«, sagte er. »Und du bist ganz sicher, dass diese Frau die Tochter deiner Großmutter ist?«

»Ziemlich. Aber ganz sicher werde ich es wohl erst nach unserem Treffen wissen.«

»Wow, ich weiß nicht so recht, was ich sagen soll. Rufst du mich hinterher noch mal an? Ich muss zugeben, nun bin ich ziemlich neugierig. Das ist echt abgefahren!«

»Klar!« Sie schmunzelte und verabschiedete sich.

• • •

Nach einer etwas über einstündigen Zugfahrt erreichte sie Paddington Station. Von dort aus nahm sie die U-Bahn und fuhr bis Haringey.

Charlotte Newbury – wie Helen nun hieß – lebte in einem Reihenhaus in der Duckett Road, einer ruhigen Nebenstraße, die von den recht belebten Green Lanes abging. Hier standen gepflegte Neubauten neben recht schäbig wirkenden Altbauten. Einige Vorgärten waren so vernachlässigt, dass sich das Unkraut bereits zwischen den Grundstücksmauern ausgebreitet hatte, in anderen Gärten wiederum blühten prächtige Rosen und Hyazinthen, und der Rasen war akkurat in Form geschnitten. Helens Haus war weiß getüncht und sah recht gepflegt aus, mit großen Erkerfenstern im Erdgeschoss und im oberen Stockwerk. Der Rasen war frisch gemäht worden, ein Eimer mit altem Laub stand neben einem Kräuterbeet. Die Luft war erfüllt von verschiedenen Essensgerüchen und dem Verkehrslärm der Hauptstraße. In der Ferne heulten Sirenen, mehrere Hunde aus den umliegenden Häusern heulten wie Wölfe, in regelmäßigen Abständen war eine Autohupe zu hören. Sara versuchte all das auszublenden und schritt ganz vorsichtig auf die Haustür zu. Ihre Knie fühlten sich an wie Pudding, ihre Kehle war wie zugeschnürt und die Hände so klamm, als hätte sie sie mit einem feuchten Tuch abgewischt. Sie japste laut auf, als die Tür aufgezogen wurde und eine etwa fünfzigjährige Frau mit braunen Locken und einer schwarz gerahmten Brille die Tür aufzog. Sie war recht groß und schlank, trug eine geblümte Bluse und weiße Hosen aus Leinen. Sara fiel sofort die Ähnlichkeit zu Nora, Saras Mutter, auf. Die Form der Augen, der verschmitzte Zug um die Mundpartie herum. Das musste Emmas Enkelin sein, Helens Tochter Joanne.

»Guten Tag ... ich ... äh ...« In ihrem Kopf herrschte komplette Leere, doch die Frau an der Tür lächelte freundlich und winkte sie herein. »Jessica hat uns angerufen und gesagt, dass Sie kommen würden. Meine Mutter sitzt in der Küche und schält Kartoffeln.«

Charlotte saß kerzengerade auf dem alten Küchenstuhl; die kastanienbraun gefärbten Haare waren kurz geschnitten, die blauen Augen leuchteten. Sie wirkte nicht älter als siebzig und hätte Emmas jüngere Schwester sein können. Sara schluckte schwer.

»Na, da bin ich ja nun gespannt«, sagte Charlotte statt einer Begrüßung und schob den Topf mit den geschälten Kartoffeln beiseite, bevor sie sich die Hände an einem Küchentuch abwischte.

»Was hat Ihnen Mrs McDonald denn genau erzählt?«, fragte Sara vorsichtig und blickte von Charlotte zu Joanne, die sich neben ihre Mutter setzte.

»Nicht viel. Charlotte, sagte sie, halt dich fest. Meine Cousine neigt nicht zur Dramatik, ich dachte erst, sie hätte im Lotto gewonnen. Aber sie sagte nur, sie hätte etwas über unsere Familie herausgefunden, das ungeheuerlich sei. Und dass eine junge Frau aus Deutschland zu uns kommen würde, um uns alles zu erzählen. Und nun bin ich aber gespannt wie ein Flitzebogen, das können Sie mir glauben.« Sie erhob sich kurz, um Sara die Hand zu geben. Ihr Händedruck war recht fest.

Sara öffnete ihren Rucksack und zog ihren Notizblock heraus, in dem sie einige Briefe und Fotos gelegt hatte. Sie nahm ein Bild heraus, das Emma, Saras Mutter Nora und Sara vor fünfzehn Jahren in Emmas Garten in Kiel zeigte. Die drei saßen auf der Terrasse und schälten Äpfel für einen Kuchen. »Das bin ich mit meiner Mutter und meiner

Großmutter.« Die beiden Frauen nahmen das Bild nacheinander in die Hände und betrachteten es ausgiebig. Die Ähnlichkeit zwischen Emma und Charlotte war unübersehbar. Joanne starrte ihre Mutter schweigend an und blickte dann zu Sara.

»Meine Großmutter hieß früher Emma Doyle. Sie wird bald 101. Sie hat 1925 eine uneheliche Tochter bekommen. Helen. Sie verschwand zwei Jahre später in Upper Fenley, wo sie beide gelebt haben. Sie wurde nie gefunden, und man ging davon aus, dass sie ertrunken ist. Aber meine Großmutter hat immer vermutet, dass sie entführt wurde.« Sara ließ diese Worte sacken und blickte zur Fotografie. Dann nahm sie ihren Notizblock und zog einige der Briefe heraus, die Mrs McDonald ihr gegeben hatte.

»Und ... Sie denken, das sei ich?« Charlottes Haltung versteifte sich. Ihre Augen flackerten.

»Aber wie kommen Sie darauf?«, fragte Joanne.

Charlotte hatte bereits einen der Briefe auseinandergefaltet. Sie las sie alle. Auch den aus Hamburg, den sie anschließend ihrer Tochter zu lesen gab. »Ich habe immer gewusst, dass meine Eltern mir nicht die Wahrheit über meine Herkunft gesagt haben. Sie wurden immer furchtbar wütend, wenn ich etwas über meine leiblichen Eltern wissen wollte. Aber damit ... damit hätte ich nie im Leben gerechnet. Ich dachte immer, ich sei vielleicht das uneheliche Kind meiner Tante Sophie. Sie hat mich nie bei sich haben wollen. Ich durfte sie nie besuchen.« Ihre Stimme klang brüchig. Sie berührte die Hand ihrer Tochter und umschloss diese fest.

»Ich glaube, sie hatte Angst, dass man Sie in Upper Fenley erkannte«, sagte Sara. »Ihre Augen sind sehr prägnant.«

»Ich habe mich immer gefragt, von wem ich mein Aussahen habe. Ich habe nie Unterlagen über meine leibliche Mutter gefunden. Es gab keine Bilder. Dabei soll sie doch eine enge Freundin meiner Mutter gewesen sein. Es war, als hätte diese Frau nie existiert. Ich wusste immer, dass etwas nicht stimmte.« Sie presste die Lippen fest aufeinander und holte tief Luft. »Erzählen Sie mir von ihr. Wie ist sie so?« Sie nahm das Bild in die Hand und betrachtete es eine Weile. »Ich sehe ihr sehr ähnlich.«

»Erschreckend ähnlich«, bemerkte Joanne. »Wissen Sie, wer ihr Vater war?«

Sara dachte kurz nach. »Ich glaube, das würde sie Ihnen viel lieber selbst erzählen. Es steckt so viel mehr als nur ein Name dahinter.«

Beide Frauen nickten. »Da haben Sie wohl recht«, bemerkte Charlotte und betrachtete weiterhin das Bild, als wolle sie sich jedes Detail einprägen. »Ich habe mir immer eine Schwester gewünscht. Sie ist sehr viel jünger als ich, oder?«

»Meine Großmutter hat erst spät geheiratet und mit Mitte vierzig meine Mutter bekommen. Sie ist vierundfünfzig«, sagte Sara, die sich fragte, wie ihre Mutter auf die Neuigkeit reagieren würde. Soweit sie wusste, hatte Nora sich nie eine Schwester oder einen Bruder gewünscht. Sie war sich selbst immer genug gewesen.

»Das ist unglaublich«, stieß Joanne aus und schüttelte immer wieder den Kopf.

»Ich würde sie gerne kennenlernen«, sagte Charlotte, dann blickte sie zu ihrer Tochter, die einen Moment lang ratlos aussah.

»Weiß sie es denn schon?«, fragte sie schließlich. Sara schüttelte den Kopf. »Ehrlich gesagt, weiß ich gar nicht, wie ich ihr das erzählen soll. Sie ist alles andere als gefühlsbeladen, aber diese Nachricht wird sie umhauen, und davor habe ich irgendwie ein bisschen Angst.«

»Sie können ihr das nicht am Telefon sagen«, meinte Charlotte, woraufhin Joanne kräftig nickte.

25

15. August 2004, Kiel

Die Sonnenstrahlen drängten durch den Spalt im Vorhang und wirbelten überall Staubflocken im Zimmer auf. Emma saß in ihrem Sessel, auf dem Schoß lag ein aufgeschlagenes Buch von Ian Rankin. Sie nahm ihre Lesebrille ab und setzte sich aufrecht hin, als Sara mit einem Strauß Blumen und einer kleinen, roten Schachtel das Zimmer betrat.

»Ich habe doch noch gar keinen Geburtstag«, bemerkte sie, als Sara ihr einen Kuss auf die Wange gab und sich nach einer Vase umsah. Sie fand eine am Waschbecken, spülte sie kurz aus und steckte den Tulpenstrauß in das hohe Gefäß.

»Wieso hast du nicht angerufen und Bescheid gesagt, dass du kommst?«, fragte Emma, blickte auf ihre graue Hose hinab und strich über eine Falte im Stoff. »In meinem Alter hat man für spontane Besuche nicht viel über.«

Sara kannte ihre Großmutter inzwischen gut genug, um zu wissen, dass sie sich dennoch über ihren Besuch freute. »Sollte eine Überraschung werden. Ich bin erst seit gestern Abend wieder aus England zurück.« Sie setzte sich in den anderen Sessel, nahm die Schachtel auf ihren Schoß und öffnete den Deckel.

»Hoffentlich keine Pralinen, meine Blutzuckerwerte sind zu hoch«, sagte Emma seufzend.

Saras Hände zitterten, als sie das Bild herausholte, das sie von Mrs Hawkins gemacht hatte.

»Wer ist das?«

»Du kennst sie als Gladys Fry. Sie sagte, du hast ihr manchmal Geld für Süßigkeiten gegeben. Sie wohnte mit ihrer Mutter hinter der Kirche.«

Emma kniff die Augen zusammen, starrte auf die Fotografie und nahm sie schließlich in die Hand. »Die kleine Gladys. Ja, ich erinnere mich. Sie waren sehr arm, haben in einer schäbigen Hütte gewohnt. Haus konnte man das beim besten Willen nicht nennen.« Kopfschüttelnd legte sie das Bild auf den Tisch. »Du meine Güte ...« Sie schmunzelte, aber Sara erkannte auch ein trauriges Glänzen in ihren Augen.

»Ich hätte nicht gedacht, dass du jemanden von früher triffst.«

Sara streckte ihre Hand aus und berührte die Staubflocken mit den Fingerspitzen, die in einem Lichtkegel über dem Tisch tanzten. Ihr Hals war so trocken, dass sie nicht wusste, wie sie die nächsten Worte aussprechen sollte. Sie konnte nicht weiter drumherum reden, Emma musste die Wahrheit erfahren. Sie hoffte nur, dass sie keinen Herzanfall bekam oder einen Schock erlitt. Vielleicht hätte sie vorher mit dem Pflegepersonal darüber reden sollen. Oder mit einem Arzt. Andererseits war Emma schon immer sehr robust gewesen. Und wie konnte man einen solchen Schock schon abmildern? Ging das überhaupt?

»Was ist da noch drin, in der Schachtel?«

Sara presste die Lippen aufeinander und zog eine weitere Fotografie heraus, die sie Emma wortlos reichte. Sie wagte es nicht, die alte Dame anzusehen, als Emma das Bild in die Hand nahm und scharf die Luft einsog. »Ist das ... nein ...« Sie kniff die Augen fest zusammen und schüttelte den Kopf. »Sara, wer ist das? Die Frau sieht beinahe aus wie ... ich.«

Sara nickte bedächtig und legte ihrer Großmutter eine Hand auf den Arm. »Das tut sie, weil sie die Hälfte deiner Gene hat.«

Das Bild wackelte in Emmas Hand, die nun den Kopf ein Stück zurücknahm und Sara wortlos anstarrte, bevor sie eine Hand vor den Mund schlug. Ihr ganzer Körper bebte, doch ihre Augen leuchteten. Sie starrte weiterhin auf die Fotografie der dreißigjährigen Charlotte, die in einem Kostüm vor einem Aktenschrank stand und in die Kamera lächelte. Auf diesem Bild war die Ähnlichkeit zur jungen Emma frappierend. Das schmale Gesicht, die leicht schräg stehenden Augen und vollen Lippen. »Aber ... das ist nicht möglich ...« Emma starrte von Sara zu dem Foto, das sie nun gegen das Licht hielt. »Nein ...«, flüsterte sie, während sie das Foto immer dichter an ihre Augen hielt, bis ihre Nasenspitze das Papier berührte. »Wie kann das sein ... das kann doch nicht möglich sein!« Kopfschüttelnd ließ sie die Hand mit der Fotografie auf ihren Schoß gleiten, dann drehte sie das Bild um, das mit 1955, *letzter Tag im Büro* beschriftet war. »Aber wie hast du sie gefunden? Sie ist es doch, oder?«, fragte Emma mit feuchten Augen. Sara nickte.

»Sie hat sein Lächeln. Und diese Grübchen sind auch von ihm. Aber der Rest ... sie sieht aus wie ich in dem Alter.« In ihren Augen spiegelten sich tausend Fragen. »Wie hast du sie gefunden?«

Sara schluckte schwer und zeigte ihr das Bild, das sie vor zwei Tagen von Charlotte und Joanne gemacht hatte. »London, 2004«, sagte sie und versuchte den Kloß herunterzuschlucken, der sich in ihrem Hals ausbreitete und Tränen in ihre Augen trieb. Emma schüttelte ganz sachte den Kopf und fuhr mit den Fingerspitzen über die Gesichter der beiden Frauen, während Tränen ihre Wangen hinabrannen. »Nein ... das muss ich träumen!« Ihre Stimme klang brüchig, ihre Hände zitterten so heftig, dass ihr das Foto aus den Fingerspitzen glitt und zu Boden fiel.

Sara bückte sich und hob es auf. Dann begann sie zu erzählen, was sie alles herausgefunden hatte. Emma hörte schweigend zu, den Mund halb geöffnet, wirkte sie immerzu, als wollte sie etwas sagen, das ihr einfach nicht über die Lippen kam. Als Sara zu Ende erzählt hatte, nahm sie die Briefe in die Hand, doch Emma wollte sie nicht lesen und schob sie von sich weg. »Wie ist sie so? Ist sie nett?«

Sara lächelte. »Sie ist sehr nett und erinnert mich von der Art her ein wenig an dich.«

Ein verschmitztes Lächeln verlieh Emmas Gesicht eine Stärke, die Sara in den letzten Minuten bei ihr vermisst hatte.

»Sie ist hier, Emma. Sie ist mit mir nach Deutschland gekommen, zusammen mit ihrer Tochter Joanne. Sie möchte dich so gerne kennenlernen, aber wir wollten dich nicht überfallen, deswegen ist sie in der Einliegerwohnung geblieben. Wir wollten dir Zeit geben, diese Neuigkeit zu verarbeiten.«

Emma riss die Augen auf. Die Handflächen über Mund und Kinn gelegt, schüttelte sie ungläubig den Kopf. Ihre Augen schimmerten, und als sie nach Saras Hand griff, liefen ihr Tränen über ihre Wangen.

»Bitte, hol sie her.«

26

Die Schmerzen begannen, nachdem sie Charlotte aus der Amselstraße abgeholt und ins Pflegeheim gebracht hatte. Joanne war auf ihren eigenen Wunsch in der Wohnung geblieben, um ihrer Mutter und Emma Zeit zu geben und sie nicht gleich zu überfordern.

Zuerst war es nur ein leichter Druck links im Unterbauch, der stärker wurde, sobald sie sich hinsetzte oder aufstand. Sie nahm eine Paracetamol, nachdem sie auf dem Besucherparkplatz geparkt hatte und dachte, dass sie vielleicht endlich ihre Regel bekommen würde.

Vor den Schiebetüren des Haupteingangs blieb Charlotte abrupt stehen und blickte auf das kastenförmige weiße Gebäude mit den schwarzen Fensterrahmen und den winzigen Balkonen. »Ihr Zimmer liegt zur anderen Seite«, sagte Sara. »Sie hat keinen Balkon, aber bodentiefe Fenster mit Blick zum See.« Sie wusste, dass Charlotte sehr nervös war, und so versuchte sie einfach ein Gespräch in Gang zu bringen, um ihr etwas von der Aufregung zu nehmen. Die Schiebetüren gingen auf, und eine Gruppe älterer Damen mit feinen Strickjacken und Handtaschen trat heraus, die eifrig diskutierten, ob sie zuerst einen Spaziergang in den Park machen sollten, bevor sie in die Cafeteria gingen, oder umgekehrt.

»Ich habe die halbe Nacht wach gelegen und mir überlegt, was ich alles fragen und sagen möchte, doch gerade ist alles weg«, sagte Charlotte.

»Brauchst du noch einen Moment? Möchtest du dich vielleicht noch draußen hinsetzen, bevor wir reingehen?«

Charlotte schüttelte den Kopf. »Nein, sie hat lange genug gewartet. Über siebzig Jahre …« Traurig lächelnd folgte sie Sara ins Gebäude.

Als sie vor Emmas Zimmertür standen, war Charlottes Nervosität auf Sara übergesprungen. Sie wischte sich die schweißnassen Hände an den Außenseiten ihrer Jeans ab und tauschte mit Helen einen kurzen Blick aus. Beide atmeten hörbar ein.

Saras Klopfen ging durch das Geschepper des Essenwagens unter, den ein Küchenmitarbeiter durch den Flur schob, also klopfte sie ein zweites Mal mit den Fingerknöcheln gegen das helle Holz, bevor sie den Türgriff nach unten drückte und die Tür aufschob.

Emma saß vor dem Fenster mit Blick zur Zimmertür. In der schwarzen Seidenbluse mit buntem Blumendruck und einer Perlenkette sah sie ungewohnt elegant aus. Ihre Hände lagen flach auf ihrem Schoß. Sara trat zur Seite, um Charlotte ins Zimmer zu lassen, die so vorsichtig den Raum betrat, als handelte es sich um ein Bärengehege. Emma erhob sich vorsichtig von ihrem Sessel und stützte sich mit der Hand auf der Rückenlehne ab. Sekundenlang schien die Zeit stillzustehen, als sich Emma und Charlotte gegenüberstanden und sich schweigend ansahen. Charlotte bewegte sich zuerst, indem sie einen weiteren Schritt auf Emma zuging und die Hand ausstreckte, sie ganz vorsichtig am Arm berührte, als wolle sie sichergehen, dass Emma wirklich echt war.

Sara spürte ein Brennen im Hals, als Emma nun ebenfalls ihre Hand ausstreckte und Charlotte über die Wange strich. »Du bist es wirklich«, murmelte sie auf Englisch und schlug die Hände vor den Mund, während Tränen des Glücks über ihre Wangen liefen. Sara schossen nun ebenfalls Tränen in die Augen. Lächelnd wischte sie sie mit dem Handrücken aus dem Gesicht und kam sich auf einmal wie ein Eindringling vor. Dieser Moment sollte den beiden alleine gehören, fand sie und schlich sich unbemerkt nach draußen.

Sie hatte vorgehabt, sich bei dem schönen Wetter an den See zu setzen, doch bereits auf dem Weg dorthin wurden ihre Unterleibsschmerzen stärker. Kurzzeitig bekam sie Panik, dass es sich um eine Blinddarmentzündung handeln konnte, doch dann erinnerte sie sich, dass sie die Schmerzen auf der anderen Seite hätte haben müssen. Leicht gebückt ging sie zu ihrem Auto, wo sie das Handschuhfach nach einer weiteren Paracetamol durchsuchte. Was war, wenn sie doch schwanger war? Irgendwann hatte sie mal etwas von einer Eileiterschwangerschaft gelesen, die lebensgefährlich werden konnte. Natürlich passierte so etwas immer an einem Sonntag, wenn Arztpraxen geschlossen hatten. Das war wie mit Zahnschmerzen. Einen Moment lang überlegte sie, ob sie ins Krankenhaus fahren sollte, aber dafür, fand sie, waren die Schmerzen nicht stark genug. Unsicher legte sie die Paracetamol zurück ins Handschuhfach. Vielleicht bekam sie wirklich ihre Regelblutung, und die Schmerzen verschwanden in den nächsten Stunden von selbst.

Nachdem Sara eine sichtlich aufgewühlte und recht schweigsame Charlotte zurück in die Einliegerwohnung gefahren hatte, machte sich Sara auf den Weg nach Hamburg. Die Schmerzen kamen und gingen, wurden mal stärker dann wieder schwächer und beunruhigten sie zunehmend. Um sich abzulenken, schaltete sie das Autoradio ein und sang lauthals zu den Songs mit. Als sie das Auto vor dem Mehrfamilienhaus abstellte, lief sie schnell rüber zum Inder, um für sich und Fabian ein Chicken Curry zum Abendessen zu holen. Mit einer verführerisch duftenden Tüte schloss sie die Wohnungstür auf und fand Fabian im Wohnzimmer vor, wo er vor der Playstation saß und ein Autorennen fuhr. Sein Kopf fuhr herum, wodurch der rote Sportflitzer auf dem Fernsehbildschirm gegen einen Baum prallte. »Hey, ich habe dich viel später erwartet.« Er lächelte, schaltete die Spielekonsole aus und erhob sich stöhnend und ächzend aus seinem Schneidersitz vom Teppich.

»Ich hoffe, du hast Hunger, alter Mann?«, fragte sie und hielt die Tüte mit dem Essen hoch, während er sich mit der Hand an die Hüfte fasste, mit schmerzverzerrtem Gesicht.

»Indisch bekomme ich immer herunter«, sagte er und nahm ihr die Tüte ab. Er machte einen Schritt auf sie zu, wich dann aber zurück und runzelte die Stirn. »Ich weiß jetzt gar nicht …«

Sie umfasste seine Schultern und lächelte ihn an. »Wie, kein Kuss? Ich denke, ich habe dir gefehlt.«

Der Kuss fühlte sich zaghaft, beinahe ängstlich an. Als Fabian sich von ihr löste, wirkte er unsicher. »Du *hast* mir gefehlt«, sagte er schließlich, bevor er das Essen auf den Esstisch abstellte und in die Küche ging, um Besteck zu holen.

Als sie sich an den Tisch setzte, drückte der Schmerz in ihren Unterleib. Sie verzog das Gesicht und stöhnte leise auf. Fabian legte das Besteck neben die Tüte und musterte sie besorgt. »Was hast du? Tut dir was weh?«

»Ist bestimmt nichts«, wiegelte sie ab, holte das Essen aus der Tüte und öffnete die Styroporverpackung. Fabian sah nicht überzeugt aus, nahm aber das Essen, das sie ihm reichte, und begann zu essen. Das Hühnchen war ein bisschen zu durch, aber die Currysoße und das Gemüse mit dem Reis waren lecker wie immer. »Erzähl schon, wie war es?«, forderte er sie auf.

»Das Treffen zwischen Emma und Charlotte?«

Fabian sah sie an, als hätte sie über Außerirdische gesprochen. »Ja, natürlich. Ich meine, wie verrückt ist das bitte schön, dass sie nach über siebzig Jahren ihre tot geglaubte Tochter wiedersieht!«

»Es war wirklich bewegend. Ich musste fast heulen.«

Fabian balancierte ein Stück Paprika auf seiner Gabel zum Mund und nickte. »Das war bestimmt unglaublich für sie. Ich kenne sie zwar nicht, aber trotzdem habe ich mich total gefreut, als du mir das erzählt hast.« Er kaute genüsslich und bemerkte zuerst nicht Saras erstaunten Ausdruck im Gesicht. »Was ist?«, fragte er.

»Ich bin nur überrascht, dass du daran so Anteil nimmst. Ich hatte den Eindruck, dass dich das gar nicht interessiert.«

Seine Lippen formten ein schiefes Grinsen. »Wie jetzt? Natürlich interessiert es mich. Du hast mir in den letzten Wochen so viel über deine Großmutter erzählt, dass ich glaube, sie fast selbst zu kennen. Sie hat ein erstaunliches Leben geführt und dann dieses Geheimnis um ihre Tochter, von der niemand wusste.«

Sara bemerkte, dass seine Augen leuchteten, was sie noch mehr irritierte. »Aber ich dachte, du findest das alles blöd, weil es schon so lange zurückliegt und es nichts bringt, in der Vergangenheit zu wühlen.«

Er spießte ein Hähnchenstück auf die Gabel und tunkte es in die Currysoße. »Ja, anfangs vielleicht. Aber dann habe ich gemerkt, wie wichtig dir das ist. Weil dir deine Großmutter wichtig ist, und nach dem, was du vorher über sie erzählt hast, fand ich das irgendwie schön. Ich meine …« Er hielt kurz inne und ließ die Soße vom Hähnchenstück auf den Reis tropfen. »Weil du doch sonst kein gutes Haar an deiner Familie lässt. Es freut mich, dass ihr euch so gut versteht, deine Großmutter und du. Ich denke, sie tut dir gut. Und umgekehrt vermutlich auch.«

Sara schob ihr Essen beiseite und griff nach dem Wasserglas, aus dem sie einen hastigen Schluck nahm. Sie spürte, wie Tränen in ihre Augen stiegen.

»Ist dir bewusst, dass du deine Großmutter zum glücklichsten Menschen der Erde gemacht hast? Und das hat sie nur dir zu verdanken, weil du dich für sie und ihre Geschichte interessiert hast. Du warst es, der sie ihr Geheimnis anvertraute, das sie so lange gehütet hat wie einen Schatz.«

Sara schluckte, spürte, wie sie rot anlief und ihr heiß wurde. Diese Worte aus Fabians Mund zu hören, bedeutete ihr mehr, als sie ihm je sagen konnte. »Sie ist eine so starke und tolle Frau. Du musst sie unbedingt kennenlernen.«

Fabian schob sein Essen beiseite, griff nach ihrer Hand und drückte sie fest. »Ich freue mich schon darauf, wenn ich ehrlich bin. Ich hätte nie gedacht, dass solche Worte mal aus meinem Mund kommen würden, aber hier sind sie.«

Sie lächelte. »Ich glaube, das ist dieses Erwachsensein, von dem alle reden.«

Er lachte und gab ihr einen Kuss, den sie erst sanft, dann fordernder erwiderte. »Ich glaube, mir gefällt dieses Erwachsensein.«

Nach dem Essen zogen sie sich auf die Couch zurück, um eine Krimiserie zu schauen. Obwohl Fabian sich kurz zuvor den Bauch gehalten und sich darüber beklagt hatte, zu viel gegessen zu haben, füllte er eine Schüssel mit Chips und ein Glas mit Salzstangen. Sara verdrehte die Augen. Er hatte die Angewohnheit, beim Fernsehen immer etwas zu essen, selbst wenn er zuvor ein Drei-Gänge-Menü verputzt hatte. »Chips sind wie Eiscreme und passen immer«, sagte er zwinkernd und nahm sich eine Handvoll Paprikachips, die so stark nach Geschmacksverstärker rochen, dass Sara übel davon wurde. Nach wenigen Minuten setzten die Schmerzen wieder ein, und sie überlegte, ob sie noch eine Schmerztablette nehmen sollte. Auf jeden Fall würde sie am nächsten Morgen sofort zum Arzt gehen.

»Weißt du, was ich nicht verstehe?«, fragte Fabian, während seine Hand wieder in der Schüssel mit den Chips steckte. »Bis jetzt hat Monk jeden Fall gelöst und eigentlich immer recht gehabt, und trotzdem hält ihn die Polizei jedes Mal für einen Spinner, der Gespenster sieht.«

»Aber das macht doch einen Großteil der Serie aus.«

»Sie müssten doch mittlerweile kapiert haben, dass er immer richtig liegt«, meinte Fabian kopfschüttelnd, dann blickte er sie an und runzelte die Stirn. »Alles okay?«

Sie nickte erst, doch dann schüttelte sie den Kopf und seufzte. »Ich gehe morgen früh zu meiner Frauenärztin. Ich habe seit Stunden so komische Schmerzen, und ...« Sie stoppte, spürte seinen Blick auf ihrem Gesicht, auch wenn sie ihn nicht ansah. »Ich bin seit geraumer Zeit überfällig, und in England habe ich einen Schwangerschaftstest gemacht ...«

Sie merkte, wie er die Luft anhielt, dann griff er nach der Fernbedienung und schaltete die Lautstärke aus. »Machst du es gerade absichtlich spannend?« Er versuchte, die Frage witzig klingen zu lassen, doch in ihr zog sich alles zusammen. »Nein, tue ich nicht. Der Test war nicht eindeutig, und ich hatte nicht den Mut, einen weiteren zu machen.«

»Was meinst du mit nicht eindeutig? Ich dachte, die Dinger sind ziemlich genau?«

Sie zuckte mit den Schultern. »Wenn zwei Striche angezeigt werden, bist du schwanger, wenn nicht, dann nicht. Es stand aber nirgendwo, was es bedeutet, wenn ein Strich angezeigt wird und der zweite nur so halb.«

Fabian hob eine Augenbraue und starrte kurz an die Decke. »Vielleicht war der Test kaputt. Oder du hättest ihn gegen das Licht halten müssen. Hast du es bei Tageslicht gemacht oder bei schlechter Beleuchtung im Badezimmer?«

Sara atmete genervt aus. »Ich habe den verdammten Test anschließend vors Fenster gehalten, im Dreißig-, Sechzig- und Neunziggradwinkel, und war hinterher immer noch nicht schlauer. Der zweite Strich war nicht so stark wie der erste, aber er war etwas sichtbar.«

Er klopfte mit den Fingern auf seine Kniescheibe und hinterließ Fettflecken auf dem Jeansstoff. »Und ... wenn du schwanger bist?«

Sie schloss die Augen und versuchte ruhig zu atmen, während sie sich eine Antwort überlegte. »Die Wahrheit ist, dass ich die Frage nicht beantworten kann.« Als sie die Augen öffnete, stand Fabian auf und ging ein paar Schritte im Raum umher, verschwand in der Küche und kam mit einer Flasche Bier zurück. Er öffnete ein paar Mal den Mund und schloss ihn wieder, bevor er sich neben sie setzte und sich zurücklehnte. »Der Zeitpunkt ist jetzt wirklich nicht so optimal«, sagte er leise, woraufhin sie in Tränen ausbrach.

• • •

Als sie aus dem Behandlungsraum trat, fand sie Fabian im Wartezimmer vor dem Fenster auf und ab gehend vor, die Hände in den Hosentaschen versteckt, die Lippen fest aufeinandergepresst.

»Und?«, wollte er wissen, während sie den kleinen Zettel, den sie in der Hand hielt, in ihrer Handtasche verstaute.

»Ich bin nicht schwanger, aber ich muss ins Krankenhaus«, flüsterte sie. »Es ist eine Eierstockzyste, die muss operiert werden.«

»Was? Was heißt das? Ist das gefährlich?«, fragte er auf dem Weg zur Tür.

»Nein, soll eine Routineoperation sein«, meinte sie leise.

Als sie auf dem Parkplatz standen, hielt Fabian sie am Arm fest. »Okay, und ... was genau ist das?«

»Da hat sich eine Zyste gebildet. Das kommt wohl hin und wieder vor. Sie meinte, meistens verschwinden die Dinger bei Einsetzen der Regelblutung, aber manchmal sind sie zu groß und müssen operiert werden.«

»Und deswegen kommt deine Regel nicht?«

Sie nickte. »Wenn alles glattläuft, werde ich morgens operiert und kann am Nachmittag bereits nach Hause.«

Er atmete erleichtert aus. »Also ist es nichts Gefährliches?«

Sie verzog den Mund. »Es besteht wohl die geringe Gefahr, dass sie den Eierstock nicht retten können. Aber das kommt selten vor, versicherte sie mir.«

»Geht bestimmt alles gut«, sagte er und schloss den Wagen auf. »Ich nehme an, du möchtest heute nicht mehr nach Kiel?«

»Natürlich möchte ich hin«, sagte Sara. »Ich habe erst morgen früh einen Termin im Krankenhaus mit dem Anästhesisten und werde wohl in zwei, drei Tagen operiert. Und zu Emmas Geburtstag bin ich auch wieder fit«, sagte sie, stieg ein und warf einen Blick auf die Rückbank zur Kühlbox, in der Grillfleisch und Würstchen lagen für den Grillabend in Emmas Garten in der Amselstraße. Sogar Nora würde kommen, um ihre Halbschwester kennenzulernen. Sara wollte sich das auf keinen Fall entgehen lassen.

»Dann auf nach Kiel«, sagte Fabian mit einer Spur zu viel Enthusiasmus und fuhr vom Parkplatz. Es war Mittag. Sie würden alle zusammen in Emmas altem Garten Kaffee trinken und Kuchen essen und am späten Nachmittag den Grill anwerfen. Ein zwangloses, gemütliches Beisammensein. So zwanglos es unter diesen Umständen eben möglich war. Sie hatten angeboten, Nora und Hubert mitzunehmen, doch Nora wollte lieber selbst fahren. Eigentlich war Sara darüber erleichtert. Gerade jetzt, wo ihr eine Operation bevorstand, hatte sie keinen Nerv auf eine Auseinandersetzung mit ihrer Mutter. Und die folgte zwangsläufig. Mit Nora konnte man kein längeres Gespräch führen, ohne zu streiten. Fabian schaltete das Radio leiser, bis Madonnas Stimme nur noch ein Summen war. »Woran denkst du gerade?«, fragte Fabian, als er auf die Autobahn bog.

»An meine Mutter. Ich habe nun so lange Emmas Erzählungen gelauscht, ich finde einfach nichts von ihrer Stärke oder ihren Eigenschaften in meiner Mutter. Und ich frage mich nun, ob ich mehr mit Emma oder mit Nora gemein habe oder mit keinem.«

»Die beiden haben ganz andere Erfahrungen gemacht, das kannst du nicht vergleichen.«

Sie nickte zögerlich und stellte ihm die Frage, die sie seit dem Morgen nicht losließ. »Was wäre, wenn ich schwanger gewesen wäre?«

Er klopfte mit dem kleinen Finger auf das Lenkrad, im gleichen Takt zum Geräusch des Blinkers. »Ich bin froh, dass wir uns darüber nicht den Kopf zerbrechen müssen. Ich meine, ich will Kinder, aber ... das wäre doch etwas sehr plötzlich gewesen.«

Mit der Antwort konnte sie leben, auch wenn sie sich am Abend etwas in der Art wie »Egal, wie du dich entscheidest, ich unterstütze dich« gewünscht hätte. Aber natürlich war es alles sehr plötzlich gekommen, sie war quasi mit der Tür ins Haus gefallen. Und eigentlich hätte es eine gemeinsame Entscheidung sein müssen, von der sie ihn – wenn sie ehrlich zu sich selbst war – aber doch lieber ausgeschlossen hätte. Es war ihr Körper, sie wollte entscheiden, was damit geschah, auch wenn es in seinen Augen vielleicht unfair sein mochte.

»Wieso willst du unbedingt diesen Job in Irland?«, fragte sie plötzlich.

»Ich möchte nicht irgendwann fünfzig sein und mich fragen, was ich alles verpasst habe, weil ich nicht die Eier in der Hose hatte. Ich meine, wir sind jung und noch ungebunden. Was hindert uns daran, ein Abenteuer zu erleben? Hast du dir nie vorgestellt, mal etwas ganz anderes zu machen?«

Sie dachte einen Moment lang nach. Als Sechzehnjährige hatte sie davon geträumt, irgendwann als Au-pair in die USA zu gehen. Doch nach dem Abitur hatte ihre Mutter auf einem Studium bestanden und ihr das Au-pair-Jahr ausgeredet, weil es sich angeblich schlecht im Lebenslauf machte. »Doch, aber das ist lange her.«

Er warf ihr einen kurzen Blick von der Seite zu, grinste schief. »Lass mich raten, die Stimme der Vernunft hat es dir wieder ausgeredet.«

»Nein, meine Mutter hat es mir ausgeredet.«

»Dann solltest du jetzt umso mehr nach Irland fahren, allein, um sie zu ärgern. Rebellion und so.«

Sara schmunzelte. »Das würde sie wirklich auf die Palme bringen.«

»Du wolltest doch mal immer professionelles Fotografieren lernen, oder? Da werden spezielle Touren und Kurse angeboten. Ich meine, wo kann man bitte schönere Motive finden als in Irland?«

»Das kommt auf jeden Fall auf die Pro-Liste«, sagte sie.

»Du führst eine Pro- und Contra-Liste?«

»Klar. Du nicht?«

Er schüttelte den Kopf. »Ich weiß auch so, dass die Pros bei mir überwiegen.«

Ihre Fingernägel gruben sich in die Seite des Sitzpolsters. Sie holte tief Luft, bevor sie die Frage stellte, die ihr Angst machte. »Würdest du auch ohne mich nach Irland gehen?«

Er riss den Kopf herum und starrte sie kurz an, bevor er seinen Blick wieder auf die Fahrbahn warf. »Nein, das würde mir doch überhaupt keinen Spaß machen.«

Die Entrüstung in seiner Stimme ließ sie lächeln. Erleichtert atmete sie aus, während ihr Herz wild in ihrer Brust pochte. »Wollen wir übernächstes Wochenende nach Dublin fliegen und uns die Stadt mal angucken?«, fragte sie. »Bis dahin müsste ich ja wieder fit sein. Die Ärztin meinte, ich hätte nach der OP nur wenige Tage leichte Schmerzen und dass die meisten Frauen nach drei Tagen bereits wieder arbeiten können.«

»Meinst du das ernst? So ganz spontan?«

»Ja. Wir könnten Freitagabend hinfliegen und Sonntagabend

zurück. Wir bekommen bestimmt auch kurzfristig ein B&B oder Hotelzimmer.«

Er grinste. »Bin dabei.«

Sie stellte das Radio wieder lauter, um den Verkehrsfunk abzuhören. Zum Glück waren die Straßen frei, und sie würden in einer halben Stunde Emma aus dem Pflegeheim abholen und mit ihr in die Amselstraße fahren. »Wir hätten sie schon früher mal aus dem Heim abholen sollen«, sagte sie mehr zu sich selbst.

»Fehlt ihr eigentlich Hamburg, wo sie so viele Jahre dort gelebt hat? Wir könnten doch mal mit ihr an die Elbe fahren zum Kaffeetrinken, falls sie das schafft. Bei dem Fähranlieger kann man doch recht nah am Restaurant parken. Oder wir fahren sie einfach im Auto ein bisschen herum. Es hat sich ja in den letzten Jahren sehr viel verändert.«

Sara lächelte ihn dankbar an. »Das würde ihr, glaube ich, gefallen.«

27

»Ich bin mehrmals nach Hamburg gefahren. Schließlich war das der einzige Anhaltspunkt, den ich hatte. Tagelang bin ich durch die Straßen und Parks gelaufen, habe in fremde Kinderwagen geschaut und so den Unmut der Mütter auf mich gezogen. Zwei Mal wurde die Polizei gerufen, aber der junge Polizist hatte Mitleid mit mir, nachdem ich ihm meine Geschichte erzählt habe. Helfen konnte er mir allerdings auch nicht.« Emma ließ sich schwer seufzend in den Gartenstuhl zurückfallen. Nora stand auf und richtete den Sonnenschirm neu aus, sodass ihr Gesicht nicht geblendet wurde. Ihr Teint war sonnengebräunt, die Haare frisch blondiert zu einem Pferdeschwanz gebunden. Niemand sagte ein Wort. Alle saßen am Tisch und lauschten Emmas Geschichte. Nora, Sara, Charlotte, Joanne und Fabian. Die Torte, die Nora vom Bäcker mitgebracht hatte, stand unberührt in der Tischmitte. Der Schokoladenguss begann bereits zu schmelzen. Fabian nippte an dem Eistee, den Sara gebracht hatte, sein Blick wanderte über den Gartenteich. Selten hatte sie ihn so schweigsam erlebt.

Charlotte und Joanne hatten mit Saras und Fabians Hilfe die Gartenmöbel von Dreck befreit und den Rasen gemäht. Nora war erst drei Tage zuvor von ihrer Hochzeitsreise zurückgekehrt und hatte den Schock, eine Halbschwester zu haben, immer noch nicht verdaut. Außer der Begrüßung hatten sie kaum ein Wort gewechselt. Sie warf Charlotte immer wieder verstohlene Blicke von der Seite zu. Sara fragte sich, was wohl in ihr vorging, aber sie wollte Emmas Erzählungen nicht unterbrechen, indem sie nachfragte. Zwei Tage waren vergangen, seit Emma die Wahrheit über Charlotte erfahren hatte. Zwei Tage, in denen die beiden sich jeden Tag stundenlang unterhalten hatten, Fotos angesehen, Lebensläufe erzählten. Stunden, in denen geweint, gelacht und sich immer wieder herzlich umarmt wurde.

»Hast du so deinen späteren Mann kennengelernt?«, fragte Charlotte. »Auf einer deiner Reisen nach Hamburg?«

Emma schüttelte den Kopf. »Nein. Ich habe Hans erst viel später in London kennengelernt. Er hat nie ... ich habe ihm nie von dir erzählt.«

»Das verstehe ich. Es waren damals andere Zeiten.« Charlotte schob ihre Hand über den Tisch und griff nach Emmas, drückte diese kurz.

»Wieso hast du mir das alles denn nicht viel früher erzählt?«, fragte Nora auf Deutsch. Ihre Stimme hatte einen brüchigen Unterton, der auch nach mehrmaligem Räuspern nicht verschwand. »Ich glaube, ich hätte vieles besser verstanden, wenn ich es gewusst hätte.« Sie stand auf, schob ihren Stuhl beiseite und lief ein paar Schritte im Garten umher.

Emma seufzte und blickte ihr mit einer Mischung aus Wehmut und Schuldbewusstsein nach. »Ich wünschte, ich wäre damals bei der Polizei hartnäckiger gewesen.«

Sara versuchte vergeblich den Kloß im Hals hinunterzuschlucken. Fabian drückte ihre Schulter und lächelte ihr aufmunternd zu. Dankbar lächelte sie zurück.

»Wo ist eigentlich Hubert?«, wollte er wissen.

»Der ist in Hamburg geblieben, wollte sich lieber um den Garten kümmern«, meinte Sara düster. Sie hätte sich gewünscht, dass der neue Ehemann ihrer Mutter zur Seite gestanden hätte. Auch wenn Nora es nie zugeben würde, so war sich Sara sicher, dass sie sich gerade ziemlich verloren fühlte. Und überfordert mit der Situation, wie eigentlich jeder am Tisch. Sie war erleichtert, als sie sah, dass Joanne aufstand und zu Nora ging. Die beiden standen vor dem Kräuterbeet, das die Mieter des Hauses angelegt hatten, die sich gerade im Urlaub befanden, und begannen ein zaghaftes Gespräch. Ab und zu lächelte Nora. Ein seltener Anblick, schoss es Sara durch den Kopf. Ihr fiel außerdem auf, dass

Joanne sich auf die gleiche Art durchs Haar fasste, wenn sie unsicher war. Überhaupt fielen ihr immer mehr Gemeinsamkeiten auf. Das kurze, schrille Auflachen, das einem durch Mark und Bein ging. Die Art, den Kopf in den Nacken zu werfen, wenn sie nachdachten.

»Wann hast du die Suche nach mir aufgegeben?«, fragte Charlotte nach einer Weile des Schweigens.

Emma setzte sich aufrecht hin, während ihre Lippen ein trauriges Lächeln formten. »Ich bin insgesamt drei Mal nach Hamburg gefahren, obwohl ich wusste, dass es aussichtlos war, dich zu finden. Ich hatte das Gefühl, dass ich es trotzdem versuchen musste. Dieses Verlangen, dich zu sehen und in meine Arme zu schließen, war so überwältigend, dass ich an kaum etwas anderes denken konnte.« Sie schloss die Augen und holte mehrmals tief Luft, bevor sie weitersprach. »Vielleicht wäre ich noch ein viertes oder fünftes Mal nach Hamburg gekommen, wenn ich nicht so krank geworden wäre.« Ihr Blick wurde glasig, bevor sie blinzelte und kräftig nickte. »Bestimmt wäre ich sogar ein zehntes oder elftes Mal hierhergekommen, um dich zu finden.«

»Du wurdest krank?«, fragten Sara und Charlotte wie aus einem Mund.

Joanne und Nora setzten sich wieder an den Tisch, und während Nora die Torte anschnitt und Joanne allen Kaffee nachschenkte, begann Emma weiterzuerzählen.

Januar 1931, London

Mittlerweile lebte ich in London, wo ich eine Stelle als Sekretärin bei einem Anwalt angenommen hatte. Das Haus in Upper Fenley vermietete ich, zu schmerzhaft waren die Erinnerungen, als dass ich es dort noch länger ausgehalten hätte. Ich mietete mir eine kleine Wohnung in Hampstead. Meine Nachbarn waren recht erfolglose, aber optimistische Schriftsteller und ein Künstlerehepaar, das hübsche Aquaralle anfertigte und verkaufte. Ich mochte die Lebendigkeit in dem Viertel, die verschrobenen verkannten Poeten, die verträumten Maler und Bildhauer, die strahlenden Tänzerinnen, und natürlich waren auch eine Menge bekannter Schriftsteller und Schauspieler darunter. Meine Wohnung hatte zwei große Zimmer, eine Küche mit fließend heißem Wasser und ein eigenes Badezimmer. Das war damals purer Luxus. Die meisten meiner Kleider nähte ich selbst, ich hatte einen kleinen Gemüsegarten, den ich mir mit den Nachbarn teilte, und sparte jeden Cent für meine Reisen nach Deutschland.

Mein Chef war ein cholerischer Mann Mitte vierzig, der gut bezahlte, aber eine Menge Überstunden forderte. Mir machte das nichts aus, denn wenn ich arbeitete, hatte ich wenigstens Ablenkung. Die Nächte waren am schlimmsten, denn mehrmals in der Woche träumte ich von meinem kleinen Mädchen, das nun sechs Jahre alt sein musste. In meinen Träumen sah ich sie immer quer durch London laufen, an der Hand einer Frau, deren Gesicht immer verdeckt war. Helen lachte und kicherte, doch je mehr ich mich ihr näherte, umso stiller wurde sie. Ein paar Mal streckte ich meine Hand nach ihr aus, doch just in dem Moment schreckte ich auf. Nach solchen Träumen fühlte ich mich immer wie gerädert und brauchte eine gute Stunde, um mich wieder in der Gegenwart zurechtzufinden.

Eines Tages betrat eine Frau die Kanzlei, die vorher einen telefonischen Termin vereinbart hatte. An der Hand hielt sie ein kleines Mädchen von fünf oder sechs Jahren. Das dunkelblonde Haar war zu einem kinnlangen Bob geschnitten, der Pony war ein wenig schief. Doch was mich in Aufruhr versetzte, waren ihre Augen. Sie hatte ein blaues und ein braunes Auge. Da mein Chef Kinder nicht ausstehen konnte, bat er mich über den Kopf der Mutter hinweg, auf die Kleine aufzupassen. Unsicher nickte ich.

»Sie stört uns doch nicht«, wandte die Frau ein, doch mein Chef beharrte darauf, dass er sich mit einem Kind im Raum nicht auf das Gespräch konzentrieren könne. Schließlich gab die Dame nach, und so blieb ich mit der Kleinen im Vorzimmer zurück.

»Wie heißt du denn?«, fragte ich, während ich einige Unterlagen auf meinem Schreibtisch sortierte.

Das Mädchen blickte sich mit großen Augen im Raum um und begann in der Nase zu bohren. »Millie«, sagte sie leise, bevor sie mit den Fingerspitzen über den Schreibtisch fuhr und eine Staubschicht aufwirbelte an der Stelle, die ich beim Putzen übersehen hatte. Ihr blaues Kleidchen spannte ein wenig um ihren Bauch. Der Saum war an der Seite ein Stück eingerissen.

»Das ist ein hübscher Name«, sagte ich. Das Kind sah mich eine Weile neugierig an, dann nahm es den Telefonhörer in seine Hände und grinste frech. »Setz dich doch auf den Stuhl«, sagte ich, stand auf, nahm ihr das Telefon aus der Hand und schob ihr einen Zettel und einen Bleistift zu. »Du kannst etwas zeichnen«, schlug ich vor, als sie sich auf den Stuhl setzte. Ich ging zum Fenster und schloss es, um den Straßenlärm auszusperren, der nachmittags immer anschwoll und mir nicht selten Kopfschmerzen verursachte. Ich begann die Regale mit den Aktenordnern abzustauben und warf immer wieder unauffällige Blicke zu dem Kind, das hochkonzentriert den Bleistift festhielt und versuchte, eine Katze zu zeichnen. Ich fragte mich, wie Helen wohl aussehen mochte. Ob sie eine ähnliche Frisur trug, oder hatte sie lange Haare? Und war da immer noch dieser braune Ring um ihre Iris, oder war es sogar möglich, dass das Auge nun komplett braun geworden war, wie bei Millie? Ich wusste nichts über Heterochromie, nur dass es selten war und ab und zu mit einer Schwerhörigkeit einherging. Ich wusste, dass Millie nicht Helen war, nicht sein konnte, denn solche Zufälle konnte es einfach nicht geben, dennoch ertappte ich mich dabei, wie ich versuchte, eine Ähnlichkeit zu erkennen. Wie sehr veränderten sich Kinder innerhalb von vier Jahren? Ich ging zum Schreibtisch zurück und schaute in den Terminplaner, weil ich mich nicht an den Namen der Frau erinnerte. Mrs Smith. Ein Allerweltsname, der ebenso erfunden sein konnte. Aber ich war mir sicher, die Frau nie zuvor gesehen zu haben. Nein, das war Unsinn. Die Frau, die Helen entführt hatte, würde nicht einfach vier Jahre später ausgerechnet in der Kanzlei, in der ich arbeitete, einen Termin machen. Das war absurd. Und dennoch nagten diese Zweifel an mir. Es gab manchmal eben ganz komische Zufälle.

»Bei einem solch schönen Wetter spielst du sicherlich oft im Garten, oder?«, fragte ich Millie, während sie auf dem Bleistift herumkaute. Sie schüttelte den Kopf ohne aufzublicken und malte der Katze eine Schleife um den Hals.

»Wir haben keinen Garten«, sagte sie zögerlich.

»Aber ihr habt doch sicherlich einen Park in der Nähe?«

Sie malte die Pfoten der Katze mit großer Sorgfalt. »Wir wohnen gegenüber vom Park, da sind immer ganz viele Eichhörnchen«, sagte sie.

»Ach, wirklich? Im Hyde Park?« Mein Herz klopfte, denn ich war mir bewusst, dass ich etwas Falsches tat. Dieses Mädchen auszufragen, würde zu nichts führen. Es war, als liefe man einem Hirngespinst hinterher. Plötzlich fielen mir wieder Isobels Worte ein, nach unserem letzten Gespräch drei Wochen zuvor. Sie sagte, ich müsse Helen loslassen und nicht einem Gespenst nachjagen, weil ich mich sonst in etwas verrennen würde. Ich wusste, dass sie recht hatte und es gut meinte, und dennoch konnte ich nicht anders.

Isobels Sohn Charlie war ein Jahr zuvor an Diphterie gestorben. Eine schwere Zeit, in der ihr Mann sich mit Alkohol selbst therapiert hatte. Drei ganze Tage lang war er irgendwo versackt, sodass Isobel die Polizei informiert und ihn als vermisst gemeldet hatte. Er war ihr keine große Stütze gewesen. Aber sie hatte ihren ältesten Sohn, der ihr über die schwere Zeit hinweghalf.

»Nein, nicht im Hyde Park«, sagte Millie und widmete sich wieder ihrer Zeichnung. In dem Moment ging die Tür von Mr Williams' Büro auf, und Mrs Smith trat mit einem noch blasseren Gesicht aus dem Büro. Sie tupfte sich die Augen, drehte sich zu Mr Williams um und schüttelte ihm die Hand, bevor er mir zunickte und wieder in seinem Büro verschwand.

»Komm, Millie, wir müssen noch für das Abendessen einkaufen.« Mrs Smith ließ das Taschentuch in ihre Handtasche gleiten und schenkte mir ein schüchternes Lächeln. »Wieso sind die Gesetze so furchtbar kompliziert?«, sagte sie matt. Millie ließ den Bleistift fallen und rannte zu ihrer Mutter. Ich stand einfach nur da und sah zu, wie sie zur Tür gingen, unfähig, mich zu bewegen. Ich wollte die Frau so viel fragen. Ob Millie schon immer zwei unterschiedliche Augenfarben gehabt hatte, ob es ihr eigenes Kind war, denn sie sahen sich überhaupt nicht ähnlich, ob sie ihrem Vater ähnlich sah ... Doch keine dieser Fragen brachte ich über meine Lippen. Und so winkte mir das Kind, das Helen hätte sein können und von dem ich wusste, dass sie es nicht war, zum Abschied, und ich fühlte mich in dem Moment, als hätte ich sie ein zweites Mal verloren.

An diesem Tag passierte irgendwas mit mir. Als wenn sich ein Schalter in meinem Kopf umgelegt hätte. Mein Körper war wie in Alarmbereitschaft. Bei jedem Hupen, bei dem kleinsten Geräusch wie dem Aufprallen eines Balls spielender Kinder, zuckte ich zusammen und zog den Kopf ein. An der Bushaltestelle hatte ich auf einmal das Gefühl, die Leute würden mich anstarren und über mich tuscheln. In Panik lief ich über die Straße, weg von den Menschen, von denen ich sicher war, dass sie nun laut lachten. Ein Taxi konnte gerade noch ausweichen, der Fahrer eines anderen Automobils brüllte mich an, ob ich den Verstand verloren hätte. Ich fiel über meine eigenen Füße und landete auf dem Bürgersteig, schürfte mir die Hände und die Knie auf und ließ mir von einem Mann aufhelfen, der fragte, ob ich verfolgt werden würde. Er reichte mir ein Taschentuch, mit dem ich mir den Schmutz von den Handflächen, den Knien und dem Rocksaum wischte, dann stand ich einfach da und brach in Tränen aus. Zwei ältere Damen blieben stehen, sagten irgendetwas, was ich nicht verstehen konnte. Um mich herum schien alles in Zeitlupe abzulaufen, ich befand mich in einem Vakuum, durch das keinerlei Geräusch drang. Die Lippen der umstehenden Leute bewegten sich, ich kniff die Augen zusammen und versuchte mich darauf zu konzentrieren, was sie sagten, doch ich hörte absolut nichts. Panik durchflutete mich. Ich hielt mir die Ohren zu und brüllte, dass ich nichts hören würde, immer und immer wieder, während die Leute wild auf mich einredeten. Irgendjemand fasste mich am Ellbogen und zog meine Hand vom linken Ohr. Ich zuckte zusammen und sah in ein Paar bernsteinfarbener Augen, die wie zwei leuchtende Punkte in einem Meer aus verschwommenen Bildern vor mir tanzten. Während alles um mich herum immer undeutlicher wurde, bekamen die Augen immer schärfere Konturen. »Norman?«, hauchte ich, bevor sich alles um mich herum in Schwärze verwandelte und ich ins Bodenlose zu fallen schien.

• • •

Als ich wieder zu mir kam, lag ich auf einer weichen Matratze, und ein seltsam stechender Geruch nach Chemikalien drang in meine Nase. Ich öffnete die Augen, blinzelte gegen das grelle Licht an, und da waren sie wieder. Normans bernsteinfarbene Augen. Nur dass sie nicht zu Norman gehörten, sondern zu einem Mann, der ihm bloß ähnlich sah. Das fast schwarze Haar war mit viel Pomade frisiert. Er trug einen Schnurrbart und hatte einen wohlgeformten Mund. Als er mich ansah, lächelte er. »Wie fühlen Sie sich?«

Ich richtete mich ein wenig auf, versuchte gegen den Schwindel anzukämpfen und fürchtete einen Augenblick lang, ich würde wieder ohnmächtig werden. »Wo bin ich?« Erst allmählich waren meine Augen in der Lage, die Umgebung scharf einzustellen. Ich erkannte mehrere Betten, in einem lag eine weißhaarige Frau, in einem anderen ein junges Mädchen mit einem Verband um den Kopf.

»Im Krankenhaus. Sie sind ohnmächtig geworden.« Er griff in die Tasche seines Jacketts und zog etwas heraus, von dem ich erst annahm, es handelte sich um eine Zigarettenpackung. Doch es war ein Ausweis. Ein Polizeiausweis. »Sergeant Oswalt. Erinnern Sie sich, was passiert ist? Wurden Sie verfolgt?«

»Sie sind ... von der Polizei?« Mein Herz begann zu hämmern. Ich verstand nicht, wieso ich im Krankenhaus lag. In meinem Kopf hatte sich ein dichter Nebel ausgebreitet, der sich über meine Erinnerungen legte. Ich schloss die Augen und atmete tief ein und aus, wie ich es immer tat, wenn mir furchtbar übel war. Die Bushaltestelle, schoss es mir durch den Kopf. Ich war in Panik davongelaufen, mitten über die Straße. Das Hupen des Taxifahrers klang in meinen Ohren nach. Die Rufe.

»Miss, verraten Sie mir Ihren Namen? Soll ich jemanden benachrichtigen?«

Ganz sachte schüttelte ich den Kopf. »Nein, Sie müssen niemanden verständigen.« Bilder von dem Mädchen in der Kanzlei tauchten auf. Millie. Wieso hatte dieses Mädchen mich so aus der Fassung gebracht? Ich bemerkte erst, dass ich weinte, als mir heiße Tränen über die Lippen tropften.

»Soll ich eine Schwester holen? Brauchen Sie ein Glas Wasser?« Hektisch drehte sich der junge Mann um, der so gar nicht wie ein Polizist wirkte. Der Stuhl schabte über das Linoleum, als er aufstand und mir ein Glas Wasser aus einer Karaffe vom Nachttisch einschenkte. »Wie lautet Ihr Name, Miss?«

»Emma. Emma Doyle.« Zitternd umfasste ich das Glas. Mit beiden Händen, dennoch verschüttete ich etwas davon auf der Decke, die meinen Oberkörper bedeckte.

»Hat Sie jemand belästig? Vor wem sind Sie weggelaufen?«

Während ich vorsichtige Schlucke nahm, überlegte ich mir eine plausible Antwort, die ihn dazu veranlasste, mich in Ruhe zu lassen und wegzugehen. Das war kein Fall für die Polizei. Ich hatte lediglich kurzzeitig den Verstand verloren.

»Niemand. Ich bin vor niemandem weggelaufen. Ich wollte bloß schnell nach Hause.«

Stirnrunzelnd sah er mich an, nahm mir das Glas ab und stellte es auf den Nachttisch zurück. »So sah das für mich nicht aus. Sie sind ohne zu gucken über die Straße gelaufen und sahen aus, als sei der Teufel hinter Ihnen her.«

Mein Kopf pochte. Das Zuhören und Reden strengten mich an. Ich sehnte mich nach meinem eigenen Bett, nach meinen eigenen vier

Wänden und nach Ruhe. »Wirklich. Da war niemand. Ich hatte ... ich hatte ...«

»Ja?«, hakte er mit sanfter Stimme nach. Überhaupt klang seine Stimme angenehm.

»Ich war durcheinander. Etwas hatte mich erschreckt«, brachte ich mühsam hervor. Das Klackern von Absätzen unterbrach seine nächste Frage. Eine Krankenschwester trat an mein Bett, fühlte mir die Stirn und fragte mich nach meinem Befinden.

»Ich bin so müde«, flüsterte ich. »Ich mag keine Fragen mehr beantworten, bitte.«

Die Schwester, eine rundliche Frau mit braunen Locken, nickte, dann schickte sie den Polizisten weg. Ich ahnte, dass er wiederkommen würde, doch fürs Erste hatte ich meine Ruhe.

28

Der Arzt und die Krankenschwester überredeten mich dazu, eine Nacht zur Beobachtung zu bleiben. Ich war so erschöpft, dass ich kaum protestierte. In drei Tagen würde ein Zug mich nach Harwich bringen, und von dort sollte es mit dem Schiff weiter nach Hamburg gehen. Ich hatte Angst, dass ich meine Reise verschieben müsste. Tatsächlich fühlte ich mich am nächsten Morgen nicht wesentlich besser. Mein Puls war laut Schwester immer noch zu hoch, und meine Gesichtsfarbe war angeblich blasser als die Laken. Ich bekam kaum etwas von dem Haferbrei herunter, den sie mir gebracht hatte; selbst das Trinken war furchtbar anstrengend und ermüdend. Immer wieder döste ich ein, zwischen dem Pulsmessen, dem Geklapper des Geschirrs und den Schmerzensschreien der weißhaarigen Frau im Saal.

Gegen Mittag kam Sergeant Oswalt wieder. In einem abgetragenen blau karierten Anzug und einem Panamahut, den er abnahm, sobald er den Saal betrat. Da ich gerade auf Anordnung der Schwester einen Schluck Wasser trank, konnte ich mich nicht schlafend stellen, und so hoffte ich nur, dass er sich davon überzeugen lassen würde, dass ich seine Hilfe oder die der Polizei nicht brauchte.

»Geht es Ihnen besser?«, fragte er, während er sich einen der Holzstühle heranzog und sich neben mein Bett setzte. Sein Blick huschte von meinem Gesicht zum Nachttisch, wo lediglich das leere Wasserglas stand. »Sie sehen ehrlich gesagt noch kränker aus als gestern«, sagte er. Ich schluckte, wandte meinen Kopf zur Seite und hoffte, er würde einfach verschwinden. Doch er blieb sitzen.

»Wissen Sie, letzte Woche wurden mehrere Damen in der Nähe des Finsbury Parks belästigt, deswegen war ich überhaupt dort und habe mich umgesehen. Ich frage mich, ob Sie vor diesem Mann, die Frauen haben ihn als groß, mit roten Haaren und äußerst schlechten Zähnen beschrieben, geflohen sind.«

»Ich bin vor niemandem geflohen. Sie verschwenden Ihre Zeit«, sagte ich mit so fester Stimme wie mir möglich war.

Er lächelte mild, kreuzte die Beine übereinander und tippte mit den Fingerspitzen gegen den Bettrahmen. »Ich verschwende nie meine Zeit, Miss Doyle.«

Als er meinen Namen aussprach, schnürte es mir den Hals zu. Ich fragte mich, ob mein Name bei der Polizei in irgendeiner Akte gelistet war und er über Helen Bescheid wusste. Doch Doyle war ein Allerweltsname, und Helen war in Oxfordshire verschwunden. Ich bezweifelte, dass man in London darüber Bescheid wusste, dass dort irgendwelche Unterlagen über mich zu finden waren. Zumindest in der kurzen Zeit hätte er kaum Nachforschungen über mich anstellen können.

»Ich würde Ihnen gerne helfen.«

»Ich bekomme hier doch Hilfe«, sagte ich matt. »Es ist ein medizinisches Problem und keine Sache für die Polizei.« Ich setzte mich aufrecht hin und griff wieder nach dem Glas, doch statt es zum Mund zu führen, drehte ich es in den Händen und beobachtete, wie sich Staubpartikel auf der Wasseroberfläche absetzten.

»Aber vor wem hatten Sie solche Angst? Sie sind doch ganz eindeutig vor jemandem davongerannt. Ich verstehe ja, dass Ihnen das unangenehm ist, aber bedenken Sie, dass wir den Übeltäter nur dann zur Strecke bringen können, wenn Sie – «

»Es gibt keinen Übeltäter, hören Sie? Niemand hat mich belästigt oder verfolgt. Ich war nur überanstrengt und einen Moment lang … verwirrt. Ich habe in letzter Zeit nicht besonders viel Schlaf bekommen.«

Er lehnte sich mit dem Rücken an die Lehne, fuhr mit dem Zeigefinger über Kinn und Lippen und musterte mich wie unser Mathelehrer früher, wenn ich die richtige Antwort auf eine Frage wusste, die er für zu schwer gehalten hatte.

»Und da sind Sie ganz sicher, ja?«

Ich nickte und schloss die Augen, weil meine Lider sich so schwer anfühlten, als lägen Gewichte darauf.

»Ich kann Ihnen ganz sicher nicht helfen? Verzeihen Sie, es ist nur so, dass ich das Gefühl habe, Sie bedrückt etwas. Etwas Gewaltiges, das Sie nicht mehr unter Kontrolle haben.«

Als ich meine Augen wieder öffnete, erschrak ich erneut über die Ähnlichkeit mit Norman.

Wie gerne hätte ich ihm von Helen erzählt, ihm den Brief aus Deutschland gezeigt und gesagt, dass Helen ganz sicher nicht ertrunken, sondern vermutlich irgendwo in Deutschland war, bei einer Frau, die sie mir gestohlen hatte. Stattdessen schüttelte ich nur den Kopf und schloss erneut meine Augen, als sich Tränen darin sammelten. Er würde mir nicht glauben. Vielleicht würde er angewidert sein von der Tatsache, dass ich ein uneheliches Kind hatte, eine gefallene Frau war. Er würde mich mitleidig anlächeln und vermutlich sagen, dass es nach so vielen Jahren ohnehin unmöglich war, sie zu finden. Nein, ich konnte ihm nichts über Helen erzählen, auch wenn ich es am liebsten hinausgeschrien hätte. Die Lippen fest aufeinandergepresst, um das Zittern zu kaschieren, blickte ich ihn an. Sergeant Oswalt bedachte mich mit einer Mischung aus Bedauern und Verärgerung, und als er an der Tür angelangt war, hätte ich ihn beinahe zurückgerufen, doch meine Stimme ließ mich im Stich. Nur ein Flüstern huschte über meine Lippen; gehauchte Buchstaben, die sich zwischen meinem Mund und der Bettdecke auflösten, bevor sie bei ihm ankamen. Mit einem letzten Blick drehte er sich zu mir um, setzte seinen Hut auf und verschwand durch die Tür.

Der Arzt verordnete mir absolute Ruhe, und so beschloss ich, ein paar Tage am Meer in Brighton zu verbringen. Die Fahrt nach Hamburg hatte ich vorerst abgesagt, in meinem Zustand traute ich mir weder die lange Schifffahrt zu noch die Suche nach Helen. Ich mietete mir ein kleines Zimmer in einer Pension und machte lange, ausgedehnte Spaziergänge am Strand, schaute mir Theateraufführungen auf dem West Pier an und trank Cream tea in hübschen Teestuben mit Meerblick. Die Luftveränderung tat unheimlich gut. Ich genoss es, nichts zu tun und einfach in die Ferne zu blicken. Am Sonntag besuchte mich Isobel mit ihrem Mann Charles und dem dreijährigen Philip. Wir machten ein Picknick am Strand, es war ein warmer Frühlingstag im Mai. Isobel hatte einen Korb voller belegter Brote von zu Hause mitgebracht und eine Kanne Tee, der mittlerweile nur noch lauwarm war, doch das machte nichts, denn viel wichtiger war die Unbeschwertheit, die ich nach langer Zeit fühlte und genießen konnte, auch wenn mir der Anblick von Philip immer wieder einen Stich ins Herz versetzte. Während Charles mit dem Kleinen die Möwen beobachtete, die über dem Pier kreisten und ganz nah über die Köpfe der Leute hinwegflogen, machten meine Schwester und ich einen Spaziergang.

»Ist dir kalt?«, fragte ich, als Isobel ihr dunkelblaues Tuch fest um ihre Schultern zog. Ihre blonden Haare flatterten im Wind, die Wangen waren rot, und ihre Augen leuchteten. Sie schüttelte den Kopf. »Ich vergesse immer, wie windig es am Wasser ist«, sagte sie lachend. Ich bemerkte, wie sie mich von der Seite musterte, doch als ich meinen Kopf zur Seite drehte, schaute sie aufs Wasser. Ich hatte ihr lediglich in einem Brief mitgeteilt, dass ich mich unwohl gefühlt hatte und deswegen eine ärztlich verordnete Reise ans Meer unternahm. Sie hatte sofort geantwortet, dass sie mit der Familie einen Tagesausflug nach Brighton machen würde. Isobel liebte das Meer seit unserer Kindheit.

»Ich freue mich, dass ihr hierhergekommen seid.«

»Ich liege Charles schon seit Monaten damit in den Ohren, dass ich gerne für einen Tag ans Meer würde. Nun konnte er keine Argumente mehr anführen, die dagegensprechen.«

Ich fragte mich, ob sie finanzielle Schwierigkeiten hatten, wusste aber nicht, ob und wie ich das Thema ansprechen sollte. Isobel hatte mehrmals meine Unterstützung abgelehnt. Durch die Mieteinnahmen und meine gute Stelle konnte ich eine ganze Menge zurücklegen.

Außerdem hatte ich immer noch eine größere Summe Geld auf der Bank, die mir Tante Abigail vererbt hatte. Ich hätte ihr ohne zu zögern Geld leihen oder sogar schenken können, aber davon wollte sie nie etwas wissen.

»Wie läuft es in der Buchhandlung?«, fragte ich stattdessen. In diesem Moment kam es mir surreal vor, dass wir nun erwachsen waren und am Strand spazieren gingen, wo es mir doch wie gestern erschien, dass wir zwischen den Regalreihen Verstecken gespielt hatten, während unsere Vater Inventur machte.

»Ich nehme an, wir sollten uns nicht beklagen, aber die Wirtschaftskrise wirft überall ihre Schatten. Auch wenn die Menschen im Norden wesentlich schlimmer betroffen sind. An manchen Tagen haben wir nur einen Kunden, und wenn wir Pech haben, kauft der nicht einmal eine Postkarte. Wir kommen gerade so eben über die Runden.«

»Wenn ihr Hilfe braucht –«, begann ich, doch Isobel hob sofort ihre Hand und schüttelte energisch den Kopf. »Charles hat einen Onkel, der in Texas lebt und eine Rinderfarm betreibt. Er schreibt ab und zu Briefe, auch wenn Charles ihn zuletzt als Kind gesehen hat.«

Ich verstand den plötzlichen Themenwechsel nicht und wollte noch einmal auf mein Hilfsangebot zurückkommen, doch dann beschlich mich eine leise Ahnung.

»Dieser Onkel hatte vor ein paar Tagen einen Herzanfall und ... « Sie blieb stehen und griff nach meinem Arm. »Sein einziger Sohn starb vor einem Jahr bei einem Unfall, und nun hat er Charles angeboten, die Farm zu übernehmen. Sie läuft wohl ganz gut, sein Onkel schafft es alleine nur nicht mehr.« Sie blickte zu Boden und kickte mit der Schuhspitze einen kleinen Stein zur Seite. »Und ... nun ja ... er hat zugesagt.«

Es dauerte einige Sekunden, bis ich begriff, was das bedeutete. »Texas?«

Eine Möwe flog kreischend über unsere Köpfe und landete zwei Fuß entfernt von uns, wo sie sich an einem weggeworfenen Brotpapier zu schaffen machte. Kurz darauf landeten drei weitere Möwen dort, und das Kreischen schwoll an. Wir gingen langsam weiter. »Aber ... was ist mit der Buchhandlung?«, fragte ich.

»Wir geben sie auf. Ich glaube nicht, dass wir sie noch viel länger halten können. Und Charles wünscht sich mehr für uns. Ein Haus. Einen Garten. Eine gute Schule für Philip und ...« Sie strich sich über den Bauch und strahlte plötzlich. »Wir sind ganz sicher, dass es ein Mädchen wird.«

Mir schnürte es die Kehle zu. Ich schnappte nach Luft und trat ein paar Schritte zurück, fiel beinahe über eine leere Flasche, die achtlos weggeworfen war. »Aber wir werden uns nie wiedersehen, oder?« Meine Stimme klang hysterisch. Schnell wischte ich mir die Tränen aus den Augen. »Was versteht er denn schon von einer Rinderfarm?«, brüllte ich so laut, dass ich mir nicht sicher war, ob er uns von seinem Platz aus gehört hatte. Philip lachte laut auf und warf ein paar kleine Steine ins Meer. »Er hat doch einen kaputten Fuß«, sagte ich matt.

Isobel streckte ihre Hand aus und strich mir über die Wange. »Er ist auf einer Farm aufgewachsen, Emma. Außerdem kann er reiten, und darauf kommt es an. Er wird das alles lernen, und sein Onkel sagt, dass er einen klugen Kopf braucht und seine Behinderung keine Rolle spielt. Er hat ja genug Arbeiter eingestellt, und Charles soll sich um alles Geschäftliche kümmern.«

»Wieso verlasst ihr mich alle?«, schrie ich, warf die Hände in die Luft und schluchzte laut auf. Ein paar Damen, die hinter uns spazieren gegangen waren, warfen uns neugierig Blicke zu, doch ich ignorierte sie. »Wieso müsst ihr mich alle verlassen?« Meine Stimme überschlug sich. Charles war von seinem Platz aufgestanden, er hielt Philip im Arm und blickte zu uns hinüber, doch Isobel gab ihm ein Zeichen, sich zu setzen. Sie fasste mich am Ärmel meines Cardigans und zog mich näher ans Wasser. »So darfst du das nicht sehen, Emma. Wir verlassen dich nicht. Wir nehmen nur die Chance wahr, uns ein gutes Leben aufzubauen. Du hast das Cottage, die Erbschaft von Tante Abigail, eine gute Stelle. Und das ist auch gut so, und ich gönne es dir von Herzen. Aber wir müssen unseren eigenen Weg gehen.«

Ihre Worte zogen wie dunkle Wolken an mir vorüber. Ich schüttelte den Kopf, während mir Tränen über das Gesicht strömten und die Sicht verschleierten. In meinem Kopf pochte es, ich hörte das Blut durch meine Ohren rauschen und befürchtete jeden Moment erneut ohnmächtig zu werden. »Ich verliere meinen Verstand, Isobel«, schluchzte ich, verlor den Halt und stolperte nach hinten, bis meine Schuhe nass wurden. Wie hypnotisiert starrte ich nach unten, beobachtete, wie das Wasser das Leder meiner Schuhe umschloss und langsam wieder Richtung Meer floss, um im nächsten Moment umso gewaltiger zurückzukommen.

Isobel zog mich aus dem Wasser, umfasste mit beiden Händen meine Schultern und sah mich besorgt an. »Was meinst du damit?«

Ich erzählte ihr von dem kleinen Mädchen in der Kanzlei und meinem anschließenden Zusammenbruch. Die Worte sprudelten so schnell aus meinem Mund, dass sie mich mehrmals Sätze wiederholen ließ, um mich zu verstehen, dennoch verschwanden ganze Silben in meiner verworrenen Erzählung.

»Du musst sie aufgeben, Emma. Diese Geschichte macht dich noch ganz krank. Du weißt doch gar nicht, ob sie noch in Deutschland ist. Sie könnte überall sein. In Asien oder Afrika. Oder sie ist doch ertrunken, und der Brief war nur ein grausamer Akt einer bösartigen Frau aus dem Dorf. Sieh, ich habe auch ein Kind verloren und weiß, wie schwer es ist, aber es geht nicht anders. Du kannst dich nicht an etwas festhalten, das nicht da ist.«

Ich sah sie einfach nur an. Ihre Worte trafen mich wie tausend Nadelstiche ins Herz. Isobels Gesicht war verschwommen, die Konturen ihres Körpers verschmolzen mit dem Strand und den dahinterliegenden Gebäuden. Sie strich mir eine Strähne aus dem Gesicht, die an meinen Lippen klebte, und nahm mich in den Arm. Am liebsten hätte ich sie nie wieder losgelassen. Doch irgendwann zupfte Philip an ihrer Kleidung und sagte, dass er endlich ein Eis haben wollte. Wir mussten beide lachen. »Du hast recht. Ich weiß, dass du recht hast«, sagte ich matt, als sie Philip an die Hand nahm und wir langsam zurückgingen.

»Ich werde sie nie wiedersehen.« Diese Worte auszusprechen, schnürte mir fast die Kehle zu, dennoch waren sie auf eine seltsame Art befreiend. Als ob mir eine unmöglich zu treffende Entscheidung abgenommen worden war.

Mit unserem Eis am Stiel setzen wir uns auf die Decke und beobachteten die Menschen auf dem nahen Pier. Und zum ersten Mal dachte ich nicht, dass irgendwo unter ihnen Helen sein könnte. Ich hoffe nur, dass sie – wo immer sie sein mochte – spürte, dass ich sie liebte.

Als Isobel mit ihrer Familie am Abend in den Zug stieg, fühlte ich mich wie von einer Last befreit. Ich war niedergeschlagen und müde, doch das Gefühl der Erleichterung überwog. Ich blieb noch ein paar Tage in Brighton, wo ich mich gedanklich von Helen Stück für Stück verabschiedete, weil es für uns beide das Beste war. Als ich nach London zurückkehrte, kündigte ich meine Stelle in der Kanzlei, da mir bewusst geworden war, dass mir die Arbeit überhaupt keinen Spaß gemacht hatte. Ich fand eine Stelle in der Buchhaltung eines großen Hotels, in der ich meine Fähigkeiten richtig einsetzen konnte. Isobel siedelte mit ihrer Familie in die USA über, keine vier Monate nach unserem Picknick am Strand. Wir schrieben uns regelmäßig Briefe, es war deutlich herauszulesen, dass sie massive Anpassungsschwierigkeiten hatte und wieder zurück nach England wollte, doch für Charles kam das nicht infrage. Sie bekam noch einen Jungen und ein kleines Mädchen, das kurz nach der Geburt starb, doch ihre Sehnsucht nach England wurde von Jahr zu Jahr größer. Ihre Briefe ließen mich hilflos zurück. Isobel machten die Hitze, die Unwetter und die völlig andere Kultur zu schaffen. Ich konnte ihr lediglich tröstende Floskeln schreiben, die mir von Brief zu Brief schwerer fielen. Denn nach so vielen Jahren war uns irgendwie klar, dass sie sich nie eingewöhnen würde in dem Land, das sie hasste und das ihren Mann immer mehr faszinierte und in Beschlag nahm.

Während des Zweiten Weltkriegs ließ ich mich zur Hilfsschwester ausbilden und arbeitete in einem Militärkrankenhaus. Isobels Sohn Philip fiel 1944 gerade einmal achtzehnjährig bei der Schlacht um Guam. Isobel kam nie richtig darüber hinweg, die Ehe mit Charles zerbrach, und sie kehrte mit ihrem zehnjährigen Sohn Teddy 1947 nach England zurück. Als ich beide am Bahnhof in London abholte, begegnete ich zum ersten Mal Hans. In meiner Aufregung sah ich weder nach rechts noch nach links, als ich über den Bahnsteig lief, und rannte genau in ihn hinein. Wie ein Felsblock stand er zwischen den Wartenden mit ihren Koffern, Taschen und Kindern. Ich prallte von ihm ab und landete auf meinem Hintern, verstauchte mir die Hand beim Abstützen. Ich werde nie seinen erschrockenen Gesichtsausdruck vergessen, als er sich zu mir hinunterbeugte, um mir aufzuhelfen. Nie zuvor hatte ich solch tief dunkelblaue Augen gesehen. Erst als ich mich wieder aufgerichtet und meinen Rock vom Schmutz befreit hatte, bemerkte ich seine Uniform, die ihn als Kriegsgefangenen auswies. Im ersten Moment war ich erschrocken. Erst seit Kurzem war es diesen Männern erlaubt, sich unbeaufsichtigt in einem kleinen Radius außerhalb ihres Camps, in dem sie interniert waren, aufzuhalten. Sie durften nun ins Kino gehen, Cafés besuchen und in Geschäften einkaufen. Ich hatte erst kürzlich einen Zeitungsbericht darüber gelesen. Da stand er nun, dieser große Mann mit den breiten Schultern, den schönen dunkelblauen Augen und einem charmanten Lächeln auf den Lippen, als ich mich mehrmals bei ihm entschuldigte. »Wieso, ich stand doch im Weg«, sagte er lachend. Ich schätzte ihn auf Mitte dreißig. Silberne Strähnen durchzogen sein dunkelbraunes Haar. Er blickte auf die Papiertüte der Buchhandlung in meiner Hand und hielt grinsend eine Tüte desselben Geschäfts hoch, die prall gefüllt war. Ich musste schmunzeln.

»*Emil und die Detektive*. Auf Englisch, damit ich mich verbessern kann«, sagte er in fehlerfreiem Englisch. »Und Charles Dickens.«

»*Die Eisenbahnkinder*«, erwiderte ich. »Für meinen Neffen. Er ist zehn.«

»Alle Kinder mögen die Eisenbahn«, meinte er und trat beiseite, um eine Gruppe junger Burschen vorbeizulassen, die mit Rucksäcken und Koffern den Bahnsteig entlangrannten. Einer von ihnen drehte sich um und spuckte ihm vor die Füße, bevor er seinen Freunden hinterherjagte.

»Das war ungezogen«, bemerkte ich und schämte mich für den Bengel, doch Hans zuckte mit den Schultern und lächelte zaghaft. »Die meisten Menschen hier behandeln mich sehr anständig. Ich kann sehr dankbar sein.«

Obwohl Isobels Zug jeden Moment ankommen musste, bewegte ich mich keinen Zentimeter. Dieser deutsche Mann faszinierte mich aus einem Grund, den ich selbst nicht verstand. »Hans Schneider«, sagte er und hielt mir die Hand entgegen, die ich schließlich nahm und schüttelte. »Miss Emma Doyle.«

»Freut mich, Sie kennenzulernen«, sagte er mit festem Händedruck. Er fragte mich, ob ich aus London käme und eine nette Teestube kennen würde, in der es leckeren Apfelstrudel gab, den er furchtbar vermisste. Ich empfahl ihm eine Teestube in Hampstead, in der ich ab und zu frühstückte, und erwähnte nebenbei, dass ich ganz in der Nähe wohnte.

»Vielleicht haben Sie Lust, mir Gesellschaft zu leisten?«, fragte er mit einem schüchternen Blick und diesem Lächeln, dem ich später nie widerstehen konnte. Also sagte ich zu, nicht ahnend, dass ich ihn bald darauf heiraten und nach Deutschland begleiten würde.

29

»Ich wusste nicht, dass er Kriegsgefangener war«, sagte Nora erstaunt.

»Natürlich nicht. Das hängt man doch nicht an die große Glocke. Wir waren froh, dass der Krieg vorbei war, niemand redete gerne darüber«, verteidigte sich Emma.

»Was ist mit Isobel passiert?«, fragte Charlotte.

»Sie starb 1955 an Krebs«, sagte Emma ausdruckslos, ohne jemanden anzusehen. »Ich habe sie drei Monate vorher noch besucht, da wirkte sie so lebhaft. Sie wusste gar nicht, wie krank sie war. Ihr Arzt und ihr zweiter Ehemann haben es ihr verheimlicht, aber das erfuhr ich erst viel später.«

»Wie traurig«, murmelte Joanne.

»Und ihr Sohn Teddy?«, fragte ich.

»Teddy war ein guter Bursche, aber er hatte es nicht leicht in der Schule. Er war aufbrausend und wurde schnell wütend. Die Trennung von seinem Vater und die Rückkehr nach England machten ihm zu schaffen. Er schaffte die Schule mit Ach und Krach und machte eine Lehre als Automechaniker. Er verunglückte Anfang der Sechziger tödlich auf der Landstraße. Er hatte wohl getrunken und war zu schnell unterwegs. Furchtbar, ich erinnere mich noch, als wäre es gestern, als Isobels Mann mich kurz vor Mitternacht anrief, um es mir zu sagen.«

»Er hat uns doch mal besucht, oder?« Nora schloss die Augen und runzelte die Stirn. »Ich erinnere mich an ihn, er hatte rotblonde Haare und mich immer hochgehoben und durch die Luft gewirbelt.«

Emma nickte. »Ja, ich hatte ihn mehrmals eingeladen, uns hier zu besuchen, aber er hatte immer so viel arbeiten müssen. Es war so schön, ihn hierzuhaben. Er hat so unbeschwert gewirkt, wenn er mit dir gespielt hat. Aber abends war er immer furchtbar nachdenklich und hat viel zu viel getrunken. Vielleicht hätte ich mehr auf ihn eingehen sollen.«

Die plötzliche Betroffenheit am Tisch wirkte so bedrückend, dass sich Sara an den Hals fasste, wie um eine unsichtbare Schlinge zu lösen. Fabian strich ihr über die Hand. Sie wusste, dass er sich ebenso beklommen fühlte, und das machte es etwas erträglicher.

»Und was ist aus meinem Vater geworden?«, fragte nun Charlotte. Emma verzog den Mund und holte tief Luft. »Er starb in den Siebzigern. Hat nie wieder geheiratet und lebte wohl sehr zurückgezogen auf seinem Landsitz. Er war hoch verschuldet, als er starb. Jedenfalls stand das in der Zeitung.«

»Hast du nie überlegt, Kontakt zu ihm aufzunehmen?«, fragte Sara verwundert, die sich an die Erzählung von Emmas erstem Ball erinnerte, an dem sie ihn kennengelernt hatte. Die erste richtige Liebe blieb einem doch immer ihm Gedächtnis, hieß es. Und immerhin war er der erste Mann für sie gewesen und der Vater ihrer Tochter, auch wenn er nie von ihr erfahren hatte.

»Doch, das habe ich. Einmal. 1970 reiste ich nach Nordengland, weil das Haus meines Onkels versteigert wurde. Mein Onkel war längst tot, der Besitz an seinen Neffen übergegangen, der sich jedoch so verschuldet hatte, dass er das Haus verkaufen und das ganze Inventar versteigern musste. Ich erfuhr nur durch Zufall davon und wollte so gerne noch einmal Juniper House sehen und vielleicht ein Bild oder eine Vase ersteigern.« Sie lächelte bei der Erinnerung und strich sich über das weiße Haar. »Es sah noch fast genauso aus wie damals, als ich dort gelebt habe. Im Wohnzimmer stand ein großer Fernseher, und die Couchgarnitur war auch neu, aber sonst hatte sich fast nichts verändert. Es war wie eine kleine Zeitreise. Ich ersteigerte eine zierliche Vase, die meine Tante immer im Salon mit frischen Blumen gefüllt hat. Das Ding war nicht wirklich wertvoll und kostete nicht viel, es ging mir um die

Erinnerung. Ich bat den Neffen von Onkel Edmund um die Fotografien von Robert und Louis, die immer noch auf dem Kamin standen. Er sagte, er habe sich nie getraut, die Bilder woanders hinzustellen, dabei hatte er sie nur flüchtig gekannt. Er gab mir die Fotos tatsächlich, was mich sehr rührte. Sie liegen noch heute in meiner Nachttischschublade, wo ich sie ab und zu raushole und betrachte. Es macht mich jedes Mal traurig, die beiden glücklichen Gesichter darauf zu sehen, deswegen ertrage ich es nicht, die Bilder irgendwo offen hinzustellen.« Sie griff an ihr Amulett und umschloss es für einen Moment fest in der Hand, bevor sie weitersprach. »Nach meinem Besuch auf Juniper House überlegte ich den halben Tag lang, ob ich zum Anwesen der Hessbys fahren soll, das sich immer noch in Normans Besitz befand und knapp zwanzig Meilen entfernt lag. Mittlerweile war ich eine alte Frau, auch wenn ich mich ganz gut gehalten hatte. Anders als seine Eltern war Norman in späteren Jahren kaum in den Klatschspalten aufgetaucht, also gab es auch keine Fotos, anhand derer ich mir eine Vorstellung davon hätte machen können, wie er sich verändert hatte. Ich beschloss, dass zu viel Zeit vergangen war und ein Treffen keinen Sinn hatte. Vermutlich hatte ich aber einfach nur Angst.«

»Angst wovor?«, fragte Sara

»Davor, dass er sich zu sehr verändert haben könnte. Nicht nur äußerlich, meine ich. Und wie ich hätte ich ihm gegenübertreten können, ohne ihm von Helen zu erzählen?«

Fabian räusperte sich. »Bereuen Sie es, nicht zu ihm gefahren zu sein?«

»An den meisten Tagen nicht«, sagte sie milde lächelnd, während ihre Augen funkelten. »Aber an manchen Tagen wünschte ich, ich wäre über meinen Schatten gesprungen.«

Gegen neunzehn Uhr fuhren und Sara und Fabian Emma zurück ins Pflegeheim. Alle wirkten müde; Sara unterdrückte mehrmals ein Gähnen und öffnete das Fenster auf der Beifahrerseite. Während Fabian im Auto wartete, begleitete Sara ihre Großmutter zurück aufs Zimmer.

»Deine Mutter macht mir Sorgen. Sie hat kein einziges Mal von Hubert gesprochen.«

Sara öffnete die Zimmertür; stickige Luft schlug ihnen entgegen. Sie marschierte zum Fenster und öffnete es einen Spaltbreit, dann überprüfte sie, ob Emma noch genug zu trinken auf dem Nachttisch hatte. »Sie hat überhaupt wenig gesprochen. Ich glaube, sie muss die ganze Sache erst einmal verdauen.«

Emma nahm einen Schluck Wasser vom Nachttisch und spülte die drei Tabletten hinunter, die in einer Medikamentenbox danebenlagen. »Sie ist bestimmt wütend, dass ich es ihr nicht schon viel früher gesagt habe.« Laut stöhnend ließ sie sich auf den Stuhl neben dem Bett fallen und zog ihre Schuhe aus.

»Du hast einmal zu mir gesagt, es sei das Recht eines jeden Menschen, ein Geheimnis zu haben«, erinnerte sich Sara, woraufhin Emma den Kopf hob und die Stirn runzelte.

»Habe ich das?«

»Ja, da war ich ungefähr acht und traurig, weil meine Freundin mir nicht erzählt hat, dass sie einen Jungen aus der Klasse toll findet.«

»Dein Fabian gefällt mir übrigens gut. Ein sehr netter junger Mann. Höflich und zurückhaltend.«

Sara schmunzelte. Als sie Emma helfen wollte, die Schuhe auszuziehen, meldete sich der Schmerz in ihrem Unterbauch zurück. Sie richtete sich wieder auf und verzog den Mund.

»Was hast du?«

»Eine Eierstockzyste. Ich war heute Morgen bei der Frauenärztin, und sie meinte, ich muss operiert werden. Morgen früh habe ich einen Termin beim Anästhesisten.« Sie versuchte zu lächeln, da sie befürchtete, zu ernst geklungen zu haben. Immerhin handelte es sich um eine Routineoperation. Doch auf einmal schossen ihr Tränen in die Augen.

»Ach, da bist du doch schnell wieder fit. Das ist doch heutzutage nicht so wie früher, wo du zwei Wochen lang im Bett liegen bleiben musstest.« Sie griff nach Saras Hand und drückte sie kurz. »Halb so wild. Du wirst sehen. Und du hast Fabian, der dich umsorgt.«

Sara wischte sich mit den Fingerspitzen über die Augen.

»Es ist nur ... Die Ärztin konnte nicht sagen, ob sie den Eierstock nicht vielleicht entfernen müssen. Manchmal kommt es wohl zu Komplikationen. Als ich siebzehn war, erfuhr ich, dass einer meiner Eierstöcke nicht richtig arbeitet und ich vermutlich schwerer schwanger werden würde. Damals habe ich mir keine weiteren Gedanken gemacht. Aber nun, wo ich den anderen vielleicht verlieren könnte ...« Sie presste die Lippen aufeinander und versuchte, nicht an Fabians Gesicht zu denken, wenn sie es ihm erzählte.

»Es bringt nichts, sich vorher verrückt zu machen«, sagte Emma ruhig, aber mit strengem Blick.

»Weißt du, was ich nicht verstehe?«, fragte Sara, um sich etwas von der Seele zu reden, das ihr seit dem Vormittag nicht mehr aus dem Kopf ging. »Ich war mir fast sicher, dass ich kein Kind haben möchte. Ich meine, auch später nicht. Ich kann mit Kindern irgendwie nichts anfangen. Aber nun, wo ich vielleicht gar nicht schwanger werden kann, habe ich Angst, dass ich nie eins bekommen werde.«

Emma klopfte auf die Bettkante, damit Sara sich setzte, und schlüpfte in ihre Hausschuhe. »Nachdem ich Helen verloren hatte, wollte ich nie wieder ein Kind bekommen. Zu groß war meine Angst, dass ihm etwas passieren könnte. Als ich deinen Großvater geheiratet habe, war ich ja schon über vierzig. Ich dachte nicht, dass ich noch schwanger werden würde. Hans war ein paar Jahre jünger als ich, und er versicherte mir, dass es ihm nichts ausmachte, niemals Vater zu werden. Und dann wurde ich doch schwanger. Mit Mitte vierzig. Ich hatte sehr große Angst, weil in dem Alter die Wahrscheinlichkeit einer Behinderung sehr viel höher ist. Hans war überglücklich, und da merkte ich erst, wie sehr er sich ein Kind wünschte. Und ab da konnte ich mich plötzlich freuen.«

»Wie traurig, dass er so kurz nach der Geburt starb«, meinte Sara.

»Was ich damit sagen will«, fuhr Emma mit leicht zittriger Stimme fort, »manchmal weiß man erst, was man sich wünscht, wenn man keinen Einfluss mehr darauf hat. Wünsche können sich ändern. Sie sind fragil und mit Vorsicht zu behandeln, und manchmal lösen sie sich auf oder werden durch andere ersetzt.«

30

September 2004

Im Schaufenster stapelten sich alte Vinylplatten neben einem Schallplattenspieler aus den 70ern. Daneben standen zwei Kommoden aus Teakholz. Auf einem Holzschemel lag ein alter Fotoapparat mit Holzgehäuse. Orionwerk 1925 – 100 Euro.

Als Sara durch die grüne Ladentür trat, ertönte eine altmodische Glocke. Es roch muffig, und überall wirbelte Staub vom Fußboden und den Regalen, der im einfallenden Lichtkegel umhertanzte. Das Geschäft war recht dunkel und klein. Die Holzdielen knarrten bei jedem Schritt.

Hinter einer Holztheke stand ein Mann in einer grünen Schürze, der etwas mit einer Lupe beäugte. Beim Näherkommen bemerkte sie, dass er einen Ring aus Gold in den Fingern drehte. Er schien sie nicht gehört zu haben, also räusperte sie sich.

»Hallo! Ich glaube, wir hatten gestern miteinander telefoniert.«

Der Mann zuckte zusammen, legte Lupe und Ring ab, fixierte sie mit einem stechenden Blick und runzelte die Stirn. »Richtig, Sie kommen wegen der Fotos.« Ein Lächeln zeigte sich auf seinem Gesicht. Er zog eine Schublade unter der Theke auf und holte einen weißen, gepolsterten Umschlag heraus. Saras Herzschlag beschleunigte sich. Sie trat näher und sah ihm dabei zu, wie er die Fotos durchging, als mischte er einen Stapel Spielkarten. Dann zog er zwei heraus, drehte sie herum und nahm die Lupe zu Hilfe, um die Beschriftung zu entziffern. »Ja, dachte ich mir doch gleich. Ein Stempel von einem Fotostudio in Oxford.« Ein Lächeln huschte über seine Lippen, als er die Fotos auf die Theke legte. »Mein Vater hat damals immer wieder alte Fotoalben gekauft. Meistens für Dekozwecke, die kosteten ja nicht viel. Oft hat er sie auch geschenkt bekommen. Kaufen will die natürlich kaum jemand. Aber sie machen sich in Fotorahmen gut, und die verkaufen sich nach wie vor.« Er lachte auf und schob Sara die zwei Schwarz-Weiß-Fotografien hin. Mit angehaltenem Atem nahm sie das größere der Bilder in die Hand. Es zeigte eine hübsche Frau, die einen Hut mit breiter Krempe und kleinen Blumen und Federn trug. Hinter ihr, eine Hand auf ihre Schulter gelegt, stand ein Mann in weißem Hemd und karierter Weste. Er lächelte kaum merklich, aber seine Augen leuchteten. Sara drehte das Bild um. Über dem Stempel des Fotografen war es mit »Mutter und Vater 1912« beschriftet.

»Ist es das Richtige? «, fragte der Ladeninhaber und klang fast so aufgeregt, wie sie sich fühlte.

»Ich weiß es noch nicht«, sagte sie und griff nach dem anderen Bild.

Das zweite Foto zeigte ein etwa zehnjähriges Mädchen mit geflochtenen Zöpfen in einem hübschen Blumenkleid und ein etwas älteres Mädchen mit offenen blonden Haaren in einem dunklen Kleid und Lackschuhen. Beide Mädchen lehnten gegen einen Mauer und blickten direkt in die Kamera. Auf der Rückseite war der gleiche Stempel des Fotogeschäfts. Beschriftet war es mit »Emma und Isobel 1914«.

Sie konnte es kaum glauben und starrte immer wieder von den beiden Mädchen zu der Beschriftung. »Das ist meine Großmutter«, sagte sie mit einem breiten Grinsen. »Und das sind ihre Eltern. Ich kann es kaum glauben!«

Der Ladeninhaber schien hocherfreut und klatschte in die Hände. »Da haben Sie aber eine schöne Erinnerung an Ihre Großmutter«, sagte er. Sara nickte. »Können Sie mir dazu zwei schöne Bilderrahmen zeigen? Und haben Sie Geschenkpapier, und können es mir einpacken? Ich möchte es meiner Großmutter nachher schenken. Sie wird heute 101.«

»Wirklich?« Er nahm das Foto von Emma und Isobel in die Hand und lächelte. »Wie schön. So findet es nach all den Jahren seinen rechtmäßigen Besitzer.«

Er bestand darauf, ihr die Bilder zu schenken, schließlich gehörten sie ja ihrer Großmutter, aber er verkaufte ihr zwei hübsche silberne Bilderrahmen, die aus den 1920er-Jahren stammten. Anschließend verpackte er die Sachen in rotem Geschenkpapier und band eine goldene Schleife darum.

Sara bedankte sich und lief freudestrahlend zu ihrem Auto. In einer halben Stunde würde sie Fabian von der Bank abholen, um dann mit ihm nach Kiel zu fahren, um Emmas Geburtstag zu feiern. Die Operation lag drei Wochen zurück, und ihr ging es so gut wie nie zuvor. Es hatte keinerlei Komplikationen gegeben, und einer späteren Schwangerschaft stand nichts im Weg – sofern sie es denn wollte.

• • •

Sie hatten einen separaten Raum in einem griechischen Restaurant gemietet, in dem Emma früher regelmäßig gegessen hatte. Nora, Charlotte und Joanne, die einen Tag zuvor aus London gekommen waren, hatten den Raum mit Luftschlangen und bunten Ballons geschmückt. Auf den weißen Tischdecken lag überall goldenes Konfetti verstreut. Sara hatte noch nie verstanden, wieso man zu solchen Feierlichkeiten ausgerechnet weiße Tischdecken benutzte, die doch spätestens nach der Vorspeise voller Flecken waren. Zumindest die roten Servietten sorgten für Farbe auf dem Tisch, denn das Geschirr war ebenfalls weiß mit Goldrand. Sie waren nur zehn Leute. Der Nachteil daran, so alt zu werden, war, dass man nicht mehr viele Leute zu seinem Geburtstag einladen konnte. Die meisten von Emmas Freunden und Bekannten waren bereits gestorben. Neben Nora, Hubert, Fabian, Helen und Joanne kamen noch drei Bekannte, die Sara nur flüchtig kannte. Gustav Kahl war ein rüstiger Achtzigjähriger und ein ehemaliger Arbeitskollege von Emmas verstorbenem Mann. Seine Frau Edith hatte Emma eine Zeit lang im Haushalt geholfen. Natürlich war auch Sabine gekommen, die mit Emma einmal in der Woche Karten spielte. Sara hatte sie sich ganz anders vorgestellt. Sie war Mitte dreißig und sah mit ihrem platinblonden Haar, dem Nasenring und der schwarzen Lederweste alles andere als konservativ aus. Sie lachte viel und herzlich, und Sara konnte verstehen, dass Emma sich auf ihre Besuche freute. Sie brachte Leben in einen Raum. Etwas, das einem wichtig wurde, wenn man so alt wie Emma war.

Emma war der Wirbel, der an diesem Tag veranstaltet wurde, sichtlich unangenehm. Sie bat alle, sich doch endlich zu setzen und nicht so einen Aufstand zu veranstalten. Der Kellner brachte zwei Flaschen Sekt und einen Teller mit gefüllten Weinblättern und eingelegten Auberginen. »Nun setzt euch doch endlich«, fuhr Emma Gustav und Sabine an, die weitere Luftballons an die Decke hängten. »Und kommt ja nicht auf die Idee, Happy Birthday zu singen.«

Doch genau das taten sie. Nora und Charlotte sangen am lautesten, Joanne konnte sich nur mit Mühe ein Lachen verkneifen, und Sara musste grinsen, als Emma kopfschüttelnd am Tisch saß und alle wütend anfunkelte. »Wenn ihr wenigstens einen Ton halten könntet«, murmelte sie auf Englisch, woraufhin Charlotte und Nora in Gelächter ausbrachen. Sara wunderte sich darüber, wie gelassen ihre Mutter wirkte. Anders als auf ihrer Hochzeit schien ihr Lachen echt zu sein.

Nachdem sie angestoßen hatten, überreichte Sara Emma ihr Geschenk. »Ich weiß, du wolltest nichts, vor allem keine Staubfänger, aber ich denke, du wirst dich bestimmt freuen.«

Emma seufzte eine Spur zu theatralisch und zog die Schleife auf. »Der Nächste, der mir was schenkt, muss die Rechnung übernehmen. Überlegt es euch gut«, sagte sie murrend, während sie das rote Geschenkpapier aufriss. Alle anderen am Tisch beobachteten gebannt, wie Emma schließlich zwei in Packpapier eingewickelte Bilderrahmen auspackte. Sprachlos starrte Emma von dem Bild ihrer Eltern zu dem anderen, das sie mit ihrer Schwester Isobel zeigte. »Aber ... wo hast du die nur her? Die habe ich seit über fünfzig Jahren nicht mehr gesehen!«

Sara lächelte und strich Emma behutsam über den Rücken, während diese sich die Tränen aus den Augen wischte. »Das sind meine Eltern«, sagte sie und gab Nora den Bilderrahmen, die ihn anschließend an Charlotte weiterreichte. »Und Isobel und ich. Meine Güte, was waren wir klein. Ein paar Stunden später, nachdem wir das Foto aufgenommen hatten, bekam ich hohes Fieber und fehlte beinahe zwei Wochen in der Schule. Wo hast du die Bilder bloß her?«

»Der Großvater eines Freundes hat früher in der Nähe vom Ellernholt gewohnt und kannte sowohl deine Schwiegermutter als auch ihre Schwester. Er wusste noch, dass ein befreundeter Antiquitätenhändler aus Sülldorf sich für viele Möbelstücke und einige alte Briefe und Unterlagen deiner Schwiegermutter interessiert hat. Er hatte mal eine Fotoausstellung gemacht. Der Antiquitätenladen wird mittlerweile von seinem Sohn weitergeführt, und der hat auf meine Bitte hin seinen Dachboden durchstöbert. Es hat einige Wochen gedauert, bis er sie gefunden hat.«

»Ich glaube, das ist einer der wenigen Momente, in denen meine Mutter sprachlos ist«, sagte Nora, woraufhin alle lachten.

Es war eine schöne Feier. Bei Lammbällchen, Hacksteaks und Gyros plauderten alle durcheinander, aber immer wieder kamen sie auf Saras Reise nach England zu sprechen und die unglaubliche Entdeckung, die sie gemacht hatte. Hubert stieß einen sehr emotionalen Toast aus, der alle ein wenig – vor allem aber Nora selbst – überraschte. Emma wurde nicht müde, immer und immer wieder Fragen über ihre Kindheit in England zu beantworten, sie genoss sichtlich das Interesse an ihren Erlebnissen und Erinnerungen.

»Beeindruckende Lebensgeschichte«, sagte Hubert, nachdem Emma von Nora begleitet auf die Toilette verschwand. »Ich wünschte, ich hätte mich mehr mit meinen Eltern unterhalten. Ich weiß so gut wie gar nichts über ihr Leben.«

»Geht mir ebenso«, sagte Sabine und wischte sich Soße von ihrem Blazer. »Auf jeden Fall ist das eine ganz wundervolle Geschichte. Damit solltet ihr an die Zeitung gehen.«

Sara schüttelte den Kopf. »Ich denke, das wäre Emma nicht recht«, sagte sie und übersetzte für Charlotte und Joanne den Vorschlag, die sich daraufhin ratlos anschauten.

»Ich würde es nicht mögen, wenn ein schmieriger Journalist in unserer Vergangenheit herumwühlt. Nicht, dass wir etwas zu verbergen hätten, aber man weiß ja, was die sich zum Teil zusammenreimen, um eine Geschichte noch besser zu verkaufen«, meinte Charlotte.

Joanne nickte kräftig. »Die Frau, die ich bis vor wenigen Wochen für meine Großmutter gehalten habe, hat ein furchtbares Verbrechen begangen, das sicherlich nicht zu entschuldigen ist. Aber da sie sich nicht mehr dazu äußern kann, können wir über die wahren Hintergründe nur spekulieren. Das gehört nicht in eine Zeitung.«

Sara musste dem beipflichten und war erleichtert, als Hubert das Thema wechselte, indem er für alle eine Runde Ouzo nachbestellte. Da Sara noch fahren musste, schob sie Fabian ihr Glas hin.

»Hast du es Emma schon erzählt?«, fragte er, als Nora und Emma zurückkamen und sich wieder an den Tisch setzten.

Sara nickte. »Sie meinte, es wird uns dort bestimmt gefallen, aber ich solle sie regelmäßig anrufen.«

»Ich nehme an, du wirst ihr fehlen. Aber es ist ja nur für ein Jahr. Erst mal. Und ein Flug von Dublin nach Hamburg kostet ja kaum was. Wir können ja zwischendurch mal für ein Wochenende nach Kiel kommen.« Fabian nahm ihre Hand und strich über ihre Finger.

»Sie wird mir auch fehlen«, sagte Sara mit belegter Stimme. »Die Nachmittage mit ihr werde ich sehr vermissen.« Sie sah zu Emma, die das Bild ihrer Eltern in der Hand hielt, während Joanne neben ihr saß und Fragen zu Emmas Vater stellte.

Fabian folgte ihrem Blick. »Ihr könnt doch jeden Sonntag oder so telefonieren. Und alle zwei Monate fliegen wir für ein Wochenende nach Deutschland.«

»Ja, das klingt gut. Weißt du, was sie zu mir sagte, als ich ihr erzählte, dass wir für ein Jahr nach Irland gehen?«

Fabian runzelte die Stirn, schüttelte aber den Kopf. »Was hat sie gesagt?«

»Oft bereut man Dinge, die man nicht getan hat, mehr als die Dinge, die man getan hat.«

Er ließ sich die Worte kurz durch den Kopf gehen. »Ja, da ist sicher was dran. Sie ist eine kluge Frau.«

Sie lächelte und drehte ihren Kopf zu ihm herum, bevor sie ihre Arme um seine Schultern legte und ihm einen sanften Kuss auf die Lippen gab. »Das ist sie. Aber du bist auch ganz clever«, flüsterte sie, woraufhin er ihr spielerisch in die Seite knuffte.